U0115235

文學研究叢書・現代文學叢刊

南宮搏著作研究

蔡造珉　著

楊月光

·南宮搏·

一

澗河滔滔，洛川渺渺，伊水彌彌……三條河流自西南來，經過洛陽，匯入浩蕩的黃河。

大唐皇朝的東都洛陽，跨着渺渺的洛川，出了西郊，是澗、洛二河相會處。向南行，是彌彌的伊水。

古老相傳：澗河之神是男性，出身黽部，澗神有一個大鼻子，連頸鬍鬚，豹口，豹子眼；洛川為女神，宓妃；在遠古，宓妃背着丈夫和大神羿私戀，造成了兩個家庭的糾紛，宓的丈夫馮夷捲來着滔滔波浪來和羿決鬥，結果，馮夷被射瞎了一隻眼睛，便到天廷投訴，上帝不追究情愛的責任，但使馮夷和妻子離婚。那時，羿的妻子嫦娥偷吃了不死藥，獨自奔入月宮。離了婚的洛川之神，聽說可以和羿結婚，不幸，中間發生挫折：羿本是天上的大神，奉命到人間來處理十日並出之事，他射殺了九個太陽，上帝為此怨恨，便不許他們夫婦回天堂，因為太陽十兄弟是上帝的兒子。羿不得已，轉向西王母求得不死藥，一個人吃了能昇天，兩個人分吃，便會長生。他希望夫婦在人間長生，但他的妻子卻獨自偷吃不死藥，飛昇去。羿成為凡身，不能和水神婚姻，於是，宓找到了沙棠菓，贈予情人，吃了，可成水仙，他們可在水中結為夫婦。不料，澗河黽神得知消息，悄悄地告知羿的徒弟逢蒙。

逢蒙是一個長得俊美和有高智慧又很陰險的男子，他早已探知有不死藥，便誘引師母嫦娥，兩人相好，欲找機會偷藥吃，怎料，嫦娥自己偷吃了飛昇，既拋下了丈夫，又捨去了情人。逢蒙落空後，得知沙棠菓之事，便不再遲疑，用一根粗大的桃木棒作兇器，乘師父熟睡時，一棒將之打死，搜到了沙棠菓，便一口吞下——由於吃的方法不對，逢蒙不能成水仙，頭上卻生出了兩隻牛角來——沙棠菓要細嚼了才可吞下的。

澗河黽神看到這些，哈哈大笑，便化出原形，擺動龍尾，使澗河兩向伸入洛川，原來，他私心愛慕着宓妃。他以為以自己強力，必可佔有洛川女神。

但是，宓的離婚丈夫馮夷卻大怒了！澗河之神是他的侄兒，澗河之水本來北向投入黃河，那使黃河得到許多貢物，馮夷正是黃河之神，稱為河伯。於是，馮夷運用河伯的勢力，禁止侄兒併婚洛川。

（一）

楊月光

此爲筆者在香港中央圖書館中之微卷所得，爲南宮搏發表於1982年10月5日香港「星島晚報」第15版之歷史小說《楊月光》。

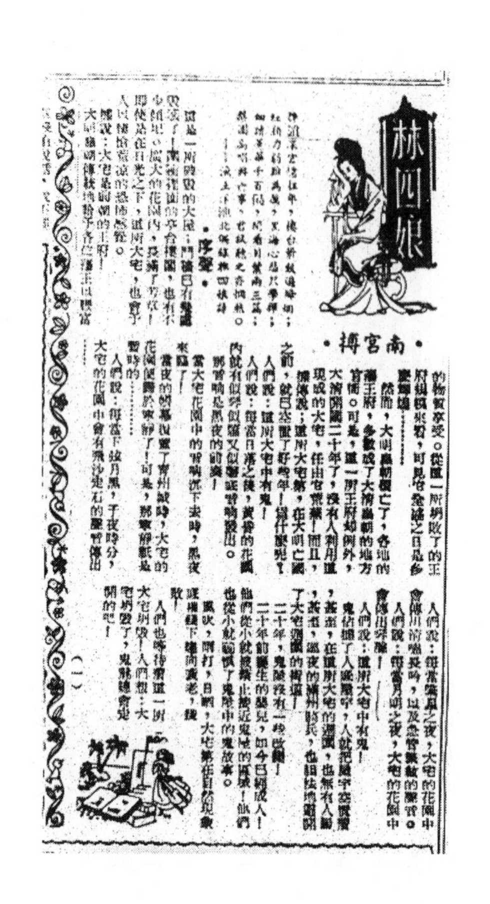

林四娘

・南宮搏・

・序幕・

這是一所倒毀的大屋；門牆已有些傾毀了，東倒西歪的亭台樓閣，也有不少傾圮；廣大的花園內，長滿了野草！即使是在日光之下，這所大宅，也會予人以陰森淒涼的恐怖感覺。

據說：大宅是前朝的王府！大明皇朝傳襲給予各位藩王以豐富的物質享受。從這一所坍敗了的王府規模來看，可見它全盛之日是多麼輝煌……

然而，大明皇朝覆亡了，各地的藩王府，多數成了大清皇朝的地方官衙。可是，這一所王府卻例外，大清開國二十年了，沒有人利用這現成的大宅，任由它荒蕪！而且，據傳說：這所大宅第，在大明亡國之前，就已空置了好些年！為什麼呢？

人們說：這所大宅中有鬼！

人們說：每當日落之後，黃昏的花園內就有似哭似嚎又似[illegible]的聲響發出。那聲響是黑夜的前奏！

當大宅花園中的聲響沉下去時，黑夜來臨了！

當夜的帷幕覆蓋了青州城時，大宅的花園便歸於寂靜了！可是，那寂靜祇是暫時的……

人們說：每當下弦月黑，子夜時分，大宅的花園中會有飛沙走石的聲音傳出。

人們說：每當風雨之夜，大宅的花園中會傳出清幽長吟，以及金管繁絃的聲音。

人們說：每當月明之夜，大宅的花園中會傳出哭聲！

人們說：這所大宅中有鬼！

鬼佔據了人處居守，人就把屋宇空置著；甚至，在這所大宅的週圍，也無有人家，甚至，巡夜的青州防兵，也相怯地避開了大宅週圍的街[illegible]！

二十年，鬼從沒有一時改變！

二十年前誕生的嬰兒，如今已經成人！他們從小就被禁止接近鬼域的區域！他們也從小就聽慣了鬼域中的鬼故事。

風吹，雨打，日晒，大宅第在自然現象下趨向衰老，殘敗！

人們也希望看到這一所大宅坍毀！人們想：大宅坍毀了，鬼就總會走開的吧！

（一）

林四娘

此篇同前，亦於香港中央圖書館中所得，自1960年1月2日在香港「星島晚報」所開始連載之長篇小說。

天方古國有一種草，花綠如[illegible]，香芳似[illegible]；它的香氣能使人入夢，夢見失去了的童年……；據來[illegible]的沼澤中有一種毒[illegible]，它的[illegible]汁具有濃郁的芬芳，能使嗅到的人暫時享受死亡。

懷夢草

南宮搏

一

余君琪靜靜臥躺在床上；[illegible]街[illegible]的白光芒映照着他室內的[illegible]灰斑剝的牆壁。一夜很靜，他似乎從未領略過公寓中有恬靜的夜，每個晚上，他都是在詛咒人們的吵鬧之中睡去的；此時的靜穆，反而使得他奇怪了——自然，他沒有想到平時上床是在午夜十二時以前，而此刻，快到黎明五時了。

他從來沒有這樣晚歸，也從來沒有這樣晚還睡不着的。不過，他並不是不想睡，而是不願自己睡着，他需要時間來回憶一夜之間的遭遇，他生命中第一次遭遇——

一個富貴豪華的，充滿沉醉的晚上。

於是，他從頭至尾地想着這一遭遇的開始、經過，結束……

……

在香港，他祇是一個早被[illegible]的失業者——他剛來的時候做過中學教員，也做過[illegible]計，做過家庭教師，但這些職業都漸漸被人搶走了——他已經空閒了三個多月，平時積貯的錢，差不多用光，但職業卻渺渺茫茫；他自知在香港缺少謀生的能力：在大學中，他開始是學哲學的，畢業之後，又轉系再學人類學，但是，這類門功課在香港全無用處，他唯一可以憑藉吃飯的本事，是教教少年和孩子的國文、算術；然而，他的[illegible]，加上內地大學出來的士氣，終使他一再失去學生。這三個月來，他對未來開始憂急了——他四處託朋友謀求，而今夜，是他謀職的奇遇。

他有一個朋友石新民是在報館中做事的，余君琪託新民找事已有很久了，直到這天下午，新民才替他找到機會，據說一個家庭教師的位置，入息卻很好。同時，新民邀他晚上去參加新房東楊太太的宴會。

失業已久的余君琪一口允承了，晚上八點鐘，他隨着石新民去參加宴會。

楊公館在半山，一所[illegible]的巨大的花園洋房，當車子在鐵欄的大門口停下來時，余君琪看着計程車的[illegible]表跳到三元三角，不禁打了個寒噤，低聲對他的朋友說：

「新民兄，這地方怎麼行呢？那樣高，又沒有巴士……」

石新民笑笑回答他，付了車錢，就跳下去按那裝在大鐵門邊的電鈴。

門開了，一個穿制服的僮人躬身將他們迎進去。

「新民兄——」這高貴的地方使得余君琪侷促不安。

石新民用臂肘碰了他一下，沿着白石的甬道向內走——他們走在錦簇燦爛的花園內，扶疏的花木之間，有各式各樣的燈，看去像天上的星星。（一）

懷夢草

此篇爲南宮搏所做之寫實小說，開始連載於1954年3月29日之香港「新生晚報」上。

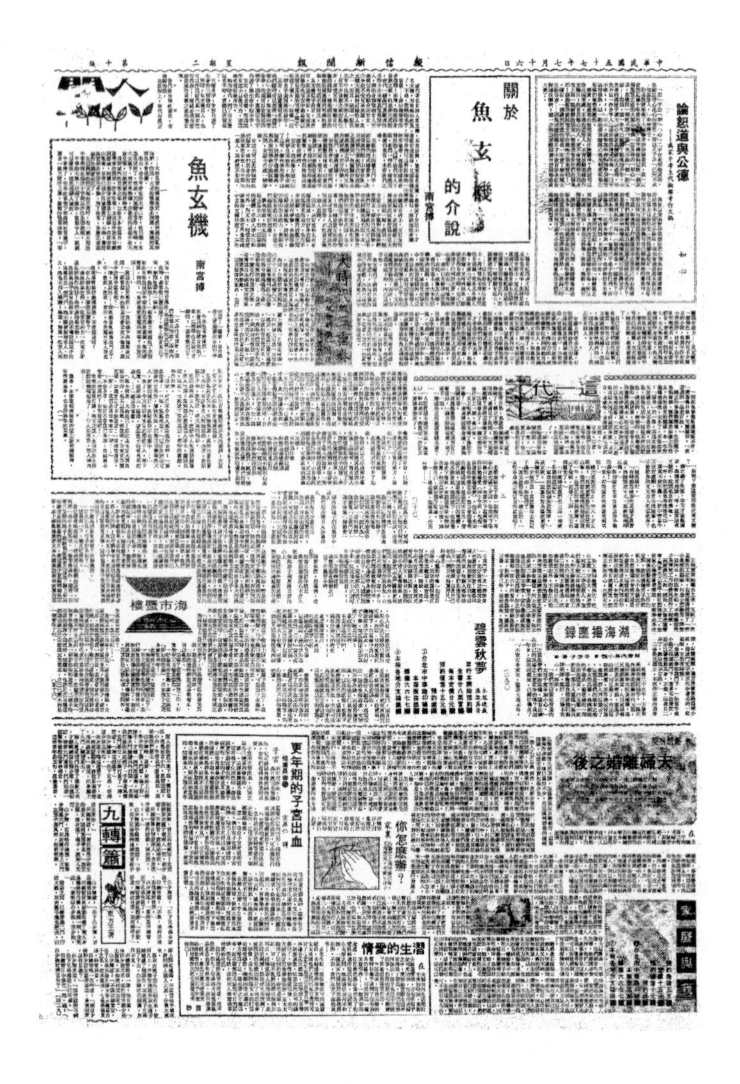

中華民國五十七年七月十六日 徵信新聞報 星期二 第十版

關於魚玄機的介說

南宮搏

魚玄機

南宮搏

論恕道與公德

這一代

海市蜃樓

湖海揚塵錄

碧雲秋夢

天涯離婚之後

更年期的子宮出血

你怎麼辦？

九轉篇

潛生的愛情

魚玄機

此乃發表於民國57年7月16日「徵信新聞報」（即「中國時報」之前身），內有兩篇南宮搏發表的文章，一篇爲〈關於魚玄機的介說〉，一篇則是《魚玄機》小說之開篇。

徵信 56.12.15 ⑨

有關胡適先生微言

南宮搏

「雜談文學」一文中，曾因武俠小說而偶然涉及已故的胡適先生，我有一段話，被朋友們認爲對胡大師不敬。那一段文字如下：

「倘若我們的啟蒙時期大師胡適先生的晚年，能以文藝上幼稚的青少年爲師友，能與市井羣衆相結交，那末他就不會以「古老的」啟蒙大師終其身的。」

我遺憾，我對胡適大師的批評所造成的不敬。但是，我的批評是言出由衷的，而且，亦不自今日始。若干年前（大約是十年前，因手頭無資料，不能確憶），我曾寫過一篇「論北大與北大人」，及於胡先生，當時，屬於「北大」底毛以亨先生等人曾爲文爭鳴。稍後，我又曾在一篇文章中述及胡先生早期的作品「說儒」和「中國哲學史」。

在我的立場，胡先生「說儒」是頗爲外行的。「中國哲學史」亦欠深切，但我讚揚胡先生以後不再寫下去。同時，我又推測胡先生對佛學流入中國之後的演變綜和不能了然而終於使「中國哲學史」祗有上卷。

及至胡先生逝世，我寫了下面一副輓聯：

自昔百家之衰，四夫起隴畝，曾經六合橫被，新運宏開，劇憐王風蔓草，學界在尊陳涉。

當今天下正亂，黔首苦流喪，會看神州激蕩，根株不守，可憐戰國荊榛，首陽還吊伯夷。

我對胡先生情意，盡於此一聯。據說，「學界在尊陳涉」一句，甚爲胡門諸子所不懌，在香港的「北大人士」，在胡先生逝世後，編了一冊「胡適博士紀念集刊」，所選輓詩及聯語甚少，而我的輓聯被納入，他們送了我一冊集刊，在扉頁上，主編人寫了下面幾句話：

「××兄：胡先生逝前還爲你的「大漢春秋」插畫作了一篇考據，茲送上這本紀念集刊，作爲我們對先生的紀念品。一九六二、四、廿五」

他們對我沒有一點譴責，我亦能體會。但是，晚年的胡先生很關心我，在言外的至意，豈止「大漢春秋」的一幅插畫而已，「我的朋友胡適之」早成文苑笑談，所以我偶獲胡先生書札，爲了不欲附驥，例不發表。我敬仰胡先生，是在於他的開風氣的學術界的陳涉、吳廣。至於他的治學爲收穫，我並不盲目附從，和對其他的前徵大師，我亦如此。

以爲，我們要求進步，必不能言從前人，也必不能從「大師」之類名頭所懾倒。也許是我還在壯盛之年，頭角尚未免於火氣，對事不能免於激越，所謂橫溢而淵博，左舜生先生曾以好「孝章書」中語「今之少年喜謗前輩」以論我，「爲解嘲」，余豈好謗哉？實在感於吾國之人，徒以有名，爲人所遊，並不專名，故身便發言；又或已負盛名，隨自以爲專，自漢以降，即以胡先生爲例，在學術界北患輕切，所爲文札，抛著「大漢春秋」續著「胡床」，在中國出現之時代，於「胡床」而言，推後了數百年。當時，胡氏爲率爾（則不可讀）。曹丕「典論」論文有言：「王粲長於辭賦，徐幹時有齊氣，然粲之匹也。如粲之初征、登樓、槐賦、征思，幹之玄猿、漏卮、圓扇、橘賦，雖張、蔡不過也。然於他文，未能稱是。」以文學底文章一道，尚有所長與非所長，何況多門的學術？胡先生以啟蒙大師，爲冠絕一時，然而若說他每樣都專，便敬奉追隨，則就成爲盲從了。以上不過是偶然舉例而已。

關於名人的名言，與專家之專言，我回憶一則童年往事。大約是我小學肄業或初中一的那一年，我的父親攜我至蘇州拜謁章太炎先生，那時，我

作「胡床」考的人亦有多位，其中，嚴靈峯先生所作「胡床考」引證最博，並有記載。以正胡床於春秋之世即已傳入中國，古人之起坐拜等，胡氏頗以古說爲常。然而朱熹在這方面常以古說爲如，說胡先生之說。其餘古而多與胡先生亦不深察。胡先生於新考據爲方法上的創見者，但非治學上之詩出成就者。「紅樓夢」考證，宗胡先生的方法而精進人後之學者甚多。凡此，我以爲皆無損胡先生的令名。有所謂「聖賢」其所長者，往往只一端。如李白、杜甫以詩稱當時，但文章則平庸；李清照論王安石文章「胡西漢」，作爲小令（

父欲使我拜在太炎先生門下，推其用心可能有杜甫所謂「儒術誠難起，家聲庶已存」之意在。而我至今仍記得還位大師與我們父子絮絮不休地談尚書今古文之爭，我完全不懂。我相信我父必也一派茫然的。那回之厄，是太炎先生夫人來解除的。當時，我對太炎大師但覺高山仰止，他在三十三天，我在十八層地獄。距離太遠了。至於我父的感應如何？不會去想。但現在回憶，我想：我父許是如釋重負吧？

名人名言，涉於非他所長的事，不堪聞；而專家專言，又非一般人所能懂。以後，我遭遇這樣的事故亦不少，由於經歷累積，我對名人攜名言，專家攜專言，亦避之。前者，有時因不能忍耐，不免發爲謗。後者，對本身無益，又何必稱？在我們社會中，名人常自以爲或被以爲樣樣都專，乃爲名言；專家則又不擇對象，發表專論。名言與專言之感，與胡先生都有些關係。譬如胡先生以文學底專家而薄武俠小說，要知武俠小說乃至黃梅調一類，爲小市民所悅所娛，既毋需名言之傳世，亦不需要專言加予貶謗。文學上的專家應無求於小市民也變爲專門人材之理。

對胡先生的晚年，我常遺憾其未能以本身的才智從事有恆底進展。譬如新詩，倘若胡先生在創建之後，繼續力培植，我相信一定會有成果而不致弄到今日那樣不堪的地步。「五、四」時代的新文藝，經過將近半個世紀，然而，新詩爲開路先鋒，新詩成了最衰弱委靡和妄誕的一環。每念及此，我就會讀到胡先生，多年了，我本身時常會作幾首舊詩，但是，我往於新詩。中國的舊體詩，衰竭已數百年。中國詩歌，必需改革，才會有生命，能存在和發展。胡先生創白話詩，是他的貢獻，不幸這一朵新花經歷了漫長的歲月而不曾真正開苗絢爛。

晚年的胡先生，一方面對政治興趣似乎太濃厚了一些，另一方面，胡先生雖然常寫一二句白話詩爲立軸贈人，實質上，他已身被學術的華袞而爲大師，啟蒙時代的革命精神久已喪失了。

有些人說這是我們的「時代悲劇」，似乎，在我們的社會中，「時代悲劇」似乎可以由許多問題。還有，在我們社會中，傳統地，一個人死了之後，總要講些好話，誄詞太多。我不欲陳腐，但對胡先生亦云云，株衍一番。對「時代悲劇」云云，我是反對的，我說「蓋棺論定」，到了蓋棺，非但有負死者，且亦對不起下一代。

對胡先生，我有批評，但是，我依然敬仰這位開風氣的大師，在我的輓聯中已表達了我敬仰的方向——前兩天在報紙上看到胡先生冥誕集會的消息。此文，算是我紀念胡先生——紀念我們這時代的啟蒙大師。

有關胡適先生微言

此文同上，刊載於民國56年12月15日「徵信新聞報」第9版上，文中對胡適有所敬仰，但亦有所批評，如其言：「名言與專言之感，與胡先生都有些關係。譬如胡先生以文學底專家而薄武俠小說，要知武俠小說乃至黃梅調一類，爲小市民所悅所娛，既毋需名言之傳世，亦不需要專言加予貶謗。文學上的專家應無求於小市民也變爲專門人材之理。」此與胡適有相左之見解。

界限街

此爲筆者於2010年8月在香港蒐集研究南宮搏相關資料時，攝於界限街上。在《香港的最後一程》中，南宮搏在〈我站在太平山頂〉一文裡寫道：「香港人必須知道界限街（Boundary Street）！界限街，是中國割讓給英國的香港、九龍的土地界線，界限街以北，在法理上是英國向中國租界得來的土地……我看著界限街，我想著界限街。」

目次

自序

這本論文的研究上有幾個難處，是筆者在自序裡首先要提及的：一、南宮搏著作等身，其成書者計八十八部（尚不包括發表於報紙雜誌而未編輯成書者），但卻未得有序蒐整，因此筆者在研究前得遍尋各圖書館，甚至於二〇一〇年遠赴香江訪覓其作，此為蒐集難；二、其學識淵博又興趣廣泛，無論小說、散文、詩詞、評論等皆所涉及，更兼揉古典與現代，以致研究時即使多方參考資料，卻仍不免因時空背景之差異，使思緒有所阻滯，此為閱讀難；三、個人自任教後，雜事頗多，又兼學校行政工作（最多曾同時兼任兩份行政職），難免就相對剝奪了研究時間，此則為得閒研究難。

這本書的完成，筆者最想感謝兩個人，一是恩師羅敬之先生總是給予我極大的鼓勵，在辛勤指導我碩、博士論文後，仍常給我這本研究的意見，其治學的嚴謹態度與不辭辛勞的工作精神，永遠是我學習的典範；另外，我的弟弟和霖，在我長年從讀書到工作的二十餘年間，不能時常在家照顧雙親，他，在北港家鄉幫我承擔了這一切，也因為這樣，讓我不致有後顧之憂，我從內心感激上天給我這麼一位好手足。而這兩位如今都已離我遠去，讓我心中充滿無限遺憾（尤其弟弟以三十七歲之齡便因心肌梗塞於今年元旦辭世），死生亦大矣，但卻又無能為力做什麼事，謹獻上此書，表達我內心對他們的無限追思。

最後，南宮搏實是一位不可多得的作家，此書亦是我希冀更多學者對其關注、拋磚引玉的一本研究罷了！希望未來有一天如龔鵬程先生所說，能像許多學者為高陽先生舉辦研討會般地也為南宮搏先生辦一場，若真能如此，相信勢必可煥發出新的風采，為文學界這塊花圃，栽一株能開出璀璨的花兒來。

二〇一三年十二月於淡水寓所

第一章
緒論

南宮搏作品除一般所熟知之歷史小說外，尚有其它多種膾炙人口並引人入勝的創作，但或因年代久遠之由，也或因版權不清之故等因素，他，逐漸湮沒於歷史的洪流之中，而這個現象對文學界而言，無疑是一項極大的損失。筆者有鑑於此，加上個人甚喜其小說，為使世人能對其有所關注，乃撰成此《南宮搏著作研究》，希望這位質精且量產的作家，能不被世人所遺忘，也讓人們知道他曾經在文學界中佔有了一塊獨特且具影響力的地位。

第一節　研究動機

南宮搏（1924.1.12-1983.11.26）是近代著名的小說家，其作品不僅多，且質量上亦佳，尤其在歷史小說方面，更是備受推崇，如胡適先生就稱讚他的小說乃「現代化取材及寫作手法高明」[1]，而日本白樺派則稱他是「現代中國歷史小說的第一人」[2]，其開創地位及寫作技巧，由此二者之說，已可知其「宗師」地位。而王雲五在其小說譯本的英文介紹詞上也這麼寫著：

> This will introduce Mr. Ma Hen-Yo (Ma Ping), whose profound knowledge and experience in novel and newspaper writing have

---

1　南宮搏：《新路》（臺北市：九歌出版社，1978年），書背。

2　同前註。

> won of him widespread recognition in his profession.
>
> In addition to being the most popular Chinese novels. Mr. Ma is a well-known authority on problems concerning Chinese Communists.
>
> Professor Ma is the first Chinese writer to use Western style in treating historical novels, having over fifty titles to his credit. His works, which are still appearing in newspaper in Hong Kong and elsewhere in Southeast Asia, enjoy immense popularity among the readers.[3]

說南宮搏不僅在香港的小說和報界廣為人知，並且是第一位用西方手法寫作中國歷史小說的知名作家，在香港和東南亞亦均極受歡迎。

此外，袁良俊在其所著《香港小說史》第一卷中說：「……後改弦易轍，從事歷史小說創作，《易水歌》、《絕代佳人》、《李陵之死》、《花木蘭》、《紅拂傳奇》、《宋王臺》等陸續發表，極獲讚譽，一九五六年匯集為《歷史小說選集》。這些歷史小說一方面尊重有關歷史記載，一方面馳騁大膽的藝術想像，添加了一些必要的細節和次要人物。但絕不是胡亂編造的「戲說」，而是每一篇都在大關節上、總體傾向上、總體氣氛上符合史實。加上南宮氏文采斐然，這些歷史小說的文學價值就遠在一般敷衍故事的歷史小說之上了。」[4]他又進一步舉其悲劇小說《押不盧花》說：「南宮搏的這篇歷史小說，可以說既吸收了郭劇[5]的優長，又大大超過了郭劇。不僅在香港，即

---

3 見〈毛共政權分裂內幕・介紹序〉，《中國時報》，1969年3月31日。

4 袁良俊：《香港小說史》（深圳市：海天出版社，1999年），頁259。

5 郭沫若也曾以同一題材寫成歷史劇《孔雀膽》，並得到廣大的迴響。

使在全部中華文學中，這也是一篇不可多得的佳作。」[6]但筆者要說的是，《押不盧花》雖是部好作品，但絕不是南宮搏的最佳作品，尚有如《西施》、《洛神》、《武則天》、《楊貴妃》、《紫鳳樓》、《魯智深》……等等，都比《押不盧花》更膾炙人口，且在文字精鍊度、思想揮發性及考證用心處等方面，都是比《押不盧花》有過之而無不及的，也更值細細品嚐的作品。

而王爾敏說：「當世歷史小說名家，可推前有南宮搏，後有高陽，南宮搏只較早成名，而高陽後起則聲名最大，作品出產最多。南宮搏文筆高妙、敘議曲折，已足令讀者傾倒。而高陽學識才氣足以睥睨文壇，冠冕小說家之林。……無論南宮搏和高陽，兩人小說俱膾炙人口，在我同時代中之歷史小說言，均可視為傑構，必能傳世。」[7]雖頗有稱說高陽之略勝於南宮搏，但是否果真如此，則個人以為仍有可商榷之處；不過如其所云「兩人小說俱膾炙人口，在我同時代中之歷史小說言，均可視為傑構，必能傳世」，這「歷史」傑構地位，是毫無疑義的。

另外，如龔鵬程亦云：「五四運動以後，現代小說蔚為大宗，而歷史小說則較寂寥。高陽、南宮搏幾位，自張一軍，力撐半壁江山，讀者群之廣，一點也不遜於現代小說，確實可稱為豪傑之士，難能而可貴。」[8]而羅宗濤更在麥田出版其一系列小說中《漢光武》的〈推薦序〉開篇即說：

> 好的小說，一定要先有個好的故事。在中國綿長的歷史中，每

6　袁良俊：《香港小說史》，頁262。

7　轉引王明皓：〈專文推薦序〉《一九八五，李鴻章》（臺北市：實學出版社，2002年），頁15。

8　龔鵬程：〈序〉，《南宮搏系列作品》（臺北市：麥田出版公司，2002年）。

個時代都發生過許多可歌可泣的故事，而我們的先人又喜歡將這些好的故事記錄下來，作為子孫的典型和鑑戒。然而在典型和鑑戒的意義之外，青史更留下了廣闊的想像空間，每當我們翻讀史冊，總不免浮想聯翩。儘管史家用紀傳、編年、記事本末各種體裁來建構當時的史實；但他們留下的想像空間，總遠比他們呈現出來的為多。於是，許多作家就從歷史中挑選他們中意的故事，再馳騁他們的想像力，寫出了所謂的歷史小說，而且往往獲致很好的成績，南宮搏就是箇中翹楚。[9]

「箇中翹楚」，這是對南宮搏作品極適當的評價。

筆者在高中之時便喜歡小說，尤其是歷史小說與武俠小說，因此也就接觸了南宮搏的多部作品，如《呂純陽》、《西施》、《朱門》、《蔡文姬》、《楊貴妃》、《魯智深》……等。上大學後，更陸陸續續蒐得其多部作品，閱讀之際，時覺其文筆溫柔婉約，有高妙動人之處，但誠如龔鵬程之嘆：「事實上，南宮搏雖然著作在六十種以上[10]，讀者遍及整個華人世界，卻並無正式文章討論過他，比高陽更不受現代文學界正視。」[11]又云：「唯高陽故世之後，遺集整編或舉辦會議研討，尚不寂寞，南宮搏則比高陽更不受評論界重視，遺作也缺乏整輯重刊，許多恐怕已不再容易覓得。許多人從前常讀其作品，如今思之，殊不免於緬嘆，這實在是非常遺憾的事。」[12]這番話，也都與筆者心有戚戚焉！

且若我們細看這些評價，似乎都只針對南宮搏作品諸多類別中的

[9] 羅宗濤：〈推薦序〉，《南宮搏系列作品》（臺北市：麥田出版公司，2002年）。

[10] 按筆者統計，其歷史小說應總共有88部，此詳見本章第四節，或第二章第一節之敘述。

[11] 龔鵬程：〈序〉，《南宮搏系列作品》（臺北市：麥田出版公司，2002年）。

[12] 同前註。

一項——「歷史小說」而言，但其它呢？他在當代獨一無二華人所寫第一部的美國歷史小說《新路》呢？他的十多部長短篇諸如《水東流》、《江南的憂鬱》、《這一家》、《女神》……等「現代小說」呢？他的當代政治批評如《轉型期的知識份子》、人物批評如《郭沫若批判》還有香港九七之前的諸多描寫而匯集成編之《香港的最後一程》呢？他的詩詞創作呢？凡此等等，均無專著加以論述，而這便引起筆者的疑竇與興趣。疑竇的是，他的作品無論何種類別，在質和量上都有一定的水準（當然「歷史小說」無疑是其中成就最高的部分），但為何研究的人卻不多？興趣的是，在多方蒐集和研讀後，也果然均有其文學深度與文字趣味，而這，便是筆者之所以起心動念，決定以南宮搏作品為題，寫此論文的原因了。

第二節　研究現況

在前面第一節裡，筆者提到了許多研究學者對南宮搏歷史小說的高度評價，但一般閱讀民眾呢？他們對南宮搏小說的接受度又是如何？或許我們可從南宮搏自己的言談之中得到答案。南宮搏以自己《洛神》一書的出版數據為例，做了這樣的說明：

> 我在香港印行「洛神」初版，是在一九五六年三月。到一九七一年終為止，我自己印行此書，共三十四版次……印行量最多的是第二版，七千冊；第三和第四版印數都是五千冊。最少的一次印了一千五百冊。……在臺北，中國時報大約在民國四十五年春為我發行「洛神」初版，其後的印行情況我不知道，包

括發行量在內。[13]

數十萬本的印刷發行，在當代可是少有作家能如此的。但這還不包括「盜版」在內，盜版在當時的猖獗，南宮搏說道：

……此外，我得知或見到的盜版版本，種數（總數）相當驚人，我見過臺北三種盜版，曼谷一種，馬來亞（當時還未立國）一種，越南兩種，印尼一或兩種。菲律賓則有幾種外來的盜印書。至於報紙的轉載「洛神」，大約有三四十家。[14]

而這當然都是未經其同意的。此外，南宮搏也舉了數則「有趣」的小故事，來說明這部作品被盜版的「荒謬」狀況，因篇幅問題，這裡只列一例說明之：

我的「洛神」在臺北被改編為話劇上演，自然是未經我同意的；其後，話劇又在香港上演，當我要控訴時，演出者之一來找我，告以上演結果可能會賠本，央我作文介紹，同時警告，如果因我控告而被禁演，那末，在「朋友的道義上」，我應該賠償她的投資。

只有「等因，奉此」了，我不曾控告，直到他們把戲轉賣給電影公司時，我才經由律師而將之制止。[15]

這段文字讀來真是令人啼笑皆非，侵害別人的著作權不打緊，還要作者寫文章幫之宣傳，最後還想再將劇本轉賣給電影公司，看在作者眼裡，真不知其感受為何？但我們卻也可從這裡看到其作品受歡迎的程

---

13 南宮搏：〈洛神修訂版前記〉，《中國時報》第12版，1975年5月28日。

14 同前註。

15 同前註。

度了。

而他作品所引起的熱烈討論，或許我們從另類的「反向負面」來看，也可提供其所受重視程度到了哪種境界！以其當初連載《李清照》小說所遇的困境為例，他在《談李清照》一文裡寫道：

> 五年前，我的歷史小說「李清照」刊於臺北中央日報，全文刊出約三分之一，就引起了風波，有一群人公開抗議，謂我褻瀆了這位女詞人。於是，有人在報上攻我，也有人發起座談會，將記錄刊於報端；甚至有人號召山東同鄉、婦女會、李氏宗親等來清算我。其中有一名老去的教授女士，本身雖然嫁過幾次人，卻要為李清照立從一而終的貞節牌坊。她向記者發表談話，自承沒有真正看過我的小說，但又對我作呼天搶地式的詛咒，並且「大聲疾呼」李清照守寡終身，絕對沒有再嫁云云。於是乎，又有一幫文人，痛斥我「強姦」了李清照，誣指清照再嫁。
>
> 其實，當一群人窮凶極惡地叫罵之時，我的小說僅刊到李清照隨夫於山東任地方官時正享閨房之樂，離開她喪夫，還有一段長路。可是，論客們卻不理會事實，罵在前頭了。
>
> 接著，香港有一親共產黨的報紙，指李清照閨中之樂為淫蕩，乃加我誣古人之罪，並利用插圖而加罪於我，竟然刊滿了該報第一版，並作了社論，其後，連續兩個月，間歇性地毀我——其餘報刊，毀我的，捧我的，或單獨討論李清照其人其事的，也有數十篇文章，甚至，連平時創作職業反共文字之徒，也參加進來談文學了。
>
> 再接著，東南亞各地的中文報紙，紛紛轉載這些被他們稱為「筆戰」的文章；就我所見到的，大約有二百七十十篇討論文

字，其字數加起來，比我的小說長了許多……[16]

這在現在看來雖覺不可思議，但它卻真真切切發生了。南宮搏在當代的「影響力」，亦可知有多大。

以上只是列舉二例說明，若將所有相關篇章羅列的話，那麼篇幅是會相當驚人的！但奇怪的是，南宮搏如此知名，可是對之研究的論文卻寥寥可數，總數在博碩士論文方面只有臺灣江俊逸在二〇〇四年的中國文化大學中國文學研究所博士論文《南宮搏歷史小說研究》[17]一本，而單篇論文則除筆者所寫六篇：〈論南宮搏「潘金蓮」一書之情節、人物及語言特色〉[18]、〈談歷史小說家南宮搏「武則天」一書之寫作特色〉[19]、〈從南宮搏歷史小說之序看其寫作的幾個態度〉[20]、〈談南宮搏歷史小說的情愛書寫〉[21]、〈南宮搏之「郭沫若批判」〉[22]、〈戰爭與亂世——談南宮搏貼近現實的現代小說〉[23]，及香港學者梁珊珊所寫〈紅顏彈指老，剎那芳華〉[24]等計七篇而已。另外則如袁良駿所寫《香港小說史》裡，將南宮搏、高旅、項莊等列為一章，並單獨將南宮搏列在本章第一節加以討論[25]；劉登翰所編的《香港文學史》則將南宮

---

16 南宮搏：〈談李清照〉，《新生晚報》，1964年5月5日。

17 此論文只搜尋得其88部歷史小說之44部，涵蓋上稍有不足之處。

18 發表於萬能科技大學「古典與現代：中文學術研討會」論文集，2006年4月15日。

19 發表於真理大學麻豆校區通識教育學部「博雅教育學報」創刊號，2007年12月。

20 發表於真理大學麻豆校區通識教育學部「博雅教育學報」第二期，2008年6月。

21 發表於東亞漢學研究學會「東亞漢學研究」第二號論文集，開會期間為2012年4月27-28日。

22 發表於真理大學通識教育中心博雅教育組「博雅教育學報」第九期，2012年6月。

23 發表於真理大學通識教育中心「博雅教育學報」第十期，2012年12月。

24 收錄於《騰飛歲月——1949年以來的臺灣文學》（香港：香港大學中文學院「騰飛歲月」編輯委員會，2008年），頁306-320。

25 但在其《香港小說流派史》裡，卻只提到「以南宮搏、齊桓、高旅、項莊、石人等為代表的一些歷史小說，如《抻不盧花》、《鑿空三萬里》、《杜秋娘》、《成吉思

搏、董千里、高旅並列一節討論之。但這部分在作品內容上卻都不夠深入，只勉強稱得上「介說」罷了！再有的話，則更是泛泛帶過而已，連介紹都談不上；甚至也有將之「錯編」後來生活之地，如王劍叢等編著的《臺灣香港文學研究述論》，就以為南宮搏到了臺灣後，就定居在臺灣了[26]。

那麼何以有如此情況呢？筆者以為主要原因有四：

一　創作種類數量極多，蒐集實不易

南宮搏一生以鬻文為業，著作等身，但許多作品甚至連他自己也收不齊，尤其在「詩作」方面，如其在《觀燈海樓詩草》中「自序」寫道：「余自稚齡學詩，至今二十餘年矣。然用力不專，興到著筆，自逞情意而已。後值戰亂，遊食於四方，不復以作詩為念。偶有所得，或付諸報刊，或棄之，不稍顧也。初，余自恃記憶力強，以為韻文易記，不必留稿，事竟不然，遂多亡失。」[27]而其餘作品散亂情形之嚴重，更是讓筆者在蒐集資料時，備嘗艱辛。

因在臺灣的國家圖書館和國立臺灣圖書館裡僅能蒐得其作品不到一半的數量，其它部分筆者則需遍尋臺灣各地圖書館，如在臺北市立圖書館尋得《春風誤》、《愛與罰》等；在國立臺中圖書館尋得《古典愛情故事》；在臺大圖書館尋得《干將莫邪》、《妖女》、《神童夏完

汗》等，也都有濃郁的浪漫主義色彩。」如此而已，其餘並無多敘。

26 其寫著「新中國成立期間，香港進入一個新時期。這時在香港的一大批原內地的作家文化人北上回國，而對新中國有誤解、有對立情節或對舊制度存有幻想的另一批內地作家文化人又來到了香港。後來有一部分如胡秋原、黃震遐、沙千夢、趙滋蕃、南宮搏、易君左……等先後到了臺灣。」（天津市：天津教育出版社，1991年，頁296。）

27 南宮搏：《觀燈海樓詩草》（香港：良友出版社，1955年）。

淳》、《江山美人》等；在東吳大學圖書館尋得《押不盧花》；在成功大學圖書館尋得《玉堂春韻事》；在臺南藝術大學圖書館尋得《轉型期的知識份子》等等。

還有如江俊逸在其博士論文中寫亡佚的《妲己》、《章臺柳》，筆者則在二〇一〇年八月時，親往香港，在香港中文大學圖書館不僅找到《妲己》一書，同時也覓得南宮搏在一九四三至一九四六年時在大陸逃難的筆記《塵沙萬里行》；另外在香港中央圖書館則找到其現代小說《孽緣》、詩詞總集《觀燈海樓詩草》及連載在「星島晚報」自一九五五年一月四日至一九八三年十月十一日所有後來出版和未出版的小說共五十四部（若把《三代風華》分為三部的話，則有五十六部），其中也包括有《章臺柳》故事（199.1.4-1955.5.21）；又在香港大學圖書館找到「新生晚報」自一九五三年九月二十二日到一九六六年七月十三日，共二十篇小說及個人評述，這部分筆者均詳細製表列於本章第四節「作者生平簡介與著作」中。

但不可諱言的，有一些作品，仍未能尋獲，如《私奔》、《虞美人》這兩部，雖知其連載在「星島晚報」一九五二年之時，但由於香港的中央圖書館這部分微卷資料是殘缺的，筆者也只能莫可奈何了！由上可知，因為南宮搏作品是如此繁多且散落各處，以至於若想對之研究，首要也是最困難的，便是在資料的蒐集，而這應也是研究者卻步的最主要原因。

二　版權所有已然不清，故印行不易

在當年是不重版權、智慧財產權的年代，因此甚至還會發生侵權者已然侵權，卻仍一副理直氣壯說是為南宮搏「揚名」，或來要求南宮搏為其被侵權而改編的戲劇寫文以宣傳的荒誕情事。但隨著時代的改變，版權所有變得重要，許多當年出版南宮搏作品的出版社，如友聯出版社、創墾出版社、春草出版社等，今都已不復存在。且當年的版權是否有正式合約？合約於今是否仍然存在有效？現在也都成了問題。畢竟年代距今已久，有些甚至是五、六十年前的事了！又如曾在報紙連載，但未曾出版者，現在能否出版？版權擁有者是誰？這部分也是問題重重！因此，在二〇〇二至二〇〇四年臺灣麥田出版社，重新出版其小說時，只出版了他十一部小說（當然也有銷售測試的意涵於內）[28]，而南宮搏許多公認一流的小說，如《西施》、《李香君》、《紫鳳樓》……等，卻未出版，其中有很重要的因素應就在於版權的混亂，而無法付印。

三　研究現代小說之風，乃近年方興

研究現代小說在民國九〇年代之前雖有，但卻不盛行，主因或許是白話小說的不被研究者重視，因此大多只被當成消遣之用，研究取向上都以古典為主。以研究歷史小說的博碩士論文為例，臺灣到目前為止只有十一本，但除了最早是成功大學高若蘭在民國八十六年的碩士論文《高陽歷史小說胡雪巖三部曲研究》外，接著便是三年後（民國八十九年）才有的中國文化大學陳薏如的博士論文《高陽清代歷史小說研究》及暨南國際大學曹靜如碩士論文《文化遺民的興寄與懷抱——高陽歷史小說研究》，其餘皆在民國九十年之後[29]，文學研究者

28　這十一部小說分別是：《洛神》、《太平天國》、《漢光武》、《潘金蓮》、《楊貴妃》、《玄武門》、《武則天》、《韓信》、《十年一覺揚州夢》、《大漢春秋》、《紅拂傳奇》等。

29　分別是鄭穎：《高陽研究》（臺北市：中國文化大學中文系博士論文，2003年）；楊丕丞：《高陽歷史小說慈禧全傳研究》（臺中市：東海大學中文系博士論文，2006

如此之眾，但數量卻僅有如此，足可證明現代歷史小說在之前的不受重視。

另外筆者特別要提的是，上述十一本論文中，有八本是以高陽為論文題目，一本唐浩明小說，一本二月河小說，還有一本是筆者在前面已有介紹的江俊逸《南宮搏歷史小說研究》。而以約同時代的高陽和南宮搏兩位作家而言，為何研究數量相差如此懸殊？主要原因大約是：那時高陽的小說仍然不斷的在印刷發行中，但南宮搏的卻已停止出版（直到二〇〇二年臺灣麥田出版社才又出版其十一部歷史小說）；且南宮搏在一九八三年便已去世，不似高陽直到一九九二年方才辭世，因此高陽得以「發揚」其小說的時間就越多；再加上高陽自一九二二年出生後，一九四七年便來臺定居，直到病逝，然南宮搏長年定居香港，只偶爾來臺，因此與臺灣文壇的接觸自然遠不及高陽，臺灣民眾與之對談的機會也就不多，這便是何以在臺研究高陽的數量遠多於南宮搏的整體客觀外在因素。

香港同樣如此。以香港中文大學為例，所有論文中，研究歷史小說的只有兩篇，都是碩士論文，分別是鄺可怡在一九九八年的《張大春「新聞小說」、「歷史小說」敘事研究》，及二〇〇七年梁慕靈的《論張愛玲小說和電影劇作中的歷史與記憶》，顯示香港之前對現代歷史小說這部分也是不在意的。

年）；王啟明：《高陽小說中的歡場文化》（宜蘭縣：佛光大學文學系博士論文，2008年）；蔡于晨：《高陽歷史小說李娃研究》（嘉義縣：南華大學文學系碩士論文，2009年）；蔡惠媛：《唐浩明及其歷史小說曾國藩之研究》（桃園縣：銘傳大學應用中文系碩士論文，2010年）；周家成：《高陽歷史小說紅曹系列研究》（臺北市：臺灣師範大學國文學系碩士論文，2010年）；陳臻莉：《高陽歷史小說草莽英雄研究》（臺中市：東海大學中文系碩士論文，2012年）；謝孟原：《二月河雍正皇帝研究》（高雄市：高雄師範大學國文教學碩士班碩士論文，2012年）。

四　歷史小說作家繁多，分散讀者群

由於蒐集南宮搏的資料不易及其著作版權已然不清，和研究現代歷史小說的風氣又極晚等等因素，已使研究南宮搏之人不多，再加上近來歷史小說作家不斷湧出，作品種類新奇多樣之故，更分散了歷史小說的閱讀群，而這當然也是間接造成南宮搏受重視程度降低的原因之一。

現代歷史小說作家近來除堪稱此中巨擘的高陽外，其它尚有知名作家如高旅、項莊、畢珍、董千里、孟瑤、林語堂、唐浩明、二月河、蘇童、陳舜臣、寒波、王占君、曹仲懷、巫山雲、徐彬揚、徐家華、左雲霖、任光椿、陳齊、何煒、李全安、黃岳、劉小川、張笑天、朱耀廷、樸月、李文澄、凡塵、王曉玉、石楠、趙玫、思妃、戴宗立、宋福聚、夏明亮、張雲風、胡長青、朱蘇進、曹昇、楊雲舜、李瑞科、薛序……等等，不勝枚舉，而「僧多粥少」的情況下，自然有時就侷限了讀者對南宮搏作品的關注。

陳潔儀在其《香港小說與個人記憶》一書的引言裡說到：「六十多年來的香港小說，數量豐富、新人輩出，但同時又常刊過即忘，留下來的名字名篇常成滄海遺珠，往往需多番打撈苦尋，才可召喚當年今日的歷史記憶。大量小說方生方滅，消亡甚速，這或與本地文學出版生態、社會文化風氣、讀者群眾閱讀口味、作者創作毅力與自我期許、作品的內涵水準等均有關，前因各異，孰輕孰重，在未爬梳整理之前，未易妄下定斷。」[30]南宮搏質量筆者以為不是問題，但上述的幾個問題肯定是其作品不甚受重視的主因才是。

30　陳潔儀：《香港小說與個人記憶》（香港：天地圖書公司，2010年），頁14。

第三節　論文架構

如前所述，南宮搏雖以其歷史小說聞名於世，但其著作實多而繁雜，且每一種都有其特色，也都代表著他歷史、愛情、政治、社會、人生、學術……等各層面的深切投入與領會，因此本書在架構上便逐次以其著作類別加以探討，體悟其各類著作所要展現的藝術價值與精神意義，除第一章為緒論外，其次分別是：

第二章，「讀史與浪漫——談其畢生的最大成就歷史小說」。在本章裡，首先討論南宮搏的寫作方式，歷史是真實的，但故事有時卻是虛構或想像而有的，那麼在這樣的原則下，南宮搏如何取到一個平衡點？如何在寫實而眾人皆知其人物歷史定位和生平遭遇下，別出心裁地寫出引人入勝的歷史小說來，這絕非僅是隨便編造虛擬即可完成，如何事實地切合史實，絕對是其中最重要的關鍵。其次，其小說的最大特色乃是那令人盪氣迴腸而回味再三的愛情敘述，其間充滿無限「浪漫」情懷，而類型更是不拘一端，最重要有「神話和傳說」類型、有「依史而翻案」類型、有「情色抑煽情」類型、有「江山與美人」類型、有「身卑卻志高」類型等五種，此章乃一一剖析其出神入化的愛情描述。

第三章，「創新與引領——評其美國歷史小說《新路》」。《新路》是南宮搏唯一的一部外國歷史小說，但這部小說的最大意義在於，它同時也是華人以中文所書寫的第一部美國歷史小說，談到了美國開創之初的種種問題。特別的是，他由一個小人物出發，從另一視角去看待美國建國的艱辛與不平等處，尤其種族問題，南宮搏更似是一種「項莊舞劍」的態度，由美國看回香港，而引領人們去思考這看似「單純」，卻實際「混亂」的矛盾問題。本部小說獨立一章，是有其不同之價值與意義所在的。

第四章，「漂泊與恐懼——敘其貼近現實的寫實小說」。南宮搏除歷史小說外，便屬寫作民國以來之寫實小說最多，但這部分小說的最大特點處有二，即其存在著對恐懼戰爭的畏怯情感及漂泊離散之思鄉意識。在戰亂中被迫離鄉，在離鄉後成為希冀返鄉的候鳥，這是南宮搏所親身經歷過的。在這樣的環境下，人的情緒是複雜的，人的不安定感也是充斥身邊周遭的，什麼時候能有止歇的一天？什麼時候能停止思鄉的愁緒？這是所有人都無法輕易將其從腦中給抹去的。

第五章，「古典與唯美——述其《觀燈海樓詩草》之內涵與藝術特色」。如前所述，南宮搏自幼學詩填詞，國學根基深厚，他自身詩詞的創作亦堪稱一絕。其中文辭典雅唯美之處固有，但寫知友之交往及對社會寫實所抒發的真實情感，更是見其價值之所在。此類作品除《觀燈海樓詩草》一書外，其餘則散見於所投稿報章雜誌的篇什之中，筆者擬從體製、內涵及藝術特色等三方面，探究其詩詞之豐富性、開創性與自然性，以讓世人知其文學不僅白話文學，乃能揉合古典與現代、唯美與樸實，兼容並蓄而成一大家也。

第六章，「批判與考證——論其春秋筆法之歷史與人物評判」。作為一個歷史小說家及學術研究者，對現實世界是有批判責任的，因為批判永遠是一個國家快速進步的原動力之一；同樣的，對人的批判亦是如此。而南宮搏正好長期處於報刊雜誌的撰寫者甚至是出版者的角色，理所當然，他的責任感更是遠豐富於一般人之上，因此他有多部類似的著作，如《郭沫若批判》、《轉型期的知識份子》、《香港的最後一程》、《毛共政權分裂內幕》等，再加上他於報紙期刊的社論批判等等，這些均成為他生命價值與生活意義可供觀察的重點，中間或許有不同於一般主流意見的想法，但這是南宮搏自身所撰述的「稗官野史」，也可相輔或更正當代「正史」之所缺，亦值一觀。

第七章，「結論」。乃綜合談論南宮搏所有著作及給予後人如何影響，並儘可能公允地評論其各種著作之優劣高低，而給予一合理之歷史定位。

第四節　作者生平簡介與著作

南宮搏，本名馬彬，字漢嶽，筆名有馬兵、史劍、許劍、齊簡、漢元、碧光、洗木、木齋、雪庵等等，其中又以「南宮搏」名氣最大，世人也多識南宮搏而不知馬彬，故筆者此書名之為《南宮搏著作研究》，原因亦即在此。

其生於民國十三年一月十二日浙江餘姚縣，因肝癌卒於民國七十二年十一月二十六日第二故鄉——香港。自小即勤習古詩，嘗自云：「余自稚齡學詩，至今二十餘年矣。」[31]國學根柢足見深厚。曾就讀孫逸仙大學及浙江大學，任職經歷有江西省糧食局職員、重慶《掃蕩報》記者及編輯、《和平日報》編輯主任、上海《和平時報》總編輯、臺灣《中國時報》社長等，其中又曾加入「良友圖書公司」、「友聯出版社」等，但主要以在《星島晚報》、《新生晚報》及《香港時報》等擔任撰稿者，鬻文為生，此乃為世所知之主要原因[32]。

和許多因大陸動盪而南飛的候鳥一樣，南宮搏由於是堅決之反共主義者，因此乃在大陸國共兩黨易手之際，逃到了香港，其中除短暫來臺兩年外（民國五十六至五十八年），即長期定居香港。此間，文

---

31 南宮搏：《觀燈海樓詩草．自序》。按：南宮搏生於民國十三年一月十二日，而此書出版時，其不過三十一歲，可推算南宮搏應未滿十歲即學詩，文學造詣之深厚，亦由此累積而成。

32 如《星島晚報》南宮搏即自一九五二年一月二日至一九八三年十月十一日，幾乎不曾間斷，此詳見本節筆者所編作者之生平著作年表。

人雅士多所聚會，最著名有「海角鐘聲社」，那是由當時南飛人士中官位最高、最為顯貴的熊式輝所主持[33]，而其好友如易君左、阮毅成等，亦皆參與此社；此外，作家兼學者徐訏、曹聚仁亦是其親密之友。簡言之，南宮搏在性格上耿直豪爽、坦率真誠，而學問上又博學多聞、著作等身，若湮沒於世而不為眾人所知，甚屬可惜，筆者乃列其著作年表於後，並逐章討論其各類作品，冀望推介此一名家於社會大眾。

---

33 據南宮搏《香港的最後一程》中〈魚龍光怪百千吞〉一文所記：「他（熊）很早期即任上海警備總司令，其後任江西省主席十年，勝利後任東北行轅主任。」頁192。

西元	年紀	報紙雜誌連載	書籍出版及生平或重要事件備註
1924	1歲		◎生於浙江餘姚
1946	22歲		◎5月由重慶回江南；11月12日，召開國民大會時，南宮搏在南京（見《轉形期的知識份子》，頁181、183）
1949	25歲		◎加入「良友畫報」（後為「良友圖書公司」），經營不善後，南宮搏轉至「友聯出版社」（1951年4月成立），後又到「創墾出版社」主持《創墾叢書》 ◎《紅牆》（上海市：大家出版社）
1950	26歲		◎1950年7月綜合雜誌《幸福》在香港復刊，由沈寂主編，主要作者有：劉以鬯、徐訏、上官牧、南宮搏等人
1951	27歲		◎1951年11月15日綜合雜誌《星島週報》創刊，由劉以鬯、酈蔭泉、陳良興、梁永泰等主編，主要作者：南宮搏、上官寶倫、蕭安宇等人（至1958年10月9日停刊）

西元	年紀	報紙雜誌連載	書籍出版及生平或重要事件備註
1952	28歲	◎《私奔》（香港：星島晚報1952年1月2日～1952年1月6日） ◎《虞美人》（香港：星島晚報1952年1月7日～1952年1月16日） ◎《易水歌》（香港：星島晚報1952年1月17日～1952年2月5日） ◎《楊貴妃》（香港：星島晚報1952年2月6日～1952年2月28日） ◎《宋王臺》（香港：星島晚報1952年2月29日～1952年3月11日） ◎《西施》（香港：星島晚報1952年3月12日～1952年4月20日） ◎《貂蟬》（香港：星島晚報1952年4月21日～1952年6月13日） ◎《圓圓曲》（香港：星島晚報1952年6月14日～1952年8月17日） ◎《桃花扇》（香港：星島晚報1952年8月18日～1952年12月9日） ◎《圓圓曲補遺》（香港：星島晚報1952年12月10日～1952年12月17日）	◎《西施》（香港：創墾出版社） ◎《貂蟬》（香港：創墾出版社） ◎《圓圓曲》（香港：春草出版社）

西元	年紀	報紙雜誌連載	書籍出版及生平 或重要事件備註
		◎《王昭君》（香港：星島晚報1952年12月18日～1953年5月30日）	
1953	29歲	◎《鄭成功》（香港時報1953年3月1日～1953年6月27日） ◎《絕代佳人》（香港：星島晚報1953年5月31日～1953年6月15日） ◎《諸葛亮》（香港：星島晚報1953年6月17日～1954年3月12日） ◎《孽緣》（香港：新生晚報1953月9月22日～1953月11月21日）	◎《郭沫若批判》（著作日期寫於該書文末）
1954	30歲	◎《妖女》（香港：新生晚報1954年1月6日～1954年3月28日） ◎《趙飛燕》（香港：星島晚報1954年3月16日～1955年1月3日） ◎《懷夢草》（香港：新生晚報1954年3月29日～1954年7月20日） ◎《水滸縱橫談》（香港時報1954年5月12日～1954年7月21日）	◎《王昭君》（香港：亞東圖書公司） ◎《女人》（又名《妖女》寫於文末） ◎《董小宛》（香港：亞東圖書公司） ◎《風波亭》（香港：友聯出版社） ◎《女神》（香港：虹霓出版社） ◎《妲己》（香港：亞東圖書公司）

西元	年紀	報紙雜誌連載	書籍出版及生平或重要事件備註
		◎《星海》（香港：新生晚報1954年7月25日～1954年9月30日） ◎《甲午談往》（香港時報1954年8月1日～1954年9月29日） ◎《民間故事新編》（香港時報1954年9月30日～1954年10月31日） ◎《罪惡園》（香港：新生晚報1954年10月1日～1954年11月24日） ◎《南海明珠》（香港：新生晚報1954年12月1日～1955年2月27日）	◎《江南的憂鬱》（又名《江南的魏鬱》，香港：亞洲出版社） ◎《郭沫若批判》（香港：亞洲出版社）
1955	31歲	◎《章臺柳》（香港：星島晚報1955年1月4日～1955年5月21日） ◎《江東二喬》（香港時報1955年3月16日～1955年6月22日） ◎《春秋淫后》（香港：新生晚報1955年3月17日～1955年8月7日） ◎《孔雀東南飛》（香港：星島晚報1955年5月25日～1955年9月8日）	◎《洛神》（又名《權位與美女》，臺北市：徵信新聞報） ◎《憤怒的江》（又名《水東流》、《復回的江》、《罪惡園》、《女螢》等，香港：虹霓出版社） ◎《觀燈海樓詩草》（香港：良友出版公司） ◎合著小說《大澤鄉》出版

西元	年紀	報紙雜誌連載	書籍出版及生平 或重要事件備註
		◎《洛神》（香港：星島晚報1955年9月9日～1956年4月11日） ◎《魔術師的手杖》（香港：新生晚報1955年11月1日～1956年1月23日）	
1956	32歲	◎《蜃樓》（香港：新生晚報1956年2月13日～1956年7月9日） ◎《李後主》（香港：星島晚報1956年4月12日～1957年5月25日） ◎《紳士淑女》（香港：新生晚報1956年7月23日～1956年12月9日）	◎《章臺柳》（香港：友聯出版社） ◎《潘金蓮》（香港：友聯出版社） ◎《孽緣》（香港：南天書業） ◎1956年6月15日通俗文藝雜誌《小小說》半月刊創刊，由曾光主編，主要作者：南宮搏、望雲、龍驤、碧侶等人 ◎《歷史小說選集》（香港：自由出版社，內容含《易水歌》、《絕代佳人》、《李陵之死》、《花木蘭》、《紅拂傳奇》及《宋王臺》等六篇） ◎《轉型期的知識份子》

西元	年紀	報紙雜誌連載	書籍出版及生平 或重要事件備註
1957	33歲	◎《綠珠》（香港：星島晚報1957年5月26日～1957年9月25日） ◎《胭脂井》（香港：星島晚報1957年9月26日～1958年8月6日）	◎《春風誤》（臺北縣：博愛出版社） ◎《押不盧花》（香港：亞洲出版社） ◎《三李詞集》（香港：南天書業） ◎《神童夏完淳》（香港：南天書業） ◎《干將莫邪》（香港：亞洲出版社） ◎《孔雀東南飛》（香港：南天書業） ◎1957年6月9～13日香港文化界訪臺灣，成員有：黃震遐、李秋生、馬彬、徐訹、徐訏等人
1958	34歲	◎《魏武帝》（香港：星島晚報1958年8月8日～1959年9月18日）	◎《楊貴妃新傳》（香港：不詳） ◎《蔦蘿》（香港：南天書業）
1959	35歲	◎《李商隱》（香港：星島晚報1959年9月19日～1959年12月31日 ◎《乾隆廿七年的除夕》（香港：新生晚報1959年12月10日～1960年2月6日）	◎《漢光武》（臺北市：中央日報社） ◎《毛教授的一家人》（香港：亞洲出版社） ◎《中國歷代名女人》（香港：亞洲出版社） ◎《貓》（又名《愛與罰》，臺北市：民風出版社）

西元	年紀	報紙雜誌連載	書籍出版及生平或重要事件備註
1960	36歲	◎《林四娘》（香港：星島晚報1960年1月2日～1960年5月7日） ◎《陰麗華》（香港：星島晚報1960年5月8日～1960年10月30日） ◎《何月兒傳奇》（香港：星島晚報1960年10月31日～1962年2月11日）	◎《江山美人》（又名《魂牽夢縈》，香港：亞洲出版社）
1961	37歲	◎《上官婉兒》（香港：星島晚報1961年2月17日～1961年7月24日） ◎《紫鳳樓》（香港：星島晚報1961年7月25日～1962年2月22日）	◎《大漢春秋》（著作日期寫於該書後記） ◎《武則天》（臺北市：徵信新聞報）
1962	38歲	◎《黃仲則》（香港：星島晚報1962年2月23日～1962年5月5日） ◎《文天祥》（香港：星島晚報1962年5月6日～1962年11月16日） ◎《清涼山》（香港：新生晚報1962年5月28日～1962年12月10日） ◎《漢武帝》（香港：星島晚報1962年11月17日～1963年7月25日） ◎《沈珠記》（香港：新生晚報1962年12月11日～1963年7月21日）	◎發生「香港五月難民潮」，大批中國人逃至香港（見《香港的最後一程》，頁259-273） ◎《紫鳳樓》（臺北市：徵信新聞報） ◎《李後主》（又名《娥皇與女英》臺北市：徵信新聞報） ◎《樂昌公主》（臺北市：大華晚報社） ◎《民間故事畫傳》（香港：亞洲出版社）

西元	年紀	報紙雜誌連載	書籍出版及生平 或重要事件備註
1963	39歲	◎《李亞仙》（香港：新生晚報1963年7月25日～1964年1月11日） ◎《長春花》（香港：星島晚報1963年7月26日～1964年4月14日）	◎《劉無雙》（臺北市：大華晚報） ◎《這一家》（著作日期寫於該書文末） ◎《韓信》（著作日期寫於該書作者序） ◎《紅娘子》（臺北市：華聯出版社） ◎《媽祖》（臺北市：臺灣新生報） ◎《玄武門》（臺北市：立志出版社）
1964	40歲	◎《甘露事變》（香港：新生晚報1964年1月19日～1964年4月28日） ◎《流離行》（香港：星島晚報1964年4月15日～1964年10月2日） ◎《談李清照》（香港：新生晚報1964年5月5日～1964年5月17日） ◎《偏安叢談》（香港：新生晚報1964年5月18日～1964年6月4日） ◎《漢宮怨》（香港：新生晚報1964年6月5日～1965年3月11日） ◎《侯門》（香港：星島晚報1964年10月3日～1965年5月9日）	◎香港「銀行潮」（中共不放出現鈔，企圖擾亂香港金融秩序） ◎《漢宮韻事》（臺北市：徵信新聞報） ◎《梁山伯與祝英台》（臺北市：臺灣新生報） ◎《春風誤》（臺北市：博愛出版社） ◎《虢國夫人》（臺北市：立志出版社） ◎《十年一覺揚州夢》（臺北市：萬象出版社） ◎《塵沙萬里行》（香港：人人書局）

西元	年紀	報紙雜誌連載	書籍出版及生平或重要事件備註
1965	41歲	◎《陳隋煙雨》（香港：新生晚報1965年3月12日～1965年11月18日） ◎〈李青眉前記〉（臺北市：徵信新聞報1965年4月13日） ◎《柳永》（香港：星島晚報1965年5月10日～1965年8月31日） ◎《洪宣嬌》（香港：星島晚報1965年9月1日～1966年9月2日） ◎《十年一覺揚州夢》（香港：新生晚報1965年11月19日～1966年7月13日） ◎〈秦淮碧前記〉（臺北市：徵信新聞報1965年11月22日）	◎《蜃樓》（臺北市：立志出版社） ◎《紳士淑女》（臺北市：立志出版社） ◎《李青眉》（臺北市：徵信新聞報） ◎《秦淮碧》（臺北市：徵信新聞報） ◎《江東二喬》（臺北市：神州出版社，再版）
1966	42歲	◎《錦瑟無端五十弦》（香港：星島晚報1966年9月3日～1967年2月27日） ◎〈洛陽女兒小識〉（臺北市：徵信新聞報1965年6月9日）	◎《紅樓冷雨》（著作日期寫於該書前記） ◎《洛陽女兒》（臺北市：徵信新聞報） ◎《太平天國》（臺北市：徵信新聞報） ◎《花信風》（臺北市：立志出版社） ◎《天寶貴婦》（臺北市：立志出版社）

西元	年紀	報紙雜誌連載	書籍出版及生平 或重要事件備註
1967	43歲	◎《亂離緣》（香港：星島晚報1967年2月28日～1967年10月28日） ◎《麗人行》（香港：星島晚報1967年10月29日～1968年4月11日） ◎〈有關胡適先生微言〉（臺北市：徵信新聞報1967年12月15日）	◎香港發生暴動（5月～12月，由中共策動） ◎8月來臺，為中國時報社長 ◎好友易君左於臺北逝世（見《香港的最後一程》，頁208） ◎《東海明珠》（臺北市：立志出版社）
1968	44歲	◎〈杜牧風流事——附唐代揚州長安妓院風光〉（臺灣：《中國文選》11期，1968年3月） ◎《蔡琰》（香港：星島晚報1968年4月12日～1968年10月17日） ◎〈關於魚玄機的介說〉（臺北市：徵信新聞報1968年7月16日） ◎《魚玄機》（從1968年7月16日起於《徵信新聞報》連載） ◎《碧海》（香港：星島晚報1968年10月18日～1969年4月2日） ◎《紅露花房》（臺北市：中國時報1968年12月18日～1969年4月1日）	

西元	年紀	報紙雜誌連載	書籍出版及生平或重要事件備註
1969	45歲	◎《鳴珂曲》（香港：星島晚報1969年4月3日～1969年9月1日） ◎《林花謝了春紅》（香港：星島晚報1969年9月2日～1970年2月21日） ◎〈國境線上——東北〉（中國時報1969年3月5日 ◎〈國境線上——西北〉（中國時報1969年3月10日	◎《毛共政權分裂內幕》（3月初版，此書涵蓋1966～1969年間在中國時報發表的文章）
1970	46歲	◎《少年行》（香港：星島晚報1970年2月22日～1970年9月11日） ◎《龍種》（香港：星島晚報1970年9月12日～1971年3月11日） ◎〈燕子樓人事考述〉（《東方雜誌》第四卷第一期，7月） ◎〈觀水彩畫感念舊地作五絕十章〉（1970），本篇刊於《大成》第五期1974年4月1日	

西元	年紀	報紙雜誌連載	書籍出版及生平或重要事件備註
1971	47歲	◎《秦淮碧》（香港：星島晚報1971年3月12日～1971年10月3日） ◎《殘紅》（香港：星島晚報1971年10月4日～1972年3月22日） ◎《南渡以後的李清照》（從1970年9月～1971年3月於《東方雜誌》連載） ◎〈於「知堂回想錄」而回想〉（中國時報5月8日及10日第九版共2篇）	
1972	48歲	◎《傾城一笑》（香港：星島晚報1972年3月23日～1972年12月2日） ◎《楊妃故事》（香港：星島晚報1972年12月3日～1973月11月15日）	◎《朱門》（臺北市：時報文化出版社）
1973	49歲	◎《花蕊夫人》（香港：星島晚報1973年11月16日～1974年8月12日）	◎3月有寫作《新路》之動意，並在此年從歐洲赴美國，再從美國紐約到華盛頓，住於威廉士堡（見《新路》之〈後記〉 ◎《楊貴妃》（自述從1972年秋末動筆～1973年夏完成，中間有50多頁於倫敦完成）

西元	年紀	報紙雜誌連載	書籍出版及生平或重要事件備註
1974	50歲	◎〈楊貴妃故事傳述〉（《大成》第二～三期1974年1～2月） ◎〈鄉貫與協和〉（《大成》第四期1974年3月1日） ◎〈讀三句不離本「杭」，為作三絕句，並寄阮毅成先生〉（4年二月尾），本篇刊於《大成》第五期19744年4月1日 ◎《阿房宮》（香港：星島晚報1974年8月13日～1975年3月28日）	◎至蘇聯基輔大學作客（見《香港的最後一程》，頁84記載）
1975	51歲	◎《包拯故事》（香港：星島晚報1975年3月29日～1976年6月5日） ◎〈郁達夫的婚姻悲劇〉（臺灣：《古今談》第117～118期） ◎〈五十二個甲子之前〉（《大成》第十七期1975年4月1日） ◎〈洛神修訂本前記〉（臺北市：中國時報1975年5月28日） ◎〈梁山泊漫談〉（臺北市：中國時報1975年7月22日～25日） ◎《魯智深》（臺北市：中國時報1975年7月26日）	◎《花蕊夫人》（前記）

西元	年紀	報紙雜誌連載	書籍出版及生平或重要事件備註
1976	52歲	◎《江山豔》（香港：星島晚報1976年6月6日～1977年8月16日） ◎〈憶事、遣懷、悼易君左〉（《湖南文獻季刊》第四卷第三期，7月）	◎為寫《新路》，秋，再赴美國，感恩節仍在美國 ◎《魯智深》（著作日期寫於該書文末）
1977	53歲	◎《元微之》（香港：星島晚報1977年8月17日～1978年8月29日）	
1978	54歲	◎《三代風華》（香港：星島晚報1978年8月30日～1979月12月8日）	◎《新路》（著作日期寫於該書「後記」，臺北市：九歌出版社）
1979	55歲	◎《燕雲故事》（香港：星島晚報1979年12月9日～1980.8月28日）	
1980	56歲	◎《代和代》（香港：星島晚報1980年8月29日～1982年10月4日）	◎《中國的風雲人物趣事》（臺北市：長春樹書坊）
1981	57歲		◎作客於美國加里福尼亞大學（見《香港的最後一程》，頁178記載）
1982	58歲	◎《楊月光》（香港：星島晚報1982年10月5日～1983年10月11日）	◎曾參與由熊式輝所主持的「海角鐘聲」詩社（見《香港的最後一程》，頁162記載） ◎赴英國倫敦（見《香港的最後一程》，頁162記載

西元	年紀	報紙雜誌連載	書籍出版及生平或重要事件備註
			◎《中國歷代名人軼事》第一～二集（臺南市：文國書局） ◎《水滸傳畫冊》（臺北市：堯舜出版社）
1983	59歲		◎《香港的最後一程》（寫於文中） ◎《楊門女將畫冊》（臺北市：堯舜出版社）

※此表乃參酌黃繼持等主編之《香港文學大事年表1948-1969》及個人資料搜尋而得，而《憂鬱的田園》（南天）、《鉛華錄》（散文集，取自「結束鉛華歸少作，屏除絲竹入中年」）、《畫龍集憂》（雜感文）、《晉社會》（歷史研究）、《先秦政治史》（歷史）等，都應作於一九五七之前，因在《押不盧花》書後，介紹了這幾篇著作；另外，《后羿與嫦娥》、《月嬋娟》、《呂純陽》、《李香君》、《玉堂春韻事》都仍無法確實確定其年代，如筆者手上版本《后羿與嫦娥》是時報出版社於一九八六年一月出版的，而《月嬋娟》則也是時報在一九八四年一月所出版，但此時南宮搏已逝，而其餘版本又均無法覓得，另三書則均無出版年月；又有《古典愛情故事》出版於一九八六年十一月臺北的長春樹書坊；《中國歷史故事畫冊》則出版於一九八四年臺北的文國出版社，凡此等，為求學術論文嚴謹之態度，筆者此時仍無法確定時，則暫不列於上表之中。

第二章

讀史與愛情

——談其畢生的最大成就歷史小說

在上一章裡提到歷史小說作家紛多，故某個程度上削弱了讀者群對南宮搏的注意力，但認真來說，這些作家多半還是近二十年來才產生的，若遠紹民初的話，則歷史作家在各類型創作者的數量上，比例上仍是偏低的，原因如龔鵬程所說：「……稗官野史，原本就相對於正史官史而說。文人學士，也非田夫野老，夙不以巷議街談為然。故清朝考證學大興之後，鄙薄講史，以史籍史事真偽之考訂為職志，竟蔚為風氣，像章學誠《文史通義》就說：著作之體，要就實，要就虛。不能像《三國演義》那樣，既不像正史那樣吻合『史實』，又不像小說那般全憑虛構，反而造成了讀者的混淆。於是，講史的地位，不僅及不上正史，也不如小說了。」[1]可見清之時代風氣便已壓抑講史這一類的創作。而西風東侵之後，帶進許多文學理論，歷史小說的創作環境也就愈加艱辛，因此，龔鵬程又接著說道：

> 現代小說觀，第一就是要從創造性講起。小說既是作者之創造物，其人物、情節自必為虛構的。因此，會覺得講史缺乏創造性，一切人、事、地、物均受限於史實，缺乏作者發揮想像力的空間。而一部缺乏想像力與創造性的東西，還能算是好作品嗎？但若作者在講述史事之中，添加了太多想像，甚或更動了

1　龔鵬程：〈序〉，《南宮搏系列作品》（臺北市：麥田出版公司，2002年）。

> 歷史結局，扭轉了史蹟之因果循環，其虛構性又不能令人忍受。非特不會被稱讚，反而會被指責，認為那是不能容忍的缺陷。處在如此左右不討好的情況下，講史的命運，可謂蹇困極了。[2]

這大概是為何民國初期歷史作家相較於其它類別作家為少的緣故了。

而雖然南宮搏之所以寫歷史小說，根據他自己的說法是：「我從事歷史小說的寫作，在情緒上是流之異地，有故國之思，那時，中國傳統受到中共嚴重的破壞，於是，我想到了以歷史人事為題材而寫作。」[3]但無心插柳柳成蔭的情況下，南宮搏正好填補了現代小說「歷史」這一塊缺憾，並在獨特的寫作手法下，兼具講史的寫實與愛情的浪漫，關於這點，南宮搏的出現是彌足珍貴的。

第一節　寫作手法

羅宗濤評論南宮搏歷史小說時曾說：「南宮搏善於經營歷史小說的氛圍，每篇小說，他都佈置了古意盎然的空間，舉凡城郭、宮殿、府邸、民居、壇坫、亭臺、苑囿、村落、道路、街巷、橋梁、渡頭、舟楫、軒車……都莫不古色古香，連朝陽、夕照、風雲、星月，也讓人發出思古之幽情。活動其中的人物，他們的衣著、裝扮、佩飾、用具和當時周遭環境，也都是協調的。他們的官銜、稱謂、舉止也莫不合乎當時的制度、禮儀和習慣。在言談方面，他採用現代的白話，只有在顯示不同身份和特殊性格時，才運用當時的古語。所謂古語今語，它們的遺傳基因絕大部分是相同的，只要運用得當，不但不會有

2　同前註。

3　南宮搏：《韓信．作者序》（臺北市：麥田出版公司，2002年），上冊，頁16。

艱澀之感，更增添了典雅之美。由於他揉合古今語方面蠻成功的，以至於古今原本無所差別的哭和笑，在他的歷史小說中，彷彿也沾上那麼一點古意。」[4]可見其文字功力和熟稔歷史背景之能力。

但不僅如此，南宮搏歷史小說的寫作手法尚有其獨特性，而由於這些新意的寫作方式，不僅讓他作品於當時一時之間洛陽紙貴，並且開創出歷史小說新風貌，使作品趨向於更細膩、更柔情、更深入，也更全面地剖析某一歷史時代或歷史事件。作為一引領者的角色，南宮搏無愧為一代宗師。以下即剖析之。

一　一人爲主，餘作陪襯

南宮搏的寫作手法，在其〈從紫鳳樓到韓信——兼談歷史小說與歷史書〉一文裡明確說道：

> 至於我的歷史小說寫作方法是直接受德國作家勃魯諾．法蘭克（Bruno Frank）的影響，他所作歷史小說《特梭克》，寫菲特烈大帝之妹與侍從軍官特梭克之戀，為第一次大戰後轟動歐洲的名著。法蘭克的作品風格，清新明朗，棄絕了十九世紀英國歷史小說的冗瑣，也刪刈了繁複的枝葉與揚棄機械的說教。
> 法蘭克的歷史小說，在本世紀的三〇年代，風靡歐洲，我於偶然間接觸而愛好，由愛好而摹擬，他的處理故事方法：集中一個時代的特點而陪襯故事的主人。把社會風習從一個人或幾個人的身上反映出來。[5]

4　南宮搏：《漢光武．序》（臺北市：麥田出版公司，2002年）。

5　南宮搏：《韓信．作者序》，上冊，頁16。

這便是他往後歷史小說的主要寫作手法，即以一人為主線，並用其時代作背景，陪襯這一人物。但其實不僅如此，在手法上，他更融合了多位外國歷史小說家的筆法，其云：

> ……二十多年前，我嘗試著以歐洲的歷史小說風格有系統地寫長篇中國歷史小說，當時影響我最深，使我從事摹擬的人，第一個是德國的歷史小說作家勃魯諾．法蘭克（Bruno Frank），在本世紀二十年代至三十年代初，他的作品風靡一時，開創德國文壇寫作歷史小說的熱潮。其次是英國著名的歷史小說家米契生夫人（Mrs. Naomi Margaret Mitchison）和上一個世紀末名氣很大的英國歷史小說家韋曼（Stanley John Weyman），以及本世紀三十年代末期享名的格蘭扶斯（Robert Graves）等人，我曾經嘗試著以法蘭克的風格作為基礎，汲取早期的韋曼，近期的（三十和四十年代）格蘭扶斯，再加上十九世紀英國現實主義作家薩克雷（William Makepeace）的手法，用來寫我的歷史小說……[6]

顯見他是大量汲取、融合外國歷史小說作家之寫作技巧的，而這樣的方式和傳統「演義」是大不相同的。他進一步說道：

> 在中國，過去有「演義」，把一個朝代的興廢大端與兒女私情融合在一起，作流水帳似的敘述，有一個很長的時期，演義吸引了許多人。[7]

整體而言，南宮搏的寫作在於把像原先中國多線發展近於流水帳似

6 南宮搏：《楊貴妃．序》（臺北市：時報文化出版企業公司，1986年），頁2。

7 南宮搏：《韓信．作者序》，上冊，頁16。

的「演義」，或如十九世紀英國歷史小說同樣「冗瑣」的方式給揚棄掉，而追求更單純的一人主線架構；簡單來說，便是以更貼近「人性」的角度去看歷史。

傳統的歷史小說是以國家政治興亡為傳述要件，在這前提下，所有的故事發展都要遵循這條「正確」的朝代興衰路線而走，例如覆巢之下無完卵，因此必須有「烈女不事二夫，忠臣不事二主」這種忠國忠君的意識型態；但國之將亡，必有妖孽，一個朝代之所以被取代，絕不可能是明君在位而天下承平盛世的情況。因此亂世之際，「個人」的想法如何呢？仍是不顧一切地忠君愛國而毫無埋怨？抑或是有許多對現狀不滿而苦無改變之處？這時每一階級，每一政治實力者所見角度、對歷史「事實」的解讀也均不同，那麼這種「個體化」的歷史小說就有其存在的必要性。因此筆者認為：這種寫作手法既是中國歷史小說的創新手法，也是開啟我們對歷史重新審視省思的一個關鍵。

二　女性爲主，男性爲輔

在南宮搏作品中，以女性為故事第一主角的相當多，幾乎是其作品的絕大多數，事實上，若不論作品之長短篇，單是以女性為書名者，如《武則天》、《潘金蓮》、《西施》、《楊貴妃》……等，即有三十六部，而以男性為題者，僅有十六部（其中《漢光武》原在報上連載時，名為《陰麗華》），此外還有不以人名為書題，但絕大多數仍是敘說著歷代名女人的故事，以下乃詳細列表說明之：（以下各分類按故事內容的時代排序）

分類	書名
以女性為題者	妲己、西施、春秋淫后、虞美人、王昭君、趙飛燕（漢宮韻事、漢宮怨）、陰麗華（漢光武）、蔡文姬（蔡琰）、江東二喬、洛神、貂嬋、綠珠、樂昌公主、紅拂傳奇、洛陽女兒、武則天、楊貴妃（楊妃故事）、月嬋娟（楊月光）、虢國夫人、李青眉、李亞仙、魚玄機、劉無雙（亂離緣）、東海明珠、花蕊夫人、媽祖、潘金蓮、李清照的後半生、押不盧花、紅娘子、圓圓曲、何月兒傳奇、李香君、董小宛、林四娘、洪宣嬌（太平天國）、絕代佳人等37部
以男性為題者	韓信、漢武帝（大漢春秋）、漢光武（陰麗華）、魏武帝、諸葛亮、元微之、李商隱、李後主：文學史上的彗星、呂純陽、魯智深、包拯故事、柳永、文天祥、鄭成功、神童夏完淳、黃仲則等16部
男女主角並稱者	后羿與嫦娥、干將莫邪、梁山伯與祝英台等3部
其它	阿房宮、易水歌、長春花、大漢春秋（漢武帝）、漢宮韻事（趙飛燕、漢宮怨）、孔雀東南飛、傾城一笑、殘紅、胭脂井、陳隋煙雨、玄武門、朱門、紫鳳樓、侯門、少年行、章臺柳、鳴珂曲、甘露事變、亂離緣（劉無雙）、流離行、十年一覺揚州夢、紅樓冷雨（錦瑟無端五十弦）、燕雲故事、江山豔、林花謝了春紅、風波亭、秦淮碧、紅露花房、沈珠記（碧海）、麗人行、桃花扇、春風誤、乾隆廿七年的除夕、三代風華、清涼山、太平天國（洪宣嬌）、宋王臺等37部

※其中《絕代佳人》、《宋王臺》因已亡佚，故無法得知其故事之確切年代。

這當中有五部是有兩個或以上名字的，乃《洪宣嬌》（又名《太平天國》）、《陰麗華》（又名《漢光武》）、《趙飛燕》（又名《漢宮韻事》、《漢宮怨》）、《大漢春秋》（《漢武帝》）、《劉無雙》（又名《亂離緣》），故其歷史小說總數應僅有八十八部（而上述統計數字加總共有九十三部）。且其中除第二部分「以男性為題者」之《漢光武》其實全在談陰麗華，及第三部分男女並重外；在「其它」中，如《押不盧花》談的是蒙古阿蓋公主、《漢宮韻事》說的是趙飛燕姊妹之事、《太平天國》講的是洪宣嬌、《紫鳳樓》評元載之女元鳳兮、《桃花扇》無疑是說李香君、《春風誤》談明末歌妓卞玉京……等等，雖書名非以女性為題，但內容實都是女性。南宮搏為何如此偏重以女性為故事主角，且多以愛情為其故事主題呢？其解釋為：

> 我著重在情的方面，因為我們的民族在近世（宋以後）太冷漠，需要情愛來鼓舞生氣。再者，我們是一個沒有宗教的民族，初民時代，就因地廣人多而著力於政治，我們民族，政治的太多了。
>
> 政治，大致是智巧與偽詐結合而成的，我想愛情總比較真些，我願我們民族有愛。能大膽和真誠的相愛，以愛來充實生命。因此，我強調了人性中愛的一面，不僅是兩性愛，還有親情、友誼。[8]

這便是南宮搏何以總是用女人及其愛情為歷史小說主軸的道理。而龔鵬程則更進一步詮釋他何以如此寫的道理：

> 從題材上看，南宮搏寫的四分之三以上是女人。為什麼專挑女人，寫些風流韻事呢？是作者意存佻撻、性好風流嗎？不然。

---

[8] 南宮搏：《韓信．序》，上冊，頁21-22。

> 女人的身世，跟宮朝政局時代社會、人際網絡，基本上無甚關係。這些女人，是因與君王等特殊男人有關了，才間接與這個社會和歷史有關的。關聯起來以後，她們可能被指責為禍國之妖姬，可能成為時代滄桑的見證。但就她本身來說，她的生命、喜怒、情愛、遭際，其實自成脈絡、自成風景。南宮搏所要描繪的，就是這一段風景，因此，他不但關切歷史中的個人，還希望能檢索大的社會歷史之外的個人史。

事實上也有許多人責怪他寫歷史小說情太多，而政治的太少。但南宮搏提出了他的說法，他摒棄了歷史政治上血腥殺戮赤裸裸的直接呈現，而用較委婉的方式，含蓄蘊藉的表達出來，寫作手法及焦點不同，但都一樣呈現歷史，誰說這樣的小說不是歷史小說？又誰規定一定要「政治的多」才是歷史小說呢？

而某些小說以男性為題者，南宮搏也有他的說法和用意：其云：「在我的歷史小說中，所選擇的人物，以有生氣、有個性的為主；可圓可方，模稜兩可的聖之時者，我通常揚棄，有之，也必成為反派人物。」[9]因此其書中的男性主角通常是明亮光輝的（或有在歷史中的評價褒貶不一，但南宮搏也會為之考證，論證其為正派人物的），如韓信、魯智深、元載……等，甚至有時南宮搏也會為個人喜好而改變其中之人物性格，如其云：

> 我希望中國的英雄豪傑是有情底，而不是視蒼生為芻狗的冷血動物。
>
> 因此，我不喜歡在逃難中推妻子落車而減輕車載重量以使自己逃得快些底英雄劉邦，我也不喜歡殺嫂的好漢武松。前者是歷

[9] 同前註，頁21。

> 史人物，後者是小說人物，但是，兩者卻是中國的英雄好漢標準。[10]

雖然劉邦、武松都是中國所謂的「英雄好漢」，但他們似乎都缺少了南宮搏所在意的「人性」，因此，南宮搏在《韓信》一書中塑造劉邦成了唯「江山大業」是圖、狡獪的粗鄙君王；而武松在《潘金蓮》裡可免於一死則是因嫂嫂潘金蓮的賣身相救，因此對潘金蓮之相知而傾心，這是南宮搏的獨特寫法，也是其對人物選材的主要態度。

此外，有些人物是神話或民間故事的主角，但因為他們形象已深植人心，許許多多的文學作品也因之而生，故在之前分類時，筆者並未將其獨立分開，如《呂純陽》、《后羿與嫦娥》、《干將莫邪》、《梁山伯與祝英台》……等，而這類作品如南宮搏之云：「民間故事是用不著考證的，堅貞的愛情，也不需要註解的」[11]，這部分我們或許該用輕鬆一點的態度看待之即可，對之深究與考據，筆者以為是不需要的。

三　圍繞寫作，突顯歷史

南宮搏另一寫作特色是對一個歷史事件或年代，採用「圍繞式」的寫作方式，嘗試從不同面向烘托出這事件或年代的獨特性，或他個人意識性的、主觀性的意見想法，甚至是對歷史提出挑戰，進而企圖「翻案」的寫作，像這樣的情形，也許在許多歷史小說家身上也看得到，但在南宮搏身上卻更為顯著。

舉例來說，如漢末三國時代，他便寫了《魏武帝》、《蔡文姬》、

10　同前註，頁22。

11　南宮搏：《梁山伯與祝英台．前言》（臺北市：臺灣新生報社，1964年），頁4。

《洛神》、《江東二喬》、《貂嬋》、《諸葛亮》等六部小說，這當中改變了一些我們既定的歷史觀；如一般以為機詐險惡的曹操，在南宮搏筆下，成了一個溫婉多情的形象，他深愛著蔡文姬，卻始終不敢把她接到身邊來，因為曹操怕當時他雖勢力最大，但列強環伺，恐怕蔡文姬還不到身邊時，他早已被殺，讓蔡文姬空留餘恨，這是多情的曹操，是一個我們絕少看到的曹操形象。

又如明末清初之際，他就寫了《紅娘子》、《圓圓曲》、《何月兒傳奇》、《鄭成功》、《神童夏完淳》、《李香君》、《桃花扇》、《董小宛》、《麗人行》、《春風誤》等作品，雖然分別來看，都是個人化的歷史小說，但某個角度而言，他寫的都是同那個時代，若干人共同遭遇的心聲；就單以秦淮河畔的歌妓而論，有時歌妓的愛國情操比那些所謂「士大夫」等更為深切，在這裡，南宮搏似乎想表達一件事，誰說「商女不知亡國恨」的？在他小說裡，古代的女子只是沒有能力揭竿而起，若論志氣節操，有時是遠比那些明明有能力卻總是龜縮躲藏、怕事畏戰而大嘆「時不我與」的名門之後強得多呢！再如明末許多士大夫其實不願擔任清朝官吏，而寧可退休隱居的，但清廷在半利誘半脅迫的情形下，迫使他們出來任官，可歷史卻也因他們的任官，對之口誅筆伐（在當代更是被撻伐的對象）。然而南宮搏點出，若他們不任官的話，性命不保是一定的，更嚴重的，還可能招致滿門抄斬，在這樣嚴厲的威脅下，這些人就只好背負「厚顏無恥」的罪名，忍辱為官，這樣的敘事觀點，也是同南宮搏當時之作家作品中所少見的。

而南宮搏著力最深、用功最勤、小說數量最多者，自然是唐代，就如高陽也曾對龔鵬程說過：「南宮搏對《唐史》等是很熟的」[12]，計

---

12 龔鵬程：〈序〉，《南宮搏系列作品》（臺北市：麥田出版公司，2002年），頁6。

有《紅拂傳奇》、《玄武門》、《洛陽女兒》、《武則天》、《月嬋娟》、《楊貴妃》、《虢國夫人》、《李青眉》、《朱門》、《紫鳳樓》、《侯門》、《少年行》、《章臺柳》、《鳴珂曲》、《李亞仙》、《甘露事變》、《魚玄機》、《劉無雙》、《東海明珠》、《流離行》、《元微之》、《十年一覺揚州夢》、《李商隱》、《紅樓冷雨》等二十四部，幾乎遍及唐代二九〇年（西元618-907年）的歷史，中間也多部小說反映同一件事實，如楊貴妃真是紅顏禍水嗎？不然，事實上是唐玄宗的怠惰加上節度使坐大使然。又如唐代風氣開放，近代認為「亂倫」現象，在唐代是稀鬆平常之事，如武則天原是太宗的才人，後來卻成為高宗的愛妃。楊貴妃原是壽王妃，但卻因玄宗的喜愛，壽王只好讓給了父親。諸如此類的敘述，讓我們對唐代社會有了更廣泛的認識，而皇室尚且如此，那一般大臣、士族甚至平民百姓也就更不用說了。因此如《紅樓冷雨》中便有李商隱的妻子說出這樣的話來：「丈夫和女道士甚至一些來歷不白的遊女來往，她並不介意，甚至，她還以為一個出色的丈夫應該到處有沾染的」[13]，這是整個唐代的社會風氣，延伸到了晚唐，普遍的價值觀。南宮搏在各部小說中，均採「圍繞式」方式敘述，且加深讀者對當時社會風氣及價值倫理的瞭解，因此雖是個人化的歷史小說，但卻能呈現當時代之整體面貌。

第二節　談歷史——疑史、考史、增刪小說

歷史小說的定義，由來眾多，如王國良即云：「現在幾乎所有的中國小說辭典都立有「歷史小說」這個條目，歸納各家詮釋的重點，大約有：（一）它以歷史人物和歷史事件為題材；（二）它通常採用

---

[13] 南宮搏：《紅樓冷雨》（臺北市：堯舜出版社，1980年），頁126。

編年體，即使某些以人物為中心的作品，仍然以公共時間為主軸而展開；（三）它是歷史科學和小說藝術的結合；（四）它可以是短篇，更多是中長篇。」[14]而南宮搏則說：「歷史小說並非即歷史，歷史小說是以史事為經，作者的思維為緯而組織成的。」[15]但歷史小說的特性，則其云：「『歷史小說』大致可以不照顧人物故事的時間、地位以及故事的正確性，『小說』不同於『歷史』，在於它能移動若干人事而配合，亦不必理會典章制度上的細節。」[16]因此歷史小說多半摻雜許多作者的見解，而作者見解是否完全按照歷史，則每個歷史小說作家皆為不同。由此看來，南宮搏對寫作歷史小說的態度，我們大致也可從以下三方面加以探討。

一　依正史但考據之

（一）懷疑正史

正史的編纂，由於歷史背景或人為因素，一定都有訛誤之處，但一般引用史書，若不細究，多半會有以正史為確的這種先入為主概念，因此多有誤入歧途而不自知。

南宮搏寫歷史小說，由於想別出機杼的寫出新意，對正史的看法便較審慎，甚至常有懷疑，如其在《韓信》的序中即提出對正史應顧及到其撰寫的政治目的、立場與認識三個問題，在「政治目的」方面其舉例云：

---

14 鍾淑貞紀錄：〈歷史與歷史小說座談會〉，《明道文藝》第234期（1995年9月），頁26。

15 南宮搏：《紅樓冷雨．前記》，頁8。

16 南宮搏：《楊貴妃．序》，頁1-2。

如唐太宗親自參與修撰《晉書》，其目的，在於為自己的祖先安排一個體面的出身，這是政治目的。[17]

在唐朝，沿襲著前朝之規，士族的地位，彷彿永遠難以撼動，無論是李唐或武周，這都是一道高牆，讓李氏和武氏跨不過去，如《武則天》裡，南宮搏寫道：

——山東，是太行山以東的地區，自從魏文帝曹丕取得山東大族的諒解而篡漢之後，施行九品官人法，保障了大族的政治上權利，中華歷史上，到此時才真正地出現了貴族，經過兩晉、南北朝的大混亂，山東大族在政治上的實力已經消墮；可是，他們的聲勢猶存。山東的崔家、盧家、鄭家……是連李唐皇族都看不起的，因為李氏一族源流出夷狄，在中原只是冒牌的貴族；而皇后的武家，又僅是李家的附庸，自然更不在山東大族的眼中了。李治曾經運用他的皇族權力，改編姓氏錄，以詔令廢舊日的氏族志；可是，這道皇令，對社會人心毫無影響。武媚娘曾暗示李義府、許敬宗等人竭力推廣姓氏錄，但所得的卻是嘲笑，山東大族的子弟，稱皇帝頒佈的姓氏錄為「勳格」，那只是做官用的，家世門第，並不是以官位為衡量的。

——武氏侄輩，曾經千方百計，圖謀與山東大族締結婚姻，卻沒有一次獲得成功。山東大族的子女，連與皇族通婚媾都不屑，何況武氏。[18]

另外在《紫鳳樓》中，提及元載提拔了後門寒族的士人，卻觸怒了這些山東大族等時，南宮搏又再次強調了這個現象：

17　南宮搏：《韓信．序》，上冊，頁18。

18　南宮搏：《武則天》（臺北市：麥田出版公司，2002年），上冊，頁108

> 在大唐皇朝，家世門第的觀念非常之重。當年，武則天專政，曾經以全力來打擊山東士族和關隴集團的貴族，可是，武氏故世之後，一度消沈的山東世族，又抬頭了。他們對家世族望這方面的觀念，是以古老的傳統為準，甚至，李唐望族，在他們眼中，也是不屑的。[19]

凡此等等，筆者只是略舉數例，但已可見當時之社會階級狀況。而唐太宗何以積極參與、親身編撰《晉書》？其心乃昭然若揭。以此心態編修，那麼缺失如何也就顯而易見了。

在「立場」方面，其寫道：

> 偉大的史學家司馬遷，為李廣立場，曲盡護持，使人覺得李廣不封侯，乃千古奇憾。但若細考漢律，那麼，李廣雖身經百戰，卻無一戰合乎漢封侯的條件。至於李陵的投降，司馬遷給予無比的同情。而實在，李陵降處，距邊城僅百餘里，而同時兵卒逃歸者四百餘人，李陵的降，並非走投無路，其為叛國甚明。但是，司馬遷與李氏同為世家貴族集團，由於立場故，給予同情。由於立場故，在司馬遷筆下，屬於外戚而出身寒微的衛青、霍去病，就不怎樣高明了。[20]

因為同是世家貴族，司馬遷為李廣、李陵發不平之鳴，但因鄙視出身低微的衛青、霍去病，也就不怎麼公允的為其立傳，我們在閱讀《史記》時，又怎能不注意到這方面的問題呢？而這不就是正史的缺失嗎？

而在「認識」的問題上，南宮搏說道：

---

[19] 南宮搏：《紫鳳樓》（臺北市：徵信新聞報，1962年），頁112。

[20] 南宮搏：《韓信．序》，上冊，頁18。

> 歷來史家對宦官（太監）都沒有好評，宦官誠然亂過政，但是，我們若從另外一個角度看，宦官賤殘自己的身體侍役於皇家，其所受非人待遇，甚至連禽獸都不如，我們有什麼權利要求宦官向皇帝效忠？此其一；其次，宦官的來歷，或是罪人後裔入宮，或是貧賤者子弟，被賣而腐體入宮，他們的教育水準，實在不足擔當大事，一旦因利乘便而任事，其所失自可想見，我們又何能深責宦官？[21]

所以史書裡對宦官亂政的究責辱罵，固然宦官有錯，但誰讓大權旁落？而宦官的水準不足，又當權者對宦官極不人道，所以我們又有什麼理由去苛責這些宦官呢？況且南宮搏也曾籠統地算了個「宦官亂政」的數字，即以每年閹割二百人為宦官（其實應遠不止於此數），以中國兩千五百年的歷史，總共至少有五十萬個以上的宦官，而歷史上弄權亂政的宦官，最多也不超過百人，那麼比例上也才萬分之二而已，這樣的數字算多嗎[22]？而「非宦官」由於爭權奪利，又有多少次亂政，造成多少難以百萬、千萬計的人類浩劫？這都值得我們深思！也讓我們對史書中有關宦官的記載多保持了一點憐憫與懷疑的態度。

這都是南宮搏對正史的懷疑，也是其歷史小說之可以有開創性的緣故。再舉一例，如《紫鳳樓》中的元載，南宮搏云曾有不少人對他質疑說：「元載是一個奸臣，何以在《紫鳳樓》中出現，卻無奸邪的面目？又有人問我，為何將元載的敗德之行，多予諱飾。亦有人嘲我：『春秋為尊者，閣下為奸臣諱？』」[23]

但如南宮搏之云：

21　同前註。

22　南宮搏：《紅樓冷雨．前記》，頁8。

23　南宮搏：《韓信．序》，上冊，頁11。

> 元載，以弄權貪污等罪名被殺的。史書上對他無一句好評，這是成王敗寇的觀念，不足盡信。客觀地評議，元載是一個傑出的政治家，「夸者死權，眾庶憑生」自古皆然。元載的毀敗，祇是政治上權力鬥爭的結果，貪污枉法，都是餘事。[24]

那是歷史的鬥爭，若我們一味相信正史記載，自然就會犯了譏人「春秋為尊者，閣下為奸臣諱？」的謬事。南宮搏之疑正史，而後方能開啟歷史新路，無怪他是現代歷史小說的第一人。

（二）考據正史

在對正史懷疑後，接下來南宮搏有時便會考據歷史，告知世人「真相」，為蒙冤者洗刷冤屈，如元載即是。南宮搏在《紫鳳樓》引《新唐書．第七十元載傳》寫道：

> ……載少孤，既長嗜學，工屬文。天寶初，下詔舉明莊老文列四子學者，載策入高第，補新平尉。……寢以古聞。至德初，江東採訪使李希言，表載自副，擢祠部員外郎，洪州刺史。入為度支郎中。占奏敏給，肅宗異之，累遷戶部侍郎，充度支江淮轉運等使……。[25]

南宮搏提到「莊老文列」是特科，其名位在進士之下，而且，不算是正途出身。但元載以縣尉入仕（縣尉是八品微官），以下僚逐步上擢；又以玄學出身而主理財政經濟（度支，轉運），由此可見他具有多方面的才能[26]。

---

[24] 南宮搏：《紫鳳樓．前記》，頁3。

[25] 同前註，頁4。

[26] 同前註。

而後考證說：「元載於代宗大歷十二年（777年）被誅，到德宗興元元年（784年），即詔復元載官職，改葬。其後，又賜謚號，先曰荒，後改謚為成。」[27]這說明什麼？這說明一個先帝時的宰相被誅族[28]，連祖墳都被刨起，家祠也被拆毀，如此罪大惡極者，在七年後，竟然復官改葬，這不是權力鬥爭是什麼？而元載之種種罪刑，也不過是成王敗寇下的必然結果罷了！有鑑於此，南宮搏《紫鳳樓》中的元載是毫無奸邪面目的。

《花蕊夫人》中，其〈前記〉評為花蕊夫人正式立傳的《十國春秋》說：「……全傳共一百七十七個字，就錯誤多出，後面再加『論』，更近於荒唐。如《十國春秋》稱她先受蜀帝『拜』為貴妃，別號『花蕊夫人』，又升號『慧妃』，大謬。」[29]隨後他便考證說道：

> 「五代」時，制度都依唐代之舊，變動極少，唐代宮廷女子的名銜，皇后以下，依次為貴妃、惠妃、麗妃、華妃；四妃皆為一品待遇，號為夫人。其次為正二品待遇級的「九嬪」九人，名為昭儀、昭容、昭媛……等。又次為正三品待遇的「婕妤」九人；正四品待遇「美人」四人，正五品級待遇「才人」五人……
>
> 唐玄宗時代有若干改變，李隆基以四妃中應包括皇后在內列為一組，乃以四妃之一為皇后；除去貴妃之名，改為三妃，名：惠妃、麗妃、華妃，為三夫人，而「貴妃」升格，實即皇后。……

27　南宮搏：《韓信．序》，上冊，頁12。

28　其三子也被株連。如《舊唐書》記載：「士有求進者，不結子弟，則謁之書，貨賄公行，近年以來，未有其比。」又曰：「伯和恃父威勢，為以聚斂財貨，徵求音樂為事。」而《新唐書》也寫到：「縱諸子關通貨賄」，皆云其有收賄之事。

29　南宮搏：《花蕊夫人．前記》（臺北市：遠東圖書公司，1980年），頁4。

> 其後唐各代皇帝對宮中名銜頗亂，但規範仍有一定，即如前所言，廢了的名稱再用，或省或合。但從無「慧妃」之號，再則「貴妃」自來為諸妃之首，不可能已冊為貴妃再轉其它妃號的；何況，對嬪妃，用字為冊，豈能用拜字？「拜貴妃」，頗可笑。十國春秋又說「花蕊夫人」歸宗後逝世，葬於福建的崇安，宋皇都在河南的開封，去福建千里迢迢，「花蕊夫人」已為宋帝的宮嬪，又怎會葬到福建的泥土中？史文的莫名其妙，祇此可見。[30]

又如《魯智深》裡，南宮搏非常重視征方臘一段，理由有二：第一，這是北宋末年最大的一場內戰；第二，它交代了梁山泊幾個重要人物的下場，其中尤其是魯智深的結局，因為《水滸》自魯智深上場而掀起高潮，而他的結局，等於全書的尾聲，一百二十回本的《水滸》，記擒方臘的人正是魯智深[31]。但實際上，方臘和宋江二人在當時「名望」如何呢？其乃言：

> 方臘在睦州（今浙江淳安）起兵，一舉風從，號召到的兵眾接近百萬。曾佔領六州五十二縣，自稱聖公，並立年號（只有皇帝才用年號的），當時，對宋皇朝的統治權構成了嚴重的威脅。歷史書上記北宋末葉兩宗大的內亂，一是宋江，一是方臘，但宋江的聲勢不如方臘甚遠，再者，宋江的目的，似乎是作強盜擴充勢力等待招安，並無自立為王稱帝的野心。兩位大寇聲勢相差雖遠，但在民間，即使在「水滸」成書之前，大眾還是誇張宋江一夥，對之有英雄崇拜，方臘當時的號召力及聲

30 同前註，頁4-5。

31 南宮搏：《魯智深．前記》（臺北市：堯舜出版社，1982年），頁4。

> 勢雖皆強大，但民間對之則泛泛，既不崇拜，亦無同情，而且還誇張宋江一夥而貶低方臘。
>
> 一百二十回本《水滸》既記魯智深生擒方臘。
>
> 元雜劇則記武松獨臂擒方臘。
>
> 這是特出梁山好漢，除了抑方臘而外，對北宋官將，也有著貶斥的存心在，甚至有嘲弄意味——至於官文書，記載生擒方臘事，亂到極點。[32]

接著南宮搏便以極大篇幅敘述官文書及私家記載及小說生擒方臘的記事，其中論述精闢，但由於篇幅實在過多（約一萬字），筆者僅能以「附錄」方式置於書後以供參考，其考據用功之深，實不愧為歷史小說大師。（請詳見附錄一）

再如《楊貴妃》一書，作者更寫了〈楊貴妃，中國歷史上最特出的女人〉及〈馬嵬事變和楊貴妃生死之謎〉兩篇，詳加考證楊貴妃的生平種種，內容精湛，見解獨到，但也因幅秩過多，在此亦做附錄，列於書後，筆者以為，對於楊貴妃之事蹟生平，難有再出南宮搏之右者。（請詳見附錄二）

凡若此者甚多，又如《洛陽女兒》「前記」中考據了李義府治事精鍊，有優異的組織才能，又兼文采華茂，但始終被貶為姦邪，那祇因於他的那一個集團最後不成功之故[33]。又如梁祝故事，則考據其故事年代有東晉、春秋及唐代三種說法，而地點又另外有江浙寧波、山東曲阜及西北秦州上邽南等地[34]，雖說法不一，亦無妨故事的感人與流傳，但南宮搏寫作考證之嚴謹態度卻可由此窺見。

---

32 同前註，頁5。

33 南宮搏：《洛陽女兒．前記》（臺北市：堯舜出版社，1981年），頁5。

34 南宮搏：《梁山伯與祝英台．前言》，頁2-3。

二　詳考據而增刪之

以《楊貴妃》一書為例，最能代表南宮搏在這方面的「堅持」，其云：

> 在寫作的風格上，「楊貴妃」也有了若干變化，以一個人為中心反映一個時代的方法依舊；（這是歐洲的歷史小說風格，和中國的「演義」完全不同調。）但在取材方面變了，我想稱「楊貴妃」為歷史「的」小說而不僅是「歷史小說」……而在《楊貴妃》一書中，我儘量地考據事實，人與事，努力求其真實，於儘可能求真中再以小說的技術來組織和配合。「楊貴妃」主要人事發展，大致上與當時時事相吻合，正確處超過了現存的正式史書。寫作小說，原無如此的必要，而我所以如此做，希望開創歷史小說底另一條路。這條路是否適宜，正確，則不是我自己所能許定的。我嘗試著，以歐洲歷史小說風格而歸淳於中國情調，在「楊貴妃」這本書中，我自以為做到了。[35]

於是他利用了二十多年的時間，增刪改寫了《楊貴妃》有五次之多，且曾自負地說：

> 為了印書，我以一星期的時間整理和校對，自己細心地看了一次，我願意說：這是我自認寫得最好的一本書。不辭狂妄之嫌，我又願意說：這是一千二百年以來以「楊貴妃」為文學創作的共題以來，一本最完整和恰當的書。
>
> 這本書使我敢於自傲——在我從事創作的生命中，這也是我第

---

[35] 南宮搏：《楊貴妃．序》，頁1-2。

一次用「自傲」一詞。[36]

寫這段話時，南宮搏已五十一歲了，而這樣的「狂語」，南宮搏自年輕寫作以來不曾用過，但在寫完而欲出版這本《楊貴妃》時，他狂妄而毫不謙遜地說了，為什麼呢？因為他自認在二十多年對唐史之專注與考證，歷經五次增刪，爾後才寫出這本「歷史的小說」《楊貴妃》，這是他這輩子最偉大、傲人的心血結晶，因此，輕狂一下又何妨呢？

此外，一個作家最怕的是高傲驕慢、目空一切的自視態度，因為那會容不下旁人的建言，對作品的發展勢必有所侷限；而作家最難能可貴的則是敢於承認自己不佳甚至是失敗的作品，因為知過能改，思想自然不閉塞，眼界也就自然開闊。

南宮搏其實對自我要求甚高，我們從其《楊貴妃》歷二十多年、增刪五次的態度即可得知。但他敢於反省，也承認自己有失敗的作品，甚至還大方的「細數從頭」，這就不禁讓我們對之肅然起敬了。如他曾寫過的《李清照》就是一部失敗的作品，因此後來「痛改前非」改寫為《李清照的後半生》裡，就強烈的自我批判了一番，其云：

> 十年前（一九六一年），我曾經寫過一篇歷史小說：《李清照》；這大約是近世引起爭論最多以及很荒悖的故事。當年，《李清照》小說尚在連載，叫罵與議論即已紛起。就我個人見到的，共有二百七十多篇文字散刊於臺北、香港各報刊。其中，香港有一家左派報紙《晶報》，以第一版全版訾詆我文。頭條新聞之外，並配有社論。其後，僅該報連續叫罵多日。後

36　同前註，頁1。

> 來罵得太多，我連收集這些文字的興趣也失去了。……不過，在小說連載將畢時，我對那一篇小說已極不滿意了，所以沒有印單行本。甚至，以後也不願去談它。原因為：那是一篇失敗的歷史小說。[37]

一篇引起公憤的歷史小說，影響之大，甚至得到某報頭版全版的「青睞」，並配上社論無情諷刺，這是令人匪夷所思的。而南宮搏一開始也興致勃勃地收集這些批評，結果如前所述，竟達二百七十多篇，試想，若每天五篇的話，這仍需要將近兩個月的時間，可見其引起文壇多大的波瀾。但南宮搏勇於自批說這是一篇「失敗的作品」。

為何《李清照》是一部失敗的作品呢？作者檢討自己接著說：

> 歷史小說，以其真實的故事為經，以作者的思維為緯。倘若主線錯了，那就不能稱之為「歷史」小說。而我的《李清照》，主線錯得離譜，而錯的原因，在於取材。我在作《李清照》之時，謹據《宋史》，李清照《漱玉集》，以及最主要的是清人俞正燮《癸巳類稿》的《易安居士事輯》，以及陸心源、李慈銘等人有關俞著《事輯》的補充。這些材料，使我的小說進入了歧途。對李清照的後半生，處理上完全錯誤。因此，自身羞於再提那篇小說。[38]

可知乃由於取材的不當，因此造成全盤皆墨的地步。然正因知過，故而能改，南宮搏此後隨時關注著任何與李清照相關的種種文字，並做成筆記，終於在一九七一年時出版了《李清照的後半生》，一雪前恥。

---

37 南宮搏：《李清照的後半生．前言》（臺北市：臺灣商務印書館，1996年），頁1。

38 同前註，頁1-2。

書中尤其對李清照是否再嫁問題，提出了新事證與新見解，其云：

> 明清兩代，在考據方面，成就甚大。但論事大率無可取，再以社會道德觀念自南宋以後大變，明清人囿於其時代背景，常混淆事實。……即以李清照而論，曾再嫁，宋人不以為非，祗惜其所嫁非人而已。但到了清朝的俞正燮時，就有「余素惡易安改嫁張汝舟之說」，乃百計為之辯，一時風從。其實俞正燮、陸心源、李慈銘一流人，都不脫斗方氣，行文但以好惡為出發，不肯廣搜博徵。[39]

並舉例宋朝時社會風氣對於女子離婚或改嫁，實屬平常，如：

> 《宋史・禮志》，記「治平」、「熙寧」時，均有詔許宗室女、婦再嫁。並許兒子為再嫁的母親臨喪守制。宋度宗皇帝的母親曾改嫁，名臣范仲淹並立義田規制，再嫁的女子，可自族中得錢三千，此制至南宋末年尚行之。南宋末年，真德秀（人稱西山先生）之學雖昌，但風習仍未盡變。如女子再嫁事，甚普遍。……[40]

舉了甚多例子說明宋朝對女子再嫁之事並不在意，就連范仲淹的〈義田記〉不也說再嫁女子可自族中得錢三千嗎？看來李清照再嫁的時代背景是沒有問題的。但明清時人，以自身社會環境，推理宋之禮制規範，則落入一廂情願看法。而先前南宮搏用俞正燮、陸心源、李慈銘等看法，正是落入這種錯誤，以致寫出失敗的小說來。

39　同前註，頁4。

40　同前註，頁4-5。

因此，他再舉八位生當宋朝之人所言清照再嫁之事，此八位及其作品乃：俞正己《詩說雋永》、胡仔《苕溪漁隱叢話》、王灼《碧雞漫志》、晁公武《昭德先生郡齋讀書志》、洪适《隸釋》、趙彥衛《雲麓漫鈔》、李心傳《建炎以來繫年要錄》及陳振孫《直齋書錄解題》等。其中俞、胡、王、趙四部為筆記，李心傳者為史書，餘三作為專門性之學術著作，且其中有五人為李清照同時代之人[41]，我們略舉南宮搏所寫二例說明之：

> 一、《詩說雋永》：「今代婦人能詩者，前有曾夫人，後有李易安。李在趙氏時，建炎初，從秘閣守建康，作詩云：『南來尚怯吳江冷，北狩應知易水寒』。」
>
> 《詩說雋永》作者俞正己，成書年代未悉。此條見胡仔《苕溪漁隱叢話》所引，以胡仔成書年月推算，是書面世，必在紹興十八年（1148）之前，時清照尚生存。俞謂「李在趙氏時」，當以其更嫁故。
>
> 二、《苕溪漁隱叢話》：作者，胡仔。前集卷之十云：「易安再適張汝舟，未幾反目，有啟事與綦處厚云『猥以桑榆之晚景，配茲駔儈之下材，』傳者無不笑之。」
>
> 胡仔為清照同時代人，曾任晉陵縣令，後居浙江湖州。其書成於湖州，書有序，作於紹興十八年。書中文字，當為紹興十八年以前的，但也會有以後的。古人作了序，並不一定「當即付梓」的，因此，書中文字，可能於作序數年亦可能。[42]

這結果是分明再嫁，可惜的是，清照所嫁非人倒是。

---

[41] 即俞正己、胡仔、王灼、晁公武、洪适等五人，皆與李清照同時。

[42] 南宮搏：《李清照的後半生》，頁48-49。

凡此種種，我們既可看到南宮搏為文考證之用心，亦可看到他勇於承認錯誤、承認失敗作品的坦然態度，並藉此鞭策自己、惕勵自己，雖然最終他沒將《李清照》這部小說發單行本，但認真之精神，已得到高度的肯定和讚揚。

三　參稗史而鎔鑄之

既然歷史小說是以史事為經，作者的思維為緯而組織成的，那麼參考稗官野史，加入一些作者的想像，甚至創造一些美的、綺麗的、懸疑的、讓人反覆回味的故事情節也就再自然不過。有時在文學的表現上，我們甚至認為這是一種對作品富含創造力的表現，以「韓信」為例，在廣東一帶民間流傳，韓信有一子得蕭何所救，逃亡入粵，這是正史不可能記載的，但對小說而言卻是極佳的寫作題材，其因即如南宮搏所述：

> 這種傳說，是中國人底人物評論，是中國人情的具體表現：中國是祖先崇拜的民族，因此，無後為大，好人，更不能絕嗣，韓信是好人，怎可無後？
> 於是乎，韓信有一個兒子逃了出來——我們若將此作為中國人物評論看，就沒有考究其真偽的必要了。[43]

這是稗官野史，但卻給人類留下了一絲希望，並且對小說的內容，提供了人性且豐富的閱讀性。又如：

> 還有，淮陰城北的直街，明清時代的作文，稱為韓信受胯下之辱處。城南運河支流，稱為韓信見漂母處。凡此，都是附會，

43　南宮搏：《韓信．序》，上冊，頁14。

> 漢淮陰城，並非在今淮陰城地位，而江北水道變化極繁，兩千年前的水道，縱使有《史記》可稽，也不易找出它的實際位置來了。其次，高郵湖邊的韓信廟，稱為韓信避難處，與前同為誕妄者。但是舉作為歷史小說材料，這又是可珍貴的。[44]

歷史小說不就因有這些野史綺麗想像的穿鑿附會而變得引人入勝嗎？

而在楊貴妃的故事裡，由於南宮搏不滿自古以來，許多人將唐之衰敗，歸咎於楊貴妃一人身上，因此借用了所謂「楊貴妃外傳」這傳說中的故事，讓她去了日本，而非死於馬嵬坡，如南宮搏寫道：

> 根據日本方面的古代傳說：楊貴妃一行人是公元七五七年（日本天平勝寶九年，改年為天平寶字元年，一說，天平勝寶九年的年號並未用，八年杪已宣布改元，另說，因亂而在中期改年號）到日本國的，據說，她所乘的船在瀨戶內海的山口的萩町登陽。又一說：楊貴妃在久津登陽。這兩地都在當時的日本都城平城京（奈良）以南的內海岸。[45]

這樣鎔鑄傳說於歷史之中的寫法，從某個角度來說，是隱含人性中不忍的慈悲之心的。

而《玄武門》中，南宮搏不捨建成一支從此斷了血脈，在書之結尾處，也留下了這麼一段：「——據傳說，建成流亡的一裔，在許多年後回到了中原，他們中間有一個是李白，在詩歌的王國放射了萬丈光芒。」[46]也同樣有著仁慈的心腸。

又如《李後主》一書中，談有一幅趙光義強姦小周后圖，南宮搏

---

44 同前註，頁15。

45 南宮搏：《楊貴妃．序》，頁593。

46 南宮搏：《玄武門》（臺北市：堯舜出版社，1980年），頁360。

乃蒐羅考證在元明兩朝，也多書提及此事，並臚列證據如下：

> （一）宋、王銍著：「默記」引龍衮、江南錄：「……李國主小周后隨後主歸朝，封鄭國夫人，例隨命婦入宮。每一入輒數日而出。必大泣罵，後主多宛轉避之。」（明、王先舒：「南唐拾遺記」亦載此，後引江南錄者。）
>
> （二）清、吳衡照：「蓮子居詞話」：元人有太宗逼幸小周后圖。
>
> （三）清、姚士粦：「見則編」：「余嘗見吾鹽名手張紀臨元人「宋太宗強幸小周后粉本……有元人題云：『江南剩得李花開，也被君王強折來，怪底金風衝地起，御園紅紫滿龍堆。』」蓋以靖康為報也。
>
> （四）近代、丁傳靖：「宋人軼事彙編」引明、沈德符「野獲編」云：「宋人畫熙陵（按即宋太宗）幸小周后圖……元人馮海粟學士題曰：「江南賸有李花開……」[47]

且說：「以上記載為我所本，至於其真實性，我以為不必深究了，凡是皇帝，都會做出這一類事來的，一些也不稀奇。同時，我願在此附帶說：御用文人所修的官史，其所歌頌的聖德之君，大抵是靠不住的。其所詆的末代帝王的荒淫，也不見得都是事實。至於我，寧願相信筆記雜說。」[48]

再如潘金蓮形象，在原《金瓶梅》或《水滸傳》中，潘金蓮是淫穢不堪又充滿心機的卑鄙婦人，因此武松殺了她為兄報仇；但南宮搏因「不喜歡殺嫂的好漢武松」，他改寫了，寫潘金蓮放棄個人的人身

47　南宮搏：《李後主》（臺北市：徵信新聞報，1967年），頁425。

48　同前註。

自由，忍辱將自己賣與西門慶，只為能把武松的死罪換成流放，這樣的小說我們不得不承認是新穎的，是富創造力的！雖也有人給予批評，但平心而論，既然《金瓶梅》或《水滸傳》可以將潘金蓮寫成那樣不堪的形象，那麼同樣是「小說」性質的南宮搏《潘金蓮》，為何不能寫成一個具正面、光輝的形象呢？更實際一點的看，這樣的「創造力」也為他帶來一筆不錯的「經濟效益」呢！

南宮搏創造力的展現有時甚至到達一種「幾可亂真」的地步，最有名的例子即其創造了「洛神」甄皇后的名字——甄宓。南宮搏在《洛神》修訂本的前記裡寫道：

> ……其次，附帶一說，甄宓這個名字：「宓」，是我的創造，歷史書上的甄皇后，並無名字留下。然而，在將近二十年間，許多人在寫作關於魏文帝的甄皇后時，正經地稱她為甄宓，而且及於教科書，因此加以說明。[49]

甚至連教科書也都正經八百地稱甄皇后為「甄宓」，這在某個情況或許讓南宮搏自覺「罪孽深重」，因此提出澄清；但另一方面不就說明其小說之受歡迎，且引證史實透入想像之中的功力，是「幾可亂真」的嗎？

以上只是列舉數例說明南宮搏小說富涵創造力的這個特色，而這個特色散佈在他的許多小說之中。歷史與想像，真實與幻境，究竟孰為真？孰為假呢？

49　南宮搏：〈洛神修訂版前記〉。

第三節　談愛情——浪漫、悲淒、形色男女

愛情是南宮搏歷史小說的一大特色，其所佔比例之重，許多時甚至超越歷史部分，這筆者在本章第一節已稍有論述，也因此，他總是以女性為主角而男性為配角。但愛情在南宮搏千變萬化的生花妙筆下，展現出多組多種不同的樣貌來，使得各部小說，均傳頌著動人的華彩樂章，這也是毫無疑問的，以下即針對此逐一論述之。

一　神話與傳說

中國的神話傳說中，充滿了許多令人無限想像或浪漫、或淒楚的愛情故事，有時是出自民間之手，有時卻源自文人之筆，但無疑的，皆動人肺腑。如牛郎織女故事，如許仙白蛇情事，如屈原之寫湘君山鬼，又如蒲松齡之話秋墳鬼唱等等，故事之多，實不勝枚舉。在這些精彩的故事中，南宮搏亦揀擇數部撰成小說，而當中談愛情者，則以《呂純陽》及《后羿與嫦娥》二書最突出，也具代表性，甚至情節敘述上也有雷同之處，只是結局有所不同。仙人的生活看似如夢之境，但南宮搏似乎欲藉此說明愛情所給予人的影響，即使連仙界都有不能滿足之處，而芸芸眾生之我們，又怎可苛求完美無瑕的美滿愛情呢？

（一）仙界無情而孤獨

一般所認知的仙界應是無憂無慮、清心寡欲的生活，但正因為

寡欲，所以仙人們容易變得無情、冷漠，而最終走向孤獨。如南宮搏在《呂純陽》中所述：「在神仙世界，孤獨是正常的生活，無思無慮，不言不笑，行如槁木，心如寒炭，那都是正常」[50]，這就是仙人的生活。因此他在動了凡心而被貶斥人間之後，雖南極仙翁願助他重返天上，但他卻森嚴地回絕說：「天上，無情無義，人間還有些情義，我寧願居住在人間。」[51]而這樣的故事敘述與一般人認知是有差距的。

在這種無情、冷漠又孤獨的生活中，許多凡人所景仰的、慈悲善良的神仙，全都變了調，如快樂神仙，原本是漢鍾離委託他想來阻止呂純陽墮入紅塵相戀於白牡丹，但卻因任務失敗，快樂神仙比誰都不快樂了；而且在失敗之後，竟一而再，再而三地因個人報復心態，屢次尋呂純陽的麻煩，這難道是神仙該做的嗎？又書中的南極仙翁，渡化了妓女白牡丹，但手段竟是讓白牡丹先變老，讓她看到自己衰老的模樣後，再說服她屆時呂純陽還會愛她嗎？我想這是任何「凡人」都承受不了的。而這樣的手段公平嗎？神仙們彷彿先捉弄人們，再以「偽善」的面孔點撥芸芸眾生，如同他們教導人們應助人、應有情（事實上人性也本就必有「情感」的因子於其身），但他們又「無情」地想方設法拆散他人的情感，讓人不知神仙們究竟是要人有情呢？還是無情？但我們若再稍微細思一番，則會明瞭，若世間果然無情，那怎麼可能有這麼多的人類繁衍而出呢？因此南宮搏或許更想藉此故事告知世人，仙界尚有妒忌之心，而人間豈無？又神仙有時仍為情所困，那平凡如我們惑於愛情也就不足為奇了。

另外，在《后羿與嫦娥》中亦復如是，甚至連天界的統治者——帝俊，也是無情。如明明是他的十個兒子——太陽神，不按安排逐一

---

50 南宮搏著：《呂純陽》（臺北市：堯舜出版社，1981年），頁6。

51 同前註，頁201。

出現，造成人間的苦難，因此派了后羿出面解決，結果驕縱成性的太陽神們不聽勸告，一一被后羿的神箭給射了下來，最後只剩一個。但事後帝俊不但不反省自己的教子無方，還責罰對人民有功的后羿與嫦娥，禁止他們二人重返天庭，這不僅是無情，甚至是無義了！怎麼仙界的主宰容許自己縱容自己的孩子，卻不容許一個對民間有功的神呢？

（二）為愛歷盡艱難

呂純陽為了愛情，為了尋找白牡丹，天神們設下了十道難關，要試他愛的堅貞，但真正目的卻是想藉此摧毀他愛白牡丹的信念，而這十道難關分別是：滅吸血水蛭、渡溺人弱水、越炙熱沙漠、穿蝕體綠霧、過鬼門之關、行羊腸迷徑、悟海市蜃樓、歷漫漫草原、熬寒風雪地和破天羅地網等。其困難處，如「弱水」一關，書中寫道：

> ……那一道水澄碧如鏡，一望見底——呂岩在接近水流之時，就感受到一股侵骨的寒氣。同時，他有想到了古老的傳說中的弱水，那是連一枝羽毛都無法浮起來的。……他提高警覺，一步步地向前走，寒氣也越來越深，他走著，漸漸地提高自己身體的熱力，可是那樣也僅夠支持而已。
>
> 於是，他到了水邊，水是靜止的，水是清澈的，他望到水中有人與獸的屍體，毛髮如生——那些不慎而沈下去的動物，墮入了久遠底不幸與悲苦的境地。他看著，雖然並不畏懼，但也不由自主地有毛髮悚然的感覺。[52]

不僅水氣陰寒澈骨，並且若不慎溺入水中的話，則彷若墮入萬劫不復

---

[52] 同前註，頁72。

的悲苦境地一般，可見其渡越之難。又如「綠霧」，其云：

> 綠色的霧氣如巨菌的形狀，冉冉向谷中上昇，而且連綿不斷，那種臭味，使人眩迷與噁心。他屏息著，隔了有半個時辰，自覺身體各部門都充滿了活力，便徐徐地向前進——於是一股巨大的吸力撲向他，他竭盡所能，才能站穩在一塊石上。
>
> 突然，一個可怕的現象發生了！他身上的衣服竟一塊塊地糜爛！這使得呂純陽吃了一驚，他的衣服並非人間的布帛縫製，而是天女織錦，照理是雖歷萬劫也不會壞的。但在鄰近綠霧的山谷時，卻發生了這樣的情形，他不能不退後看一個究竟——於是，他再退到一千步之外。
>
> 於是，他發現前面的衣襟碎爛了七八處，接著，他胸前的皮膚也有了異樣的感覺，解開內衣一看，他當胸有一塊皮膚泛起了綠色。[53]

凡此等等，皆述及難關實何等之艱啊！但呂洞賓願歷此等劫難並非為了登仙之修道，而是為了他和白牡丹之間的愛情，這對愛的執著，亦足以令人動容。

在《后羿與嫦娥》中，后羿同樣為著嫦娥，跋山涉水，到一萬里外的崑崙山頂去尋西王母，請求恩賜不死藥，其間依舊困難重重，最後后羿依序乃越火山、渡弱水、殺牛怪、斬黑蛇、降形天、除五足獸、殺蒼龍九子、射雄雞之怪等，終於登上崑崙山頂，也順利求得不死藥，固然其中部分因素是后羿為彌補嫦娥受其連累而遭貶謫，但無疑的，后羿對嫦娥仍然是有愛的，也因此願為之歷盡艱難險巇以求藥。

---

[53] 同前註，頁90-91。

（三）真情卻遭背棄

呂純陽為了白牡丹，寧願捨棄了人人稱羨的神仙生活，自甘墮入紅塵，尋求眾仙眼中不屑一顧的「真愛」，並如前所述，經歷重重困難之考驗，才得以達此心願。但命運卻在此時又開了呂純陽一個大玩笑，因為白牡丹竟被南極仙翁「渡化」而將行修道成仙之路了，書中寫道：

> 於是，呂岩看到白牡丹端坐在蒲團上。合著眼，冥茫入定。而南極仙翁，此時留在門口不進了，呂岩稍稍猶豫，終於堅定地走到她面前，寧靜地開口：
>
> 「白牡丹，跟我走。」
>
> 牡丹定坐著，思念遊移於廣大無際的空間，那意境，似乎是一塵不染。呂純陽的聲音，她似是沒有聽到。於是，那位悖逆的神仙拉起她的手來，大聲說：
>
> 「白牡丹，醒醒，別被人們騙了你！」他稍稍頓歇：「白牡丹，我們是相愛，別聽信人們的中傷！白牡丹……。」
>
> 她悠悠地睜開眼來，看看呂純陽，像看一個陌生人那樣地不經意，隨之是微笑，一點感情都沒有的笑。
>
> 「白牡丹，妳醒醒——」他竭力說。
>
> 「哦——我醒了！人生如夢，一切都是空虛的！」她雙目凝視著地面，「唉！空的，祇有生命存在才是真的！純陽子，我將永遠存在！」
>
> 他錯愕，他驚異，他也迷茫，稍稍頓歇，以全身的力量發出低微然而沈重的聲音：

「永遠存在，無情無義的存在，算得什麼啊？無情無義的生命，和死亡一樣地活著，又有什麼趣味？白牡丹，我們做人，我和妳共同做人！我們享受人生，享受生命！」

「純陽子，享受生命麼？生命的存在祇有一瞬間呀！生命的最高原則是存在，我願存在！」她說著慢慢合上眼睛。[54]

呂純陽被完全的背棄了，這是他始料所未及的，因此他感到錯愕、驚異、迷茫，甚至可說是灰心，不僅對仙界灰心，連本以為有情的人間，他也徹底灰心了！

《后羿與嫦娥》中，后羿亦遭嫦娥背棄，且層次上是更加明顯的，首先是當后羿射下九個太陽神而被貶謫時，嫦娥被迫留在人間，時時表達心中強烈的不滿，這無法和丈夫同甘共苦的表現，已屬背棄行為的第一階段。

第二階段則是后羿在人間所收的徒弟——逢蒙，在后羿涉險至西王母處求不死藥的同時，逢蒙追求嫦娥，而嫦娥也接受了逢蒙的示愛，兩人間因此有了親暱的關係，這毫無疑問，當然是一種背棄行為。

第三階段則是嫦娥的野心從來不僅止於人間的長生不死，她要的是再度重返仙界，名列仙班。因此她開始對自己心理建設，認定自己今日會被貶謫，完全是丈夫后羿的拖累，若自己獨吞了仙藥飛升回天，那也是自己應得的，而后羿他喜歡人間，那就讓他獨自留在人間好了，這不正是他所希望的嗎？終於，嫦娥做了永生永世讓自己後悔也永遠無法彌補的錯事，她獨吞了仙藥，永遠背棄了后羿，而從此孤寂地居住在廣寒宮裡。

---

54 同前註，頁198-199。

（四）結局不盡人意

呂純陽在被白牡丹背棄之後，曾悲傷不已的大哭一場，書中寫道：

> ……呂純陽在走上界山的時候，再也不能矜持了！他歇下來，抱住一塊岩石大哭——他並不為自己自己失去仙籍而哀傷，他也不為自己歷盡千辛萬苦歸於失望而難過；他哀痛的是愛情的不固！他忿恨的是清靜無為的神仙世界竟充滿了邪惡，忌妒，損害旁人。[55]

從此他發誓留在人間，不返仙界。而白牡丹呢？她的遭遇又是如何？其實妓女出身的她更是備受排擠的，因為「神仙世界原來也和人間世一樣，不忘舊惡，斤斤計較出身。辛苦修行，登達仙境，那有什麼用處呢？在神仙世界受輕蔑，受鄙夷，那樣永生，還不如死啊！她絕望了，緩緩地轉身……」[56]，因此她也是不見容於神仙世界的，此時的她是渴望獲得呂純陽的原諒，回到他的身邊。

但呂純陽卻不接受了，並發下誓言，只要白牡丹真正變成了一朵「白牡丹」，那麼他就願意將之配戴在身上。一句戲言，沒想到白牡丹將之當真，最終呂純陽和白牡丹終於在一起了，只不過白牡丹付出的代價是失去人形，成為一朵花，永遠和呂純陽長相廝守著。

那后羿和嫦娥呢？後世李商隱的「嫦娥應悔偷靈藥，碧海青天夜夜心」或許就解釋了一切。而后羿則在玉帝對自己的行為反省後，封與他「宗布神」的名號，乃天下萬鬼的首領，鬼國的神，永世統治鬼的世界，從此天、人、鬼各有一帝，后羿再不受他人管轄，但自然

---

[55] 同前註，頁 202。

[56] 同前註，頁 206。

地，愛情方面他是失意的。

二　依史而翻案

在南宮搏歷史小說中有照本宣科者，如《孔雀東南飛》即是，他只是想把這部漢代感人的故事，換成白話文，述與眾人聽而已，當然中間或許也想藉此諷諭當代一些「自以為是」的父母親吧！但更多的是南宮搏寫著摻雜個人對史事的評論而加以改編之事，其中甚至有完全和原史（原故事）大相逕庭者；又有原眾人已根深蒂固之舊有觀念，但南宮搏卻完全將之翻案改編者。他為何這麼做？其目的何在？這是這小節裡，我們所要探討的議題。

（一）盡信書不如無書

歷史本就是「勝者為王，敗者為寇」的產物，因此歷史記載雖都是「事實」，但更正確的說法是，都是「事實」的一部分，而非全貌，所以南宮搏就曾這樣說道：

> ……曾經有人說：「新派的歷史學者別無所長，唯一的驚世駭俗，是胡亂翻案。」
> 我不同意翻案文章的說法，第一：所謂案，是指「正史」吧，為何官方所修的史，一定與成立案呢？概括地說，官修的史根據政府的檔案，敘事可信，然而，史書並不限於敘事，必有評述（即所謂史事）。同一件案，必有兩道的評述，官修史書，只取其一造，一造之言為定案，總是不妥當的。[57]

[57] 南宮搏：《韓信・作者序》，上冊，頁17。

由這段話來看，表面上南宮搏好像不贊成「翻案」這個名稱，但其內容實質就是為某些史實平反，因為同一件事，必有兩道的評述，官修史書，只取一方說法，這是有其缺失的。因此其小說乃就其所尋資料（含稗官野史），重新架構小說中人物之時代背景及其心理、生理因素，提供另一可能更正確的思考角度，這個道理近代學者龍應台也曾在其同樣探討歷史之《大江大海一九四九》中藉著和她兒子的對話如此說：

> 我沒有辦法給你任何事情的全貌，菲力普，沒有人知道全貌。而且，那麼大的國土、那麼複雜的歷史、那麼分化的詮釋、那麼撲朔迷離的真相和快速流失無法復原的記憶，我很懷疑什麼叫「全貌」。何況，即使知道「全貌」，語言和文字又怎麼可能表達呢？……
>
> 所以我只能給你一個「以偏概全」的歷史印象。我所知道的、記得的、發現的、感受的，都只能是非常個人的承受，也是絕對個人的傳輸。[58]

廣大浩瀚又牽涉如此多之政黨鬥爭、個人利益、政策辯護等，哪一方是絕對的正確，向來極有可能是「因人而異」的。因此南宮搏小說裡就常出現與史書記載不盡相同之人物形象來，如漢末董卓果真是酒池肉林而無才幹嗎？又隋之楊素果真只是荒淫無當而無其它長處嗎？楊國忠真是奸佞無恥又專擅自為嗎？還是他們只是某些政事「失敗」下的替罪羔羊而已！這是值得我們深思的。此處以楊國忠為例說明之。

楊國忠在新舊《唐書》兩本論述中頗為相似，都謂其乃十惡不赦之人，如《舊唐書》中云：

---

[58] 龍應台：《大江大海一九四九》（臺北市：天下雜誌公司，2011年），頁146。

> ……國忠無學術拘檢，能飲酒，蒱博無行，為宗黨所鄙。乃發憤從軍，事蜀帥，以屯優當遷，益州長史張寬惡其為人，因事笞之，竟以屯優受新都尉。稍遷金吾衛兵曹參軍。太真妃，即國忠從祖妹也。天寶初，太真有寵，劍南節度使章仇兼瓊引國忠為賓佐，既而擢授監察御史。去就輕率，驟履清貫，朝士指目嗤之。
>
> ……
>
> 國忠本性疏躁，強力有口辯，既以便佞得宰相，剖決機務，居之不疑。立朝之際，或攘袂扼腕，自公卿已下，皆頤指氣使，無不讋憚。
>
> ……
>
> 自祿山兵起，國忠以身領劍南節制，乃布置腹心於梁、益間，以圖自全之計。
>
> ……
>
> 是時，祿山雖據河洛，其兵鋒東止於梁、宋，南不過許、鄧。李光弼、郭子儀統河朔勁卒，連收恆、定，若崤、函固守，兵不妄動，則兇逆之勢，不討自弊。及哥舒翰出師，凡不數日，乘輿遷幸，朝廷陷沒，百僚繫頸，妃主被戮，兵滿天下，毒流四海，皆國忠之召禍也。[59]

又如《新唐書》中亦載：

> 楊國忠，太真妃之從祖兄，張易之之出也。嗜飲博，數丐貸于人，無行檢，不為姻族齒。……開元末，宰相員少，任益專，

---

59 劉昫等撰：《舊唐書．列傳第五十六》（北京市：中華書局，1997年），總頁835-836。

不復視本司事。吏部銓，故常三注三唱，自春止夏乃訖。而國忠陰使吏到第，預定其員，集百官尚書省注唱，一日畢，以夸神明，駭天下耳目者。自是資格紛謬，無復綱序。……國忠性疏侻捷給，硜硜處決樞務，自任不疑，盛氣驕愎，百僚莫敢相可否，官屬悉苛句剝相甚。又便佞，專徇帝嗜欲，不顧天下成敗。[60]

諸如此類，不勝枚舉，不過安祿山以討楊國忠為名進行叛變，自然也會影響史書將敗國之矛頭指向楊國忠。但楊國忠真是如此不堪任事又剛愎獨斷之人嗎？南宮搏提出了他自己的看法：

楊國忠自然不會如史書所說那樣十惡不赦的大壞人，郭沫若說他是「阿飛宰相」，亦毫無根據。楊國忠不是儒臣，也不是正牌讀書人，他是擅長做事的，有處事的才能，但沒有儒家所樂道的學問，又不屬法家，所以沒有人捧他了。他做宰相，不見得比歷史上一般宰相差，當然，他不足以稱為政治家，但他也沒有顯著的劣跡，現在史書上所加在楊國忠身上的罪名，其實可以加在任何人身上。楊國忠為事務人才，做事明敏快捷，對理財等，亦有專長。對官場中因循拖延的習慣，他曾有改革，如選人任官，他一日解決，在他以前，這要拖幾個月的，但歷史上的儒臣都罵他，說他草率，不依古制，這些人忘記了行政效率。[61]

又如對付安祿山之事，其云：

60　歐陽修、宋祁等撰：《新唐書．列傳第一百三十一》（北京市：中華書局，1997年），總頁1493-1494。

61　南宮搏：〈楊貴妃故事傳述〉，《大成》第三期（1974年2月），頁23。

> ……還有楊國忠早知安祿山會反，竭力主張分他的兵權，除掉他，唐玄宗不答應，那並不是唐玄宗無知，而是知得更深，朝廷大軍半在安祿山手中，分他的兵權，成功機會甚少。一旦令出，反而會加速安祿山的叛變，唐玄宗必然在設想用別的方法來制除安祿山，計無所出，叛變乃發生。[62]

因此他下了這樣的結論：

> 安祿山事件，是唐玄宗的政策失敗（以胡制胡），和楊國忠無關。倘若楊國忠是一個大政治家，那末，他有可能用他相權扭轉局勢，但他不是的，楊國忠只是一般性的幹練的事務人才；再者，如果他是一個大政治家，唐玄宗也不會以他為相，能幹的皇帝很少用能幹的宰相。[63]

而這些想法也都表現在小說中，如書中寫「楊國忠無文華，但辦事的才能為大家所稱譽，他是否有宰相才，人們無法忖度，因為他崛起得太快，以往的表現又多方面，總攬天下又如何呢？預測為難了。楊國忠似乎也知道自己的短處，他入相和兼領文部尚書後，第一件事是將文部等候著的選人，立刻依資歷而放發任官職，從前，選人在吏部長年累月地待官，沒有人事關係，會待很久，而楊國忠一當政，用最迅速的方法，依年資派任職務，一下子解決了問題。這使楊國忠在中下層官員群中，獲得了非常好的清譽。」[64]而安祿山事件中，南宮搏筆下的楊國忠早已洞悉安祿山將叛變，又得分力對抗朝中如張垍、蘇晉卿、蕭華、裴遵慶及太子黨等人暗中的扯後腿。尤其哥舒翰出兵與否

---

62 同前註。

63 同前註，頁24。

64 南宮搏：《楊貴妃》，頁348-349。

一事，楊國忠舉出哥舒翰的報告說，安祿山回師安內的，並不是主力部隊，另一支重兵屯於陝州，因此潼關守有餘，而攻不足，因此主守不主攻；但這樣明智的抉擇卻被反對者誣陷為他和安祿山有勾結，人們似乎愚蠢到忘了安祿山師出之名是討楊國忠的，結果自然是玄宗領人狼狽且倉皇地逃出宮去。

楊國忠雖非大才，但也算幹練務實之才，但史書給予他的對待卻是十惡不赦之奸臣，南宮搏如是為楊國忠平反翻案，也直接告知我們一件事，即盡信書不如無書也。

（二）增加故事奇特性

除了盡信書不如無書的想法外，南宮搏的翻案自然還有為了增加故事的奇特性，使讀者有新思維的閱讀感觸，亦可增加一定的趣味性而作。這種改編不僅是對史實提出新想法，同樣也對傳奇小說之類的故事進行「翻案」，以下茲舉例說明之。

「昭君出塞」的故事，人盡皆知，但這則故事之始末、真實性為何呢？似乎有可討論之處。首先我們看《漢書．元帝紀第九》中之記載：

> 竟寧元年春正月，匈奴虖韓邪單于來朝。詔曰：「匈奴郅支單于背叛禮義，既伏其辜，虖韓邪單于不忘恩德，鄉慕禮義，復修朝賀之禮，願保塞傳之無窮，邊垂長無兵革之事。其改元為竟寧，賜單于待詔掖庭王嬙為閼氏。[65]

又〈匈奴傳第六十四下〉載道：

> 王昭君號寧胡閼氏，生一男伊屠智牙師，為右日逐王。呼韓邪

[65] 班固：《漢書．元帝紀第九》（北京市：中華書局，1997年），總頁84。

> 立二十八年，建始二年死。始呼韓邪嬖左伊秩訾兄呼衍王女二人。長女顓渠閼氏，生二子，長曰且莫車，次曰囊知牙斯。少女為大閼氏，生四子，長曰雕陶莫皋，次曰且糜胥，皆長於且莫車，少子咸、樂二人，皆小於囊知牙斯。又它閼氏子十餘人。顓渠閼氏貴，且莫車愛。呼韓邪病且死，欲立且莫車，其母顓渠閼氏曰：「匈奴亂十餘年，不絕如髮，賴蒙漢力，故得復安。今平定未久，人民創艾戰鬬，且莫車年少，百姓未附，恐復危國。我與大閼氏一家共子，不如立雕陶莫皋。」大閼氏曰：「且莫車雖少，大臣共持國事，今舍貴立賤，後世必亂。」單于卒從顓渠閼氏計，立雕陶莫皋，約令傳國與弟。呼韓邪死，雕陶莫皋立，為復株絫若鞮單于。復株絫若鞮單于立，遣子右致盧兒王醯諧屠奴侯入侍，以且糜胥為左賢王，且莫車為左谷蠡王，囊知牙斯為右賢王。復株絫單于復妻王昭君，生二女，長女云為須卜居次，小女為當于居次。[66]

此二段記載，一則說其嫁與呼韓邪單于，一則說其再嫁雕陶莫皋，但並無提及毛延壽為其畫像之事！但《後漢書》在記載時，卻已加了一些「情節」於其中了，其載道：

> 初，單于弟左谷蠡王伊屠知牙師以次當左賢王。左賢王即是單于儲副。單于欲傳其子，遂殺知牙師。知牙師者，王昭君之子也。昭君字嬙，南郡人也。初，元帝時，以良家子選入掖庭。時呼韓邪來朝，帝勑以宮女五人賜之。昭君入宮數歲，不得見御，積悲怨，乃請掖庭令求行。呼韓邪臨辭大會，帝召五女以示之。昭君豐容靚飾，光明漢宮，顧景裴回，竦動左右。帝見

---

66 班固：《漢書・匈奴傳第六十四下》，總頁966。

> 大驚，意欲留之，而難於失信，遂與匈奴。生二子。及呼韓邪死，其前閼氏子代立，欲妻之，昭君上書求歸，成帝勑令從胡俗，遂復為後單于閼氏焉。[67]

這裡已寫昭君入宮多年，卻不得見於帝，於是乃自請隨呼韓邪出塞，雖元帝戀其美色欲留之，終不敢失信於單于；又呼韓邪去世，昭君求歸，卻被成帝駁回，命其從胡俗嫁呼韓邪之子。這段故事不見於《漢書》，卻見於《後漢書》中，想必范曄必參考如東漢劉歆之《西京雜記》內容吧！其寫道：

> 元帝後宮既多，不得常見，乃使畫工圖形，案圖召幸之。諸宮人皆賂畫工，多者十萬，少者亦不減五萬，獨王嬙不肯，遂不得見。匈奴入朝求美人為閼氏，於是上案圖以昭君行，及去召見，貌為後宮第一，善應對，舉止閑雅，帝悔之，而名籍已定。帝重信於外國，故不復更人，乃窮案其事，畫工皆棄市，籍其家資皆巨萬。畫工有杜陵毛延壽，為人形，醜好老少，必得其真。……同日棄市，京師畫工，於是差稀。[68]

雖未言毛延壽故意將昭君醜化之事，但故事的開展由此而去也無庸置疑。

但這邊筆者特別要提的是，南宮摶在前面的鋪排和傳統王昭君故事大同小異，只是在最後南宮摶來了別出心裁、畫龍點睛之筆。王昭君在再嫁雕陶莫皋之後，漢帝派了昭君的族兄王傳為親善使者來到敦煌，但兩人觀念卻格格不入，原因就在昭君已「徹底」胡化了，而這

---

[67] 范曄：《後漢書．南匈奴列傳第七十九》（北京市：中華書局，1997年），總頁760。

[68] 劉歆著、王雲五主編：《西京雜記》（臺北市：臺灣商務印書館，1979年），頁5-6。

對「禮義之邦」的漢族之人來說，是大大不合禮教的，如對昭君直呼單于雕陶莫皋之名，他就覺得：「我們聖人的話究竟不錯的，夷狄之有君，不如諸夏之亡。他們君臣之間，缺少禮貌……」[69]；對於不經通報，就自行闖入昭君家的雕陶之弟且莫車更是不能諒解，而他們還竟然就在王傳的面前談論前王（也就是昭君前夫，雕陶之父，呼韓邪單于）對女人只有溫情而無熱情如此「大逆不道」的話，這段文字南宮搏寫來極為有趣：「王傳悶在旁邊，當他們在談論前王之時，他幾乎要中風了，他的心臟劇跳，他為自己妹妹的淪落而惋惜，他從心底悲哀這批無父無君的人，然而，在那種場合，他連開口的機會都沒有。」[70]並且他還試圖對昭君曉以大義一番，略帶指責口吻地訓誡她，在呼韓邪單于死時，她應該要「殉節」才對，而非改嫁！更何況還改嫁給他的兒子雕陶，這是於禮（漢禮）所不容的，書中寫道：

> 「大閼氏——」王傳忽然想到了：「我們在長安，把妳看得很神聖的，祇有妳再嫁現在的單于，大家有些遺憾，不過，丞相的解釋是妳深明大義，忍辱負重，為我們國家打算——」
>
> 「不，我沒有這意思——」
>
> 「大閼氏！」王傳著急地說：「妳不能這樣說，即使妳真的不為國家打算，也應該作這種表示——」他放低聲音，生怕被別人聽到：「我們總是兄妹，不妨老實說：假定別的大使到來，聽了妳這種話，豈不要把妳看成無父無君的人？妳想想……」
>
> 「那末，我應該怎樣呢？」昭君輕蔑地笑著。
>
> 「妳對長安來的人，一定要表示妳對國家的思念，要表示妳的忠心，要說些妳對這兒厭惡的話，這樣子，將來史冊上會寫上

---

[69] 南宮搏：《王昭君》（香港：香港亞洲出版社，1956年），頁202。

[70] 同前註，頁207。

妳的名字——」他莊重地又加上一句：「我回長安，也一定這樣說，我會形容妳身在胡邦，心懷漢闕……」

……

昭君倏然站起來，擺手說道：

「哥哥提起了漢恩，我是不能忍受的！」她慷慨地說：「對於我，漢恩淺，胡恩深，而且，我也不管什麼恩不恩，一個人活在世上，最可貴的是知心，我現在得著知心的，我還有什麼遺憾？我為什麼要裝假？讓長安人隨便去說我罷，讓漢皇的太史令隨便去寫罷，我要過我自己的生活，哥哥，我在這兒很好，我不會再被騙了！」[71]

這幾乎要讓王傳崩潰了！其實說開來，昭君的和親出塞和王傳的仕途及家族影響甚鉅，這是南宮搏所要點出官場醜陋面的部分。但平心而論，這樣的寫法其實是有其道理的，在漢室，昭君始終沒有出頭的日子，若果真某日有幸讓漢帝看上了，那她還得跟數以千計的後宮爭寵！但匈奴那兒卻不同，不僅單于喜歡她，連單于的兒子也喜歡她，而她也分別為其產子多人，她在塞外的地位是穩固的，生活也是自由的（因胡人本就較漢人生活隨意自在），因此昭君會起思鄉之情或許是有，但真實世界裡，邊塞生活是絕對可能比漢宮還要好的。

而在傳奇小說裡，他同樣為了提高故事的奇特性以增加閱讀群，對某些故事進行了「翻案」改編，如《紅拂傳奇》。

《紅拂傳奇》中，南宮搏除了一些小細節和原本唐傳奇不一樣外，他益加更動了一些重要的情節內容，其中最明顯處有三，以下茲列表說明之：

---

[71] 同前註，頁213-214。

唐傳奇《虬髯客傳》	南宮搏《紅拂傳奇》
僅是諸妓之一，且諸妓知楊素無成，去者甚眾。而紅拂離去，其追討之聲，意亦非峻。	為楊素專寵，故隨李靖私奔時，楊素遣人追趕甚切。
虬髯客與李靖、紅拂初見面時，為顯現虬髯客英雄豪傑，乃啖一天下負心人之心肝以下酒。	此處則以虬髯客獨自打退一支約七、八十人正追趕李靖和紅拂的軍隊，顯示其英勇無敵。
虬髯客與其道兄一見李世民後心死，遂無意逐鹿中原，乃獨往數千里外之東南發展，雄霸一方。	因李靖之抉擇傾向李世民，而虬髯客因曾允諾李靖可代其決議，因此乃不得不離開爭霸之列，但紅拂由於對之心儀，乃離李靖，隨之遠赴東南。

這中間除了紅拂女改為李靖之妻外，並且還周旋在虬髯客與李世民之間，在道德（李靖）、真愛（虬髯客）及擁有天下（李世民）三者的掙扎中，選擇了真愛，與虬髯客一同離開中原。因此，失去天下的英雄，卻得到美人的相隨，也算在惆悵之中，獲得一絲的安慰了。而這樣地為虬髯客「翻案」，是讓人耳目一新的。

（三）批判權貴道德律

《潘金蓮》大概是南宮搏之「翻案」中最具代表性的作品了，而且他也有其一定的用意，即其言：

> 許多年前，我創作「潘金蓮」一書，自我塑造了武松和潘金蓮這兩個人物，希望改變中國的不正確的傳統觀念——那是由士大夫制訂而輸送給平民的一項觀念，而士大夫自己又並不自我

遵循的社會道德律。[72]

即士大夫或權貴階級時常是滿口聖賢禮教，但所作所為卻經常是大違禮法之事，因此裡面的人物，除西門慶外（因他本來就是權貴形象），其它如潘金蓮、李瓶兒、春梅、吳月娘及武松等，都做了相當大的形象轉變，以下乃分別列述之：

1　潘金蓮——受侮悲苦

以《潘金蓮》為名，書中著墨最多的當然就是潘金蓮，但她自始至終就是個受侮悲苦的形象，連開頭唯一的一次主動拿回生命自主權時，都還是建立在其夫婿武大郎的死去，這樣的安排能不悲嗎？而隨即因深愛著武松，為了救他免於死罪，沒一會兒又把自主權送到了西門慶手裡，又更悲苦了！其中一段如西門慶想再仔細看看潘金蓮有無如此價高之時，南宮搏寫道：

> 一切活動，經過都很良好，然而，潘金蓮卻為著行將到來的事故而著慌——西門慶來看她，買進一宗貨色，自然是要看看仔細的，但是，她的自尊心又受到了嚴重的刺傷，她有著羞澀，有著無可自解的憎恨，但是，她又不能不如王婆所囑咐那樣打扮起來，萬一西門慶不滿意她，一切計畫俱將幻滅了。她無可奈何地走到粧臺前，重新梳了頭髮，插上一隻珠鳳和翠簪，在臉上勻了脂粉，又換了一襲湖綠長裙，對銅鏡自己照了一回，也許，她是和人們所說一樣地美麗，不過，在這一瞬之間，心底裡的愁苦，使得她失去欣賞自己顏容的興趣了。[73]

---

[72] 南宮搏：《魯智深》，頁2。

[73] 南宮搏：《潘金蓮》（臺北市：麥田出版公司，2003年），頁40。

原本該是「女為悅己者容」，但她是被買賣的「貨色」，為了要吸引買家的購買意願，她才必須打扮，何其悲啊！

再如她嫁到了西門慶後，所遭遇的情景對她心理是有著一定程度的威脅，書中寫道：

> 她一進入西門慶的家，立刻被她的雇主冷落了，西門慶在她房中住了兩晚，從第三天起，她看不到他。此外，許多種恐怖的傳說由服侍她的婢女告訴她：她來了七天，聽到的報告是：李嬌兒被西門慶用馬鞭打了一頓，孫雪娥被打腫了臉……。這些傳說在她心中留下了暗影，……[74]

果然不久後，鞭子便落到了她身上來。潘金蓮因想著武松，不自覺唱歌時哭了出來，這件事被繪聲繪影地傳到了西門慶耳裡，西門慶當然不能善罷干休，一次喝了酒，藉著酒意暴怒地闖進潘金蓮房中：

> 他的雙眼露出兇光，一見潘金蓮，就大喝「做得好事」，她摸不著頭腦，怔怔地望著他，就在這一瞬之間，她受到襲擊了！他一把捉住金蓮的髮髻，起手就是兩記巴掌。
>
> 「你說，你說！」西門慶吼叫著。
>
> 潘金蓮茫無頭緒，她忍住痛苦，驚惶駭異地看他。
>
> 「拿馬鞭來！」西門慶向站在門外的秋菊怒喝。她的心頭驟然感到一陣涼意，她想：「輪到我了，但是，不知為什麼？」她怔怔想著因果，此時西門慶把捉住頭髮的手一鬆，她跌開去，頭髮散了。
>
> 「把衣服脫下來！」
>
> 「為什麼？」金蓮反抗了。

---

[74] 同前註，頁50。

「脫下來！」忿怒的西門慶狠狠地打下第一鞭。

劇然地刺痛使得她叫出來，她抖顫著爬起來，解開衣帶。

「脫光，跪下！」西門慶又是一鞭打下去。

…………

潘金蓮跪在地下，神志在昏迷狀態中，她沒有看西門慶，她也不知道，他將做些什麼……

突然，又是一鞭落在她的肩上，她全身可怕地痙攣著。[75]

只因西門慶的懷疑，潘金蓮便被羞辱地鞭打，而這一切就在一群下人面前進行，還有什麼能比這般對待更沒尊嚴的呢？

而在避免毀壞武松名聲，決意一死所留的遺書中，更是把她的生命，帶到最悲苦的地方，信裡寫道：

二郎夫君：妾蒙不棄，將攜帶遠行，只妾身體已穢濁，侍奉郎君，每自恥慚。郎君前程遠大，妾穢聲聞於鄉里，實在不能相配，妾淪落有年，早求一死，不意尚得再見郎君，重結歡好，上蒼待妾，亦至不薄矣——故今日死亦瞑目。至望郎君勿為妾哀，努力前程。妾在九泉之下，亦當含笑。妾蓮留上。[76]

身之所以污濁，為的就是武松，如今求死，為的仍是武松，潘金蓮為了愛情，她做到犧牲的最大極限，南宮搏顛覆原先潘金蓮的形象，創新且鮮明的重塑潘金蓮，所以筆者說他的立意是新穎的，而結果也是成功的。

---

[75] 同前註，頁54。

[76] 同前註，頁415。

2　李瓶兒——柔弱無助

《金瓶梅》裡第十三回，李瓶兒這個角色出現沒多久，就和西門慶眉來眼去勾搭上了[77]；但在《潘金蓮》中，李瓶兒會嫁給西門慶，則完全是被設計的。這裡南宮搏同樣是改寫了李瓶兒，重塑其形象，提高故事的新奇度和可看性。

李瓶兒原嫁給花子虛，花家是有錢的，而她的模樣兒，潘金蓮是這麼看的：「李瓶兒有著惹人憐愛的一雙水汪汪的眼神，兩片薄唇和一個小巧而勻稱的鼻子，她說話的態度是恬靜的……對人的態度是甜蜜的，她說話的聲音極為柔和，微笑的時候會把雙眼向上翻，對男人，這也許是一種引誘。」[78]潘金蓮甚至覺得「如果真的和這樣一個女人爭寵，她自己會失敗的。」[79]可見李瓶兒美貌乃不在話下。但她在嫁入西門家後，由於之前曾因花子虛死，而身體和心靈極度空虛之時，被西門慶的女婿陳敬濟所迷惑且許身於他，西門慶得知後極為憤怒，因此用計搶回李瓶兒；卻又在她入門時，先故意不派人接轎，讓其難堪，入門後，西門慶連看都不去看她一眼，藉口到衙門辦公，且不許潘金蓮等去看她；新婚當晚西門慶也不到新娘房過夜，而待在潘金蓮房中，所做的一切都是要讓李瓶兒受辱。但在這時卻傳來了消息——李瓶兒上吊了。

李瓶兒雖然沒死，但西門慶卻也連續三晚都故意不聞不問，直到第四晚，西門慶帶著馬鞭到李瓶兒房裡去。西門慶狠命地抽打李瓶兒，對李瓶兒而言，這在以前花家是從沒發生過的，但今晚卻發生

77　蘭陵笑笑生：《金瓶梅》（臺北市：雪山圖書公司，1992年）。

78　南宮搏：《潘金蓮》，頁80。

79　同前註。

了！「她有生以來第一次看到男人變成了野獸」[80]，況且她並不像潘金蓮一樣被買來的，她是帶著家財過來的呀！瞬時間，她迷惑、憤怒、躲避、哀嚎，最後她終於無助地求饒了。

誤會冰釋後，沒多久李瓶兒懷孕了，西門慶對她的態度有了一百八十度的轉變，因為西門慶除了髮妻為他生下一女外，再無子嗣，所以他最希冀的也就是能得一子，故此時李瓶兒懷孕，他那能不高興呢？如書中寫道：

> 「心肝，誰敢笑你！我的心肝，咱們終會有孩子了！」西門慶喃喃地說：「我盼望了好久，好久！」
> 「爺，那個醫生看的準不準？」
> 「當然準的！啊喲……」西門慶叫著，連忙鬆開了手：「你有喜了，我還摟著你！嘿，我真糊塗……瓶兒，這真要小心呀！以後不要亂動，剛才你彎下身替我脫靴，要不得的！這會衝動胎氣！」西門慶聲音全變了，他匆匆從床上起來，反過來服侍瓶兒睡下，自己去叫馮媽媽多拿一床被，睡在外床。他向瓶兒解釋，有了孕不宜兩人同被的。[81]

李瓶兒剎那間像是被捧上了天，看到未來幸福的一道曙光。但悲哀的是，這樣的歡喜並沒持續多久，一次西門慶得到春梅的情報，發現李嬌兒和管事來保在廚房行苟且之事，來保一見西門慶，情急之下拿起短叉擲中了他的左胸，隨即逃逸無蹤。李瓶兒為了照料西門慶，卻不小心衝動胎氣，隨後又被醫生誤診，結果一屍兩命，此時離李瓶兒嫁入西門家也才不過兩三個月的光景。

---

[80] 同前註，頁182。

[81] 同前註，頁202。

南宮搏塑造的李瓶兒，個性柔弱，不喜與人爭強，在西門家一開始孤立無援，好不容易有孕，原本以為好運來到，卻隨即流產而死，是全書裡僅次於潘金蓮的悲苦形象，讀來亦不禁令人鼻酸。

3 春梅——潑辣報復

春梅原是西門慶家的一個婢女，在潘金蓮來西門家後服侍她的，但在一次受了吳月娘和孫雪娥的欺凌後，明白自己可以用姿色向西門慶進讒言以報復她們時，春梅就展現她復仇的本性，書中寫道：

> 「爺——」春梅是在西門慶家內生長的，她對於這個主人的性子認識很清楚，她明白目前的情景，是西門慶想在自己身上發洩慾狂了，她是西門慶買來的奴婢，根本不能反抗的，而且，她也有著強烈的報復心，她知道在這時候說出來的話是有份量的，於是，她以哀楚的聲調說：「爺要替五娘作主呀！孫四娘要把五娘打下腿來哩，我冤枉地挨了一頓打，爺……」她的眼淚隨聲淌下。[82]

春梅知道她逃脫不了西門慶的玷污，所以反而想利用身體去進行報復，甚至她也想若有機會，便殺了西門慶及其全家，弄得他家破人亡，一個稚氣未脫的少女有這種想法，無疑是環境逼迫所造成的。如書中寫道：

> ……她（春梅）有一種可怕的意志力量，她有許多幻想：她想弄些砒霜落在食物中毒死西門慶全家，她又想趁西門慶和她親密時用一把小刀插入他的胸膛，一些少女不著邊際的想法，縈繞在她心中，而這想念，好像也能夠減輕她精神上的負擔與肉

[82] 同前註，頁70。

體的痛苦。[83]

這就是報復心極重的春梅。而報復心重的人，性格亦必是潑辣。如在陳敬濟對她有非分之想，而她也想放縱人生、偶爾擁有主宰別人權利的時候，她便顯現了潘金蓮、李瓶兒所沒有的這一面：

> 「我歡喜一個人，就要打他，別人歡喜我，也是這樣的！」她咬緊牙齒，想到西門慶加在她身上的暴虐，現在，她要在西門慶的女婿身上報復：「你要我歡喜，就地下跪啊！」她第一次發出媚惑的笑，她要用女性的魅力來征服這個男人。他屈服了，他在她的眼神中和笑聲中失去了反抗的力量，他的身體軟癱，不由自主地跪倒在地上。她發出一陣狂疾如風暴的笑，她滿足了，她報復了，她的手豪暢地摑在他的臉上，她如瘋如狂，突然，她住了手，蹲下身摟住他，她吻他，吻他口內淌出來的血水……[84]

她被虐待的同時，也想虐待他人以取得心理的滿足，在西門慶家，她無法取得妾的地位，所以只能透過蠱惑西門慶，借他之手復仇；但她被周守備買走娶為妾後，她很快便奪得地位，自己報仇。她花了十兩銀子買來孫雪娥在家中廚房做粗工，劈柴擔水、燒火洗菜，極盡凌辱以洩當年之恨[85]就是最好的例子。

春梅這個角色表達的是對現實不滿而積極有所作為，甚至為達目的不擇手段，她蟄伏只為報仇時機的出現，她屈辱只為有更遠大目標的追尋，至於一掌握到機會，她就如惡狼看見獵物一般，不扼死獵物

[83] 同前註，頁73。
[84] 同前註，頁122。
[85] 同前註，頁320。

是絕不甘休的。

4 吳月娘——陰狠毒辣

這個角色，南宮搏亦將之做了一百八十度的大翻轉，完全不同於《金瓶梅》那個誦經念佛、儀態端莊的西門家女主人；在《潘金蓮》中，吳月娘費盡心機，使盡各種手段對付潘金蓮、李瓶兒、春梅……，在她眼裡，只有權勢才是一切，努力地鬥垮他人，才能站到這個金字塔的最高點。她結合李嬌兒、孫雪娥來羞辱潘金蓮及春梅，而對李瓶兒則始終懷著仇視的態度；在西門慶死後，她佯裝有身孕，想奪得西門家所有家產；她伺機抓到春梅和來安準備私奔，而賣掉春梅以讓潘金蓮人單勢孤；她設計引陳敬濟來，再誣陷他欲圖謀不軌，活活將陳敬濟打死；她阻礙所有想買潘金蓮的人，一心只想將潘金蓮推入火坑……。尤其欲將潘金蓮賣入火坑一段，最能顯現其惡毒之一面，其寫道：

> 「我最恨的是她（潘金蓮）！」月娘咬牙切齒地說下去：「別人我都可以放過，唯獨潘金蓮，我最不饒她！」
> 吳大舅搖晃著腦袋，連連應是。於是吳月娘又迫進一步問她的大哥，是否應送官發賣。
> 「要她吃苦，只有把她賣入娼寮！」吳大舅笑嘻嘻地進言。
> 「唔，這是一個辦法！」月娘微微點頭。
> 吳二舅偷偷地看了哥哥一眼，還是不敢出聲。而大舅，這時卻陰陽怪氣地接下去說：
> 「不過，這樣做法，妹妹會被人說閒話，似乎不妥——」
> 吳月娘覺得這話不無道理，又點點頭。
> 「我想想——」吳大舅托著下巴，沈思了一歇：「就交媒人算

了！讓她自己去碰運氣！妹妹定一個身價，五娘和孟玉樓不同，五娘是咱們大爺拿銀子買來的，賣身紙還在吧？」

「這太便宜了她！你再想想，有什麼惡毒兒想要她，我倒不在乎身價銀子，只要這淫婦受磨難。」

「嗯，我再策計策劃；」吳大舅站起來，在房內踱步，不久，他又說：「要尋一個大婦潑辣一些的，男人又兇惡的！」

「對，但千萬別找到官府中人，這淫婦有一套本事，萬一給他媚惑上了，回轉頭來害了我，可吃不消哩！」吳月娘現出一些陰森的微笑：「大哥，你去想想，最好明天就決定，至於陳敬濟，我會趕他出去，這下流東西，萬萬不能容他住下去了！」[86]

心計之歹毒，我想亦莫此為甚吧！

5　武松——逼上梁山

在南宮搏筆下，武松深愛著潘金蓮，而他肇禍卻能免於死刑，完全亦是由深愛他的潘金蓮賣身所致，這使武松感念，也一生從未再愛上其它女人，書中說：「江湖上的好漢們也曾向他提起過親事，他每次都一笑置之。於是，人們都以為武松是一個鐵心漢子，沒有一些兒柔情——誰知道，在悄無人處，武松為回憶中的私情而心寸寸碎……」[87]。武松的深情是隱藏在那粗獷、豪放、稜角分明的外表裡。又如武松在一次江州的旅途中，遇到孟玉樓及其夫婿告知他潘金蓮仍癡心愛戀著他以後，武松披星戴月，急著回去見她。南宮搏把這一心態刻畫的彷在眼前，寫道：

[86] 同前註，頁 322-323。

[87] 同前註，頁 359。

> 這一夜，武松似熱鍋上的螞蟻，他在床上翻來覆去，往事如潮水那樣湧上他的心頭，潘金蓮一顰一笑的樣子，清晰地呈現在他眼前，好幾次他從床上跳起來。
>
> 「我回去，我怎樣見她呢？怎樣報答她——」武松雜亂地想著，忽然，他雙臂平伸，失聲叫出：「我要娶她！」
>
> 這聲音使他自己怔住了！他聽到自己的聲音，體味著，靈與肉在呼吸間混凝為一——他忽然跪下來，像廟裡的和尚，喃喃地唸出誓詞：
>
> 「我要供奉她，我這一生，要好好待她，我要正式娶她！」[88]

在武松心裡，此時的潘金蓮彷彿是他心中的女神，這一形象是截然不同《金瓶梅》中殺嫂祭兄的武二郎的。

潘金蓮一生遭遇悲慘，但在嫁給武大郎後，即使武大郎「駝背，粗短的手腳，長年通紅的眼睛，一條短而塌的鼻子，厚嘴唇，裡面兩排七零八落活像碎石子拼湊起來的牙齒……」[89]，她雖感到悲傷，卻也認命了，她謹守婦道、端莊賢淑，並不曾勾搭任何人，如此女子怎不叫武松傾心！更何況武松天性就是個英雄豪傑，在武大郎死後，難道就讓大嫂流落街頭，抑或令其再嫁他人？若遇人不淑又該當如何？所以一種扶助弱小的天性也就油然而生，雖未曾開口，但其實想要照顧潘金蓮一輩子的心卻早已決定。

在南宮搏筆下，武松並不是猙獰面孔的對著潘金蓮，他因潘金蓮深情的付出也以深愛回報。對於潘金蓮，武松一切的色調是柔和的、是愛慕的、是願為她忍受他以往所不能忍受的言語屈辱，若非至情，哪能如此？所以筆者以為：南宮搏給了武松在粗獷外表下，仍有著綿

---

88 同前註，頁361。

89 同前註，頁10。

綿情意的真實性格，這個形象是很具創意的。

此外，在《潘金蓮》書中，南宮搏為了製造高潮，用了許多「突轉情節」的手法，如故事一開始，潘金蓮脫離了為人奴婢被買賣的日子而嫁與武大郎，而武大郎過世後，潘金蓮首次恢復了自由之身，成為一個可自我主宰的個體，返鄉的武松也跟她有了情愫，並進一步發生關係，甚至二人可能結為連理、廝守終身時，故事發生了「突轉」——武松聽信閒言打死了人，入獄準備接受死刑的判決，金蓮為搭救武松，竟把自己生命的支配權再次出賣，換得武松的免於死罪，這突轉讓人不禁一悲，但情節卻更引人入勝。

又如在西門慶死後，孟三娘改嫁，有了好的歸宿；而春梅雖被賣掉，卻也因禍得福成了守備夫人；只有潘金蓮被吳月娘視為眼中釘，雖孟三娘及春梅多方營救，卻始終不得其門而入。最後吳月娘竟將金蓮交付虔婆，欲賣與妓戶。可憐金蓮剛入虔婆家門，當晚即被其無賴姪子張阿大玷污，隨後又被吳二舅與虔婆合資買下，迫其接客，至此，金蓮身心所受煎熬，已足使她心如死灰。豈知此時情節「突轉」，死灰復燃，春梅想方設法，終於營救得金蓮，而武松更活生生的站在她眼前，誓言娶她進門。

故事發展至此，原應歡喜收場，無奈作者卻又再一「突轉」。武松因每日被人閒言閒語而氣憤不已，金蓮見此，深覺以己敗柳之身，阻斷武松前程，實不應該，遂自縊身亡。武松悲淒，乃憤殺仇人，最後逼上梁山。在金蓮已萬念俱灰之時，武松出現，此時生命該當有了色彩；然認清事實，金蓮選擇自縊，又讓一切色調回到灰暗，劇情跌宕，峰迴路轉，南宮搏突轉情節吸引讀者的功力，於此乃展露無遺。

綜觀上述，南宮搏以翻案手法推陳出新地改造了潘金蓮故事，並多次使用突轉技巧強化情節張力，使之不致流於舊調重彈，從創作觀點來看，《潘金蓮》是相當成功的。

並且還在故事結尾時，寫下了這麼樣一段話：

> 晚年的武松，成了全中國傳述的人物，凡是有水有井的地方，都知道有武松這個人！人們說武松是一個鐵血漢子，人們也從流傳的故事約略知道了一些武松與嫂嫂的微妙關係。然而，人們所知道的，並不是真實底。
>
> ——梁山泊，在汴京，在大河上下，在長江南北，在明豔的西子湖邊，在莽蒼的浙皖山區，武松從來沒有和人們講起自己的戀愛故事，潘金蓮這一名字，是他心靈的秘密，是他心靈的寶藏。潘金蓮，是存在於他內心的一個完美的偶像：
>
> 然而，他的隱密，卻造成了面目全非的流言——
>
> 武松和潘金蓮的故事，是由清河縣傳出來的！而傳說，和武松的行跡完全相反，這個城市，一夜之間死了十五人，人們都說是武松殺的，傳說：武松先勒斃了自己不貞的嫂嫂潘金蓮，然後殺盡與嫂嫂有關連的人物。天下後世，也根據了這些不準確的傳說而編造武松與潘金蓮的故事。[90]

小說是虛構的，本也沒什麼翻案的說法，但潘金蓮在《三國演義》和《金瓶梅》問世後，變成了一種固定的形象，南宮搏對這「定型」之人物，進行改寫，徹底改變這個反派角色，主要目的也就正如他所說的，是為了匡正、諷刺一些由士大夫制訂而輸送給平民，但自己卻又不遵循的社會道德律。

---

[90] 同前註，頁422-423。

三　情色抑煽情

南宮搏歷史小說在情色的描寫上，究竟是細膩或是煽情，評價不一，如羅宗濤即言：「……他似乎更擅長表現陰柔之美。他對女性的一顰、一笑，一舉手、一投足，一曲清歌、一聲長歎，都描繪得細膩生動，充分呈現出她們天真浪漫、溫婉體貼或幽怨悲哀的性格與心情。甚至於在他筆下的豪傑，他們的雄心壯志也往往被縷縷柔情所縈繞，而且英雄性格中如絲如縷的豪情，竟然牽動了時代巨輪運動的方向。」[91]但另一方面，如江俊逸卻在其博士論文《南宮搏歷史小說研究》中寫道：「南宮搏最嚴重缺失應該在情色情節太多太重，筆者以為，可能是南宮搏以鬻文為生，為刺激銷路，同時又無高陽之家學淵源，因此描寫的情節多著重於情色成分，而未發展出類似高陽等歷史小說大家的內容。男女之事，原可以健康心態視之，但南宮搏描繪的是淫亂宮廷，甚至某些文字描寫的不堪入目：『皇帝的陽物一硬，就要頂女人』、『有一條濕潤的舌頭舔著她的鼻尖』，當然情色輕重成分有別，部分只是穿插其中，尚無可厚非，但有些竟以全書多為類似情節，令人不忍卒讀。」[92]兩者說法可謂南轅北轍。而筆者要說的是，南宮搏其實寫出了歷史上女性的百般情態，或含蓄蘊藉、或被迫無奈、或虐待病態、或煽情肉慾，這樣的寫法正符合現實中各式各樣之人性，只是一般作家怕被貼上「情色作家」這樣的標籤，不敢「如實」寫而已。而南宮搏這樣的寫作方式，早先作家也有很多，如《金瓶梅》即是此類之代表性作品，我們隨意舉其一段，如：

91　南宮搏著：《漢光武．序》。

92　江俊逸著：《南宮搏歷史小說研究》（臺北市：中國文化大學中國文學研究所博士論文，2004年），頁189。

> 少頃，吃得酒濃，不覺烘動春心，西門慶色心輒起，露出腰間那話，引婦人纖手捫弄。原來西門慶自幼常在三街四巷養婆娘，根下猶帶著銀打就藥煮成的托子，那話約有許長大，紅赤赤黑鬍，直堅堅堅硬，好個東西。「一物從來六寸長，有時柔軟有時剛，軟如醉漢東西倒，硬似風僧上下狂；出牝入陰為本事，腰州臍下作家鄉，天生二子隨身便，曾與佳人鬪幾場。」[93]

另外，如蒲松齡在其鮮為人知，但藝術價值卻極高的《聊齋俚曲》中，寫得也令人「怦然心動」，茲舉〈琴瑟樂〉之一段證之：

> 把俺溫存，把俺溫存，燈下看著十分真。冤家甚風流，與奴真相近。摟定奴身，摟定奴身，低聲不住叫親親。他仔叫一聲，我就麻一陣。
>
> 渾身衣服脫個淨，兩手摟定沒點縫。腿壓腰來手摟脖，就有力氣也難掙。摟一摟，叫一聲，不覺連我也動興。麻抖搜的沒了魂，幾乎錯失就答應。
>
> 不慣交情，不慣交情，心窩裡不住亂撲登。十分受熬煎，仔是強扎掙。汗濕酥胸，汗濕酥胸，相依相抱訴衷情，低聲央及他，你且輕輕的動。
>
> 聽不的嫂子瞎攮咒，這樁事兒好難受，熱撩火熱怪生疼，口咬著被頭把眉兒皺。百樣央給他不依，仔說住住就滑溜，早知這樣難為人，誰還搶著把媳婦做。
>
> 又是一遭，又是一遭，漸漸熟滑摟抱著。口裡不說好，其實有些妙。魂散魄消，魂散魄消，杏臉桃腮緊貼著。他款款擺腰肢，不住的微微笑。

---

93 蘭陵笑笑生著：《金瓶梅》，上冊，頁87。

> 做了一遭不歇手，就是餵不飽的個饞牢狗，央告他歇歇再不肯，恨不能把我咬一口。誰知不是那一遭，不覺伸手把他摟，口裏只說影煞人，腰兒輕輕扭一扭。[94]

這樣的內容或許有煽情之成分，但其背後的歷史意義與人性價值，應該才是我們更需珍視之處。

以下，我們即據此原則，分為「對女性外貌之細膩描寫」、「作情色抒寫之情慾模式」及「談女性於皇室中之地位」等三個角度論述之。

（一）對女性外貌之細膩描寫

南宮搏對於女性的描寫是極為細膩的，光從對女性外貌的形容，即匠意巧心、刻畫逼真，如他寫局部時，是這樣寫的：

> 他想著樹上的櫻桃由草綠色而泛紅的光景。
>
> 由想到櫻桃，他的視線移到她的嘴唇——她的唇上敷有淡淡的脂，那祇是顯出自然底顏色，使之滋潤。他領略這滋潤，他再探索這滋潤……
>
> 她的嘴唇的中心，人中直下的分歧棱角很鮮明。她的上唇，男子們生鬚的部分有幼微底茸毛——他知道，婦女們會用一根線將這茸毛鋸去，顯然地，女英尚未到需要如此修飾自己的時候。[95]

李後主的「探索」其實正是帶領讀者的探索，讓讀者更細膩、細緻地

---

94 蒲松齡著、盛偉編：《蒲松齡全集》（上海市：學林出版社，1998年），冊三，總頁2686-2687。

95 南宮搏：《李後主》，頁88。

明白女英的模樣，而這正是南宮搏之所以要引導人們進入他小說世界的描繪手法。

又如在《洛陽女兒》中，南宮搏寫女主角吳素兒的局部（手、腳部分），是這樣描寫的：

> 他追索：表弟婦（吳素兒）的雙手，手掌部分柔軟而細滑，手指，長長地，纖纖地，勻稱地，鮮嫩地，他依稀記得自己曾看過一眼甚至兩眼，她的手背白皙，微細的青筋，隱隱可見，還有，稍為凸起的腕骨靠手背部分，可見毛孔，是纖茸的汗水因水濕而貼著皮膚。他又追索，她的一隻手的腕間沾有泥污……不過，他又清楚地記得，她的足跟皮膚很細，沒有繭，也沒粗皮，她的足跟似嬰兒底那樣潤滑，還有，她腳和手都是狹長型的，她的腳背很薄，腳的弧形很明朗，腳趾似乎也長長而且有些消瘦感。[96]

這是局部的描寫。另外「總體」的描寫呢？南宮搏是怎樣寫的？或許我們可以《虢國夫人》中寫楊怡的一段舉例之：

> ——楊釗凝看著直立在自己面前的妹妹，她亭亭玉立，睡裙僅僅齊膝，裸露著修美與勻稱的小腿，雖然是寬腰身的睡裙，但仍然顯示出她纖細和挺實的腰枝，她的身材，雖然經過了生育，仍然是緊繃和充滿了彈性的，這是上蒼的傑作啊！
> 於是，他的目光移到她的臉上——她尖尖的下巴充滿了秀氣，又帶著幾分清佻的稚氣。她的嘴，玲瓏地；她的鼻子小巧中有隱隱的剛勁，然而，鼻尖又是柔和的，她的兩腮，在嚴肅時候，似帶有霜寒。可是，配上她那一對眼睛——她的眼睛明亮

---

96 南宮搏：《洛陽女兒》（臺北市：堯舜出版社，1981年），頁81。

> 靈活，雖然不很大，但在她的臉上，恰到好處；而且，她的眸子使人有挑巧的感覺，因而沖淡了她兩腮的嚴肅氣氛。她的眉毛，會使人孕育幻想；她的額頭，會使人連想到含苞待放的花瓣。[97]

從腿及腰，到臉部五官的細部描繪，彷彿「描花」似地把虢國夫人的整體細細勾勒而出。又如《洛陽女兒》中所述：

> 李義府漸漸地墜落於奧思中，同時，也漸漸地，他凝看著素兒：顛連於獄中的素兒，依然有秀發的，向榮的美麗，她的頭髮很幼潤，她的皮膚細緻而勻淨，她的鼻尖，由猷勁的線條組成，然而又給予人柔和的感覺。她的嘴唇，嫣紅的部分似乎有積線，一種微妙的凸出之感——如今，她的嘴唇正在蠕動，好像一朵花的內層花瓣舒展。
>
> 於是，他的目光轉到了她的眸子，一相對之間，似乎有潛在的引力自他的瞳人當出。
>
> ——他似花瓣般鮮嫩的嘴唇微啟，配合了有吸引力的瞳人，組織成微笑。
>
> 他看到她齊密的牙齒，他看到她的舌尖在牙齒縫隙間輕轉，他看到——在一瞬之間，看到了人們所罕有的美麗，也在這一瞬之間，他的心靈在動漾中孕生了意志，取得她，佔有她，那比開府拜相還要重要……[98]

在看到了南宮搏所形容的素兒之後，我想，所有人都會為其容貌所癡狂，也都會在剎那之間願意拋棄所有的功名利祿、榮華富貴，只為能

[97] 南宮搏：《虢國夫人》（臺北市：立志出版社，1964年），頁9。

[98] 南宮搏：《洛陽女兒》，頁188。

得到美人素兒吧！

而形容慵懶的美人情態呢？南宮搏亦能適恰的寫出那令人迷濛的神態，如《董小宛》中所寫：

小宛一夜未眠，加上連日驚惶勞頓，鬢髮蓬鬆，形容憔悴，眼睛佈滿紅絲，眼堂下陷，有一塊灰暗的影子，臉上的脂粉，殘膩不勻，生理上的怠倦，精神的鬆弛，別有一種頹唐沈淪的美態。洪承疇初見小宛時，是豔光照人，明慧秀麗的，使人生可望而不可即的感覺，此時的慵倦，則是一種沈醉的情意。[99]

而何謂「豔媚」？何謂「神秀」？南宮搏也有他的形容：

月光的情緒被楊怡的出現而轉移，她在想：楊怡可能十八九歲，也可能二十歲，俏而豔，特別是豔，面部的輪廓明朗，但組成的線條又有媚，一般，媚了就不易明朗，而楊怡卻同具，秀中現出媚。

楊怡的秀會不及月光，月光有一股清靈的神秀之氣，楊怡則自豔與媚發展。楊怡已成熟，而月光實際上還不曾成熟。[100]

甚至連女人的傷心落淚，南宮搏也刻畫地動人無比，如《洛陽女兒》中寫吳素兒模樣：

他思索著：表弟婦雙手作驅逐狀時的動作，她的手指微屈，她的手在揚動時一反，一合，具有舞蹈的情緻——她的淚珠滾流過面頰，如珍珠在白玉盤中滾動。她的鼻子掀動，她的嘴唇展撅之間露出齊密地，潔潔的牙齒。她被淚水浮潤的眸子有一種

---

99 南宮搏：《董小宛》（香港：亞東圖書公司，1954年），頁78。

100 南宮搏：《月嬋娟》（臺北市：時報文化出版企業公司，1985年），頁223-224。

> 光暈，近紅紅地暈，好像花瓣中心滲透了的嫣紅。而淚水，又似是清晨的露珠轉旋而化……[101]

又如：

> 她的面頰上搽有胭脂，幾度流淚，脂和粉和揉了，於是，一種脂粉零亂的景象出現。那不應稱為美麗，然而，那是一種風情。
>
> ——在薄霧中，在微雨中，桃花的花瓣受沾濕，受滋潤時，會幻想一種朦朧的，揉和了嫣紅純白的色彩。
>
> 此刻，她的形相依稀是。
>
> ——桃花的花瓣經過霧雨滋潤，若有風，會散落——花瓣在散落之前，是生命中最濃豔的時候。
>
> 此刻，她的形相又依稀是。[102]

女人的美，風情萬種，女人的模樣，也千姿百態，南宮搏用直敘、用比喻、用想像等各種寫作技巧，將一些歷史上的名女人，靈現於我們面前，事實當然是他的虛擬描繪，但對讀者而言，卻是鮮明化了角色形象，更且，許多更似「詩化」般的美麗辭藻，這就是南宮搏令人激賞而有其歷史地位的緣故。

（二）作情色抒寫之情慾模式

在南宮搏之情色書寫中，寫了多組多種不同的情慾模式，其中有彷若小兒女般之含蓄蘊藉式，也有時代背景下之被迫無奈式，有環境壓力下之虐待病態式，當然也有他人對南宮搏批判許多之煽情肉慾

---

[101] 南宮搏：《洛陽女兒》，頁62。

[102] 同前註，頁382。

式。這些情色書寫，豐富了小說中之真實人性與現實氛圍，突出了小說還原背景、帶領讀者穿越時空，回到過去不同歷史情境的寫作功力，以下我們乃分別探討之。

1 含蓄蘊藉式

即在情慾之文字表露上，內斂而含蓄，不露骨、不淫穢，但又能表達出男女間之情事，如《洛陽女兒》中寫道：

> 於是，好像有千萬隻烏鴉在她意念的領域中飛翔，好像春霧，濛濛中，百花開……
> 又一個男子於似是春霧濛濛中進入了她自己的天地，無概念的，也無預謀的，她承受了，有歡暢感，然而是飄忽的，如同夢境的經歷，又分明不是夢。
> 於是，歡暢的飄忽在濛濛中過去了。[103]

用一種朦朧、飄忽的思想意念，寫出了男女床第之事。又如《太平天國》中同樣含蓄蘊藉，但卻多了一些熱情，因此有了不同的形容，其寫道：

> ……她感受對蕭朝貴肢體所發出的熱與力，而這一份熱力，她進入馳蕩的境界。
> 她挑撥他，像挑撥燃燒著的樹枝那樣子。
> 火焰騰了起來，仲夏夜的涼風驅不散他們心底燃燒起來的火。
> 於是，他像一頭耕牛那樣用力的耕耨田土，而她，有似田土，承受了耕耘。[104]

---

[103] 同前註，頁316。

[104] 南宮搏：《太平天國》（臺北市：麥田出版公司，2002年），頁82-83。

以火表示熱情，用耕牛形容床第之事，但南宮搏就是如此挑撥著讀者的感官，但卻又不過度刺激，留於人想像與懸念。

2　被迫無奈式

情慾的產生原該是兩情相悅，但歷史上有太多是時代背景下的無奈所造成的，使得某些人物的遭遇總是令我們心疼不已，有時也有些許的諷刺，如王昭君原本是進宮為成為元帝的嬪妃而努力，但毛延壽的貪婪，讓王昭君必須出塞，下嫁單于，但令人詫異的是，元帝竟在昭君即將出嫁之前，召其入宮，奪其貞操，書中寫著元帝的心態是：

> 元帝也已滿足了，在他的生命中，這是第一次有獵取意味的，他從來沒有失去過女人，也從來沒有感到有不屬於他的東西。但是，昭君卻是他所失去的，又不屬於他的女人。如今，他感到滿足的是不屬於他的也被他佔領了！他有著勝利者的驕傲，他把湯泉宮內的一刻，看成永恆的時間……[105]

漢元帝展示的正是中國有史以來認為理所當然的男性沙文主義——佔有王昭君這即將失去的「物品」，而當然王昭君只能被迫的選擇順從與接受。

又如南唐後主的愛妃女英，在南唐被大宋滅國後，一干人等全成了俘虜，而女英的美貌為趙光義所覬覦，因此即使她的身份是「違命侯」李煜的妻子，但普天之下，誰能違逆皇帝呢？因此便有了這一段的文字敘述：

> 女英的惶恐與胆怯，激刺起趙光義異樣的情緒，他看她一雙淚水汪汪的眼眸，她原本玲瓏的，而此刻，更有嬌弱與稚嫩的意

---

[105] 南宮搏：《王昭君》，頁27。

> 緻。
>
> 這意緻使趙光義動盪，他像市井無賴地攔腰將她抱住，順勢坐在榻上。
>
> 這一動作好像鐵錘敲中了她的心房，巨大的恥辱感使她忘掉了君王至上的權威與俘虜的至微至賤，她在一倏忽間運用了生命的全體力量掙扎，狂悍地脫出大宋皇帝的懷抱，她沒有思想，但憑一時的意志力量行事，脫出了，隨著一竄，躍奔到另一邊，倚牆喘氣。
>
> 現在，大宋皇帝的雙眼似一隻飢餓的野獸底，紅了，充滿了獵取的狂欲地紅了。
>
> 他這雙紅了的眼睛猙獰地矚視著她，喉間發出咕咕底似吼又似笑的響聲。
>
> 她害怕，她以手反按著牆壁，憑了直覺，向右方移退，她的雙目定視著趙光義，她相信他會如攫食的猛獸那樣撲上來。
>
> 她的判斷沒有錯，他撲上來了，但因為她在全神戒備，當他撲動時，她及時避開了。可是，一撲不中，猖狂的皇帝立刻展開第二撲，他似一隻張開了雙翅的大鷹，撲攫一頭小雞，她被攫獲了。
>
> 那是孔武底，狂野底鉗住，她掙扎，全無用處。
>
> 於是，趙光義粗重地喘著氣，多鬚的嘴唇湊向她的面頰，吻著，吐出勝利的語言：
>
> 「在皇帝手上，誰能逃得掉呢？」[106]

是啊，在皇帝手上，誰能逃得掉呢？尤其在這麼強勢的皇帝手中，反抗只是徒增羞辱而已。這種被迫無奈的情慾，歷史上一再重演，花蕊

---

[106] 南宮搏：《李後主》，頁360-361。

夫人是如此，蔡文姬被匈奴所擄亦是如此，西施離開范蠡而投向夫差，甄宓的無法嫁與曹植等等，這些都是如此，都是時代背景下的無奈，也都僅能選擇接受如此而已。

3　虐待病態式

南宮搏小說中有關情慾方面，寫出了許多他人所不敢寫的，但這一切卻又極合乎某部分人性的行為，其中如虐待病態即是。他彷彿要刻意揭露官場人物的醜陋面一般，除了寫出他們為爭權奪利的勾心鬥角外，在情慾方面，他更「醜化」了這些外表巍峨儼然不可侵犯但內在卻有著自虐虐人如同禽獸的高官們，如李青眉因背負家族榮耀而捨棄青梅竹馬的愛人吳咸，嫁與年已六十五之尚書左丞韋濟，而韋濟無疑是個見縫插針、只為私慾的無恥之徒，因此南宮搏將他寫得很不堪，如：

> 她（李青眉）看了丈夫一眼，突然，揚手摑了老丈夫（韋濟）一巴掌；她下手很重，一個清脆的響聲，打得老丈夫的身體向後退了一步。……可是，這一句重重的掌摑，反應卻出乎青眉的意外，老丈夫在一怔之餘，卻涎笑著再迎上來，促促訥訥地叫出：「青眉——」
> 她咬牙切齒，再舉起手來，可是，她沒再摑——因為她再和老丈夫的目光相接觸，發現老丈夫滿面欲望底俗笑，眼眸中有貪婪的光焰。她無法想像，一個人在受了掌摑之後，竟會如此，她也無法忖度這代表什麼。
> ……
> 於是，青眉接觸到了血腥，她發覺自己那一下掌摑已使老丈夫的唇齒間受損傷，這使她微感不安。但是，這不安又迅速地過

> 去了，老丈夫在和了血的吻中間，惴惴地懇求少妻，再賜給摑打。
>
> 她駭異，但他變態反常的狂誕，終於也激刺著她，她瞅著老丈夫，沈聲問：
>
> 「你這樣賤，願意挨打？」
>
> 「我……青眉，妳再賜一下……」他側轉臉，等待著。
>
> 在她看來，那是一個醜惡和下賤的姿勢。她有了鄙憎，於是，她手揚起，拍拍地連摑了兩下，再冷峻地問：「夠了嗎？」
>
> 「嗱，青眉，青眉——」他如飲醇醉，享受著掌摑所給予的刺激。而且，他還期待著繼續的賜予。
>
> 她迷糊了，再舉手摑打——她的手指痛了……[107]

把一個位高權重的大臣寫成了喜愛被虐的變態狂，南宮搏嚴厲地諷刺了這些衣冠禽獸的權貴。

大臣如此，那麼皇帝呢？是否也是如此？南宮搏在某些作品裡也是如此批判的，如《魂牽夢縈》（又名《江山美人》）裡寫到明朝皇帝朱厚照和其皇后的床第生活時寫著：

> 她（皇后）比皇帝大三歲，在進宮之前，受過男女關係的教育，因此，她對這方面的知識遠較豐富，而豐富的知識，也使她孕生玄想……
>
> 玄想與實際是有距離的！一種似是分裂底痛苦侵襲著她的心靈！然而，那種痛苦卻含著愉快的成份！她有癢底感覺，她有慌的感覺；同時，她覺得自己的身體，自皮膚到筋骨，都似向集中底路前進，集中，不斷地集中……

---

107 南宮搏：《李青眉》（臺北市：堯舜出版社，1981年），頁186-187。

> 於是，她的呼吸促急了！於是，她的心臟跳動了！她的牙齒咬緊了！她的雙手，狠狠地捏著他的肩胛！
>
> 皇帝醒了，恍惚地睜開眼睛——於是，他看到皇后，一張猙獰底面孔，像母狼要吃人時底樣子，忽然，他打了一個冷顫，身體的血流似是突然停止！
>
> 於是，他的生理亢奮消失了！
>
> 皇后從一種充滿的感覺中突然地感到失去，那像從高空跌落，墜到地面。她不能忍，忡激地，急促地叫著。
>
> 「好人，皇上，來呀」——
>
> 可是，皇帝卻沒有她那種感應。不僅如此，他還駭怕，皇后的樣子，（連眼皮也有了紅暈）像要把自己吞下去，屍骨無收！因此，他的身體反而激起了一種縮瑟的情況。
>
> 「好人」——皇后迫促地叫著，同時放肆地用手了！她的手捏住他，隨說：「我是你的皇后呀！我是你的皇后呀！」那聲音充滿了鬱勃，似飢餓的野獸底叫喚。
>
> ……
>
> 可是，意外來了，當他想集中自身的力量時，卻鬆懈著，無法隨心所欲。於是，他更心慌了！
>
> 於是，皇后像一個爆發的火山那樣……
>
> 於是，寒冰和火山的極端終於導致了悲劇！
>
> 皇后在失望中暴怒了！偶然間的意志奔放，使她不能再顧到皇帝的尊嚴。她把他一推，凌厲地叫出：「你——啊。你是沒有用的啊」！[108]

原本該是盡情享受魚水之歡的皇帝與皇后，沒想到卻呈現這令人出乎

---

[108] 南宮搏：《魂牽夢縈》（臺北市：生活雜誌社，1966年），頁18-20。

意料的情況，皇后對性的渴望竟呈現如此「猙獰」的面孔，遑論說「母儀天下」，連基本的溫婉順從也談不上；而更可笑的是，皇帝竟會因此「無能」，大失男性自尊，而又遭致皇后如潑婦般之辱罵，這場鬧劇完全和「常態」背道而馳，南宮搏對宮廷的嬉笑怒罵，也全然在此展現出來。

在這部分，南宮搏是取笑權貴的，原因很簡單，歷史上許多偽善的政治人物，國家的安全與發展，其實並不是這些虛假人物所關心的，許多時，他們考慮的只是自身的利益，因此他們戀棧權位、貪慕虛榮，成為名符其實的牆頭草；而皇帝呢？同樣是貪圖享樂、酒池肉林，人民的痛苦他何嘗在意過？因此百姓揭竿而起；外患的入侵他何嘗警惕過？因此外族頻頻叩關。這些一再重演的歷史讓南宮搏對之痛心，因此許多小說中他都以此種虐待病態的方式去描寫這些在上位者，我們觀之或許覺其人物可笑變態，但南宮搏之刻意也即在此。

4　煽情肉慾式

其實說南宮搏所寫為煽情肉慾，這個字眼仍是需斟酌的。因為寫到歷史，寫到英雄豪傑與傾國美人哪能不寫及他們之間情愛的！只是無須否認的是，有時或許為了刺激銷售量，南宮搏也會多加一些這樣的場景於其中，但真煽情到不堪入目嗎？或許我們也可舉些例子來說明，並驗證一番。如《魂牽夢縈》中寫朱厚照和鳳姐：

> 朱厚照的左手摟住了她的頸項，右臂摟住了她的胸前。這樣，他的面孔與她的面孔，相聚衹有一尺多，而這個距離，又是微妙的！他看著她的憨笑，他看著她嫣紅的嘴唇——她的小巧的嘴張開著，露出潔白齊密的牙齒，忽然間，他身似中電，激動著，情不自禁地彎俯下去，吻了她！

> 她拒絕，但並不十分地拒絕！而且，祇有一個極短促的時間，便迎吻他
> ……
> 李鳳姐吻過的男子自然不止一個，在酒店內，她是時常遭受到男子「侵略」的！可是，她卻從朱厚照身上感到異樣，那樣地熱，那樣地奔放，好像是把生命的全部力量都放在這一吻中——
> 她喘著，設法推開他，可是，他緊摟著不放。一次接一次地吻；同時，她也感到朱厚照生理上的景象了！這使她的心房起了些微底激動。她喘息著，輕輕地用手摩挲他
> ……
> 生命的元氣在他的肢體之內有似雲霞，燦爛著，輝煌著……現在，他的身體好像一條奔湍的怒潮，沒有一樣東西阻止得了！而李鳳姐，從來沒有遇著這樣底男子，她給對方瘋狂的意氣所鎮懾，失去了反抗的能力。
> 於是，像春夜的雷雨一樣，忽然而興！
> 李鳳姐感受到熱，好像把她的身體投入了暖鍋之中，周圍都是熱氣。
> 雷雨沛然，一瞬間，他的身體起了山崩地裂似的震動，他好像掌握了宇宙的支配權，而伸手移動日月星辰的位置……
> 於是，像天上的銀河倒挂下來，像河流決口……[109]

這邊寫的是人的慾望，如孔子所云：「食色性也」，這是所有人與生俱來的。但若我們評價一個作家作品是否煽情甚至肉慾的時候，必然還需檢視其情愛場面的文字修辭，而以此原則來觀南宮搏之作品，他

---

[109] 同前註，頁68-71。

文字是粗俗低下嗎？是不堪入目嗎？筆者以為，在過程中，南宮搏或許是更「細膩」地描繪了，但在男女情愛上，絕非低俗。而其它作品中最多也如此類之形容，此處就不再贅言。因此言其煽情或有之，但說其肉慾則筆者以為實過矣！

但我們知道，一個真實人物所親身遭遇的，絕非僅是一種固定的形式，就如同一個現實的人物，如果他是惡人，絕非像小說中所形容的人物，從頭壞到尾，小說那樣的寫法是為了讓情節得以容易展開，否則壞人很孝順，而好人有時也會貪點小便宜，那整部小說就不容易分得清楚，寫作的駕馭能力就勢必更有其難度；因此小說家通常簡化之，好人好到底，而壞人則使壞到結局。但如筆者所說，現實中哪有壞人一天到晚在做壞事的？因此寫人的情感也絕非以一種籠統概述對之，而情慾當然也會因時空環境的改變而有不同，如《武則天》一書中，她便因成長背景而有三種不同的情感（情慾）：

（1）嬌羞之情

武則天十四歲進宮入選為才人，但「只關心政治和軍事，不懂得溫柔，也不懂得女人」的唐太宗是不曉得對她憐香惜玉的，可是高宗李治就不一樣了。

> ……貞觀二十一年春天，媚娘在翠微宮外，呆看幾枝花的蓓蕾。忽然，被人抱住了，她在驚惶中回過頭來，看到是太子。「武才人」，太子李治摟緊著她，「我看了你幾天啦，在父皇的身邊，你最美麗。」[110]

李治小媚娘幾歲，而李治這樣的舉動或許會驚嚇了媚娘，但對終日服

---

[110] 南宮搏：《武則天》，上冊，頁18。

侍剛遠征回來，臥病在床，已五十一歲唐太宗的媚娘而言，年輕的太子帶給她的應該更多是愛情的滋味。

後來她順利當上了高宗寵愛的妃子後，對高宗呈現的更多是兒女的嬌羞之態。如一次在談論政事之後，二人對話的場景：

> 武媚娘聳聳肩，迅速地由嚴肅轉為輕佻——她伸出手，托起皇帝的下巴，又裝出鑑賞的姿勢，似笑非笑地說：
>
> 「如果把鬍剃掉，會像小孩子哩！阿治——阿治！」她以雙手捧住了他的面頰，猛烈地搖撼著，「阿治，阿治……」她的聲調變了。
>
> 李治由她此時的神態與聲音的誘導，忽然回到當年翠微宮的偷情時代；那時候的武媚娘，軀體內有如滿貯著火種，任何微細的摩擦，都會使她的軀體噴出火焰。現在，她又現出了原形——皇帝想：「這才是真正的武媚娘啊！在一本正經的時候，她好像是另外一個人。」
>
> 於是，他將她摟住，在親暱之中，他奔放……
>
> 她像狼，用自己的牙齒輕輕地吻齧他的頸項。
>
> 他以短鬚廝磨著她的髮鬢……
>
> 於是，她的四肢似乎化成了爪，將他捲住。
>
> 於是，她的身體像溶液，融化在他的身上。[111]

雖略帶輕佻，但武氏如小兒女般嬌羞之態，南宮搏刻畫的可謂入木三分。

又如宰相上官儀衝突了「代」高宗處理政事的武媚娘時，武媚娘嬌嗔地向高宗說道：

---

[111] 同前註，頁102-103。

>「我不理了！」她以負氣的神情接口，「我將全部交回，我不想管啦，本來，皇后是不必管這些的。」
>
>「媚娘，為我啊！我身體不好，等我身體轉好了，你再交給我——上官儀的問題，你作主好了。」
>
>「他欺負我！」
>
>這是一句稚氣的話，這是與皇后的身分不適宜的，可是，在這時候說出來，又恰到好處……[112]

如南宮搏描述的，這稚氣的話和皇后身分是不搭的，但若僅就閨房之內而言，這種撒嬌又有何妨？不更符合現實人性嗎？

縱使最後在李治死前，為了權力，他對武媚娘有一些怨毒的話，而武媚娘對李治的聰明才幹及治國能力許多時也有輕蔑的批判，但若僅就愛情而言，李治是第一個真正疼惜武媚娘，讓武媚娘懂得愛情滋味的人，且又值青春年華，帶點輕佻的嬌羞模樣，正是她此時的愛情寫照，而南宮搏正精確地掌握了這一特色。

（2）情慾之情

在武則天的愛情生活裡，有一批人是武則天找來專為滿足自己情慾而有，是她的「寵妾」，也是眾人眼裡的「佞臣」，武則天為此在歷史上留下了無數的罵名。但平心而論，我們試想，以武則天貴為皇帝之尊，有些「妾室」又有何妨？歷代皇帝哪一個不「後宮佳麗三千人」？但筆者以為錯只錯在兩點，一乃武則天是女性而非男性！在中國傳統由男性所建立極不合理的沙文主義裡，男人有三妻四妾是天經地義，因為舉凡「多子多孫多福氣」、「不孝有三，無後為大」……等觀念，無一不建立在以男性為主的思考方向！而女性卻只能被嚴密地

112 同前註，頁104。

禁錮在「在家從父，出嫁從夫，夫死從子」的無形牢籠裡，甚至還要求女性守貞，若夫死而一輩子未曾再嫁者，都要頒個「貞節牌坊」以表彰此女的忠貞不二；且「女子無才便是德」，能拿筆罵人的也就只剩下男人了，這樣的時代背景，武則天「妻妾成群」，當然只有引來罵名無數了。二是任用她的這些寵妾為官！中國向來就不希望也禁止皇帝的后妃們干預政事，認為有此等事者，必違邦國！這裡姑且不論武則天寵妾們的治事能力如何，但她畢竟都安排官位給他們，這就讓群臣們不滿了。更何況這批寵妾本來也就為了滿足武則天的情慾，得其寵幸才能當官的，而非真才實學應科舉入朝。這部分南宮搏也花了極多的筆墨述寫。

巫醫郭行真開啟了武則天的情慾，在她仍對情慾充滿疑惑與矛盾時。南宮搏細膩的寫道：

> ……郭行真是曾經滄海的人，迅速地看出皇后心裡的矛盾。他見識過不少守貞如玉而幻想著享樂的婦人，從自守、到逾越、到氾濫。都曾經過如現在的武媚娘那樣一個階段的，女人只是女人，皇后與村婦在生理上是毫無分別的，因此，他用自己的聲音摒除她的羞怯，「皇后——皇后……」
>
> 他的聲音是鬱動著，好像從重門疊戶的岩洞中透出來，有迴盪的意趣，有磁性的力量。
>
> 奧妙的人、人體的磁力將她吸引了——只憑幾個字的聲音，而將她吸引。
>
> 於是，郭行真喃喃地細語著，訴情與訴慾——他告訴她肥料灌溉在花的根株原因，他告訴她人底有生力量，他告訴她如何保持青春——巫醫的藥物以及巫醫的巫術，他也告訴她歡樂的爭

取與享受……

嚴謹的武媚娘，在她成功的高峰上，被誘惑了。[113]

從這裡開始，潛藏在武則天內心深處的情慾種子便已受滋養而漸漸茁壯，畢竟身為皇帝的眾多佳麗之一，或許就註定許多時候會是寂寞的獨守空閨。但她對情慾的渴望，如同一場想見情夫明崇儼時，靈魂和肉體的對抗：

……於是，她的靈魂似是從肉體中脫出，向著肉體道曰：

「有了明崇儼這個人，作為一個女人，我不能說沒有幸福。」

於是她的肉體好像在回答靈魂：

「那是多麼短促的時間，幸福的時間多麼少啊，無數個長夜，我在寒床之上度過啊，無數個寒床換來一夜的歡娛，那是幸福嗎？」

靈魂似乎是殘酷的，此時，又冷峻地鞭伐她的肉體：

「上蒼給予你的已經很多了，你不該再有要求。」

於是，肉體激起了反抗：

「我需要啊！為什麼我不能再有要求呢？我的青春，好像埋在冰霜中過去啊！」

「你的青春開過花的，在翠微宮中，在感業寺中——難道，那不是春暖花開嗎？不要抱怨呀！」

「那是多麼短促，當我體味著的時候，冰霜又罩在我的青春之上了，我要，我要啊——我不甘心如此地失去青春，我不甘心的。」

於是，靈智寂然——肉體狂烈的渴慾將靈智的理論壓倒了，她

---

[113] 同前註，頁81。

> 忽然覺得燠悶和燥熱，她忽然覺得心中如焚，於是，她進入更衣室，遣走內外所有的侍女。……[114]

肉體戰勝了理智靈魂，武則天放肆了她的情慾。

另外，又有如薛懷義[115]在白馬寺所造之天堂神宮裡舉行著淫慾不堪的「鈞天大樂」，當武則天看到時，又是什麼感想呢？書中寫道：

> 她所看到的是一幅極樂的圖畫，數十對男女，赤裸裸地在殿內，有的摟抱著，有的舞蹈，有的在飲酒低唱，有的在忸怩作態，有的，已進入了生命歡笑的境地……
>
> 「你——」那偈促，但是，她的呼吸也因此而急迫了起來，視覺的刺激，使她全身如沸……[116]

視覺的刺激觸發了她情慾的渴望，之後她也隨時有空便來這神宮，享受這情愛的歡娛！

而她晚年更是寵愛張易之、張昌宗兩兄弟，為了這兩兄弟，她殺了舊愛薛懷義，甚至在證實了皇孫重潤和魏王武延基密謀打擊張氏兄弟及附從張氏兄弟的武懿宗時，武則天杖打自己親皇孫致死，也賜死了武延基！

武則天情慾的追求過程，是全書篇幅最多的部分，從郭行真、明崇儼、薛懷義到張氏兄弟，南宮搏傾全力地描寫這一部分，或許因為南宮搏特別注重女性角色，所以寫了這些；也可能南宮搏想反駁長久以來被視為理所當然的男性沙文主義，所以在武則天為帝時，刻意鋪

---

114 同前註，頁164-165。

115 薛懷義，本名馮小寶，武則天為能讓其名正言順進宮，乃偽稱起乃公主駙馬薛紹之季父，故更名之。

116 南宮搏：《武則天》，上冊，頁275-276。

敘許多這部分情節，供人思考、討論，到最後體會出中國古代何以如此之不平等！當然也有許多人認為可能只是單純想讓小說的精彩度提升，刺激銷售量如此而已！（雖然筆者並不如此認為，但銷售提升卻也是事實，姑且就提出讓大家思考吧！）可是如同在一場上官婉兒也為情慾迷惘，甚至發狂地想擁有張易之，卻被武則天幾乎刺死時，張易之替婉兒求情，而武則天卻說道：「假定男人做皇帝，另外一個男人調戲嬪妃，該當何罪呢？」[117]又如在一次和狄仁傑的說話中，武則天以為：「一個女皇帝有幾個情夫，與一個男皇帝有幾個妃子，是毫無分別的啊。」筆者以為，南宮搏明確地藉此反映男女在中國古代地位相差懸殊的不合理處。

（3）敬仰之情

對於正直、廉介且儀表端正的狄仁傑，武則天永遠是將自己濃厚感情隱藏在內心深處而代之以崇高的敬仰之情，因狄仁傑的作為正如南宮搏所述：

> 在女皇帝的朝廷中，狄仁傑並不黨附武氏諸王，他孜孜於自己的職務，在巡撫河南的時候是如此，入朝後，也是如此，他居相職，只是照規矩的例律辦事，既不曲意承歡，也不孤行獨立。他和鳳閣侍郎李昭德、同平章事樂思晦，都是以剛介不苟名京師的，同時，他們也是獲得女皇帝信任的。[118]

使武則天不敢逾越那道界線。

而在一場狄仁傑等七位大臣被武承嗣、來俊成等構陷入獄的風波

---

117 南宮搏：《武則天》，下冊，頁56。

118 同前註，頁98。

中，武則天雖收到狄仁傑長子狄光遠送來獄中狄仁傑血書的一「冤」字，但同時，武則天又已收到狄仁傑等之供狀和謝死表，這時女皇帝遲疑了！按理說，連謝死表都呈上的話，代表其俯首認罪已無疑義，但她還是想再親審一遍，正如書中所寫：「武曌在這一瞬間，感情很軟弱。她想，既已傳召，就見見他們吧，和自己私心喜悅的人見最後一面。」[119]也就因想和自己私心喜悅的人見面，終於狄仁傑等方得以洗刷冤屈。

但最能表達武則天對狄仁傑敬仰之情的，則是在狄仁傑故世後，她不僅親自前往弔唁，且在和婉兒的一段對話中，更可看出她對狄仁傑的愛意：

> 內寢，爐香裊裊，銅壺滴漏發出清晰的微聲，女皇帝雖然很疲倦，卻無法入寐，她斷斷續續地和婉兒說話——那都是與才故世的狄仁節有關的。
>
> 「婉兒——」她悠悠地透出一口氣，「也許，你會知道我對仁傑的私心！」
>
> 「我猜測，陛下在暗中歡喜著他，但又不願意逾越朋友的關係。」婉兒機敏地回答。
>
> 「不錯。」武曌又是一聲微喟，「你以為他會知道我的心事嗎？看他平時的態度，你覺得……[120]

武則天對狄仁傑的情感，既是彷若朋友之間的尊重，也是對心上人獨自的暗戀，可這條界線，武則天始終不敢逾越。

在這部二十多萬字的小說裡，約有超過三分之一以上的篇幅述寫

---

[119] 同前註，頁139。

[120] 同前註，頁190。

武則天不同的感情世界與其對象，事實上，其創作企圖隱約在說明筆者之前所述：人絕不僅只單一面向，就像小說中的好人其實未必每件事都毫無私心，而壞人也不是永遠惡毒一般。在南宮搏巧妙的運筆下，武則天形象豐富了，他跳脫歷史小說的一般寫法（即著重歷史評價、歷史事件的寫法），以女性為主角，以愛情為主線，她有對李治那嬌羞的一面，她也有想真如皇帝般擁有「後宮佳麗三千人」的情慾世界，而更如同所有人一樣，心裡也總有一個暗戀卻永遠不敢對之表白的對象。從這裡我們清楚看出南宮搏對我們的「民族太冷漠」和「政治的太多」感到無奈與嘆息，因此試圖走出一條新的歷史小說寫作路線來，以「情」為主角，描寫武則天的一生。這是南宮搏在一部小說中，根據主角的成長而給予的不同情感表現。

（三）談女性於皇宮中之地位

中國講究陰陽五行，因此乾坤之說盛行，皇帝為乾，操控天下；皇后為坤，母儀天下，兩者相輔相成，天下平和。但皇后真能安然穩居其后座嗎？歷史給我們的解答是否定的。那麼皇后都未必穩定了，後宮那三千佳麗當然更是否定（自然其中也有許多是後宮彼此的爭寵鬥爭所導致）。因此女性在皇宮中雖也有正面的意義，但其實更多的是悲哀，一入深宮，就再也無回頭之路。是故南宮搏在其書中就多次提到「皇帝的嬪妃就如同是妓女一般」如此露骨直接卻又道出中國女性之千年心酸，如《紫鳳樓》對元鳳兮的形容說道：

> 在入宮之後的第十日，她被送入明華宮居住。這可以說是殊榮，尋常妃嬪，是沒有可能居住在第一級的殿宇的。不過，她本身卻麻木不仁，甚至，她也不覺得明華宮有什麼特別之處。——當一個人喪失了生趣之後，對身外的一切都不會再有興趣

> 的了，高樓大廈或者破房子，又有什麼分別？
>
> 移居明華宮，迅速地，十天過去了，在這十日之中，皇帝蒞臨了三次。這也是宮廷中的大事，一名妃嬪，在十日中接待皇帝三次，是榮耀的；但在元鳳兮，卻自認在十日之中作了三次妓女。
>
> 她把作妃嬪看成妓女，她以為，兩者是毫無分別。如果一定要找出相異之處，那是：妓女向不同的男子賣淫，而妃嬪，則是向一個男子賣淫。
>
> 妓女，是不能忤犯嫖客，同樣，妃嬪也不能忤犯皇帝。[121]

即使元鳳兮得到皇帝的殊恩，但卻把自己看成是妓女一般地順從恩客，這淺白露骨又帶著粗俗意味的說法，在我們細思之後，彷彿是有其道理的。

又如《月嬋娟》中寫著楊月光將入宮前，賀若夫人叮囑她的話：

> 「在宮中，與平常人家有所不同——月光，讓我先講一個比喻，宮中的女子，除了一開始便當皇后者之外，每一個女子都像妓女，妳知道妓女吧！噢，有時會連妓女都不如，妓女不一定照嫖客的心願服侍，也有可能拒絕男人，宮中女人卻不可以，必須順應，婉轉承歡，在皇帝身邊如此，在太子身邊也一樣，在東宮，有時，可能會發生意外事，譬如太孫中一位看中了妳，作出偷會的安排，妳也得設法冒生命危險答應他！」
>
> 「月光，因為妳要到那種地方去，我不得不直率地講話，講的粗，我說宮中的女人像妓女，這便是，一般人以為妓女要和許多個男人交合，宮中女人只侍奉一個，其實不一定的，皇帝身

---

[121] 南宮搏：《紫鳳樓》，頁203。

> 邊大體上無人來犯，在東宮，心理上就得準備著承歡第二個人，太子的兒子都住在東宮，容易接近，還有，在宮中，妳若受主子看重，那便沒什麼，倘若不，那些無賴的內侍，也會發邪放肆，他們有死黨，兩三個合一夥，有機會時，在妳身上摸摸胸脯、屁股甚至摸到褲襠，宮裡的年輕女子，常吃這樣的虧，妳掙扎叫嚷，他們會把一隻臭襪子塞進妳的嘴裏，又還有，他們會擰妳，大腿皮肉吃苦，妳告上去，不一定有效，即使告准，殺和打那些內侍，自己也會受責，失儀呀！宮中有些女人也會挨打的，打手心，又用竹片子打屁股大腿！」[122]

這寫的「妓女」更是可能要侍奉兩個以上的「嫖客」呢！這樣的皇宮，其實和妓院又有何不同？但南宮搏又在《劉無雙》一書中告訴我們，二者之間還是有差別的，其云：

> ……宮中的女人，除了經常被皇帝召喚的之外，其餘的，生或者死，都無人關懷。以前，劉無雙感覺到：作皇帝底女人，和為娼妓並無兩樣，現在，她想深了一層，在宮內，還不如在妓院，妓女雖然沒有選擇的自由，可是，妓女卻有行為上的自由啊！[123]

外面的妓女其實是比宮中的「妓女」好，多了行動上的自由自在，而不似宮中的行為拘束，這樣的比較對歷代入宮之女子是多麼諷刺啊！

總言之，與其說南宮搏寫宮中這樣的男女關係是煽情，不如說，南宮搏是為歷史上的女人（尤其是皇宮之中）抱不平，寫情色是為了突顯古代制度的不合理，反射當時的時代背景與社會現象，她們外表

---

[122] 南宮搏：《月嬋娟》，頁357-358。

[123] 南宮搏：《劉無雙》（臺北市：大華晚報社公司，1963年），頁217。

明豔動人，內在卻淒涼悲苦；人前是舉止有禮，但人後卻是過著「妓女」般的生活，我們看其小說，需看至此一層，也才能看到南宮搏小說之底蘊。

四　江山與美人

江山與美人，自古以來都是英雄豪傑所夢寐以求的東西，有江山而無美人，彷彿一頂皇冠上缺了最耀眼的那顆寶石；有美人而無江山，則此生亦有埋沒英才之嫌，因此二者都是人所企盼的。但若二者之間有其衝突性，魚與熊掌不可兼得呢？每位英雄所做出的決定都有不同，也都有其對生命之最高價值意義的定義，其中沒有對錯、也難有是非，得失取捨，端看個人意願。在南宮搏歷史小說裡，這是個常見課題，而南宮搏透過對歷史的觀察，加上個人的意識判斷，給了這些人物一個要江山或是愛美人的理由，題材是有趣的，而內容也頗足讓人省思。此外，這裡的江山除一般認知的天下爭奪外，廣泛的也包括仕途，因為仕途何嘗不是一種「江山」呢？

（一）為美人放棄江山

「愛江山，但更愛美人」，自古以來多少英雄豪傑為了美人的萬縷柔情而放棄大好江山，中間過程或有不同，但畢竟最後都失去了江山。或許可以說，他們的感性超越了追求全力慾望的理智，但卻留下了更值得讓人傳頌的故事。

吳王夫差的亡國，普遍認為是敗在「間諜」美人西施的手上，因為西施，夫差放了句踐回國；因為西施，夫差鬆懈了對越國軍力發展的關注；因為西施，夫差屢屢違背伍子胥的建言，最後甚至更殺了他。因為這些，我們說夫差為了美人，失去了江山。夫差對西施的疼愛，大概最可由這一段看出來：

> ……吳王似是從夢中醒來——鹿出，在不久以前的一次戰鬥中死了的啊！於是，他茫茫地看著回話的軍官，終於，他認出來了，那是勇士專諸的兒子專毅。
>
> 「專毅——」吳王慘然叫出他的名字：「你把我的旗子撕下來！」
>
> 「大王——」專毅遵命做了，但是，他不明白作用。
>
> 「你蒙住我的眼睛——我沒有臉在地下見伍子胥！」他說著，淚水一點一滴地淌下來，接著他拋了匕首，把車上那口步光寶劍拔出來。
>
> 「大王，大王——等王孫大夫……」專毅抖索著叫：
>
> 「那沒有用，專毅，像你父親那樣勇敢！把旗子包住我的眼睛，快些——我不能再聽句踐的聲音！」
>
> 於是，專毅把大旗摺疊著包住吳王的頭。
>
> 「噢，且慢，讓我再看姑蘇臺一眼！」夫差在生命的最後時刻，終於想到了西施——他望著姑蘇臺，慘然說：
>
> 「西施，我無力庇佑你——你是越國人，但願句踐能放過你，西施，西施——」[124]

連將死之前，都還想到希望句踐能放過西施，這美人，讓夫差真是至死不渝啊！

而如《洛神》中寫曹植和甄宓的感情，一樣讓曹植為了美人，失去了江山；況且這美人還早已是失去而成為哥哥妻子的美人呢！書中寫曹操將決定繼位世子時，命二人不准外出，怕他們去疏通諸大臣，

---

[124] 南宮搏：《西施》（臺北市：時報文化出版企業公司，1988年），頁307。

但甄宓的一個見面要求，竟讓曹植違背了父親的命令，書中寫道：

> 子建離開王府了！在這最後也是最要緊關頭，他隨著喬裝男童的幼蟬，騎著馬在街巷中急走。
>
> 這是一個迫促的約會，使子建不能猶豫的約會，當曹丕把塘上行詩稿給他看了以後，他自然意識到了雷雨的降臨。而甄宓的召喚，他以為有著要分擔惡劣的命運的意思。愛情不是沒有責任的！雖然在重要的日子，雖然是父親嚴命不許離府，他也不能顧了。[125]

因此曹操發怒了，結果當然是立曹丕為世子，曹植失去了江山。但若你問曹植後不後悔？如書中所說：「子建不再關心政治上的得失，當相愛的人不能再見時，榮華富貴又算得了什麼？」[126]他只是心灰意冷，但絕不後悔的。

再如一怒為紅顏的吳三桂，當他引清兵入關時，彷彿他是打下了自己的一片江山，事實上連他自己也明白，這麼做，漢人從此會看輕他，會在他頭上冠上一個「漢奸」的名號，唾棄他；而清人不可能也不會信賴一個會背叛自己同胞的人，所以從清兵入關的那一天起，他的江山也就毀了。而他引清兵入關的這一段，南宮搏寫得很有趣，也很傳神，其云：

> ……報馬不停地從北京馳來，吳三桂得知自己的家被封了，他滿不在乎地說：
>
> 「祇要我一回去，就沒有問題。」
>
> 又一個報馬傳來的消息，吳驤被捕作人質了。三桂笑道：

[125] 南宮搏：《洛神》（臺北市：大方書局公司，1960年），頁170-171。

[126] 同前註，頁175。

> 「等我回去，就會放的。一切都沒有問題。」
> 他吩咐左右準備回京，一面下令嚴守關隘，但是第三次卻帶來了噩耗——圓圓被搶進宮裡去了。
> 吳三桂勃然大怒，他喝問來人。
> 「是李自成和劉宗敏親自來搶的。」吳府的家丁照實說了。
> 「哼！我向這些禽獸投降！」三桂忿然拔出寶劍，把桌子的一隻角砍了下來。
> 為著自己的兵力不足，三桂和幕僚商量，派人出關，賄賂清兵入關協助，三桂急于要打到北京去拯救屬于他個人的美人陳圓圓。[127]

家被封了，沒關係；兒子被捉了，沒關係；但愛妾陳圓圓被搶了，即大怒，並聯絡清人入關打回北京，這不是為美人是為什麼？

當然也有皇帝為美人而要捨江山的，如《魂牽夢縈》中，鳳姐被太后所捉，而以之要脅名武宗朱厚照時，書中是這樣寫的：

> 又是一個夜過去了！鳳姐的消息依舊沈沈，而京城之內，由於勢均力敵的緣故，預期的風暴並未發生；可是朱厚照不能忍耐了！他告訴張永，計畫和太后作一談判，他說：
> 「我就不做皇帝算了！祇要他把鳳姐放回來！用我的皇位作釋放她的交換條件！我，用江山換一個美人」！
> ……
> 他忽然覺得，自己將找不回她的了！於是，他又哭了：「江山也換不回美人嗎？」
> 江山，是至寶，為了江山，無數皇帝殺人盈野！然而，朱厚照

[127] 南宮搏：《陳圓圓》（香港：春草出版社，1952年），頁33。

> 卻無法以至寶的江山換回一個女人！一個他至愛的女人！[128]

朱厚照願意用至寶的江山去換一個美人回來，這大概是最典型的愛美人不愛江山了吧！

（二）為江山放棄美人

原來願為比翼之雙鳥，但大難來時，卻捨之而獨飛，這便是為江山而放棄美人。南宮搏書中亦多有此例，且有些甚至乃棄糟糠之妻，如《紅樓冷雨》中之李商隱即是。

李商隱是個才氣縱橫又英俊瀟灑的翩翩美男子，因此許多女子都仰慕於他，其中如女道士宋華陽和雖是美人但卻身份不白的私生女燕槿也都鍾情於他，最後燕槿還嫁給了他，並有了小孩。但李商隱和燕槿的想法是不同的，尤其李商隱是如此的熱衷於仕途，因此書中便有了兩人的這段對話：

> 現在，她從自己的家世說起——稚嫩的她，忽然變得老於世故了，她帶著淡淡的愁悵而說：
> 「李郎，以我的家世，以我的身份，其實是不能作你的妻子的——李郎，在和你相好時，我不曾有如此想……」她低吁：「你娶了我，當人家知道李商隱的妻子是來歷不白的，沒有父系之時，唉，李郎，那必會影響你的仕進前途，可是，可是……」她泫然，於輾轉中飲泣。
> 「小槿，我們不必想得如此之遠啊！未來的事，未來再說吧，總會有路可走的！」李商隱輕柔地道出。
> 「我和你不同，李郎，我想得很遠很遠，倘若祇是我自己，我

[128] 南宮搏：《魂牽夢縈》，頁122-123。

> 是肯為你作任何犧牲的，李郎，即使要我為你而死，我也肯，祇是，我想得遠，我……」她輕摩著自己的小腹，又喟嘆著：「李郎，為了孩子，我才想到我們必需婚姻，我自身是一個來歷不白的女兒，我祇能和一些遊女混在一起，倘若我們的女兒也和我一樣，那樣，我會痛苦……」她稍頓，雙眸定視著商隱，低沈地接下去：「倘若生下來是一個兒子呢？李郎，你總知道，在大唐皇朝，一個無父之子會沒有容身之地。」
>
> 李商隱震動了，他所計及的，祇是男歡女愛的現在，而燕槿所計及的，卻是遙遠的未來，男歡女愛的現在，有一條路是通向未來的，這未來，就是嬌嫩挑巧的燕槿所說：在大唐皇朝的士林中，家世門第觀念極重，一個不能講出世系的男子，可能，完全沒有仕進的希望。[129]

因此在深思熟慮後，他狠心拋棄燕槿，而追求仕進。事實上，李商隱對功名利祿的追求是常為後人所詬病的，如他和牛黨的令狐楚、令狐綯父子關係極為密切，但卻婚配李黨大將王茂元的女兒，這為的便是仕途了！但最後李商隱卻未能官運亨通，主要原因亦即在此！牛黨的認為他娶妻李黨王茂元之女是一種背叛行為；而李黨則認為李商隱出身牛黨，並不值得信任。李商隱為了江山放棄美人燕槿，但最後不僅沒得「江山」，還落了個「牆頭草」、「投機客」的譏誚之名，這是李商隱一生最大的悲哀。但李商隱只是拋棄糟糠之妻，在《朱門》中唐朝名臣嚴挺之的兒子嚴武，為了仕途，做的卻是殺死愛人的手段。

嚴武原和張小妹是相愛的，但現實中也是門第問題，如書中所寫：

---

[129] 南宮搏：《紅樓冷雨》，頁65-66。

> ……毫無疑問的，他愛著她，而他們都未婚，以婚姻解決問題，應該是輕而易舉的事。不過，想到婚姻時，嚴武的心情又不免於沈重了——張小妹必然會是一個好妻子，可是，張小妹的家世門第，卻和華州嚴氏不相稱——嚴氏的門望，雖然比山東世族的著名姓氏低，但與張小妹的家世比，又不能同日而語了。華州嚴氏，天下皆知，張家祇是軍籍，他如娶一個在軍籍中的人家之女為妻，那末，在世族大家間，嚴氏的聲望會降低，從來，婚和仕是相聯的，他祇依靠父蔭而有了一個出身，倘若隨便娶一個妻子，那不僅會失去自婚姻得來的援助，而且也必然會被一些世家看輕。[130]

這是時代的悲哀，也逼著許多青年才俊在仕途和美人之間做出痛苦的抉擇。嚴武起初仍和張小妹相愛，甚至張小妹在懷了孕之後，嚴武怕張小妹受其家人責罰，還與她一起私奔逃亡，但在私奔之後不久，嚴武後悔了，他想著何苦為著一個女人放棄了大好的未來呢？浪漫的愛情和現實的仕宦，兩者在他內心起了狂濤巨浪的衝撞，讓他漸漸地失神、漸漸地喃喃自語、漸漸地拿起琵琶的斷絃、漸漸地想起「吊頸」這件事來：

> 他空泛地想著，他恍惚地想著——吊頸……
>
> 沒有動機，沒有煩念，然而，他想著……吊頸……
>
> 但是，他又想：「如果她死了，死無對證，一切的問題都了結！」
>
> 可是，這偶然泛起的一念，立刻使他自我譴責！他詛咒自己有這樣的想法——她是愛自己的一個女人，她的腹內懷有自己的

[130] 南宮搏：《朱門》（臺北市：時報文化出版企業公司，1988年），頁95。

> 骨肉……
>
> 他想——他想——，他責，他憾……
>
> 但他的雙手在轉絃著三根琵琶絃……
>
> ……
>
> 一個閃電，隨之一個響雷！
>
> 電和雷切斷了他的思念，而雷聲把她震醒，她驟然坐了起來……
>
> 又是閃電，又是雷聲，豪雨狂瀉……
>
> 大風猛雨和雷聲組成了繁響——
>
> 張小妹在驚恐中撲向他——他恍惚，他迷離，將手中的琵琶絃迎向她的頸項！一轉旋間，他收縮那根絃線……
>
> 一轉念間，嚴武看到她的四肢在閃電光耀中掙扎……
>
> ……
>
> ——天旋地轉中，豪雨中，驚雷中……
>
> ——豪雨淋在他赤裸的身上……
>
> ——他的手收縮著琵琶的絃索……
>
> ——他的身體壓制著一個四肢欠動的身體……
>
> —— 一幅濕的布遮掩了張小妹的面孔……
>
> ……
>
> ——「一個問題，解決了！」[131]

然後他用繩索綁著石塊，再將之纏繞在張小妹身上，將她沈入河中，使她永遠的「沈睡」了。接著嚴武回到長安，在皇帝面前從容應對山西、河東的政軍民情，彷彿他在當地已考察許久，終於，嚴武得到皇帝的任用，成了大唐皇朝最年輕的御史。但他的雙手卻是永遠纏繞著

---

[131] 同前註，頁172-175。

沾滿鮮血的琴絃。

而江山和美人的抉擇上，史上最為人所知悉，甚至可稱為經典並流傳的，大概則屬唐玄宗與楊貴妃了。說它是經典，原因大致有幾項：一、唐玄宗貴為皇帝，並開創了「開元」盛世，怎麼一個國家會頹敗沈淪迅速到如此地步呢？令人匪夷所思！二、照理盛世之際，國富兵強，又怎會安祿山、史思明驟然起義，大唐便潰不成軍呢？三、於出亡在馬嵬坡之時，以其皇帝之尊，竟無法保全楊貴妃，這是唐玄宗執政四十多年來從來不曾發生的事！而明明是他為自救，將楊貴妃推上了吊頸之臺，但大家卻對之無甚責怪，以為乃情勢使然，甚或有同情於玄宗的心理，這是令人意料不到的。但細思之後，前兩點其理由雖有多項，但「承平日久，安逸享樂，疏於軍備，藩鎮坐大」，這十六個字便可大體概括之。而楊貴妃則所受皇帝恩寵，歷史上難有出其右者，因此其享盡榮華富貴，皇帝捨之必然是時不我與下的痛苦決定，所以人們便少怪於李隆基，而僅獻惆悵於楊貴妃了。在馬嵬坡逼迫之際，書中屢屢寫著唐玄宗對楊貴妃的迴護之詞，及唐玄宗無力迴天的悲愴落淚，如：

> 李隆基全身抖動，促迫地吐出：「貴妃在深宮，又怎知宰相反，此事與貴妃何干？」
> 「貴妃無罪啊！」皇帝忽然如吼地叫出，聲音很悽厲，每一個聽到的人都有凜然之感。
> 在裏面，皇帝已衝入了內亭室，他不顧一切，張臂抱住了心愛的楊貴妃，泣不成聲。
> 「玉環，我忍心，我四十多年為天子，竟不能保全……」皇帝哭了。[132]

---

[132] 南宮搏：《楊貴妃》，頁232-235。

南宮搏如此寫，筆者以為必然接近事實。貴妃的受寵絕非一般后妃所能比擬，而身陷圍困，隨時有殺身之禍的玄宗，也必然驚懼不已，此時氛圍玄宗必不自知能否安然脫身？因此與楊貴妃的生離死別，那真是生命中的最後一面了！但玄宗雖求自保都有疑慮，因而根本無暇顧及楊貴妃，可是棄美人而欲自救、保有江山的動機，卻仍是清楚的。

附帶一提的是，許多人以為紅顏禍水，是楊貴妃讓李隆基墮落，讓唐朝呈現衰敗之象，但南宮搏卻說：「唐代安史之亂，史家把責任放在楊貴妃身上，然而縱容楊貴妃戚族當權的卻是唐皇自己，再者，潼關的哥書翰驕狂太甚，安祿山把西北的戰馬，全數買了下來，圈往范陽一帶，在騎兵為主力的時代，失去了馬等于現在的陸軍沒了戰車，唐兵的劣勢已成，安祿山一戰而長驅直入，種因已久，責任並不在楊貴妃身上。」[133]怪罪楊貴妃，是毫無道理的。

（三）為美人放棄美人

「為美人放棄美人」，乍聽之下，似乎矛盾，只有為美人而放棄江山，或為江山而放棄美人兩種，怎會有為美人而放棄美人的呢？若愛之，捨江山即可啊！但事實上許多事都絕非只有黑白、是非這樣極端的兩種結果，有時是有其中間灰色地帶的，例如江山無法拋棄，卻又深愛美人；或江山已然失去，但美人同時又為強者所愛。遇到這兩種情形，這英雄正因愛之，故所以拋棄之。

南宮搏筆下的曹操和蔡文姬是彼此相愛的，而且愛的極深，如一段曹操即將和董卓決裂，臨行前，前往與蔡文姬相會時的對話寫道：

> 文姬已進入自己的房間，立在中間。她對著他，鎮靜地說：「你來，是辭別還是攜我同行？」

---

133 南宮搏：《貂蟬》（香港：創墾出版社，1952年），頁65。

這句話的最後四個字使他吃了一驚。他來，祇是告訴情人，自己行將出奔。絕未想過與她同逃的。因此，當她如此提出時，他一時不知如何回答。

文姬立刻自他的神情中看出了來意，低喟著：

「孟德，在亂離之世，一分手，就不知何時再能相見。倘若可能，我跟你同走！」

「文姬，那是不可能的，我是亡命，明早，董卓就會通緝我……」

「我願意隨你被通緝，奔亡天涯。」[134]

結果當然是沒有一起出亡，因為風險實在太大，若曹操為美人留下來，則其必然為董卓所害；帶了蔡文姬走，那文姬父親蔡邕呢？豈不讓董卓藉機生事！因此為了美人，曹操只好於此時放棄美人。而在十八年後，曹操從匈奴那兒贖回了蔡文姬，兩人再度見面，蔡文姬責怪曹操當初沒有找人接她到身邊時，曹操說道：

「文姬，文姬！」曹操喝了口酒，痛苦地接口：「你說得對，可是，可是，你沒有知道我在過去那些年中的境遇，過去十八年，我有十五六年在風雨飄搖中，隨時都可能被人們推倒的！文姬——我的處境一直凶險異常——」

……

「我來告訴你別後的光景；」他斟了酒，淺飲著，迂緩地接下去說：「我從洛陽逃出來時，是卅五歲，這年和第二年，我幾乎戰死，關東的諸侯是心力不齊，各人都想保全實力，不肯認真作戰。祇有我，以有限的兵力亂闖，在滎陽前線，中了

---

[134] 南宮搏：《蔡文姬》（臺北市：堯舜出版社，1981年3月），頁56。

箭──」他低喟，拉開衣襟，讓文姬看自己的創痕。

……

「那一仗，我的兵打垮了！我再到揚州和徐州那邊募兵，依附袁術；後來，關東諸侯內訌，黃巾、黑山重起，我總算得了東郡太守的地盤，可是，那時，在我的周圍，有五六十萬黃巾和黑山軍，我隨時可能被他們消滅的！後來，我卅八歲的那年，打了幾十次的硬仗，把黃巾黑山兩股消滅了──那時，我心力交瘁，外強中乾，而外人卻說我稱霸關東……」

……

……「那時，我的聲勢雖大，可是，我的處境卻最危險，我成了關東諸侯共同的目標，袁術來打我，陶謙來打我；陶謙，還把我的父親母親，兄弟姊妹殺掉了──此外，有劉備、田楷，都是我的敵人，到後來，呂布聯合張邈，幾乎把我打垮──我身上還有傷哩！」曹操說著，又把衣服除下來，現出項背間的烙痕與刀痕；接著，他又說：「那時節，有整整五年，我連氣都透不過來！文姬，我知道你在長安……」

「你知道？」她故意問。

「是，但我不敢派人接你，我是怕你來到關東時，我已經被人殺了，文姬！」他又長嘆。[135]

因為戰事混亂，怕死於沙場，使美人傷心，因而不敢強求美人在側，這樣的忍痛離捨，是更重視愛情的人才做得出來，曹操的愛美人而捨美人，可說是愛的最高表現。

又如李後主與小周后，在南唐為宋所滅後，被脅迫到汴京軟禁著，而其中趙匡胤、趙光義兄弟當然不會對這些「曾是」帝王的后妃

135 南宮搏：《蔡文姬》（臺北市：堯舜出版社，1981年），頁212-213。

們客氣的，因此接入宮中，數日不出，這行的何事，自然也無庸再問！但其中李煜的態度呢？這是特別值得我們探討的地方。

李煜曾是一方之帝王，在降宋後，見愛妻被趙氏凌辱，他首先勸她：「我們是俘虜，有時，祇能隨和些，忍氣吞聲。」[136]隨後便陷入自身的悲傷之中、借酒澆愁！事實上，李煜是深愛著女英的，否則若其獨佔之心強烈一些的話，女英早已願意為他而死，那麼女英將永遠只屬於他一人。但他也是為美人的生存而放棄美人，這樣的愛是苦悶的，但也是絕對的至愛，否則曾為帝王的人可以失去江山，可以苟且偷生，但在古代封閉的習俗裡，一個帝王要求其妃子自盡，是沒有妃子能說「不」的。

美人與江山，常常讓英雄困惑，而南宮搏也對歷史不同人物的選擇，用小說方式搭配其歷史人物本身性格寫出，中間不免摻雜一些他個人的思想。就這三類而言，南宮搏其實是鄙視「愛江山不愛美人」這種人的，因為這雖然是人性，但南宮搏以為這是一種自私、現實的功利主義，而人性中，他更在意的是「情」的展現，因此愛美人而放棄江山也就成為其歌頌之主軸。而第三種的為美人而放棄美人，則也是愛的展現，不忍美人跟著自己受苦，忍心棄她而去，這不是愛之極深是什麼？美人與江山，是常常讓英雄困惑的！

五　身卑卻志高

在南宮搏小說裡，有一群人雖出身自卑微的青樓，但卻展現出一種凜然不可侵犯的神聖氣質，其巾幗不讓鬚眉的志氣，讓人由衷對之肅然起敬，不僅使同時代所謂的名人汗顏，也足以為後人效法之楷

---

[136] 南宮搏：《李後主》，頁353。

模。其中代表作品乃以明末李香君為主的《桃花扇》、《李香君》（兩部小說同樣表彰李香君的個人氣節，但以份量和結構而論，顯然《李香君》乃站在《桃花扇》的基礎上而作）；此外，還有《董小宛》及談卞玉京的《春風誤》等，但其中以《李香君》最為傑出，此處論述乃以《李香君》一書為主，再輔以他書說明之。

（一）名門之後，膽怯怕事

在明末清初這一段歷史裡，國家動盪、社會紊亂，有志之士本該挺身而出，但相反的，一些名門之後，卻反而出現一種怯懦怕事、作為消極的頹廢態度，這一點可從他們流連於秦淮河畔之聲色場所即可看出。因此，諸如李香君、董小宛、卞玉京等青樓女子，都因和侯朝宗、冒辟疆、吳梅村等人交往而名噪一時。

正如《桃花扇》中，南宮搏寫侯朝宗搖擺於對政治社會的關心和美人醇酒的迷惑之心理狀態一樣，這些文士是充滿矛盾態度的，其云：

> 侯朝宗一走出門，心理矛盾到了極點，李香君的美麗是他眩迷的，但眼前的危險時勢，他自慚不能替多難的國家出一點力，反而沈醉于醇酒美人的圈子內，尋求麻醉，他和復社一批文友，都是自視甚高的人物，但他們究竟人微言輕，他們的主張，雖然能激起社會的共鳴，但廟堂之士，對他們的見解，是不屑一顧的，達官顯貴們把他們看成小孩胡鬧……又覺得自己除了借醇酒美人來消胸中塊壘之外，實在也別無其它的辦法；在南京落選之時，他看到中原瀕危，家鄉遭兵，奮然有投筆從戎之志，他曾經和秀才的領袖吳次尾談過自己的志願，但吳次尾消沈得厲害，他說：

> 「憑我們一兩個人的力量，是毫無用處的！我們投軍，還不是成為軍人的附庸，做清客幕賓，自己的才能，那裡會有機會發揮，到時，除了同流合污之外，實在別無辦法了。」
>
> 朝宗覺得他的話也不錯，國家危亡，有才能和志氣的青年，又進身無門，他們眼看著一天一天走上覆亡之路，自己也一天一天在歌舞筵前沈淪，酒酣耳熱之餘，朝宗有著深沈的痛苦，但是他也無力解脫這份痛苦，他只能慢慢地麻醉自己，讓自己的生命和國家的命運，同時走向墳墓。[137]

正因國家處境艱困，又奸臣當道，有志之士才更應挺身而出，哪能尋萬般理由，遮掩自己的貪生怕死，若果真僅具如此「才能」的名士，則只可為盛世之循吏，無法做振衰起弊之能臣，其形跡又何足道哉！

又《桃花扇》中一幕說到侯朝宗在史可法底下做事，李香君問其未來將如何安置她，侯朝宗回答說如果河南情勢好轉，就帶她回家去住。李香君又問侯朝宗說他自己將有何打算時，兩人有了這樣的對話：

> 「我也住在家裏；奔走了這些年，也該享享清福！」
>
> 「朝宗，我的想法不同，我是希望你在這時候做一番事業來，陳定生相公也說過，你是當今難得的人才，回家享清福，豈不埋沒了自己！」
>
> 「有了妳，我埋沒也就算了。」朝宗笑吻她。
>
> 香君默然，她閉著眼，隔了很久，才緩緩地說：
>
> 「書本上說女人會使男子消墮壯志，你說對麼？」
>
> 「好香君！」朝宗笑出來：「你這樣鼓勵我上進，我自己決不

---

[137] 南宮搏：《桃花扇》（香港：大公書局，出版年月不詳），頁28-30。

肯墮落的。」[138]

其實侯朝宗是有些許想法欲避世的，但李香君如此嚴肅說了，侯朝宗又豈能在心愛女子面前墮了志氣，因此便說絕不墮落的講法。事實上，真正的英雄豪傑，遇到國家存亡之際，或許仍會在愛人面前軟語呢喃，但他也絕對會是雄心壯志，並且不達目的，絕不終止的。而侯朝宗在這樣的決心上，明顯是缺乏的。

而在《春風誤》中的吳梅村，其懦弱性格，在仕清與自盡之間乃搖擺不定、無法抉擇。南宮搏乃將其形象暨內心世界寫道：

> ……由於兩江總督馬國柱的推薦，在北京的順治皇帝的徵詔書已經由總督衙門轉到縣裏；知縣老爺親自乘轎到梅村府上呈遞。他向知縣推辭，沒有效果，他上書馬國柱，以體弱多病作理由，欲求終老。但是，兩江總督府的回書祇是催促他上道。他徬徨無計，也想到自殺，又以顧慮太多，立不下這個決心。日子一天天拖延下去，自春經夏；書信來往，一點轉圜的希望都沒有。江南各地，反而傳遍了梅村出山的消息。在太倉縣內，梅村更成了第一號的新聞人物，每一個人都在議論，有的說梅村將為大明殉節，有的說他就要出來做大官！由於傳言太盛，害得梅村連大門都不敢出。他怕見人，怕和任何人談起出仕的問題。……
>
> 但是，逃避總是短期的辦法，日子一多，州縣官到門催逼，非要梅村抉擇一條路走不可了！他除非自殺，出家或亡命；否則，就祇有走上做貳臣的路。梅村的性格是懦弱的，因循敷衍，事到臨頭，卻一點主義都沒有，模模糊糊地被知縣催逼著

[138] 同前註，頁76。

上了去南京的船……[139]

最後更可笑的找了個仕清的「解套」之法，其云：

> 「我雖然在前朝做官！但是，在前朝覆亡之時，我已經沒有官守了呀；我的仕清，不能算作貳臣！不能算的！」他找到了這一個理由，忽然又興奮起來，抓起筆，鋪了紙，就以這一理由作依據寫成下面的一首詩：「誤盡平生是一官，棄家容易變名難；松筠敢厭風霜苦，魚鳥猶思天地寬；鼓枻有心逃甫里，推車何事出長干？旁人休笑陶宏景，神武當年早掛冠！」[140]

然後說自己和陶宏景一樣，之前早已掛冠，因此現在出仕的話，並不算貳臣！但我們也都知道，這只是他一廂情願、掩耳盜鈴的說法，他先仕明，再仕清，這就是貳臣，更何況清朝還是外族入侵，在當代，他毫無士大夫之氣節，其行乃為天下人所不齒。

南宮搏在這一類小說中，這些「名士」時常出現這種不符身份的懦弱性格，明顯的，是南宮搏對於這些虛有其表的文人不滿，而刻意（也具相當程度之事實）批判之，正如《桃花扇》中藉說書人柳敬亭之口說，當年北京城被攻陷時，皇帝獨自上吊自殺，有一乞丐看不過去，乃寫了一首詩在午門牆上，其云：「三百年來養士朝，如何文武盡皆逃，綱常留在卑田院，乞丐羞留命一條。」[141]以此諷之，亦可見其針貶筆法乃犀利而一語中的！

---

139 南宮搏：《春風誤》（臺北市：博愛出版社，出版年月不詳），頁47-48。

140 同前註，頁48。

141 南宮搏：《桃花扇》，頁151。

（二）出身卑微，豪氣干雲

這些青樓女子，雖出身卑微，但卻值得我們歌頌，她們無力挺身對抗外敵欺侮如此沈重的「國難」，但她們卻可在能力範圍內，勸說愛人上進、拒絕奸吏軟硬兼施之討好與威脅；且說起話來，豪氣干雲、擲地有聲，可以說，明末也因這些女子而顯得在一張灰黑色的畫紙上，有了一些令人驚豔的異樣色彩來。

如李香君知悉侯朝宗即將梳攏她的三百兩銀子是阮大鋮託朝宗好友楊龍友為拉攏侯朝宗所給，香君大為光火，此段對話，南宮搏寫來著實精彩：

> ……香君趁機低聲問朝宗：「楊老爺送你銀子什麼意思？」朝宗向門外看了一眼，低聲怨著，「龍友做事太不辨清白！替人做圈套，那是阮大鋮送的銀子！」香君大喫一驚，失聲叫出來：「什麼？阮大鋮？那個閹黨兒子阮鬍子嗎？」龍友在門外聽見香君罵「閹黨兒子」，知道朝宗漏了口風，他怕「香扇墜」的古怪脾氣，嚇得心勃勃跳。香君在裡面大聲喊：「楊老爺！請進來坐！」龍友賴著不肯走，憑著欄干連聲向樓下喊：「貞娘！貞娘！」希望他的老相好上樓來解圍。一個保兒出來，在梧桐樹下抬頭問：「什麼事？楊老爺！」龍友隨口說：「叫貞娘上樓來分媒錢！」保兒做著潑皮相說：「楊老爺要賞我們些！」龍友摸摸黃鬍鬚，含笑回答：「當然！當然！」香君撩起門簾，掛在銅鈎上，厲聲詰問：「楊老爺！你幫阮鬍子做圈套什麼意思？」龍友紅紅臉，低聲咕嚕：「你們女人懂得什麼？」香君搶白說：「女人怎麼不懂，忠是忠，奸是奸，是是是，非是非！只有不要臉皮的人，才會不辨忠奸，不知是非！」龍友氣得臉色灰白，心想自己是乙榜進士出身，到了

四十六七年紀，讓個婊子辱罵，這還了得！他想發作，礙著朝宗的眼，只得忍住氣，喃喃自語：「罵得好！罵得好！」香君說：「我怎敢罵楊老爺！我只怪楊老爺不該幫阮鬍子做圈套！」龍友氣忿忿說：「天在上，地在下，良心在當中！我幫人做圈套不是娘養的？」香君還想對嘴，朝宗喝住說：「楊老爺饒你是自家人，你倒越發放肆起來！」香君見己受了委屈，淌著淚把雜錦盒子裏裝的珠翠和一件大紅繡花緞褂，全往房門外丟，一壁說：「這是阮鬍子的錢買的，我沒臉皮受用！」[142]

好個「忠是忠，奸是奸，是是是，非是非！只有不要臉皮的人，才會不辨忠奸，不知是非！」這是一個青樓女子都懂的道理，但楊龍友卻是幫著阮大鋮做了這個「圈套」，而侯朝宗也竟未能在第一時間對楊龍友「曉以大義」一番，這是多大的反差啊！因為如楊龍友所罵，一個依靠賣笑、陪客才能賺取生活費用的「婊子」，其認知和氣魄竟遠比這些知識份子清晰而雄偉，並當面反辱「施捨」於她的恩客，試想，這樣環境下的女子，有如此之見識，能不令人對之刮目相看？

而在《春風誤》中，也有一段娼妓寇白門冷嘲熱諷吳梅村即將出山任清朝官吏的描述，寫來亦頗為辛辣，乃錄之如下：

……「為什麼？」寇白門發出幾聲殘酷的笑：「你連我為什麼都不知道了？啊——哈哈哈，為名，為利，人生原不過如此呀！梅村老爺，是嗎？

梅村覺得這些話很是刺耳，他凝視著寇白門，一時張口結舌，說不出話來，於是，寇白門又冷冷地說著：

「一個人為了名，為了利，就會忘記一切的，像我這樣下流，

[142] 南宮搏：《李香君》（香港：樂天出版社，出版年月不詳），頁62。

> 像你——梅村老爺那樣飛黃騰達，不一樣嗎？」
>
> 「我？」梅村最深奧內心都為之戰慄了！他看出了寇白門的淫佚狂妄，另有一種諷刺的作用，他每一根毛孔，都覺著寒意，勉強接口道：「寇姑娘錯了，我不是的——」
>
> 「你不是？」她冷笑道：「今天的南京，誰不知梅村老爺出山做大官了！還有什麼是不是呢？嚇，我忘記掉向我們的大官老爺恭賀哩——」她突然作了一個立正的姿勢，雙手放在腹前，盈盈下拜：「大老爺在上，賤妾寇媚這廂有禮了！」
>
> 這種冷嘲熱罵，嘻笑滑稽的行動，使梅村難堪極了！他先是駭異與不安，如今，他的背脊上如被冷水澆淋，他惶悚、著急、頹喪地低下頭：
>
> 「白門，我是不得已呀！被迫出來，那裡是貪名圖利！」
>
> 「梅村老爺，你何必向一個下賤的妓女解釋呢？」
>
> 「白門，我知道你，你罵的我對，但是，我的處境太尷尬了！我從來不曾有出山的念頭，然而，環境迫得我……」
>
> 「是環境麼？」寇白門沒有一點同情心，依舊冷峻地諷刺著他：「我也是的呀！看她們做妓女的人每天都有大把錢財進來，我見獵欣喜，終於熬不住了！」[143]

用娼妓來比喻吳梅村的出仕，這中間挖苦、譏諷的味道，豈不顯明？而梅村的尷尬，其實正來自於其明知不可如此為，卻尋一堆理由來掩飾其貪生怕死的懦弱行為，因此寇白門罵得擲地有聲，罵得鏗鏘有力！

又如李香君之剛烈，乃如當侯朝宗頹然喪氣說：「看這眼前形勢，靠幾個手無縛雞之力的書生，萬萬挑不起這副『光復河山』的重

---

143 南宮搏：《春風誤》，頁55-56。

擔子，如不自量力，徒然白白犧牲，我已仔細想過了，縱然有子路那種『暴虎馮河，死而無悔』的勇氣，也無補大局，眼前只能棄大就小，把壯志，雄心丟一傍，求做到『不失義』『獨善其身』地步，能不『失節事仇』，不向滿清討猴冠兒戴就好！」[144]且還說要學陶淵明，伴著香君，回鄉隱居。但不料香君對他的這種態度是鄙夷不屑的，並說：

> 陶淵明不是人人學得像的！我記得他對刺秦王的荊軻，贊嘆備至，可見他決不是一個甘心偷生苟活的人！「詠貧亡」一詩裡，他說：「朝與仁義生，夕死復何求？」「讀山海經」一詩裡說：「刑天舞干戚，猛志固常在！」東晉覆亡後，如猶有志士揭竿一方，圖謀恢復，我相信陶淵明老先生不會在廬山飲酒賞菊，早冒死去參加了！何況現在與劉裕篡位當時情況完全不同：一則滿清是異族，是外國人，二則鄭芝龍雖降，鄭成功、鄭彩、鄭聯、鄭鴻逵等仍踞鼓浪嶼、金門、廈門抗清，魯王偈促海外，但仍擁有數萬兵馬，湖廣兩粵情況更好，幾全部版圖在大明朝手裡。[145]

在李香君咄咄逼人卻又合情合理的言辭下，朝宗幾乎招架不住，因此他只好紅著臉說：「我相信我不是個『偷生苟活』的人，我說回家鄉隱居，是『待機而動』！香君，你信我這句話嗎？我回家鄉隱居，仍準備『待機而動』！」[146]沒想到，香君回的更狠絕，她說：

> 是的！「待機而動」！別人擲頭顱、灑熱血，你等著「坐收其

[144] 南宮搏：《李香君》，頁375。

[145] 同前註。

[146] 同前註。

> 成」，這叫「待機而動」！[147]

並且把那把著名的「桃花扇」扔進了火盆之中，頭也不回的離開了侯朝宗。

而她們雖是妓女，但一旦認定對象，對貞操的信守度，卻是彷彿為之豎立一座貞節牌坊也不為過，如《董小宛》中，董小宛心已早屬冒辟疆，而洪承疇仍想染指於她時，董小宛是嚴厲拒絕的，書中寫道：

> 「董姑娘，假如你無意再回冒府，嗯——」承疇滿臉笑走近一步說：「這樣子回去也沒意思，不如跟我到北京去罷！」
> 董小宛露出一絲冷淡的笑容。
> 「你仔細想想，我不會虧待你的——」洪承疇的口氣非常柔和。
> 「多謝老爺們的美意——」小宛的語調很沈重，但祇說了一半，承疇就搶著說：
> 「如果你不滿意我，老夫也可代為擇配……」他說著，縱聲笑出來。
> 「我董白已準備一死，老爺的盛情，祇能來世再來領謝。」小宛說著了從容地轉身面壁坐著。
> 洪承疇受到了嘲弄，一時語塞，祇得怔怔地站著，他看小宛苗條的背影，有一種心癢難搔的感覺。同時，他也有些微的惆悵，在漢人之中，他具有最高權力，但是在一個孤立無援的風塵女子面前，他的權力就無從施展，他可以立刻下令處死她，不過，這樣做就永遠無法贏取她的心，甚至連一個可供銷魂的

---

[147] 同前註。

晚上都得不到了。[148]

若我們將洪承疇比喻成滿清，而董小宛就像是個寧死也絕不做「貳臣」的忠義之士！死對於她哪有何懼怕之處，她只求不能一死而後快罷了！因此隨著董小宛又受到另一奸吏楊求南的虐待，鞭笞抽打、拳打腳踢、炙燒酷刑等時，董小宛始終強忍下來，絕不妥協，這和那些「待機而動」的懦弱行為，或「不得已而出山仕宦」的無恥之徒來說，南宮搏刻意做了一番對比，守節守義，「妓女」都做得到，「名士」為何做不到？

這裡所說的正是這些身卑卻志高的奇女子，她們沒有能力挽救這頹亡的國家，但她們試圖用各種方式去影響欣賞她們而在這個社會又有一定影響力的愛人，告訴他們需救國於此危亡之際；而若所愛之人無動於衷，則她們必苦口婆心最後甚至疾言厲色對之規勸，若仍無用，則只好棄之而去，如李香君之棄侯朝宗、卞玉京之棄吳梅村，均是如此。

[148] 南宮搏：《董小宛》（香港：亞東圖書公司，1954年），頁78-79。

第三章
創新與引領
——評其美國歷史小說《新路》

《新路》一書對南宮搏和中國人而言，都是一項「創舉」，因為這是第一本中國人所寫美國開國之時的歷史小說，而作者正是南宮搏。此書之獨特處不僅如此，作者並以其自身獨特觀點，重新「定義」何謂真正的美國人！此外，以其取材聚焦的對象並不以開國元勳華盛頓或其它名人如傑弗遜、富蘭克林等，反而以一小人物為故事之主角，凡此種種，皆說明了這部小說的獨特性。固然以今日觀點來看，會覺其不免有以嚐一臠而知全味、視野不夠寬廣的疑慮，但細思之，誰又能不偏執且說得清那時代所發生的種種歷史、各個人物呢？值得省思的是，南宮搏隱藏於其間的人類平等價值之意義。以下除情節大綱外，乃逐步從寫作動機、敘事觀點及價值引領等三部分探述之。

第一節　情節大綱

故事以一個印地安人、黑人、白人混血的奴隸包漢丹·樂（書中簡稱阿樂）為主角，帶出美國在爭取獨立前階級奴隸制度的不平等，及爭取獨立的過程中，其所歷經之種種艱辛困境，最後雖然獨立了，但非白人的黑人或印地安人仍然在許多方面受到不平等待遇，也談到一個國家的建立，包含在政治、經濟、種族、民生等方面，都需經受嚴峻之考驗的。

阿樂是一個富有人家的奴隸，雖然沒有機會上學，但憑著向上心，再加上小主人的平等對待，他識得一些字，也能聽懂一些上流社會對時事的評論。在一次巧合中，他看到了維吉尼亞的英雄——華盛頓，且由華盛頓的仁慈溫和對待中，日後他不斷尋找機會當兵，爭取恢復獨立自主的人身自由。

當一次英國人想在深夜從殖民地偷運火藥出境時，剛好被好奇的阿樂撞見，且湊巧的是阿樂不小心放了一槍，使得所有人從夢中驚醒，阻止了偷運火藥的事件，而這槍恰好正是美國尋求獨立對抗英國的第一槍[1]，自此，美英即進行一連串的戰爭。

阿樂輾轉之間終於有了當兵的機會，尤其幸運的是，還當了美國最偉大總統之一華盛頓的勤務兵，從此隨著華盛頓東征西討，過程中也因緣際會地救了當年同是奴隸的同伴好友。最終在一七八一年十月十九日，英國總司令康華利終於向華盛頓投降，美國獨立了，此時的美國僅有十三州。

戰爭結束後，阿樂向華盛頓提出想進威廉瑪麗學院讀書的心願，華盛頓為他做了安排，也負擔了他的學費，使得這所排拒白人以外的學校，接受了阿樂的入學，儘管學校仍是給予其不公平待遇，但走向民主的過程本就非一蹴可幾，能入學，最後畢業，這對阿樂已是「過份」企求的心願了。這部小說敘說美國追求獨立不容易，而非白人的其它人種追求平等自由又更是無比艱辛！

---

1 一般以為在萊克辛頓（Lexington）的第一槍槍聲，揭開了美國獨立戰爭的序幕。而這邊南宮搏巧妙地運用錯置的方式，把第一槍安排在一位他認屬於未來真正的「美國人」身上，雖未必符合史實，卻增添了小說的趣味性與南宮搏所標榜的主題性。

第二節　寫作動機

寫一部小說，作者一定有他寫作的動機，尤其是這麼一部和南宮搏本身背景差異如此之大的美國歷史小說，雖然在南宮搏自己的〈後記〉裡如此簡單說道：「『新路』的寫作，最初的動意是在一九七三年的三月。那時，我自歐洲到美國，由紐約赴華盛頓，隨即去觀覽白種人最早到美國的那一個區域：威廉士堡、吉姆斯城和約克城。我住在威廉士堡，這一個城市仍保持二百年前的風貌。我忽然動心，想以這個城市為中心，寫一本美國的歷史小說。於是，我廣泛地訪問及購買了一批書。」[2]彷彿去了一趟，便下定決心，著意要寫這部小說，但動機就僅是如此嗎？在筆者反覆閱讀及參閱南宮搏其它著作並生活環境後，至少該有下列三種動機才是，分別是：

一　個人創新突破之象徵

從事創作的人，怕的是思想不夠新穎，以致作品質量裹足不前，而內容千篇一律，我們可以想見的是，在南宮搏寫了這麼多中國歷史小說後，或許他思慮的是如何改變現狀？如何為自己的作品注入新能量？或如何開拓視野，進而創作出一部前所未有、別開生面的小說來？為此，他不斷尋找新題材，在一趟旅途中他有了新的啟發，決意寫一部中國人所難以完成的作品來，於是，《新路》遂應運而生。

背景上，南宮搏是由中國逃到香港的華人，和美國可說毫無關係；語言上，南宮搏的母語是華語，雖他必然也說英語，但那是由於英國統治，和美國仍有一層隔閡；地域上，在南宮搏於一九七三年三

2　南宮搏：《新路》（臺北市：九歌出版社，1978年），頁345。

月去美國前，對其地域或有耳聞，但若說他對兩百年前的美國「熟稔」，那應不太可能。而若在背景、語言及地域均陌生的情況下，卻決意要寫一部美國歷史小說，想必在考證上，就得大費周章，尤其南宮搏是這麼一位注重史實地域正確性的「學者」作家，其嚴謹度必然更勝一般作者，因此他說：「經過三年的思考與研究，我決定寫『新路』；一九七六年秋天，再赴美國，作了將近三個月的考察。」[3]之所以如此曠日廢時的原因何在？我想就因為他想在個人的創作史上有一突破之象徵，這動機是再顯明不過了。

二　美國友人給予之協助

於一九七六秋天再赴美國後，書的完成，明白標示著一九七七年七月，這中間能讓他持續完成此部小說的原因，則是美國許多友人及政府部門的全力協助，因此他在〈後記〉裡不僅對美國國務院的文教處、國會圖書館、政府檔案處及一些研究機構、博物館表示深深感謝外，更不厭其煩地寫了底下這段話，來特別感謝幫助過他的人：

> 在此，我感謝長期陪伴我走遍美國獨立戰爭主要戰地及歷史名城的、普林斯頓大學研究所的Thomas C. Martlett先生。為我設計及安排所有行程的：Rose Marie Ames夫人，Mary Louise Conrey女士，威廉瑪麗大學的副校長Nathan Altshvler先生，該校教授Norman Barba先生（他還贈送了我尚未印成書的數百頁研究報告）、Edward Ayres先生。負盛名的研究印地安人生活的Ben C. McCary Williamburg Foundation的各位女士及先生，吉姆斯博物館的諸位先生，費城、福基山谷，華盛頓總統

3　同前註，頁345。

> 故居維嫩山莊的博物館，其它紀念館及歷史研究機構的主持人及各位先生。以及哈佛大學、西北大學，哥倫比亞大學等美國史專家們。同時，我特別感謝麻薩諸塞歷史學會會長Stephen T. Riley先生（他給予我有關美國歷史啟發性的指導）。美國史學專家Marvin W. Krana先生及Ronald Gephart先生，他們兩位是主持國會圖書館一個美國史的部門；而且在一日夜間為我找出了五十多本我極為需要的參考書。[4]

能有這些友人的幫助，也確定他撰寫這部小說的動力。

三　香港現狀引發之動念

「香港」這一包含香港本島、九龍和新界的區域裏，雖以中國人為主，但也住了各色人種，其種族之複雜，從某個角度來講，頗似美國開國之初的情況，其中當然也會衍生許多問題，這是記者出身的南宮搏所關心的，因此也是他想述寫的原因。他對香港各人種的關心，我們可以從他在晚年的作品《香港的最後一程》中〈人從四面八方來〉可見一斑：

> ……據統計，現時有百分之五十七點二的香港人是在香港出生的……這百分之五七點二的香港出生者，絕對多數或幾乎是全體，在感情上也不認為自己會是英國人或屬土公民，祇是香港人——因為沒有國籍，所以稱中國種族的香港人。
>
> ……
>
> 根據一九八一年的統計是：

4　同前註，頁346。

> 英聯邦國家：六萬六千六百人。其中，英國人包括軍人，二萬二千三百；印度人一萬四千二百；馬來西亞人八千九百；澳洲人七千八百；新加坡人四千四百（以華裔為主，馬印裔新加坡人甚少），加拿大人四千二百……其餘，菲律賓人一萬五千一百（一九八一年底，現在的總數必在二萬五千以上），美國人一萬一千五百，巴基斯坦人七千五百，日本人六千八百，葡萄牙人七千，德國人二千一百，法國人一千四百，荷蘭人一千一百，泰國人八千六百，印尼人三千五百，韓國人一千九百……尚有一萬四千名越南、柬埔寨、寮國人，在戰亂中逃來而被收容（不包括近五年出生的兒童）。越南難民一萬六千二百零七人（兩年間新生兒童未計入，這一部人住在香港，因為是難民而不計）。[5]

這樣細微的數字調查，顯示南宮搏關心著各色人種於香港的生活狀況與造成的社會問題，而這篇文章雖寫於《新路》完成的四年之後，但南宮搏重視這部分問題卻必然早已成形。

所處環境如此，到美國後，發現其各色人種竟能達到某種程度的調和，再往前溯，美國竟也歷經如此漫長且不名譽的「歧視史」，將之寫出，或許能對族群的相互尊重與融合有所幫助，想來這也是南宮搏寫這部小說的原始動機之一。

第三節　敘事觀點

講述故事的手法，許多皆由當代最重要的人物出發，如要談美國獨立建國的這段歷史，那麼最常著眼的便是以華盛頓為故事主角，這

---

[5] 南宮搏：《香港的最後一程》（臺北市：時報文化出版公司，1984年），頁66-68。

種思辨和敘述方式是符合大眾眼光的。但相對的，許多促成事件成功的前線英雄，便都成了無名小卒，他們確實微不足道，但是否應就此湮沒？南宮搏在這部小說中企圖改變此一現狀，於是，從一個小人物出發，進而延伸闡釋不同人種之階級意義的敘述手法，便成了這部與眾不同小說的特色。

一　以一個小人物爲出發點

這是一個以在富有人家幫傭並識字不多的混種紅人阿樂為出發點的小說，透過他，認識他所接觸的黑人、白人甚至貴族名人，是否其行為和我們一般刻板印象中的一致，一致處，我們可見其過程，若非一致處，則是南宮搏給我們的一種新想法了。

黑人阿楊是阿樂的好朋友，而黑人在美國獨立之前，他的身份就叫「奴隸」，因此爭取人身自由，就是黑人一生戮力戰鬥的目標，書中藉著一個漂亮黑人玲達說的話：「黑種人的背脊是天生挨鞭子的」[6]便足以說明一切，而阿楊在獨立戰爭時，一開始是參加英軍的，原因是：

> 第一，他們說，來自英國的兵對黑人很好，不歧視；第二，我們一參加，每一個人就可得到官府的身份證明書；第三，他們有錢，我本身有證明書；但我那些朋友都是奴隸，因此，我們參加了。[7]

這短短的幾句話裡，說明了他們對自由與被尊重的渴望，因為戰爭是

---

[6] 南宮搏：《新路》，頁76。

[7] 同前註，頁230-231。

殘酷的，是會犧牲生命的，但在他們心裡，與其永久做奴隸翻不了身，倒不如拚命一搏，假設戰爭結束，而自己僥倖不死的話，那或許從此就真能有個自由之身了（但「被尊重」這個念頭，基本上就是個奢望）！只是南宮搏給了阿楊一個悲慘的結局，在戰爭結束的那一天，阿楊戰死了，在人們歡慶脫離戰爭的愉悅中，黑人阿楊成了殉葬品。從另一個角度而言，或許南宮搏給了阿楊「真正」的自由，從此不需再為生命自主的不確定性擔憂了。

而白人是絕對的掠奪者嗎？這是世人普遍的想法！但南宮搏的小說裡，特意安排了一個對阿樂頗為友好的白人史密斯出現，他的出現帶來人性光明的部分，因為他不僅不排斥其它有色人種，甚至他還娶了黑美人玲達，而且在戰爭中他所做的是醫生的工作，這對於戰爭是很反向思考、也是很諷刺的，因為戰爭是白人所挑起，以黑人為奴隸，剝奪其人身自由的，也是白人，但史密斯並無特別厚待白人，而是一律平等地醫治其它膚色的患者，就這一點來看，南宮搏想傳達的，膚色它只是一種「表象」的東西，重點在於其內心的是否純潔與善良！因此不能一竿子打翻一船人，認定所有的白人都是壓迫者。但最後可悲的是，史密斯為了救自己的妻子玲達，竟被白人所刺死，或許「黑白」的結合，在那個年代裡，仍是無法被支持，這著實是一道難以跨越的鴻溝！

另外，由一個小人物來看美國偉大的華盛頓，究竟是什麼樣的形象呢？他有其平易近人之處，在書一開始，微不足道又身份卑賤的阿樂因走路擋到了白人而被踢倒在地時，華盛頓彷若慈祥的天神一般，將之扶起，並隨手拍了拍他，問聲：「沒事吧！」這是阿樂難以想像的。而在獨立戰爭時，阿樂尋著機會向華盛頓請求當兵時，原本華盛頓有所遲疑，遲疑的原因是，阿樂年紀太小，後來看到阿樂引述傑弗遜所起草的獨立宣言中「所有的人生而平等」[8]，又看到阿樂渴望的眼神，華盛頓接受了，並仁慈且善體人意地留在身邊當「勤務兵」，不僅遂了阿樂的心願，又能妥善照顧這個他眼中年紀還小的士兵。退伍後，阿樂還得到華盛頓的推薦，順利進入本排斥他種膚色的威廉瑪麗學院就讀，並順利取得學位。

但華盛頓有無缺陷呢？即使阿樂對華盛頓如此尊崇，但對於白人的驅逐印地安人，兩人仍有意見相左之處，這是對華盛頓的質疑與微詞了，如書中的對話：

> 「總統先生，西部，西部——印地安人從東海岸退讓到西部……」樂終於說了。
>
> 華盛頓沈重地點點頭，隨著，自然地，又緩緩地說：「我們要求發展——樂，我們一哩又一哩地驅走印地安人，百哩和千哩地擴充，美國要求發展，無可能改變這一現象，樂，你是印地安人，美國土地原來的居住人……」華盛頓低喟，轉向室內走，招呼樂相隨，在廳中，他取了一件中國瓷器說：「這是從中國運來的，經過太平洋，又經過印度洋，轉倫敦，再越過大西洋而運到美國！但是，我們美國的船，在一七九〇年時，已經航行到中國，出售印地安人獵來的皮毛，帶回中國的絲綢和

---

[8] 獨立宣言是在一七七六年七月四日經大陸會議所正式通過，談北美殖民地宣告解除與大英帝國間的所有政治聯繫，並且強調人民追求自由的種種權利，文中亦逐條敘述大英帝國對北美殖民地的「暴政」，最後宣告北美殖民地應獨立，脫離英國統治。其中最著名的一段話即「所有的人生而平等，且擁有造物者賦予人們生命、自由和追求幸福等不可渡讓的權利。為了保障這些權利，才在人們之間成立了政府，政府的正當權利，來自於被統治者的同意。無論何時，當某一形式的政府，變得危害這個目的的時候，人民就有權來改變它或廢除它，並建立一個新的政府。新政府奠基的原則，組織權力的方式，必須使人民獲致最大的安全和幸福。」這成為後來人民追求自我平等、自由而欲獨立最重要的一段話。

> 茶葉——我也聽到一位倫敦來的紳士說及中國的哲學，好像是這樣——不有所廢，其何以昌！」
>
> 「印地安人……」樂吃吃地，在哀傷中，無法說下去。
>
> 「希望將來能找到共存的路！」華盛頓在關鍵的問題上守著原則，並不含糊。[9]

是否在建設之前，一定要有大破壞？而這個破壞能否用另一種更委婉、更緩和的方式進行？顯然，華盛頓是用強硬的「趕離家園」的方式，逼迫印地安人成為流浪者了。

二　混種紅人爲最卑賤人種

一般都以為黑人是美洲土地上最卑賤的人種，但實際上這本書裡，南宮搏修正了我們這個觀念，他們的階級排序是，最高階級自然是白人，但白人裡也分等級，第一等是貴族豪富，第二等是略有財產或小康之人，第三等則是有債務纏身的白人（也稱「合同奴隸」，但這和底下的紅人、黑人當然有著巨大的距離）[10]；第二階是紅人，因為

9　南宮搏：《新路》，頁331。

10　在《美國獨立史》中寫道：「當時白人亦有為奴者，惟與黑奴情形大不相同，濱西省之白奴，大半係英國良家子弟，以本國生計艱難，欲至殖民地謀生，而無力遠行，乃賣身於富人，攜之來美，訂以年限，限滿得自主，其後多為農人，今美國南方諸望族中，其組亦有曾為奴者。馬里蘭、勿爾吉尼之情形稍異，為奴者罪犯居多，自一千七百年至八百年間，英國議院定例，凡死罪之犯，得以赴美為奴為贖，以十四年為期，其應鞭應刺字者，七年為期，期滿釋放，半途逃回者罪皆死。此等罪犯，多載至馬、勿兩省，居民惡之，漸定限制之例，而英廷以其有違議院之例，不許限制，故諸省不得不另定嚴例，以治白奴。大致逃走偷竊等罪，以加增年限懲之，實則終身為奴者居多。而工人中雜以此等罪犯，引誘為非，犯罪日多，實大有損于自主之工人，一千七百四十八年，勿爾吉尼定一例，凡罰鍰之罪，良民照罰，為奴者則必以鞭朴代之，以示區別。此外各紐約及新英國諸省，亦間有白奴。」

基本上，他們算是美洲土地上的原住民，本身還保有著自由之身；第三階則是黑人，因為黑人都是原先被從非洲大陸捉來的奴隸，即使某些後來得到主人恩惠，寫了恢復其人身自由的契約給他，但地位同樣是卑賤，差別只是他們可自行找工作及自由行動，而非奴隸般地供白人驅使；第四階，也是最低賤的一階，則是混血的人種，因為無論哪一階級都不承認這樣的人種是他們的族人，因此他們有時連相濡以沫的對象都沒有，這是最可悲的一種階級[11]。而這和印度所實行的「種姓制度」幾乎毫無區別[12]！都是一種恃強凌弱、弱肉強食，極不公平的階級制度。

南宮搏彷彿刻意要加強這一點似的，在書中不斷地重複這個部分，如：

> ……他又想，如果自己今年是二十四歲而不是十四歲，可能，也會如此地和阿玲偎依，或者，阿玲是自己的妻子，這一瞬，他忘記了阿玲是奴隸，也忘記了自己是一個紅、白、黑的混種孩子，所有的人中最卑賤的一等人。（頁52）
>
> 「從現在到未來——」阿樂於空茫中喃喃地說：「我記得老公

（姜甯氏著、章宗元譯，譯書彙編出版社，2009年，頁57-58。）

11 其實北美人種的複雜度，或許亦正如楊泰順在〈美國人認同的形成〉一文中所說：「美利堅建國之初人種十分複雜，表面上雖然只有歐洲移民、印地安原住民、與擔任奴隸工作的黑奴；但光是歐洲移民，便因家鄉、母與、移民時間、移民目的、與英國親疏、宗教信仰、職業類別等不同，彼此間便存在著許多認同的差異。」楊泰順：〈美國人認同的形成〉，《美歐季刊》第14卷第2期（2000年），頁207。

12 印度及南亞的種姓制度是一種以婆羅門為中心的階級制度，其自高而下明白分有：婆羅門、剎帝利、吠舍、和首陀羅，另外還有一階多由罪犯、戰俘或跨種姓制度結婚者及其後裔組成，其位階更為卑下，不能受教育，甚至穿鞋也不被允許，毫無社會地位，也只能從事社會最低賤的工作。其身份某些角度頗似本章中所述阿樂的形象。

公在吉姆斯城說過，西、印、黑，大約也就是我這樣的人！三個種族的混合，最賤的一等人。」他稍頓，慘淡地一笑：「過去了，由他去吧！不知道我能不能娶到老婆。

西印黑是早期的北美的賤民，如今最賤的是白、印、黑，那是一樣的，白種人以英國為主，可能加入法國人，但有法國血統的越來越少。因為這樣的混血種族的人死亡率極高。（頁59-60）

……「生存的權利！自由的權利！追求幸福的權利！」

他（阿樂）沒有發出聲音，因為他是一個微賤者！

用響亮的聲音叫喊出來的是白人，不是紅人和黑人。而他，比真正的紅人，黑人更加卑賤。他又怎能叫號呢？（頁189）

而這種「卑賤」的混種血統，即使在美國獨立而阿樂受華盛頓推薦進入威廉瑪麗學院後，不僅沒有改變，並且有更為加遽的狀況，如一段寫白、紅、黑人戰後的社會地位時寫道：

……美國的白人在打紅人，以前也打的；美國的白人瞧不起紅人，以前也是如此！至於生活，他們確是比許多人好，打完仗之後，紅人和黑人的情況並無真正的改變：祇少數人有了改善，由奴隸變為自由人的黑人多了出來，但又有相當多獲得自由的黑人再變成奴隸！至於紅人，改變太少了，從紐約到維及尼亞，可能，樂是最得意以及變得最好的紅人。

許多紅人如今憎厭樂——在戰爭之前，這種現象也有，但比較少，也不是普遍的。以前純種紅人不承認樂是紅人，但祇有個別和極少幾個，而現在，紅人們廣泛地否認樂是紅人。維及尼亞的紅人們更不滿意樂用包漢丹這個姓氏，但沒有人正面干

> 涉，因為紅人進不了學校，也不敢去！再者，樂是由華盛頓送入學校，紅人更加不敢滋事，連白人也在自抑，何況紅人、黑人？[13]

混種的阿樂是被排擠的，而這顯示了他這種血統正是那時被認為最卑賤的人種。

但南宮搏真要我們這樣想嗎？以美國這個充滿歐洲各國所移民及非洲各處所捉來黑人，還有原先的印地安人等所集合的大熔爐，這些，究竟誰才是真正的美國人？真正的美國人絕不僅指印地安人，因為明明白白推翻英國統治建立美國的正是白人！因此，傑弗遜的那句「所有的人生而平等」，此時就顯得更加重要。既然平等，那就都是美國人！但南宮搏卻又刻意地提起這樣的話來：

> 樂住在有想像力地、有神話般或傳奇式發展的國家中、一個現在是閉塞的城中，聽人們說歐洲有無數人來到美國。
>
> 人們說：「西歐有一半人口流到美國來了！」
>
> 他說：「美國容納得下西歐全部人口！」
>
> 但他沒有投身於發展——一個真正的美國人旁觀著美國的發展。[14]

或者又有：

> 兩匹馬，前面的馬上是美國第一任總統，已退休的喬治·華盛頓；後面的馬上，是樂，華盛頓在作戰時代的小勤務兵——有人稱他為真正的美國人，有人又將他種族排出在「我們美國

---

[13] 南宮搏：《新路》，頁306。

[14] 同前註，頁315。

人」之外，但又把他當作美國人。[15]

這類似饒舌的說法中，其實如書背之簡介：「作者有自己的取材、見解以及風格，作者認為印地安人、白人、黑人的混血兒才是真正的美國人。」[16]一個國家獨立成功之後，尤其美國這樣明顯大量的外移人口進入，每一種族都是分別的個體，但這分別的個體所組成的卻是一個完整的國家——美國，因此，門戶之見在早期勢必盛行；但隨著時間的流逝，人與人之間、種族與種族之間，勢必因接觸而接受或給予對方一些觀念，因此，交流便開始了！起始，或有些許零星摩擦甚至戰爭發生，那是由於不夠瞭解對方的原因，但時間一長，在人性趨善的前提下，會逐漸冰釋彼此的歧見，消融互相的敵意，這時通婚便逐漸成為常態，那麼真正的美國人不就是「未來」各民族融合的成果，只是書中混血的阿樂跑得太快，來不及讓種族接受罷了！這個說法亦和克里維柯赫（Michel-Guillaume Jean de Crevecoeur）的說法有異曲同工之妙，其云：「『美國人』這個全新人種（new man），所指的究竟為何？他既是歐洲人也同時是歐洲人的後裔，這是一個你無法在其它地區所看到的奇怪血統混合。一個國家的祖父可能是英國人，祖母卻是荷蘭人，他們的兒子卻與法國女子結婚，所生的四個兒子又可能分別娶四個不同國家的妻子。一個所謂的『美國人』，便是將祖先的偏見與矜持完全拋諸腦後，而從新生活形態、新政府、及新社會階級中，建立嶄新的自我。經由這個社會大學的薰陶（the broad lap of our great Alma Mater），一個新的『美國人』因此形成，使不同的個人鎔鑄成全新的人種（a new race men），他們及後代的努力，終有一天

15 同前註，頁334。
16 同前註，書背。

將改變這個世界。」[17]說的都是「美國人」終將成為一個鎔鑄後的新人種。

第四節　價值引領

一本書的價值有時並非在它銷售量的多寡，更重要的，它可否在不同地方、不同時代，都能有著一種思想價值的引領，而並非只是他書的摹本、拾人牙慧之作而已。南宮搏在中國歷史小說方面做到了；這本《新路》，筆者以為，也同樣做到了這樣的價值意義。茲分述如下：

一　開拓港人之視野

南宮搏曾有意地在一篇〈織女機杼度虛月〉中，將美國首都華盛頓和香港做一比較，而提及與《新路》一書中某些相同的觀念，其云：

> 美國的首都華盛頓，是當代重要國家最年輕的都城——二百年前，那地方衹是幾個印地安人的村落。喬治．華盛頓從自己的家，維雄山莊出發，騎馬北行，到波多馬克河邊，望著河北岸的平疇與山岡，他想：這是建造美國新都城的好地方。後來，便把這地方建設起來，用了華盛頓的姓氏命名，作為美國新的都城。
>
> ……
>
> 香港，不能上攀華盛頓而作比，舉出華盛頓，衹是因為它是世

[17] 轉引自楊泰順：〈美國人認同的形成〉，頁209。

界名都中最年輕的。

香港，比它更年輕。英國人侵佔中國的香港，至今一百四十年。

香港有地利形勝，可能超過華盛頓，但是，香港小，原祇是一個小島而已，陸地是開山填海而取得的。……[18]

將兩個類型不近相似卻都成為大都市的城市做一比較，南宮搏並非毫無用意的，筆者以為其用意主要有三：第一，美國是極進步的國家，而華盛頓做為首都，自然有其絕對民主自由的象徵，但香港雖因地形之便，在硬體方面（尤其國際航班的架次）有些甚至還超越華盛頓，其實許多地方，卻仍遠遠落後，相對來說是有其進步空間的。第二，藉此連結，讓更多人去接觸他《新路》這部作品，繼而瞭解美國獨立背景，並從中學習、化解多種民族在一地之內所造成的衝突。第三，或許也有一種可能是，美國曾經是殖民地，但獨立了；而香港現階段是英國的殖民地，雖然契約訂定日後需歸還中國，但南宮搏對共產黨是完全無法信任，甚至是仇恨的，因此，若能獨立，建立起一個國家，憑藉著地理上的優勢，香港肯定能在世界的舞臺上佔有它一席之地。

二　臺灣的反躬自省

如前所述，作品的最高價值與境界，即是能讓不同時代、不同環境的人，因一本書，有著相同的反省。《新路》作成於一九七七年七月，而臺灣出版時間為一九七八年七月，那時的臺灣，蔣介石剛過世三年，由其子蔣經國繼任總統，因此仍處於高度戒嚴時期，而臺灣因

---

[18] 南宮搏：《香港的最後一程》，頁66-68。

從國民政府接收所發生的二二八事件，及之後種種思想箝制、集會結社的禁止等高壓政策，造成約兩百萬「外省人」始終和本省人有著彼此不信任甚至仇恨的情結於其中，這是歷史的莫可奈何！

而在國民政府來臺之前，臺灣人即分有多種族群，若我們把這樣的內容相較於《新路》中之美國建國初期的話，是相當雷同的，如最早定居於臺灣之原住民（今認定者計有十四族，分別是：阿美族、泰雅族、雅美族、賽夏族、布農族、魯凱族、排灣族、卑南族、鄒族、邵族、葛瑪蘭族、太魯閣族、撒奇萊雅族及賽德克族等）；有所謂的本省人（又分有閩南人及客家人等）；如此一個小島上，即有這多種族群，而彼此的語言、宗教和生活習慣並不盡相同，那麼這個社會上難道不會紛亂嗎？其實歷史記載以來，一直是有的。如最早的原住民被中國移來的漢人逼近了山林裡；又如從國民政府接收臺灣後，來臺的「外省人」欺侮本省人，都是最顯明的例子。

又現今的臺灣更因政策、社會等問題，有了許多的「新住民」，如從中國大陸、柬埔寨、越南等地遠嫁過來的新娘，及從菲律賓、泰國等來臺工作者，若再加上因邁向國際化的因素，有許多如韓國、日本或歐美等來臺就讀的學生，或國際企業的來臺設點等等，都讓臺灣的住民結構有了不小的改變，問題當然也相對增多。

因此若以《新路》一書來看現今的臺灣，仍可以給我們不少省思之處，因為即使進步如美國這樣的國家，也要歷經兩百年才能選出一位黑人總統，這是人類進程勢必歷經之步驟，那麼臺灣是否也要時間去消弭彼此的歧見！而如混雜白人、黑人和印地安人的阿樂，才是新的「美國人」的話，那麼融合了原住民、本省人、外省人及新住民的新人種，也才是真正的「臺灣人」，希望未來我們能平和地走到這一步。

第四章
戰爭與亂世
——敘其貼近現實的寫實小說

南宮搏最著名的是歷史小說，尤其是中國古代的歷史小說，但身為現代人的他，其實也出版了有數十萬言十多部以現代題材為故事主題的的寫實小說，其中有中長篇小說如：《江南的憂鬱》、《憤怒的江》（又名《水東流》）、《紳士淑女》、《蜃樓》、《花信風》、《罪惡園》、《蔦蘿》、《這一家》、《女人》、《毛教授的一家人》等，短篇小說集：《女神》、《貓》及《紅牆》（其中有〈秀貞〉、〈紅牆〉、〈籃橋驛〉三篇現代小說）等。奇怪的是，這部分後來並未受到關注，此中原因究竟為何？而這些內容又都述說什麼樣的故事？本章即針對此探述之。

一　談戰爭——從無奈到奔逃

學者張美君在〈流徙與家國想像：五、六十年代香港文學中的國族認同〉一文裡說：「四九年前後南來文化人中，以逃難的佔大多數（雖然他們當中也有不少所謂『左翼』文化人，被派遣到港公幹。而事實上大部分的左翼作家在政權改易後，紛紛北上）。因此他們常透過書寫一個感傷、苦難和淪陷的故國來宣洩他們的『反共』意識。」[1]

1　此文收錄在張美君、朱耀偉所編之《香港文學@香港文化》一書中（香港：牛津大學出版社，2002年），頁33。

南宮搏就是這樣的南飛候鳥，對戰爭、逃難的感受自然極深，因此他的寫實小說，許多都與戰爭的時代背景有關，尤其集中在民國二十六～三十四年的八年抗戰時期，及民國三十四～三十八年的國共內戰時期，因為作家所寫的，往往就是他最切身的感受。

因為戰爭，人們失去了生活、愛情、家庭、自由……等等，其中充斥了許多無奈，無奈戰爭的降臨，無奈不能獨善其身、逃脫這悲苦亂世，無奈苦難不斷的加諸於己身。因此設法逃出國境線外，便成了許多被囚禁在「中國」牢籠內人民的想望，各篇雖故事不同，但觸動悲傷心弦的模式卻相近，以下茲以兩則短篇、一則長篇小說舉例說明之。

〈漁女阿彩〉[2]，這篇故事述說原本相依為命的兄妹倆，阿彩和哥哥志強以捕魚為業，兩人勤奮努力又樂天知命，在辛勤工作下，生活逐漸獲得改善，小船也換成大船。但戰爭摧毀了一切，政府強制徵收船隻打仗，哥哥志強由於不願見船平白無故被取走，在爭執下，被活活打死。而阿彩由於傷心並厭倦這一切，一個人獨自駕著一艘小船出海，經歷了六個晝夜，到了南方的自由小島，這期間鼓舞她的，只有哥哥常說的一句話：「活在海上的人，不應該有悲哀，祇有堅強地活下去！」

而另外一篇〈國境線上的想望〉則是南宮搏敘述在國共內戰後，共產黨佔據了中國，但人民卻也從此陷入了水深火熱的悲慘世界中。女主角是一名叫「葉玲珊」的囚犯（其實是因為她在監獄中的代號為「103」），她被以「人民的罪人」這樣的罪名，判處十年勞役，在監

2　此篇收錄於《女神》一書當中，全書共有六篇，筆者所尋版本，僅有內容，無題，此題為筆者所自訂；下一篇〈國境線上的想望〉亦是如此。其它四篇因後文亦有提及，此則一併述之，乃：〈還魂草〉、〈在印尼遇見的印度女子〉、〈波特萊爾的情人〉及〈戰爭下的女兒〉等。

牢中，她自嘲為葉玲珊是因為不想讓自己成為「號碼」而無名姓；在監牢中，她成為眾人洩慾的對象；在監牢中，她只有服勞役的工作，不許問問題，只要一問問題就是一陣的拳打腳踢；在監牢中，她連呼吸都感到艱澀。終於，在一個月黑風高的晚上，在這個國境線上的監牢，她用盡一切力量，逃了出去，逃到了一個可以大口呼吸的自由土地——澳門。

以上兩篇，文字並不多，但已些許能寫出戰爭的悲苦，而南宮搏的小說，最受人讚賞的，無疑是他的長篇小說，文風細膩、架構完整，其中更以《憤怒的江》為此類之代表作。

這部小說不直接敘說戰爭，而是藉戰爭後由錯誤的統治者治理時，那麼國家人民墜入的深淵是遠比戰爭來得讓人悲慘。

王敬之在戰爭的牽累下，共產黨主政後，一家人由富裕變成了難民，而為了母親、妹妹及未婚妻的一口飯，他到了漢口邊上最兇險的張公堤做搶救堤防的工作。

自古以來，水便是人類賴以生存絕不可或缺的東西，但同時卻也是奪走人類生存最大的威脅之一，也因此，我們都知道一條恬靜平順、因勢利導的河水，就如同一個綽約美姿的少女一樣，令人無限喜愛；但若是一條水勢浩大、衝破堤防的河水，那便如獅子老虎般的令人恐懼不已了，所謂「洪水猛獸」，說的便是這個道理。

在堤上，每天都有人死去，在長江的沖刷下，單薄的堤防猶如紙片一般的弱不禁風，因此在用麻袋裝沙來不及填充縫口時，人竟然便成了填補的工具，是而生離死別的劇情，天天在堤防上上演著。如書中健壯的魯海平，在前一天還和主角得了個閒回難民營探視親人，但隔天卻在堤防決口時，被順手一抓，填補了堤防，而一切就發生在瞬息之間，小說寫道：

> 笑語未了，驟然有鑼響。魯海平站起來：「不知哪兒出事了！」
>
> 蘇更生和四五個人氣急地奔過來，魯海平迎上去要問，但被他一把推開。
>
> 「什麼呀？」魯海平莫名其妙地站著問。
>
> 「好，你來一個！」一個幹部抓住了海平的肩膀。
>
> 「要我作什麼。」魯海平惶惑地看著他。
>
> 「潛水設備沒這麼快，我們要先徵幾個人下去——」
>
> ……
>
> 工地在混亂之中，英勇的人沒有潛水衣，也沒有任何入水的準備，被驅迫著掮了蔴袋下去。
>
> 「在古老的年代，中國人就曾如此地和水鬥爭的。」有人在堤上鼓勵著赴死的中國人。[3]

隨後魯海平溺死於江裡，連屍體都沒打撈到，就這樣結束了他年輕的生命。這是戰爭後毫無治理能力的政府會逼人民做的事情。

而難民營中住著堤上工作的老弱家眷們，由於衛生環境差，臭蟲、蚊子更是漫天飛舞，但一日兩餐勉強餬口的地方，卻也不得不讓他們甘之如飴！可是人性的險惡和環境的惡劣讓他們再也活不下去，王敬之的妹妹被難民營的管理者強暴後，奔出營外、淋雨高燒不退而死；母親因女兒的死，加上過度勞累，也隨之去世；而未婚妻最後也因染上痢疾，病逝在難民營中，但這些在難民營中並不足為奇，因為這樣的戲碼，在這「人間煉獄」中，無時無刻不在上演著。

最後，王敬之在一次搶救堤防的過程裡，見到一棵巨大的樹順著急流而來，此時在旁監工的共產黨幹部，竟異想天開地要他和幾個人

---

3 南宮搏：《憤怒的江》（香港：虹霓出版社，1955年），頁35-37。

勾樹過來作為堤防的防壁，結果勾樹不成，反被大樹牽走，王敬之拚死攀上隨長江浩流東逝的大樹上，歷經兩天兩夜，竟然從漢口流到了九江而奇蹟似的生還了。然後他機緣似地謀得了一份鐵路工作，他默默的一段一段往南方做，從九江到湖南，從湖南到廣東，最後終於到了國境線上。他越過了國境線，到了溫暖而自由的南島，向人傾吐了他的遭遇，也重啟人生的歷程。

陳潔儀的《香港小說與個人記憶》裏如此評斷著南飛的候鳥：「……當時不少由內地南下香港的文人，面對此地窮困的生活，加上上承『五四新文學』的啟蒙意識，多以寫實筆觸，反映低下階層小人物的生活。」[4]南宮搏到香港是過著煮字療飢的生活，由於親身的體驗，對低下階層人物的描寫是更在意的。戰爭帶給人無比傷痛，親人、朋友、財產或自由的消逝與損失均是，因此寫起這類小說，都格外令人覺其沈重，而南宮搏寫這類小說亦不能避免於此，因此如《憤怒的江》中的王敬之，他的家人、朋友亦無一倖免，一個接一個死去。但南宮搏最終仍是希望即使再苦難的生活，仍有一絲微笑的可能；即使再黑暗的世界，仍有一線曙光的出現；即使再嚴寒的冬天，仍有一個溫暖的春天可以期待。因此，王敬之度過險難後，人生歸零，到了南島重新生活、重抱希望。

二　論社會——從上流到下流

南宮搏的寫實小說除描寫戰爭下人民的苦境外，很多重心擺放在描述現實社會的生活，其中有升斗小民的日常寫實，亦有南飛政客的貪婪嘴臉，寫盡浮世悲歡，也冷嘲熱諷現實人生，故事饒富趣味而發

4　陳潔儀：《香港小說與個人記憶》（香港：天地圖書公司，2010年），頁15。

人深省。

自中國原本的權貴，逃難流落到香港來，是南宮搏多部現代小說均會提及的事，而這些南飛政客他們的心境轉折與行為處事，更經常是當時香港報紙報導的主題，南宮搏身為記者，又是作家，自然對之感觸極深，因此也寫了相關作品，而這類主題之最代表作，則屬《蜃樓》一書。

《蜃樓》寫的是西元一九四九年，這在中國是具劃時代意義的年代，因為在這一年，國民政府被毛澤東打出中國，退到臺灣，中國於是一分為二。有許多人離鄉背井到了臺灣、新加坡、美國等地，其中有一群人則去了香港，並在香港展開了一種海市蜃樓般的淘金夢，這個故事則是南宮搏以近距離的觀察方式，觀察了這群淘金客在香港的大起大落後，所寫的一本批判、諷刺性的現代小說。全書僅十餘萬字，但卻可說寫盡人性，其中幾位角色，南宮搏寫來維妙維肖，第一主人公則是原在大陸擔任局長職務的何伯仁。

何伯仁，原在中國擔任一個半大不小的局長職位，一九四九後，隨著一波逃難潮來到了香港，但由於有著一些家底，加上擠身在一群一起來香港的政商名人圈中，一時間，他們成了一股不容小覷的勢力；又由於當時時代環境及地理優勢等背景，許多資金投入在香港這塊小地方，他們每日炒金、炒股票，賺進了大把大把鈔票，而人類嫌貧攀富的醜陋人性便在此時不斷上演著。如他覬覦著好友朱雲華的妻子文珊珠，而知道他們現在陷入了經濟困境，何伯仁便想用錢來逼迫文珊珠就範，因此語氣上雖是熱烈，但卻又是帶著輕蔑的，如：

> 於是，他慢慢地把面頰偎依上去，珊珠驟然感到熱，頭向後一傾，以閃讓的行動表示了抗議。
>
> 何伯仁發出一些細碎的笑聲，第一次的閃讓是他意料之中的，

> 他認為：抵抗而僅止於閃讓，那是對成功的一種保證——一個在貧困之中的婦人，而又肯於傍晚跟著他到青山來，那不已意味著一切都決定了嗎？[5]

但在被珊珠一再地拒絕後，何伯仁已由羞愧轉而下流了，因此乃試圖灌醉她，接著想強佔有她了。此處寫何伯仁的嘴臉極是深刻，直是令人覺其無恥低賤：

> 現在，她似是軟癱地被安置在床上。一隻腳懸蕩著，一隻腳擱在床沿。伯仁輕輕地把擱在床沿的那隻腳的鞋子脫掉……
>
> 「女人，其實很簡單！」何伯仁把一對高跟鞋放在椅子上，於鑑賞中低聲批評。他的思念在馳騁：他揣想著行將到來的發展——幾分鐘之後，她將如現在那樣，如半死人地任由自己把衣服剝下來，然後，又任由自己征伐。然後，生理有些反應；然後，好像是突然醒覺過來，驚異，羞愧，哭泣；最後是由自己答允給錢，並且答允永不丟開她——那就會回嗔作喜了，化驚喜為自然了！
>
> 「是的，今天的節目我是料得到的。」何伯仁滿意於自己的擬想，慢吞吞地從口袋內掏出一疊鈔票，他把三百元放在一起，準備在第二階段奉獻。但是，在一轉念，抽下一張，他想：兩百元也夠了。[6]

南宮搏完全寫出一個人的齷齪嘴臉，尤其在最後，又把三百元抽回一百時，這更是把何伯仁令人不恥的樣貌全然展現在眼前，牽動著讀者對他的嫌惡感。但這次何伯仁終究是沒有得手，文珊珠在迷漾之

5　南宮搏：《蜃樓》（臺北市：立志出版社，1965年），頁48。

6　同前註，頁54-55。

際，突然驚醒，且大呼小叫、驚慌失措，讓何伯仁倉惶狼狽地離去。

而時機總有好壞，何伯仁在股票、炒金中失手了，再加上美國禁運，他的所有投資一夕之間化為烏有，他成了標準的窮光蛋；以前他所嫌棄的窮鬼朋友，現在他自己也成為其中的一員，此前他不濟助人家，此刻人家也不會去濟助於他。於是生活變得困頓了，家人也起了絕大的變化，他的兒子跟著人家混黑社會，當了「阿飛」，甚至還在一次和後母綠柔的爭執下，強姦了她。女兒瑪麗也每天和綠柔吵架鬥氣，在一次嚴重爭吵後，瑪麗拎了行李出門，何伯仁想挽留卻挽留不住的情景時，南宮搏寫道：

> 瑪麗已提了小箱走出門外，對這個家，連回望一眼都不屑，父親的叫聲，也充耳不聞。
>
> 「瑪麗，瑪麗！」何伯仁氣吁吁地奔出來，阻止了女兒的去路。但是，當他與女兒寒冷與陰森的眼光相遇時，他忽然打了一個冷顫——女兒對落魄的父親已恩盡義絕了！他明白，自己將不可能再留住女兒。在一瞬之間，他變得非常軟弱：「瑪麗——你去什麼地方？」他的聲音是沈重的，嘶啞的……
>
> 「一個女人，在香港不怕沒飯吃！」女兒森嚴地回答。
>
> 「瑪麗，你還小啊——」父親的眼眶內滿是淚水。
>
> 瑪麗一聲冷笑，繞過父親，繼續向前走。
>
> 何伯仁在女兒笑聲中，自覺比虫豸還要卑下。他窒息了——甚至連眼淚也流不出來。[7]

一個家庭自此已殘破不堪了。但故事不僅於此，何伯仁和妻子仍須生活下去，但無營生之技又該如何呢？沒想到他的兒子竟直接建議父親

---

7 同前註，頁156。

讓綠柔去當舞女，而何伯仁心裡想的又是什麼呢？書裡寫道：

> 這是剩下來可走的一條路，何伯仁也曾不止一次想過的，但由於綠柔不肯，再加自己也有所顧忌——怕被朋友知道自己的妻子做舞女……
>
> 於是，他嘆氣。
>
> 「如果看開了，這算得什麼呢？就是給人睏，也——」兒子又毫無保留地說了出來。
>
> 他又作了一個制止的姿勢，但僅僅是姿勢而已，接下去又是深沈的嘆息。因為他想起了文珊珠——文珊珠做舞女的時候，正當舞業蓬勃興盛的當兒，現在舞場雖然多，但已盛極而衰了！他想：現在讓綠柔下海，不會及得上珊珠當年了！[8]

南宮搏文筆果然辛辣，直言不諱地把當時本是所謂「上流人士」墮落後的窘狀，描寫的如此深刻，原來不是不想阻止，而是一方面妻子不答應，另一方面也惋惜時機晚了，已過了做舞女的「最佳進場」時機了，但最終，綠柔為了生計，仍是在何伯仁的「循循善誘」下，下海做了舞女。

但南宮搏對「人性」的底限探索似乎是無止盡的，何伯仁不僅逼著妻子做舞女，在那樣的環境下，綠柔其實也被迫做了妓女。但逐漸成為惡魔的何伯仁，在一次綠柔因生病無力外出應召時，竟然叫兒子找來毒品餵食綠柔，使她短暫得到了生命活力，正如南宮搏於書中所寫：

> ——罌粟花的美麗是因為它有毒，罌粟花的果汁熬煉成鴉片，鴉片有它先天的毒汁，但是，正像罌粟花一樣，有毒，也有著

8　同前註，頁177。

> 美麗，鴉片除了毒性之外，它能使人減少痛苦和安定。和鴉片相類似的東西，也有著同樣的功用。
> 於是，人們為了暫時地減輕肢體的痛苦而親近鴉片，白粉，紅丸……
> 白粉的白具有純潔的外貌，紅丸穿著鮮豔的衣服，鴉片是敦睦莊嚴的黑色……
> 而綠柔，讓純潔的外衣鎮定自己的神經，白色的魔力使她接近崩潰的體力集中起來……
> 她不知道白粉，她也不知道人世間會有魔術性力量底藥物。她神清氣爽地回舞場了，夜深，她又疲乏欲死地回來，但是，到第二天，一些白色的藥粉又賜給她輝煌……[9]

但這是要付出代價的，綠柔不斷地需要毒品來支撐自己，這無異殺雞取卵，因此如書裡寫道：「於是，風雨（毒品）加速了她的頹敗；現在，她的雙頰陷下去了；她的顴骨與眉稜骨變得高聳了；她的眼堂深深地，經常有著青灰的顏色；她的嘴唇，淡紅中透著蒼白；她的眼角，她的額頭，有著細緻地縐褶。她的臂膀和大腿，可憐的一些剩餘肌肉也鬆散了，像一頭寬皮的母豬。還有，她的小腹——不曾生育過孩子的小腹——現在也寬鬆了，整個人體，在一種鬆弛的狀態之中。」[10]直到後來，雖然有她父親的搭救，但仍是歷經一番煎熬後，才把這毒癮給戒掉，並隨父親遠離香港而去。而何伯仁呢？終究是渾渾噩噩過日子，最後鋃鐺入獄，了此餘生。

南宮搏寫活了何伯仁這角色的嘴臉，也諷刺了許多政客不肯腳踏實地、付出心力的投機心態，如書中的李中孚、余湛珠，也都是這般

---

9 同前註，頁195。

10 同前註，頁197-198。

樣貌。

李中孚原是部長，在戰後也隨著到香港做起了生意，是堂堂兩家公司的董事長，在做生意時，由於當過部長，因此在香港仍有他一定的威望與人脈，是而登高一呼，曾為部屬和同僚如何伯仁這些人，也就一窩蜂全部迎上。但投機客總會遇上風襲翻船的時候，他們投資的黃金在一陣翻騰滾滾後，迅速直墜；他所投資從美國運來的兵工器材，恰巧遇上美國宣布禁運，因此堂堂一位部長，索性捲款而逃，去了美國，拋下這些合資的朋友們，這是一個南宮搏恥笑的高官嘴臉。

又如余湛珠，這也是一位曾為財政大臣的名門之女，來到香港亦是開金號，做起炒作黃金的生意，結果同樣在不景氣下賠光了自己所有財產，並在故事最後，以自殺結束其一生，南宮搏還以記者報導的方式敘述這一段過程：

> （本報訊）數年前由大陸來港的名女人余湛珠，今日凌晨二時，突在其豪華寓所自殺。經女傭發覺後，電召救傷車送醫院救治，但以（已）為時過晚，余湛珠於抵醫院後十分鐘，終歸香消玉殞。
>
> 查余湛珠之父舊為財政大臣，大陸變色前，即赴新大陸，不再過問政治，余湛珠於一九四九年在港經營商業，旋以所謀失敗，赴美依其父，年前又由美來港，傳與汽車商楊××相戀，不久，再赴美，據聞係向其父索資，與楊某合作經營商業；兩月前，余女士又由美抵港，可能是向父索資未遂，頗為鬱鬱，而與楊某之間，感情亦告破裂……[11]

這是位名女人的一生。

---

[11] 同前註，頁199-200。

書中人物許多都是如此，從所謂的上流社會，在生活困頓後，轉而做出人格低賤的下流行為。但南宮搏或許也不願對這社會完全失去信心吧！有幾位人物，也都在經歷下流社會後，或醒悟、或悔悟的腳踏實地、重新站起，如之前說的文珊珠，雖在生活陷入困境迫不得已的情況下做了舞女、應召的工作，而在被丈夫朱雲龍知悉後，暴怒的朱雲龍完全不理會這是文珊珠為了兩人生計問題不得已才做的事情，把文珊珠無情的辱罵並痛打了一頓，書中寫著：

> 「下賤，下賤！」雲龍在她縮動之時，雜亂擊打下去。
> 拳頭和掌使她抵受不住，她叫了——
> 於是，他又住了手；珊珠蜷著的身子薄薄抖動，但是，她的雙眼還是閉著。
> 在雲龍眼前，這是一具美好的人體，但這具人體已經公開了的，不再屬於他個人。他在慘傷中鑑賞和憎恨著這美好的人體，他詛咒，想把這人體撕成片片……
> 「我先還不相信，老王來說，……你做舞女……唉！下流東西，你使我丟這樣大的臉！你這賤貨——我什麼地方……」他噓了一口氣，改口說：「我窮了，你就這樣，下流貨！下流貨！你就挨不得一點苦！我堂堂處長，哼——唉！老婆居然做婊子！唉！」他忽然舉起手來，拍地打了自己一巴掌。
> 婊子這個字眼使她的心房寒冷，從絕望中哭出聲音來。
> 「婊子——」他吼著，又沒頭沒臉地打去。[12]

這是時機不佳下的悲哀。但朱雲龍在痛打文珊珠後，竟盜竊了文珊珠的所有錢財，這段寫來令人不覺忿然：

---

[12] 同前註，頁81。

> 珊珠長長地嘆了口氣。她以為丈夫對自己的打是應該的，但侈意的破壞令她感傷！而打的這樣兇，最後又一言不發地走開，也使得她難過。
>
> 呆坐了十多分鐘，珊珠終於又套上鞋子——她是要活下去的，自然不能不整理一下這個廢墟似地房間。於是，她蹲下去，拾起幾件完整的衣服放在床上。接著拾起開了口的手提皮包。檢看裡面的東西。口紅、眉筆在地上，小鏡子，在地上碎了！但是，皮包中的錢，不見了——
>
> 「他拿走了——」她喃喃地說：「我應該送錢給他的，我該死，他拿走，可以過些日子——」
>
> 於是，她又撿起鑰匙——小桌的抽屜開著。裡面的東西大多在地上，然而，收藏在其中的錢卻完全不見了！那裡面，有她全部的積蓄！兩百四十元。
>
> 「啊！他都拿走，一個也不留給我！」珊珠有著些怒與恨！皮包內有五十多元的，全部，三百元！是她千辛萬苦，含垢受辱的收入啊！他竟一個不留，連自己出街的錢也沒有。這一發現，使得她似是狂了一樣……
>
> 「啊！啊！」珊珠用拳頭搥著自己的胸膛。仰天低叫：「他這樣狠啊！拿走我所有的！他罵我——婊子！他拿婊子的錢……要罵我……啊！就不該拿我的錢啊！」[13]

文珊珠的憤怒是其來有自的，當妓女並非她所願，但丈夫朱雲龍既然要罵她無恥，並毒打她，那怎麼可以拿走她的錢呢？因此文珊珠徹底對丈夫灰心了！並且在後來繼續做舞女的日子裡，努力存錢，也幸運地遇到了另一個愛她並接受她有著不良過往的男人，最後並幸福地結

---

[13] 同前註，頁83-84。

了婚。

而朱雲龍呢？在拿走了珊珠的錢之後，我想所有讀者都會不恥其行為，甚至認為他的人格比珊珠更加低下不堪，但如前面所說，南宮搏似要給人一個希望，朱雲龍振作了，他利用了拿來的那一點錢，走了兩次沖繩島、三次婆羅洲，在因緣際會下，一下子富裕起來了，也建立極佳的人事關係。但在這一切都滿足後，他自己悔悟到：「當年，他發覺妻子的墮落而狂怒，如今，他已經歷滄桑，也經歷了墮落，他覺得自己的行為比妻子還要墮落。長久了，他饒恕妻子的墮落，長久了，他想在妻子面前懺悔，但由於當初自己是捲走妻子的一切而離去的，想到那一層，他就沒有勇氣再去找珊珠。」[14]但他發跡後，他想尋回珊珠，想對她懺悔，想破鏡重圓，因此在茫茫人海中，終於再尋到文珊珠了，雖解釋後兩人盡釋前嫌，只是珊珠已再婚，兩人也只能緣盡於此、各自分飛了。

文珊珠雖為生活下海為娼，而雲龍則盜竊一切財物而離去，但南宮搏在最後讓這兩人誤會冰釋，並且也各自有一個美好歸宿與前程，這是南宮搏對人性的不願放棄，也深信若能悔改醒悟，則放下屠刀，仍有成佛之機的。

綜觀南宮搏此部小說，其主旨在現實描述了由大陸逃難至香港等南飛候鳥之現況，並諷刺了大多數人的投機心態，寫盡其人生百態，但最後南宮搏仍給人希望，如綠柔戒掉毒癮、脫離妓女生活，重回父親溫暖懷抱；文珊珠和朱雲龍都能揮別慘痛的過去，重新迎向一個屬於自己的人生。雖則那些上流人物許多趨於下流，但仍有少數走向光明。

另外還有如《紳士淑女》一書亦頗值一觀，南宮搏在這部書裡以

---

14 同前註，頁218。

調侃戲謔而又尖酸諷刺的口吻，談他所謂的「紳士淑女」們，許多時候不過就是一群為了錢而露出猙獰臉孔的惡徒，或為了錢而向人屈膝卑躬的哈巴狗而已，因此閱讀時，文字表面或許筆調輕鬆，但實質內容卻會讓人「戰慄不已」！

書裡有兩個主題——愛情和金錢。但實際上，裡面談到真愛部分只有一處，其餘都是因為金錢而追逐愛情，或因為金錢而無法拋下愛情，更甚者，還有為了錢而謀殺了愛情，總之，愛情在這些紳士淑女的眼裡，永遠沒有金錢來的誘惑人、吸引人，因此書名和內容也就讓人有一種極端諷刺而不協調的感覺，讀之頗引人深思。

此外值得一提的是，作者南宮搏以第一人稱來寫他周遭朋友的情愛歷程及金錢觀念，雖作者刻意強調這是他從事寫作以來第一次使用此種方式，只是「適性」及「行文方便」而這樣做，如其云：「小說中那些可敬或可憎的紳士淑女，不一定都是我的朋友，甚至也不一定是實有的」，但「假做真時真亦假」，真真假假之間，筆者以為，定然是有其自身及周遭朋友的影子的。

而另一本小說《這一家》中，亦是藉由書中人物的嫌貧愛富、愛慕虛榮的種種表現，譏諷當時的香港社會，敘來令人深思，也有閱讀價值。

三　對愛情——從荒誕到專注

愛情是南宮搏小說中永恆的主題，歷史小說是如此，現代小說亦復如是。而人生百態中，愛情模式或許一樣，但過程，卻均獨一無二，就像沒有兩棵樹會長的一模一樣，也沒有任何的雙胞胎會完全相同，因此南宮搏一寫再寫，其故事或者荒誕、或者無奈、或者專注，抑或者諷刺，南宮搏也許藉愛情讓故事生動，但人因為有愛，所以有情，因為有七情六欲，所以有千萬境界，這也是人獨特於其它生物的地方。

（一）荒誕

說荒誕，是因為南宮搏在故事中加入了科學無法解釋的「巫術」之說，在主角所周旋的三個女人之中，有兩位乃所謂「妖女」，即是能行神蹟而催眠治病，也能有預測未來的神通能力，因此在整個故事上，顯得荒誕不經。但若看完全書後，無疑的，南宮搏主要談的其實是他們之間所發生的愛情。

妖女在性愛上有其充分的自由，但和「神」的唯一約定是——不得嫁人，否則即遭橫死。但書中主角尤其執著愛情於一個「妖女」，乃費盡許多心力，只為求能與她在一起，但女主角為了信仰，只願和他有著性愛關係，不敢有愛情的承諾，因此在勸男主角離開時還說：「你這時離開我是對的，沒有責任，沒有負擔，將來還會有一個美麗而放誕的回憶。」[15]但男主角的堅持，終於讓妖女心軟答應了。

可是一個做著一份「養不活餓不死工作」，中規中矩寫作的南宮搏，又怎能在實際生活上和如同「吉普賽女郎」的妖女一樣真正的生活呢？因此兩人之間開始有了摩擦，如南宮搏敘述的：

> ……美嫻的軀體似醇酒，似熟葡萄；但靈魂卻是接近魔鬼的！
> 在共同生活中，她的許多缺點都暴露出來了。
> 我不再能看到她含著春意的慵惓的笑容；我不再聽到柔和底渾醇的聲音，我幾乎也不再能看到她身上修飾與雕琢的豔麗。
> 她的懶惰使我不耐，每天上午遲遲不起身，常常因此而錯過了飲食的時間，使我們增添支出。而且她起身之後也不會整理自

15　南宮搏：《女人》（臺南市：文化出版社，1954年），頁87。

己，穿了睡衣走到房間外面去。有些日子，吃了飯再回到床上睡，滿房間亂糟糟地，她從不想到要收拾一下……[16]

漸漸地，由這樣的摩擦變成了衝突，大吵大鬧變成了兩個人每天相處的戲碼，但這一切南宮搏也不斷的在自我反省之中，因為一起生活後的「妖女」其實她自身並無改變，但南宮搏為何之前不生氣，相處後卻常大發雷霆呢？他細想道：

……但是，我自問良心，對她是應該疚慚的！她的所謂「下流」習性，從我們開始共同生活時即已具有，最初，她拖了鞋，穿著敞開大襟的短衣到房間外面去，我稱之為冶蕩的美。她的懶惰不檢，我稱之為慵散底美；冶蕩和慵散都具有愛的誘惑，慾底刺激。當愛與慾蒙掩了眼睛的時候，一切都美化了！然而時間和生活上一些現實的問題終于使我睜開了眼睛，美變了缺點，稱頌變了指斥。[17]

因此他竭力要「忽略」妖女的不完美，而想和她永恆的廝守。但「妖女」怕拖累丈夫，獨自離開了，可丈夫「上窮碧落下黃泉」，只要有任何一絲一毫關於妖女的消息都不放過，甚至還對要求他放棄的朋友說：「我要找的！一定要找到她——即使她死了，我也要獲得她的屍體，用我的十隻手指來替她挖掘一個墳墓！」[18]但最終神的報復還是來臨，妖女在乘船往日本的途中，被神處以墮水而死。

整篇故事看似荒誕，且雖然故事的結尾作者說道：「人類的智力不能去窺探靈魂的奧秘，具有超人智能的人就會失去平常人的幸

---

16 同前註，頁94-95。

17 同前註，頁101。

18 同前註，頁117。

福——這是我在悲戚中泛起的感慨。」[19]但作者其實更在努力述說一件事，即愛情若是真的來臨時，雖在愛的過程遭遇巨大的阻礙，人們仍會想跨過阻礙，有時縱使是犧牲生命，也不足惜的。

（二）無奈

在一九五八年所出版的《蔦蘿》一書裡，南宮搏敘述了一種愛情的無奈，一種恨不相逢未嫁時的無奈。

故事敘述男主角巧遇了女主角張真，兩人也迅速墜入愛情羅網之中，但雙方最大的問題是，他們都有一個屬於自己的家庭，因此想要結合並非易事。

張真的身世坎坷，在中學畢業後便嫁了，但所嫁非人，因丈夫對之並不體貼，也沒什麼對家庭負責的觀念；又在那戰亂的年代裡，男方家經濟陷入困境，因此他只得出國經商，結果剛好藉這理由，拋妻棄子，從此對張真不理不睬、漸而遠之。而張真在一次小孩生病，手足無措之際，丈夫的朋友朱天平對她伸出了援手，但從此張真也就別無選擇的成了他的情婦，接下來便在朱天平的猜忌、多疑偶爾夾雜對她拳打腳踢的環境下痛苦的生活著。

但在一次朱天平又毆打張真的情況下，張真和男主角決意私奔了，因為如書中所說「羅蜜歐與茱麗葉是分不開的！焦仲卿與劉蘭芝是分不開的！梁山伯與祝英台是分不開的！」如果真心相愛，不論結果如何，即使賠上生命，也絕對是分不開的。但在從香港前往澳門的渡輪上，兩個人由一時的激情慢慢冷靜下來，男主角想著今天出門前還答應晚上回家時要帶給女兒一個洋娃娃，張真想著早上出來時，小孩還有點發燒咳嗽，結果在船抵達澳門時，兩人同時看到旁邊的渡輪

---

[19] 同前註，頁151。

上掛著十五分鐘後開往香港，交會了眼神以後，又買了兩張票，坐回了香港……。

這樣的故事模式，令人扼腕，但卻也真實地在我們的周遭身邊不斷重複發生著。

（三）諷刺

這邊指的諷刺，並非諷刺許多為了生意或金錢來往才產生的婚姻結盟（事實上這種類型是稱不上愛情的，充其量只能說是一種利益交換或利益互助而已），筆者這裡所指的諷刺是，主角或許表面上或實際行動上展現的是翩翩君子的愛情，但內心裡，卻是無所擔當、怯懦現實的愛情逃兵，如其《花信風》和《江南的憂鬱》二書都是。

《花信風》，這是一本純粹寫愛情故事的現代小說，主角吳先青是名新聞記者，早年由於政治因素，不得不離開中國，從此再也未能見著他的妻子與分離時僅三歲的女兒。

由於工作的因素，他時常旅行於亞洲各個城市，香港、東京、臺北、曼谷、馬尼拉……等等，如同沒有根的浮萍一般，隨風而行，而其人生觀也正由於職業使然，時常是「一陣風」似的來去驟然，當然愛情觀亦復如是。就像書名之來由，三月花開時，風名「花信風」，吳先青來去如風，每到一處，朋友聚集、應酬、跳舞，因風之來，而友誼之花開；而每一次戀情，亦似如風之來而開，風之去而散。

他和日本藝妓花子的愛情似乎已成熟到結婚的地步，沒想到隔了幾個月再去找花子時，花子卻已嫁了。而和空姐鄺天姿的戀情也總是在聚少離多的情形下，走向了分手之路。接著在一段太魯閣之旅裡邂逅了旅行社小他十三歲的服務小姐梅全芬，兩人迅速墜入情網，但來得快，去得也快，在毫無預警的情況下，梅全芬和他人結婚了，而吳先青竟還是從飛機上報紙的頭版中得知的；最後和好友的世姪女相戀，又是一段差距二十多歲的老少戀情，結果如何呢？故事結局並未告知，不過我想「雖不中，亦不遠」吧！

其實每個人的成長背景、生活經驗不同，當然戀愛的對象、方式也都不一樣，吳先青無法完成和另一半的婚姻，乍看之下，彷彿都是他人的問題，但其實根源卻是在吳先青自己身上，如書中吳先青的好友林分殷剖析他的愛情觀時，便講得十分透澈：「男人會有這樣的自私心……噢，讓我來批判你，你不可生氣，或者，我的理論與猜測都是偏激的女人的看法：先青，你心中愛著失去聯絡的妻子，還有女兒，但從實際上推想她應該另嫁了。但是，你的私心又希望她是古代從一而終的烈女，不再嫁人。而你，由這一份私心的想像所支持，自己也不積極圖謀婚姻，以情人的身份出現，到處逢場作戲，得到婚姻的實際而不必揹婚姻的包袱，由於你是情人，所以，人們不厭你，又由於你自身有逢場作戲的潛在意識，你不厭人，也不怨人，是麼？」[20]因此吳先青檢討著自己：「長久以來，在戰亂與流離中，自己對婚姻的態度，男女關係，隨喜地，不慎始是由於本心缺少嚴肅的意念。乖分，又應該是本心缺少負重……」[21]。

南宮搏雖以吳先青為主角，表面似是寫他情場上的種種不如意，但其實南宮搏正是在批判他看似專情，實際卻只想遊戲人間態度的不足取；同時又大男人心態作祟，自己能遊戲人間，卻希望失聯的妻子能為其守貞，這是多麼自私的想法啊！透過此書，得見南宮搏對愛情是有其一番自我見解的。透過此書，南宮搏諷刺著無擔當卻又裝作「非不為也，不能也」的懦弱愛情。

而《江南的憂鬱》，全書依著戰亂時代寫主角蕭子陽的愛情轉變

---

20 南宮搏：《江南的憂鬱》（臺北市：堯舜出版社，1980年），頁239。

21 同前註。

與心境轉折，文字乃洗練中不乏完整，柔情中隱含諷刺，亦堪稱南宮搏現代小說代表作之一。

江南原本不該是憂鬱的，它有明媚的風光和溫暖的南方氣候，所以原該是「人間天堂」的；但歷史上，江南卻又因戰事而多次憂鬱，即使偏安時表面上文人士子的紙醉金迷、歌舞昇平，在繁華消褪、戲已落幕之際，仍得承受那黑夜襲來，令人無可逃脫的憂鬱之情。

蕭子陽是個報社記者（和作者本身一樣），但因對日抗戰的因素，他離開了原本論及婚嫁的女友，隻身到內地去，原以為一年半載戰爭便會結束，沒想到一打打了八年，回來時，女友不僅早已改嫁他人，更且因病去世，這讓蕭子陽不禁悲從中來。

也由於這個緣故，他雖仗義疏財，朋友有難，他必赴湯蹈火，但生命中遇到幾位本有緣結為夫妻的女子，卻也都因其怕時代動盪、怕為生活所拖累，始終不敢開口承諾於他人，導致最後以悲劇收場。

在動盪或時運不濟時，人們對自己行為是趨於保守有時也近於逃避的，因此當蕭子陽有機會和好友妹妹慧芝發展出戀情時，他卻選擇了離開，而他所留下的書信裡就透露了逃避的態度：

> 請原諒我的不別而行，對往事的傷悼使我無法再在你們的家住下去。
>
> 我要回鄉去看我的老母，然後再到上海去。你們的農莊底恬靜使我愛好；但是，我無法耽在鄉下的，我的生命在動亂之中成長，恬靜的環境有時會使我感到寂寞甚至恐怖。不過，我還是願意再來的。
>
> 在過去，當我疲倦困頓的時候，就會想起我的和你們的家，將來，相信我還是會想著的——雖然我的家與你們的家都已走了樣。

> 人是不能回到過去的。然而，每一個人都不能忘情於過去。塘棲的過去太使我感傷。因此，我匆匆而來，又匆匆而去。我以為再住下去會有更多可以傷感的事出來，我想：我的不別而行是為著逃避。[22]

因為生活在動亂時代裡，所以恬靜的生活使他感到不安，這表面上好像是他不願像個鴕鳥一樣假裝他不知道外面的世界，但其實真正的原因應該是，他害怕一旦建立了家庭，卻沒有勇氣面對可能的動亂迎面襲來，所以他逃避，因此對於此書，作者真正要講的是，主角蕭子陽是對愛情怯懦而毫無勇氣的。

而後來在一位充滿智慧的長者面前，清楚的點出了主角的這種懦弱的心理：

> 有一次，他和張郁文在沈兆堂家裡，老人在閒談中莊重地對子陽說。
>
> 「你們應該有一個決定了！」
>
> 他懂得老人是指自己和慧芝的事，他默默地聽著。
>
> 「慧芝的年紀雖然小，但她的處境需要你決定；」沈兆堂緩緩地說：「我發覺我的侄兒也愛著她——」
>
> 「嗯——」他感到震動，竭力忍抑著。
>
> 「慧芝也許還沒有發覺；也許是家駒因為你的緣故而不方便表示；」老人微嗟著：「家駒有意把對慧蘭的感情在慧芝身上繼續；而你，幾乎也是一樣！」
>
> 子陽的內心感到顫慄、低頭無語。
>
> 「在你的年齡，也應該結婚了。」

---

22 同前註，頁38。

> 「我擔心結婚後的生活！」子陽痛苦地說。
>
> 「亂世的生活是不能先期安排的，結了婚，也一樣能生活的！」
>
> 「我怕貧困！」子陽低聲叫著。
>
> 「每一個人都懼怕貧困；但是貧困不能阻止生命的推進！」沈兆堂懇切地說下去：「我的見解是：結婚以後儘可能使生活簡單，慧芝也可以做事——」
>
> 「這是理想……」子陽無力地回答。
>
> 「這理想是比較接近現實的；」沈兆堂微笑著：「也祇有朝這理想的路走，才能得到有意義的生活；我說句老實話，對你現在的生活方式不能同意！」
>
> 「我自己也不滿意；但是，我沒有一點憑藉，沒有一點寄託，我和郁文也說過不少次……」子陽顯得很頹喪：「自己想做的工作，不能做；不想做的事情，有時就為了幾個錢，不得不做！」
>
> 「我們國家危機的一部分，就是讀書人和做官的人不能安貧；」老人嗟嘆著：「子陽，你不會怪我說的太率直吧……」
>
> 子陽感到寒顫，他長久渴慕著一種比較高的生活水準；但是，他也明知以勞力是無可能達到的。然而，在勞力之外，他又無別的治生之能；這些年來，他持著虛妄的長矛，向虛妄的理想進軍，蠅頭微利使他奔逐，蠅頭微利也使他歡喜而終於失望。[23]

讀書人和做官的人不能安貧，這是國家最大的危機。事實上對愛情也是如此，因為外在的環境影響而被阻隔了愛情，這其實是對愛情沒有信心，不瞭解愛情的真諦，不明白愛情是兩個人決定相守終生之後，

---

[23] 同前註，頁119-121。

無論富裕或貧困，皆會勇於面對、共同承擔的一種承諾。因此南宮搏藉蕭子陽的愛情觀，諷刺了沒有承擔勇氣的愛情逃避者。

（四）專注

除了上述幾種之外，對愛情專注而全心付出的，自然是南宮搏寫作的主題，而這部分亦有多篇，此處則以《女神》一書中三篇為例說明之。

〈還魂草〉描寫一位西藏姑娘嫁給了一個劇團的編劇兼導演，並隨之來到大都市重慶生活，但由於成長背景的差異，兩人時常爭吵，直到一次其丈夫在爭吵後為尋她而車禍身亡，西藏姑娘才知道她失去了這輩子最珍愛的人。繼而苦行而獲西藏傳說之「還魂草」，但果真能使愛人還魂嗎？答案當然是不行。但故事主要在思念丈夫的無限感傷，如書中的一段話：「還魂草反正還不了他的魂，但我自己卻已失卻了！我幼年時候，母親給我一只草布袋，裡面有一片綠色的還魂草，我已經做了殉葬品，她代替了我和卓之長眠地下。那片草好像已帶走了我的靈魂和思想。我現在覺得很空虛，失去了愛，也失去了對一片事物的興趣。我現在祇有等待卓之對我的原諒，但他已經死了！連一句話也沒有留下。」[24]丈夫的離去，彷彿也帶走了她生命的光輝，讓她徒留軀體而失去了靈魂和思想。

〈在印尼遇見的印度女子〉裡，作者雖知其好友已在印尼身故，但始終以不能見到其墓為憾，於是隻身前往印尼尋找。恰好遇見一印度女子，原來這印度女子正是自己好友之愛人，也對他透露，原來好友被她殘暴的丈夫所殺，而父親又命其噤聲，印度女子從此只能在宗教中得到慰藉，但在內心深處，她早已認定自己是作者好友之妻了，

24 南宮搏：《女神》（香港：虹霓出版社，1955年），頁18。

最後並自盡於印度人所謂的生命之水——恆河裡。而留給主角的信裡，她寫到她對愛人的想念：

> ……我終於獲得了回印度的旅費，而且趕上了這個神聖的日子。
>
> 當黎明降臨之時，將有九百萬的印度人沐浴在恆河的聖水裏！恆河的水將洗去人間一切的邪惡。我在這世界上的罪孽，坎坷不幸，也將從今脫去，我的生命將享受永久的安寧。
>
> 我的朋友：不久之後，我將重新見到我的愛人了！我曾經默默地向神許願，要把他的靈魂引接到恆河來。現在，我已懷了他的兩顆牙齒，它將隨我去沐浴聖水。
>
> 我將從聖水中進入和平、寧靜和自由的境界。[25]

這充滿宗教祈求的言語中，說明了女主角極不容易地從印尼回到了印度，並且攜帶著她愛人的兩顆牙齒（因為愛人死於印尼，兩顆牙齒是她能僅留的紀念物），來到了能洗淨一切罪孽、解脫一切困苦的恆河，也將從此和她的最愛一起享登極樂天堂。

而〈波特萊爾的情人〉則寫一個風華絕代、美艷動人的女騙子，在賭場騙了大家的錢，卻被捉到而遭羞辱，後來又自甘墮落當了舞女。本來大家認為以她的姿色，何必如此作賤自己？大可有美好的歸宿啊！原來她的愛人是個極富才華的詩人，懂他的人稱他的詩近似法國詩人波特萊爾的作風，但能賞識的人太少了，加上他自尊的傲慢，從不求取任何人的同情與憐憫，因此始終擺脫不了困頓生活。而這位女騙子就是為了要籌錢把他從大陸接出來而心甘情願做騙子、做舞女，這樣對愛情的專注與付出，怎不令人動容呢？但最終其丈夫仍因

25　同前註，頁64-65。

久病厭世而自殺，而這位「波特萊爾的情人」卻是知她丈夫心意一般，拒絕了作者和其它人的任何幫助，高傲而自尊的獨自離去。

筆者舉這三篇篇幅並不長且其另一半皆身故的小說，是有用意的，首先，一般以為南宮搏的長篇極為精彩，但卻忽略其短篇，不識其短篇之文字駕馭能力為何？因此筆者特意舉之以說明南宮搏亦能在短幅之中，展現其高超的寫作技巧。其次，由於短篇，因此能將焦點聚集，讓讀者清楚看到何謂「專注」的愛情，進而感受動人的故事。第三，三篇作品，其另一半最終皆以身故收場，但前兩篇說明其愛人雖死，但愛人的一切，卻深深烙印在其內心之中，因此人雖已逝，但愛卻從未消失，而且還不減反增；第三篇則說，為了愛人，美艷動人的她可以做別人眼中所謂低賤下流的騙子、妓女，但丈夫因病過世後，她奮鬥、專注的目標已死，此刻孑然一身，哪需再這樣做呢？用「對比」說明她對愛的執著，反差效果亦十分引人注目。

四　寫實小說何以不受重視

如上所述，南宮搏共計有十餘部寫實小說，數量並不算少，就創作而言，其所需耗費之精神、氣力自然也不少，但為何不受重視，且流傳不廣？就一位寫作大家而言，這種現象是極不尋常的（因若說其非這方面創作能手，就一位作家之寫作文筆而言，應不致和其成名的歷史小說有如此大的差別；又若其果真非擅長於此，寫一、二部也就挫折了，何以會接二連三，寫了十多部呢）。

在筆者研究後，歸納其因素應有以下幾點：

第一，南宮搏為著名之歷史小說家，且成名已久，在作品數量和質量上，於當時作家群中均名列前茅，因此對他作品的專注度，多半集中在歷史小說部分，相對的，也就較容易忽略他的寫實小說。

第二，寫實小說和歷史小說相比，歷史小說對讀者而言是耳熟能詳的，因此也極易被吸引；又歷史故事，精彩紛呈，典故文采，亦多雅致，對當時民眾而言，一般仍是較喜辭藻典雅之歷史小說。

第三，寫實小說多寫香港之人事，雖貼近現實，但相對便有其侷限性，在當年對香港現況不熟或不關心之其它地區華人，如臺灣、新加坡、南洋乃至中國大陸等，關心度便明顯下降，自然出版數量也就不多，影響力便遜於歷史小說。

第四，南宮搏由於是堅定的反共主義者，因此對他作品在大陸推行是有阻礙的（至於歷史小說，由於是原中國古代故事，讀者對之接受度是較高的），且其中多篇寫到中共十惡不赦、不顧人權的罪刑，如《憤怒的江》、《這一家》、《毛教授的一家人》、《女神》……等等，這在中國必將之列為禁書，又怎可能暢銷發行於中國大陸呢？

第五，正如黃繼持在〈香港小說的蹤跡——五、六十年代〉中所說：「談論香港小說，如果不太執著計較『新』『舊』『雅』『俗』，只就實際『生態』著眼，可說園地並不荒蕪。異卉奇花，別具一番景致。雖則是否都稱得上那帶有特定評價意義之所謂『文學』，大抵連此地作者讀者也未敢作全稱肯定。但香港為數甚多的報章副刊上的連載，雜誌中的短篇長篇，卻起碼提供這一類型文字成品的基本功能——娛樂消遣。至於在這似乎無甚足道的基本功能之上，能否承載甚麼其它「文化」內涵，負起多少『文化』使命，以及此地作品同異時異地『典範』之作比較高下如何，乃是另一層次的考慮了。香港小說讀者作者，處於急促的生活節奏下，往往於此不甚措意。偶爾言說，貶辭居多；但小說卻不斷寫出、刊出、閱過——然後大多忘掉。能夠傳承下來，一代接一代閱讀，成為所謂社會文化記憶的，只佔少數。」[26]不可否認的，南宮搏在這方面的著作，確實大部分只顧及到「生產」和「消費」這樣的想法而已，而這也是他這些小說不甚為人注意的緣故。

綜上所述，乃明白得知何以南宮搏之寫實小說遠不及其歷史小說之故了。但筆者要強調的是，其寫實小說縱然聲名不如歷史小說，但其可觀之處，尤其如《憤怒的江》及《江南的憂鬱》二書，更可說是此類作品之佳構，對當時政治背景、社會環境的局勢，可謂剖析精當，而對人物描寫及情節安排，亦堪稱恰到好處，是確實有其一定之著作水準的。

---

26 此文收錄在黃繼持、盧瑋鑾、鄭樹森編：《香港小說選》（香港：香港中文大學出版，1997年），導言i。

第五章

古典與唯美

——述其《觀燈海樓詩草》之內涵與藝術特色

南宮搏不僅寫小說、寫散文、寫評論，他亦是寫作古典詩之能手，且根基頗深，其自云：「余自稚齡學詩，至今二十餘年矣。」[1]而香港文史研究會會長方寬烈在〈香港作家的舊體詩〉一文裡如此說道：「南宮搏……著有《觀燈海樓詩草》，原是詩詞名家，詩格高雅，清麗可誦，遠非一般所謂詩人濫刊詩集者所能及。」[2]對南宮搏的評價是極高的，且他也在其所編著之《香港詩詞紀事分類選集》[3]中，選入南宮搏〈端午於香港仔再次君左韻〉、〈晦思園探梅〉、〈移家〉等五首詩，也可看出其詩之價值。所出版之《觀燈海樓詩草》中，共有詩二百三十九首，詩餘十六首，但此尚非其詩作之總數。

其所作詩篇極多，但有許多已亡佚了，會編成此詩集之緣故，乃其於民國四十四年自春至夏之際，生了一場病，於病中為排遣無聊，萌生編輯所作之詩的想法，因此才半憑記憶，半緣蒐集地將此集付梓，但正如其自云：「初，余自恃記憶力強，以為韻文易記，不必

1　南宮搏：《觀燈海樓詩草．自序》（香港：良友出版社，1955年）。按：南宮搏生於民國13年1月12日，而此書出版時，其不過31歲，可推算南宮搏應未滿10歲即學詩，文學造詣之深厚，亦由此累積而成。

2　方寬烈：《香港文壇往事》（香港：香港文學出版社，2010年），頁299。

3　方寬烈：《香港詩詞紀事分類選集》（香港：天馬圖書公司，1998年），此三篇分別在頁74、276、439。

留稿，事竟不然，遂多亡失。」[4]而亡失情況如何呢？其云：「是集分上、下編，前者所收，大抵作於己丑春日之前，抗戰勝利之後……因各詩均近時輯集，或得自舊書報，或得於有人錄寄，寫作年月，不復記憶。約記此一時期所作在二百首以上，是集所收，不足三分之一，亡失故也……下編收南來後諸作，起庚寅秋間，錄存者約十之七八，其餘稿散在報刊，搜羅為難而記憶又苦不全，非有意削棄……」[5]。事實上，今上編僅餘六十三首，下編則有一百七十六首（不含詩餘），若依其上編存不足「三分之一」，而下編存者僅「十之七八」來看，那麼亡失者，至少超過一百六十首以上，甚至可能有二百首之多，這樣的情形是令人感到惋惜的。

本章主要乃從體製、內涵及藝術特色等三方面加以探討，見其體製上不僅有傳統五、七言之絕句律詩，並且有古詩、民歌及詩餘等形式；而內涵上則主要可分為四類，乃：懷吟古風、敘論時事、描繪景致及酬贈知友等；另外，亦可由同題多製、次韻疊詩及情真意切等三方向，見其頗值一觀之藝術特色。凡此，都可見其此方面之卓越才華。

第一節　體製

如前所述，南宮搏創作詩作，並非僅傳統之五、七言絕律而已（當然這是他創作之大宗無疑），他也寫了古詩如〈別江南〉（此處舉其五首中之最後一首）：

牽裳別母泣無聲，慈母密縫遊子衣；不忍直言歸日少，但禱

4　南宮搏：《觀燈海樓詩草．自序》。

5　同前註。

> 「陌路少憂危！少憂危，海之湄，寒暖自顧信常來，九天神祇佑我兒。」阿母語自苦，遊子意若癡。憶昔八年居巴蜀，去時月圓歸月虧！月虧半月復能圓，亡者墓道長蒼苔。且行且顧且回頭，難捨難分難展眉。一揮手兮再揮手，江南春雨正霏霏。何日太平消兵甲，再見草長與鶯飛。[6]

見其「且行且顧且回頭，難捨難分難展眉」，則那飽含離鄉之苦與懷鄉之思乃油然而生矣！又如〈淮陰遇同鄉一軍官〉：

> 江城魚蝦賤，對酒嚼小鮮，酒盡興未已，獨步運河邊。於是吾遇汝，立談若有緣。汝自從軍至，旦夕未能還。我來更何事？理水兼看山。水固無從理，到處有兵患。兵患何時已？春水欲決川。語罷各沈默，相對意拳拳。還問苕溪事，吳蠶已三眠。汝意乎飛動，轉瞬又黯然：「二十離家去，於今已十年，蹤跡遍天涯，往事憶難全。從軍何所怨，不免飢與寒。明日發山東，念此心不安。」聞言祇太息，強勸休怕難：「倘若得太平，終可獲團員。」語弱使汝苦，我心亦悽酸；北望迢迢路，青草滿新阡。[7]

因「到處有兵患。兵患何時已」的戰亂而離鄉遠行，遠行之日已有多久呢？乃「二十離家去，於今已十年」了，而何時才有太平之日與家人團員相聚呢？

亦有如漢樂府民歌的〈河中之水歌〉：

> 河中之水向東流，水面落花羨魚游；魚兒嬉上吻落花，落花含

6　同前註，頁19。

7　同前註，頁10。

> 羞復含愁。枉餘姹紫嫣紅色，飄零湖上遠汀洲；魚問落花去何處？花無語兮水悠悠。花無語？水悠悠！大魚小魚沈忽浮，片刻之間樂自由。[8]

用對話體，以擬人方式，雖平鋪直敘卻又似萬般柔情的寫出落花與魚兒之間的自在悠遊。

也有如一般民歌，但卻憤慨地寫出遭外國歧視的不滿情緒，如〈黃浦歌〉：

> 黃浦水如藥，黃浦水如蜜，如蜜復如藥，歡笑與隱泣。灘頭舊有花園在，芬芳清麗冠全邑，狗與中國人，一概不得入！[9]

或者：

> 歌黃浦，一低迴；黃農虞夏盡塵埃，成吉思汗早化灰！貧窮愚昧因兵災，廣土眾民儘可哀！洋貨洋船接水隈，洋槍洋砲滾滾來。歌黃浦，一長吁！中原大戰今何如？田園城郭皆荒蕪。歌黃浦，聲轉悲！[10]

同樣坦率卻又蘊藏無限哀傷的寫出人民苦痛之歌來。

此外，詩集最後，南宮搏又寫有十六首的詩餘，盡是委曲滄桑而餘韻不絕，如其〈玉漏遲〉寫「感傷」乃云：

> 樓前無數草，東風舊憶，一絲殘照；暫破櫻桃，曾唱江南小調。若說當時情份，又豈是逢場言笑？長亭道，多情累得人憔悴了。喜歡春夢無邊，奈舊魘頻侵，心香浸燒；長是天涯，只

[8] 同前註，頁6。
[9] 同前註，頁7。
[10] 同前註，頁8。

> 為相思煩惱；急管煩絃隱約，更愁這殘宵將曉。歸飛鳥，何日春申重到？[11]

又復有慷慨救國，拚死一搏，展其還我河山之氣魄，如其〈滿江紅〉（用岳飛韻）一首：

> 莽莽乾坤，東海上、亂濤未歇。看今日，貔貅百萬，心雄氣烈。拔劍欲消千古恨，撥雲要見天心月。會四方，揭竿起風雷，民懷切。會稽恥，總當雪，楚三戶，教秦滅。願同心共保神州無缺。牧野興邦豪傑志，黃陵奠帝仇讎血。揮長戈，萬里復吾疆，天山闕。[12]

讀來氣勢雄壯、豪情萬丈，頗有向岳飛看齊之姿。

南宮搏才華洋溢，文字內涵尚未提及，僅是體製，已知其不拘一格，且各能得其神韻要旨，表現出各種文體之精髓來。

第二節　內涵

詩人能寫好詩，最重要的自然是有其寫作的天份，抑或者有「讀書破萬卷」的學習態度，前者如李白，後者則無疑以杜甫為代表人物。但若詩人生於亂世而又親眼所見甚至親身經歷國仇家恨之時，其作品意境尤其能動人肺腑，因為寫出的詩作姑且不論善或美，光是「真」，就足以讓人再三吟詠而低迴不已了。適巧，南宮搏正是生於亂世且親眼目睹國破家亡之人，而他的「自稚齡學詩」，又為他詩的創作打下極深厚之根基。論其詩作內涵，擇其最重要的，大略可分為

---

[11] 同前註，頁76。

[12] 同前註，頁75。

以下四種類型加以探討：

一　懷吟古風

南宮搏為世最熟悉之身分為歷史小說作家，生平歷史小說著作如前所述亦有八十八部，因此對其所敬仰之古人，或有緬懷而作詩為之吟頌，或有哀痛而寫詩為其傷悼，都有其絕妙之處，其情感正如唐君毅之言：「常能及老成練達，蒼勁典雅之致」[13]的境界。如緬懷為之吟頌者有〈古風〉八首，今舉第一和第六首分別稱頌「后羿」和「韓信、伍子胥」二首證之：

> 后羿奉帝命，冉冉自天來；長嘯彎彤弓，九日隨塵埃；於是干帝怒，永貶不許回。上天失正神，人間得俊才；入谷驅百怪，入水斬蛟螭；眾害皆遁跡，草莽由是開。人王何者是？萬世一雄魁。[14]

寫的便是神話傳說中后羿射日後，雖被玉帝貶斥人間，但人間卻因此而得一解除百姓苦難的「人王」。事實上，南宮搏亦著有《后羿與嫦娥》一書，可見其對后羿此一人物之喜愛。又如寫韓信和伍子胥之詩：

> 淮陰當微時，殘粥甘如飴，伍相在吳市，吹簫泣路岐，一旦風雲合，指揮百萬師。人生在際遇，莫輕胯下兒。[15]

寫韓、吳二人，在未得志之前，能忍人所不能忍，苦人所不能苦，或

13 唐君毅：《中國文化之精神價值》（臺北市：正中書局，1992年），頁345。

14 南宮搏：《觀燈海樓詩草》，頁1。

15 同前註，頁2。

者要人殘粥以裹腹，或者吹蕭乞食欲復仇，一旦風雲際會、機遇來時，卻能一展雄才，統領百萬之師，睥睨於沙場之上，所以，千萬別輕視那能忍胯下之辱的人啊！

又如其〈十人詠〉，其自序云：「——筵間，友人命余舉夙所欽敬之賢者十人，為七律一首，並以仲尼之名為韻，乃寫此。」[16]寫道：

> 傾心屈子並莊周，亂世麒麟嘆孔丘；文字龍門原罕匹，人豪魏武固難儔；論詩太白開新運，卻敵東山樂冶遊，江左風流蠡與煜，一生低首讀紅樓。[17]

其頌讚之人依序為屈原、莊周、孔子、司馬遷、曹操、李白、謝安、范蠡、李煜和曹雪芹等，雖是應酬之作，但所列舉之人，均是一方文學之雄，都有可供後人景仰之處。

又哀痛而寫詩為其傷悼者，則有如〈古風〉中之第八首：

> 廢興曆萬變，龍戰八月中，白骨盈城野，羸馬矢孤忠；忽然見太平，羣望永熄烽；四海雖云一，九州未大同；幽薊多俠客，淮泗有豪雄；要津志茍得，遂不事春農。民疲詎可策，士怯戒臨衝；守國唯仁謹，奈何貪戰功？[18]

此詩作者並未言明所指是誰？但由詩之最後言「民疲詎可策，士怯戒臨衝；守國唯仁謹，奈何貪戰功？」可知必指某一驍勇善戰之開國之君或將軍，雖能在亂世中開創新局，卻始終未能一統天下！更可悲的是，這位君王似乎只顧及他的豐功偉業，不能以仁愛治國，而陷人民於戰爭的水深火熱之中。

---

16 同前註，頁68-69。

17 同前註，頁69。

18 同前註，頁3。

另外如其〈無題〉詩：「垓下歌聲歇，虞兮泣帳前，英雄今安在，飛去上青天。」[19]很明顯的，乃哀悼一代英雄西楚霸王。而〈朱買臣妻〉一詩，則南宮搏以略帶譏諷的口吻，從另一角度看朱買臣與其妻之間「覆水難收」的故事：

> 荒山採薪者，志大實空虛，五十功名晚，買臣婦且愚？嫁雞宜擇腴，事狗當選肥；長貧詎可守，早該回余車。若有豪梁者，余當從其居。寒來和暑往，妾身尚踟蹰；老奴竟高貴，賤妾心自輸；休笑馬前拜，人情舊若斯。竟不收覆水，妾恨復何如？[20]

依人情而論，應嫁雞隨雞，嫁狗隨狗，但試問哪位妻子不希望自己丈夫功成名就、飛黃騰達，因此乃思「嫁夫當嫁有為郎」。而朱買臣年屆五十，卻仍只是每天上山採薪，似乎毫無作為，一個妻子等到丈夫五十了，難道還不夠久？因此朱妻之埋怨買臣，又有何錯？或許該反省的是朱買臣才是，既是人才，為何讓妻子等待如此之久！

懷吟古風，正是寫作古詩的應和之作，而藉古鑑今，以古之功過反思己身之為人處世，歷史的作用不即在此？

二　敘論時事

此時期正值抗戰前後，因此詩集中絕大部分提及的也正是對戰爭的感悟，其中或有直書戰爭情景，或有傷悼國家人民，抑或有談每個人對戰後的奮發振作或歸於平淡等不同想法，由於南宮搏領受極深，

---

[19] 同前註，頁14。

[20] 同前註，頁11。

文字上自然也就動人心弦，以下乃分別討論之。就直書戰爭情景部分：

戰爭帶給人最直接的感受即是戰爭現況，許多原本令人匪夷所思的戰爭場景或傳說中的破壞場面，竟眼睜睜的「示現」於目前，讓人剎那之間雖難以置信，卻又不得不相信親眼所見之震撼，如〈原子彈〉一詩，即讓南宮搏感受極深：

> 分裂鈾與氫，其勢若電熛，轟然驚絕響，渾沌失六爻，淡烟騰萬丈，幅射滿晴郊。入海水為沸，入山土盡焦；虫沙罹末刦，鐵石共灰銷；野狐悲失穴，飛鳥亦無巢。微塵留大氣，觸體形自夭。一擲逞豪快，江山便寂寥。在昔聞末日，我今知非遙。造型原一類，何為折同胞？物各有本質，奚忍使凌熇？為德不及化，遂致起征徭，干戈無時已，長夜路迢迢。[21]

轟然巨響的原子彈，雖炸在當時敵國日本的國土上，但這一幕不僅震撼了日本，同時也震撼了全世界，因此南宮搏寫下了「轟然驚絕響，渾沌失六爻，淡烟騰萬丈，幅射滿晴郊」；但南宮搏悲天憫人的想法，先是說出了即使野狐、飛鳥也在原子彈爆炸的同時失去了家庭依靠，繼而談到了無數日本人、中國人、美國人等，不都上帝所創造同一類的「造型」，為何彼此苦苦相逼呢？這干戈何時停歇！猶如漫漫長夜，何時才等到天亮，這遙遙路途，又何時才是盡頭呢？

再如〈江淮戰〉三首，同樣也寫出了戰爭的殘酷：

> 聞道江淮戰，雲屯百萬軍，奇陣多變化，倏忽天地驚。龍門血玄黃，地赤草木腥；一朝徐州下，千里盡亂兵。鐵騎自北來，逶迤東南行；碾莊與魯樓，風雪傳哀聲。朱門酒肉臭，甲士餓

---

[21] 同前註，頁38。

> 圍城；戰降兩不決，將軍自愛身。國家未養士，臨危不肯爭。於是全師潰，彤雲覆帝京。
>
> 帝京方侵軋，朝議亂紛紛，今日巨官去，明朝妻孥行，提攜珍與寶，翩然走太平。元戎化隱逸，一朝仕版新。守江空有計，恍忽追南明。南明勢已迫，東晉事未聞。可憐歌舞地，自古付灰塵；長江風瑟瑟，白下日昏昏，腸斷臙脂井，魂銷謝公墩，微聞鴉噪急，遺憾在臺城。
>
> 有客自北來，言戰淚盈盈：交兵未數日，忽已棄堅城，徐蚌百里間，屍骸自縱橫，野狗聞腥至，狂吠為分羹。人飢猶未死，膏血有餘溫。酷痛啞呼天，翱翔有飽鷹，鷹飽結羣去，白骨對繁星。四野忽轉寂，鬼哭本無聲。誰云泰岱重，鴻毛命比輕，命亦何所惜，臨死祈太平。[22]

第一首寫出國家未能做好平時的軍事訓練，不僅將軍無法臨陣決策以致戰降不決，而士兵更是臨危慌亂、貪生怕死，結局自然一敗塗地。第二首則寫朝中大官，個個亦是驚慌失措，遇到危難，竟然第一個想的是自身及家人的生命財產安全，紛紛逃難而去，這國家重臣究竟養有何用？第三首則寫出戰敗慘狀，「徐蚌百里間，屍骸自縱橫，野狗聞腥至，狂吠為分羹」，寫的是屍橫遍野而野狗爭食；「人飢猶未死，膏血有餘溫。酷痛啞呼天，翱翔有飽鷹，鷹飽結羣去，白骨對繁星」，又豈不和王粲〈七哀詩〉的「出門無所見，白骨蔽平原」[23]有異曲同工之相似處。

---

22 同前註，頁13-14。

23 王粲〈七哀詩〉原文為「西京亂無象，豺狼方遘患。復棄中國去，吾身適荊蠻。親戚對我悲，朋友相追攀。出門無所見，白骨蔽平原。路有飢婦人，抱子棄草間。顧聞號泣聲，揮涕獨不還。『未知身死處，何能兩相完？』驅馬棄之去，不忍聽此言。南登霸陵岸，回首望長安。悟彼下泉人，喟然傷心肝。」

凡若此者，在詩集裏極多，讀之亦令人不勝唏噓，如〈揚州月〉之云：「天下三分月，揚州佔二分；我今在揚州，突然見黑雲。黑雲滿宇宙，野戰奪功勳。野戰何所得？白骨連荒墳。」[24]野戰所得，不過就是荒墳白骨罷了！

在對傷悼國家人民部分，前面所提主要是描寫戰爭的直接殘酷，其中當然也會些略提及對國家人民的影響，但南宮搏另有部分乃沉重的寫人民之苦痛，讀來亦頗令人傷感，如〈老婦行〉就是這樣一首詩篇：

> 街頭老婦吞聲哭，白髮如銀氣短促，旁圍男女十餘眾，欲哭無聲淚在目；我問老婦為何來？婦指天兮為我告：十五離家為人婦，十八夫死作人僕；荏苒於今五十年，終歲勞勞為口腹。青春不著花布裙，投老還吝絲棉服。節衣縮食為何來？為恐老去無人育。血汗錢積半世紀，法幣偽幣一反復；勝利重光又兌換，百元所值不一角。國家多難何堪言，自嗟命中多窮蹙。幸遺金戒並金簪，兩半黃金願已足；誰知發了金圓券，限期兌金應從速；留金本為防老資，金倘無用命難續。金易金券三百元，胸前鈔票有一束。於今一百廿四日，此錢僅足一斤肉。盜劫人財可報官，官奪民財向誰訴？蒼天蒼天滅下民，未死只能吞聲哭。[25]

此老婦之形象不亦和杜甫〈石壕吏〉[26]中的老婦有幾分的神似？老婦

---

[24] 南宮搏：《觀燈海樓詩草》，頁28。

[25] 同前註，頁12。

[26] 杜甫〈石壕吏〉原文為「暮投石壕村，有吏夜捉人。老翁踰牆走，老婦出看門。吏呼一何怒，婦啼一何苦。聽婦前致詞：『三男鄴城戍。一男附書至，二男新戰死，存者且偷生，死者長已矣！室中更無人，惟有乳下孫。有孫母未去，出入無完裙。老嫗力雖衰，請從吏夜歸。急應河陽役，猶得備晨炊。』夜久語聲絕，如聞泣幽

身世已然可憐，終歲勞勞，只為口腹，而縮衣節食只為防老，但這樣辛苦的生活後，竟前有所存之錢在政府因戰爭，資金吃緊，要求人民兌換後，原先的百元，所剩不值一角；後又有政府猶如吸血蟲般欲詐光人民血汗錢，乃提出金圓卷兌換的政策，要求人民將黃金兌成金卷，結果老婦所擁之金卷，最後卻僅能換來一斤肉。政府行為無異強盜，但「盜劫人財可報官，官奪民財向誰訴？」這究竟是個什麼樣的政府，什麼樣的悲慘世界啊！

而政府金圓卷的惡行，作者不僅一次提及，如在〈悼王春哲〉一詩的小序裏，南宮搏就寫道：「王春哲君，滬商也。余不識其人。時政府方以金圓卷聚斂民財，王君以擾亂金融被捕，竟處大辟。嗚呼，懷璧成罪，國之常刑頓廢；亂世豈重典能治耶？因為詩悼之，實亦悼吾國焉。」[27]不願拿黃金出來兌換者，竟然就被處死！其它還有如在〈別江南〉第三首裏，南宮搏義憤填膺寫道：

> 四海之內烽未熄，金戈鐵馬任驅馳；積因之漸終生變，一朝換了長江旗——長江自昔非天塹，江左人物樂享犧。開國以來卅八年，未聞施政及仁慈。石頭城上望天低，中朝大吏多徇私；江南之富甲天下，江南之民接苦飢！巢闖昔驅飢民起，今日之事亦若斯。金圓劫奪怨沸騰，餓兵瘦馬忿豬肥；徐州一戰血玄黃，要塞江陰未可恃。興亡霸業終陳迹，金陵王氣古易衰。[28]

由上可知，金圓卷之「劫財」，對當時影響有多大！

而南宮搏對這亂世有何想法與反應呢？其實和所有人一樣，內心首先有著希圖振作、殺敵救國之儒家積極入世情操，但隨著戰事的拖

咽。天明登前途，獨與老翁別。」

27 南宮搏：《觀燈海樓詩草》，頁12。

28 同前註，頁18。

延，也就慢慢泛起道家自然平淡的想法，這是極自然的狀況，亦極符合人類「動極思靜」之心理反應。其盼望國家振作之詩篇如〈癸巳歲首感事〉第一篇寫道：「大地山河剩刦灰，初陽蝕後歲重來；傷心王謝春千里，低首屠蘇酒一杯；易暴曾聞爭霸業，行歌久見廢英才；萬方待日矇朧裏，絕想神功掃霧埃。」[29]又如〈癸巳中秋〉一首寫道：「久來猶未反吾京，曼目流觀吊八瀛（哀郢：曼余目以流觀兮，冀一反之何時？）海上鴉飛明月冷，九洲人寂怒潮鳴。團圞何止虛今夜，離亂豈容了此生？欲向遙天呼帝俊，彤弓素箭復昇平。（山海經內經：帝俊賜羿彤弓素矰，以扶下國。）」[30]所有百姓早已枕戈待旦，待時機成熟，必揭竿而起、匡復國土，樂享昇平。而〈甲午端陽〉同時也是這種心態：「杜若何由寄素心，六年佳節付微吟；蛾眉謠諑今猶昔，骨肉流離古亦今；計短武關盟可約，哀餘三戶志難尋；望窮大澤鄉中卒，待起風雷報捷音。」[31]光看最後一句「待起風雷報捷音」即可明白南宮搏那力圖振作的入世心態。

而對戰事的拖延，內心頓起何時戰爭結束，得以歸隱山林，遠離這混亂濁世的想法，因此其詩作就如〈時事〉這麼寫了：「殺戮代耕作，偶亦出英雄；所爭非義理，但策使臨衝；一呼山谷響，再鞭馬嘶風。燕趙旗遍野，江淮室九空；天際星芒白，血流滿地紅，何當洗兵甲，消戰事春農。」[32]曾幾何時，「消戰事春農」變成這麼一個遙不可及的夢想！又如〈陳雪松先生〉一首：「從遊稷下感春溫。臥治曾欽畫掩門；冀北竟無光弼繼，江東猶喜項梁存；國殤四海人皆哭，道濟中衢自設尊；（淮南子聖人之道，如中衢設尊。）九鼎未安容避世，

---

[29] 同前註，頁49。

[30] 同前註，頁51。

[31] 同前註，頁55。

[32] 同前註，頁6。

羣呼謝傅起高墩。」[33]清楚寫出在九鼎未安之際，獨善其身的避世，或許也是個不錯的想法吧！

戰爭是南宮摶這本詩集集結時的最大時事，許多事因戰事發生，許多感觸自然也由戰爭所引發，南宮摶的詩，深刻地表現出戰爭的殘酷、人民生活的困苦，與這時期百姓對世事的無奈及和平的渴望。

三　描繪景致

狹義的景致指的是風景名勝，但筆者這裡則是指範圍較大，舉凡風景、人物或特殊事物等皆可稱之，但由於寫及這方面之詩篇亦不少，筆者僅列舉數例以證之。在敘風光部分，如〈湖上春曉〉和〈湖上晚棹〉二首：

> 微雨濕青綃，烟籠六小橋；平湖浮蜃氣，越女動蘭撓；柳浪鶯啼曉，孤山鶴唳遙；春風長得意，陌上馬蹄驕。
>
> 自愛西湖晚，柔波若纏綿；寺遙燈有暈，潭影月無邊；美酒供孤飲，扁舟樂半眠，宵殘歸也未？我欲再流連。[34]

兩首均寫西湖，而兩首的前六句無論寫微雨西湖、煙籠六橋或是寺燈遙暈、三潭印月……等，也都寫出西湖令人醉心之美的地方，但南宮摶畫龍點睛之妙在最後兩句，寫出了作者的不同情緒，〈湖上春曉〉，由題目可見，寫的是一天之晨，這時遊覽西湖，是一天欣欣向榮、充滿朝氣的開始，因此就應該是「春風長得意，陌上馬蹄驕」這樣充滿鬥志、信心滿滿的詩句。而〈湖上晚棹〉無疑寫的是西湖之夜

---

33 同前註，頁46。

34 同前註，頁4。

色，在這柔情似水的西子懷抱裡，雖已是殘宵，又豈願捨之而去呢？

而寫「人物風景」方面，南宮摶寫有如〈名姝〉、〈閨怨篇〉等，其中〈閨怨篇〉一首更是膾炙人口，茲錄之如下：

> 娉婷年十六，便著嫁衣裳，自謂相依托，能共歲月長。春去又冬至，野草著濃霜；時世多風波，倉皇走國殤。良人萬里去，妾獨返舊鄉。去兮無消息，夫妻忍相忘？二雛亦知悲，妾心若狂癡。大洋何蕩蕩，重見是何時？便欲萬里行，同巢在一枝；誰能相濟助，使妾免愁思。父母皆無告，妾弱莫所之。非獨貧難守，長盼心已灰。乃再求燕婉，無意嬪豺狼。狼性貪而淫，妾心哀亦傷。哀傷復何用？終夜自徬徨。豈云妾自樂，誰念貌無雙？無雙祇自苦，願得素心人；訴洩平時遇，但欲期來生。今茲尚難卜，來世詎可盟？言笑藏悲泣，相對非無情。有情復何益，豺狼阻要津；在天為比翼，在地淚盈盈。深閨守空門，八表忽已昏。[35]

其精神意境和白居易〈琵琶行〉有些神似之處，只是此詩中之女子境遇更為悲慘，十六歲出嫁，原本期盼有個美好未來，無奈亂世之中，丈夫遠去，從此無消無息；而自己或許和〈孔雀東南飛〉中的劉蘭芝一樣，家庭不許吧！只好再嫁他人。但沒想到所嫁竟是個「中山狼」[36]，因「狼性貪而淫」，故只惹得「妾心哀亦傷」了！全詩讀來，令人不自覺替這位女子掬一把同情淚，南宮摶詩作之成熟，乃由此可見。

---

[35] 同前註，頁60。

[36] 《紅樓夢》中迎春所嫁孫紹祖即是個「中山狼」，而害了迎春一命，其詩寫道：「子系中山狼，得志便猖狂。金閨花抑質，一載赴黃梁」，而中山狼其性則如〈喜冤家〉一曲所寫：「中山狼，無情獸，全不念當日根由，一味的驕奢淫蕩貪歡媾。」

而寫特殊事物部分，筆者以其六首〈鯨魚吟〉為例，看他所描寫的鯨魚「景致」：

> 北洋冰立浪如堆，寒水長鯨逐暖來；第一傷心南海小，遁身無處覓風雷。
>
> 恐龍沒世萬千年，水陸於今一大鮮；天海空茫任爾嘻，緣何兵解到人間？
>
> 石牌灣外水盈盈，亂石平沙染血腥；無厚有間精細刻，存皮包骨美空靈。
>
> 大國小鮮細奏刀，枉然絕海一雄豪；憐貧便是明朝事，分汝脂膏作太牢。
>
> 魚膏魚翅合濃煎，延壽補身上玉筵；文豹有皮竟自死，不才舊得終天年。
>
> 憐他枉死超生咒，且在重泉取紙灰。北極同魚休怨嘆，麒麟亂世亦同哀。[37]

這一組彷若「祀神曲」之〈鯨魚吟〉，南宮搏以其無比虔誠之心，雖享用了鯨魚宴，卻感念在心地為其奠頌。第一首道出鯨魚因北極冰冷，乃迫不得已，逐暖而下，然此龐然神物，終非狹小之南海所能容留的。第二首寫即使如恐龍般之巨獸，早在萬千年前就被世界所淘汰，唯徒鯨魚能存活至今，可見其不凡之處。但鯨魚啊鯨魚，天地何等蒼茫遼闊，你為何到這非屬你之地的世界來呢？第三首感嘆鯨魚太不小心了，擱淺在石牌灣外，漁夫們磨刀霍霍，以無厚之刀入有間之鯨魚神軀，悲哀啊鯨魚，最終只剩令人震撼之骨架外型，供人憑弔讚嘆罷了！第四首進一步寫出了烹調手法，以極仔細「治大國若烹小

---

[37] 南宮搏：《覲燈海樓詩草》，頁67-68。

鮮」之料理手法，牠終究成了桌上之太牢。第五首寫著饕客們為己身傳說中食鯨以延年益壽說法，享用著魚膏魚翅，但感嘆啊，紋豹因有美麗外衣，成為人類獵逐的目標，而不才者卻能安享終年，人生是否該學莊子裏的那棵巨大樗樹，因其無用是而能成其大？或許人未必如此，但鯨魚卻因之肉質鮮美，而失去其寶貴生命啊！第六首則如「禮魂」般為之念咒超生，但也請鯨魚別有感嘆，因為世間本就是這麼回事，即使神獸麒麟，遇到亂世，下場必然也是被人捕殺而食，並不會因牠是麒麟而有特殊待遇的。這一套〈鯨魚吟〉，是足以令人讀之而細細深思品味的。

四　酬贈知友

以詩會友，知友之間詩作的酬贈，在南宮搏詩集中，即有四十首以上，而除了六首祝壽之詩，如〈壽君左〉：「海角新秋發舊思，太平壽宴想前時，廿年一覺揚州夢，聲滿人間君左詩。」[38]或〈壽阮毅成先生〉：「鄉賢自昔推翹楚，起代高才世所珍；當我垂髫初習事，看君側帽已驚人；貞剛有質成宏美，玉石能堅仗道淳，百歲芳華今始半，搏風定見轉洪鈞。」[39]等之外，其主題亦有多種，如好友之贈答、感懷舊知己或送別等等，也都在字裡行間表達了他最真摯的情意，其義誠如沈德潛之云：「應酬詩，前人亦不盡廢也。然必所贈之人何人，所往之地何地，一一按切，而復以己之情性流露於中，自然可詠可歌。」[40]，以下乃列舉數例證之。在好友之贈答部分，其內容亦極廣，如〈答友〉：

---

[38] 同前註，頁59。

[39] 同前註，頁62。

[40] 沈德潛：《說詩晬語》（臺北市：新文豐出版公司，1989年），頁352。

> 文宗司馬存浩氣，偏入顏回堅道心，偶向夷門尋俠士，月明松下效狂吟。[41]

這寫的是其人生道路上雖有正道、正業需堅持力行，但偶爾也想放下一切，像那無拘無束的俠客，曠放不羈的行其所當行之事。

或有贈方外之士，頗具禪意之詩，如〈贈智禪師〉：

> 苦海猶聞迫一葦，眾生十界望朝暉，漸於磨鏡之玄理，卻似吹燈識道微；論語擇仁原湛湛，楞嚴戒想故非非，靈犀似著無尋處，對此青山坐忘機。[42]

當然也有因時世之感傷而寫的詩作，如〈答太希〉：

> 亂定何時返故枝，經年海角嘆棲遲。簞瓢無計顏回老，驛路蒼茫阮籍悲。夢裏論兵懷祖業，閒中讀史托玄思。（來詩有「伏波名業舊凌雲」之句）一從大地山河異，多少王孫泣路歧。[43]

或〈贈運鵬〉一詩：

> 猶憶衡陽去雁哀，驟聞華表鶴飛來；人民城郭傷兵火，門巷桃花剩劫灰；笑我短歌殊俗調，期君長策奪風雷；南天莽莽須珍惜，憑恃耕耘闢草萊。[44]

寫戰事之慘烈，也透露隱逸回鄉、布衣躬耕的內心企盼。

而〈贈逸回丈父女〉則是平淡中蘊含著深深情感，頗值一觀，錄

---

41 南宮搏：《觀燈海樓詩草》，頁26。

42 同前註，頁69。

43 同前註，頁32。

44 同前註，頁63。

之如下：

> 行盡藍塘道，高山藏小樓。此中屏居者，是我舊日儔。昔為忘年交，今我亦白頭。父偏多顧視，女少衹含羞。亂離存百慮，談笑離鄉愁。為飲龍井茶，才及西湖舟。武陵當無色，湖山畏戈矛。女亦忽長吁，念此與繁憂。同是天涯人，往事各悠悠。我本水上萍，君若江天鷗。根株皆不守，云何得自由！稚女看已長，桑榆應可收。憑詩禱蒼天，蒼天應庇庥。[45]

起首四句，先寫出舊日好友的所居之地，而這好友與他相交多久呢？之前為忘年之交，看來對方比作者稍長一些，但認識至今，作者頭髮亦已花白矣！好友看了我，或許多年不見吧，頻頻顧視著我，而他的女兒或因年輕，故顯得多有嬌羞之態。世局紛亂，令人心存煩亂，而言談間，所說多是故鄉事跡及思鄉之愁。想當初，偶爾為了想喝一杯龍井茶，才會泛舟於西湖之上，而原本恬靜安詳，不知外面世界的「武陵」之地，也因戰爭，讓這湖光山色為之黯淡，我們也流離到了香港來。唉！真是令人傷感啊！你我都是天涯淪落人，我好比那無根的浮萍，而你猶如飄盪的飛鳥，看似自由，卻哪裡是自由呢？你的女兒已經長成了，而你也可以退休享享清福了，祈禱上天，讓下一代的他們，有個平安順利的和平世界吧！

在感懷舊知己部分，南宮摶亦作有多首，但筆者以為可以〈壬辰歲暮懷臺灣存歿諸友〉為例賞析之：

> 海甸阻塞去，君子意如何？白屋辛勤久，沼吳待竟功；中衢望有道，連營起枕戈。會看春水發，長江唱凱歌。時昔江南侶，遣情酒一卮種桑長江邊，何曾怨亂離？荏苒已四年，世事多乖

45　同前註，頁57-58。

> 還。遲暮願常好，松柏志彌堅。海角詩酒侶，相逢又一年，艱危其可任，與夏合羣賢。吾亦長相思，因風勸加餐。論定陳同甫，哀此一坏土，仁政無遺人，東山亦有虎。寥落二三子，歲暮徒延佇，飄風偶然來，但言天佑汝。朝論多是非，誰哀文字獄？江湖多風波，吾亦畏反覆，豈無向日心？戀此桑下宿。[46]

因亂離以致好友四散，有人或至香港，有人或到澳門，有人去了臺灣，也有人往東南亞發展。南宮搏在民國四十一年的歲末，寫下這首懷念好友之詩，希望逝者已矣，但生者能「遲暮願常好，松柏志彌堅」；並且與日本的戰事雖已四年，且異常艱辛，但「艱危其可任，與夏合羣賢」，中華民族的復興，還是仍須依靠大家鍥而不舍的奮鬥精神方能達成；世道紊亂，有誰心有餘力去關心那受文字獄牽連之人呢？而我又何嘗不怕那些反覆無情的欲加之罪羅織到我頭上來呢？雖是有心報效國家，但也暫且讓我駐足片刻、依戀享受這短暫的安寧吧！

在送別的詩作中，處於亂世，這類型詩篇自然不少，如〈送毅成兄之臺〉六首、〈送雪松先生至泰國並步元韻〉二首、〈集杜陵句送雪松先生至臺〉、〈別均默丈〉三首、〈送別太希〉……等等，其中有〈陌上草〉四首，寫來最為動人，錄之如下：

> 歷劫猶存不了情，疑真似幻淚盈盈，相逢陌上多心愁，回首長干念舊盟；細齒明眸如昨日，春風華髮感平生；落花如雨天涯路，杯酒聊為送遠征。
>
> 關山烽火負花期，歸見新巢替舊枝；亂後樓臺多易主，空階雲月立移時；聖湖木蕃鷗飛渺，歇浦春深燕到遲；一自重帷分袂

[46] 同前註，頁48-49。

去，六年幽夢費相思。

當時兩少若為情，十五年間屢遇兵；萬刦虫沙何可說，分飛勞燕久難憑；明珠有淚憐卿遇，寶劍生塵愧我行；海上烟波如此別，朝霞暮靄望東瀛。

七里山塘境不同，清歌猶憶戮千忠；看雲忽自孕非想，尋夢誰知失舊蹤；若有心時期皓月，於無人處語春風；屧廊人去芳菲歇，冷落寒山夜半鐘。[47]

這四首〈陌上草〉，既是送別，也敘分離兩地的愛情，故讀來頗令人心傷。第一首寫二人自小「長干」之盟，青梅竹馬一起長大，還記得妳明眸皓齒的美麗模樣，彷彿就在昨天的感覺，而今頭髮卻已有些花白，人生何其之快啊！在杯酒餞別之後，從此將遠地相隔了。第二首則以前六句寫地雖是舊地，但景物卻已全非，兩人分離多久了呢？一眨眼，六年的光陰已然消逝而去。第三首依然以前六句說明時局紛亂，若果真結合，仍然是異地相思，且必然飽受相思之苦，所以或許結合也未必是好吧！最後兩句點出所思之人去到了何處呢？原來還是茫茫藍蔚所阻隔的日本呢！第四首與第一首呼應，寫著人生如夢似幻，半點也捉摸不定的，寫著「屧廊人去芳菲歇，冷落寒山夜半鐘」，原應是「夜半鐘聲到客船」，但此時只能是鐘聲獨自孤伶的響著，伴隨著的，是一個孤獨身影的我而已。

王國維曾在《人間詞話》中說道：「客觀之詩人，不可不多閱世。閱世愈深，則材料愈豐富、愈變化，水滸傳、紅樓夢之作者是也。主觀之詩人，不必多閱世。閱世愈淺，則性情愈真，李後主是也。」[48]而南宮搏無疑是閱世極深，而材料極豐極變之詩作家也。

---

[47] 同前註，頁44-45。

[48] 王國維著、徐調孚校注：《校注人間詞話》（臺北市：漢京文化事業公司，1980

第三節　藝術特色

《觀燈海樓詩草》其詩作數量不少，質量亦高，而其藝術特色方面，南宮搏也展現了他極高的才情，這些藝術表現，或者可讓我們學習，但不可諱言的，有許多只是足供我們欣賞而已，道理很簡單，那是有一定作詩天賦的人方能寫出，並非勉強可得。但筆者此處並不談及其修辭技巧，因詩篇創作，除出乎自然外，修辭技巧幾乎每位詩作者都用，用典、對仗，自不待言，其它如對話、擬人，甚或脫胎換骨等，也係屬平常，而南宮搏自然也大量用之，且運用頗善，舉例如〈高郵〉一篇中之對話體：「米酒雙黃蛋，城低水接天；有妓皆雛弱，搔首弄嬌妍；十八何太小？欲答意潸然：『少年長乏食，體氣自不堅，今為俎上肉，願君倍意憐。』」[49]即透過弱雛的自白，真實地寫出其因乏食而無以為長，只能是這般低矮身材。而「今為俎上肉，願君倍意憐」二句，又讓人讀來何其悲傷！因生活困苦，方才落得如此瘦小的身材，但引以為生的，竟又是「妓女」這般的工作，這又該如何說呢？

或對話與擬人結合如前面所提的〈河中之水歌〉，寫花兒與魚之間的自在悠遊，趣味橫生。又或者如〈甲午冬至〉：「燈海樓頭感寂然，黃昏獨看萬家煙；長空歸鳥輕相慰：『僻野孤騣休自憐。』河上傳經窮日月，陽阿低唱送芳年；微聞灰管回天地，柳眼陳隋隔百川。」[50]可以明顯感覺到一個孤寂之人，站在高樓，翹首遠望，而內心或許是思鄉之情，也可能想念某人吧！彷彿有著千斤重的巨石壓在心頭，讓他眉頭深鎖而心情沈重。

年），頁9。

49 南宮搏：《觀燈海樓詩草》，頁9。

50 同前註，頁63。

另外脫胎換骨則如〈金陵歌筵口占〉第一首寫道：「烽煙歌舞共悠悠，形勝當時話石頭，痛哭黃陵有何益？兒孫自願送神州。」[51]脫胎換骨處則其自云：「昔人有『大哭三聲皇帝墓，兒孫這樣怎安排』之句。」凡此修辭之屬，亦有多例，此處乃不一一贅述。由上可知，修辭技巧南宮搏亦廣泛用之，甚至說，每一首均有，這在欣賞時自然得見，而筆者討論的則是除此之外其詩作的三大特色，討論如下：

一　同題多製——顯其文思之湧

同題多製乃指同一題目，但作者由於觀察的角度或思考的時間點等因素之不同，故而創製出多首詩篇來。論詩寫作，能對一題寫出絕妙好辭來，已屬不易，而若有作者可針對一題寫出兩首甚至兩首以上，且均具極佳質量者，那麼可證明的，便是其文思之捷，乃如泉湧一般了。南宮搏此類表現極多，如〈黃浦歌〉有七首、〈江淮戰〉三首、〈別江南〉五首、〈待旦坐〉（辛卯——壬辰）四首、（甲午——乙未）五首、〈陌上草〉四首……等等，以下舉〈白髮〉四首及〈歌李承晚〉三首為例證之。

〈白髮〉

南冠日日卜歸期，身似鷦鷯寄一枝；一自紅羊淪末劫，誰言管鮑及微時；陽冰薪火消何速，玉石城門悔已遲；獨立秋風吹白髮，悄無人處動哀思。

顏子蘇秦道不同，心期天地鑒孤心；炎荒草澤尋豪士，歲暮關河隱舊蹤；法曲已拋紅豆怨，客愁但唱白蘋風；殘宵欲續橫塘夢，驚澈人間破曉鐘。

---

[51] 同前註，頁15。

香草秋英未忘情，山繞故國水盈盈；鳳凰投火希新命，夸父追陽踐宿盟；帽影鞭絲春萬里，雲階月地夢三生；增城未許通消息，欲語無憑話遠征。

幽夢懷古托深情，紙上猶驚帶甲兵；賈哭阮狂緣底事？周衰秦暴本難憑。神州逐鹿無餘子，秋水鳴蛙愧獨行；欲挽夕陽回大宙，印須呼友濟滄瀛。[52]

〈歌李承晚〉

韓戰已三年，一吼忽驚天；非關拼玉碎，和成難瓦全。怒蛙亦知鬥，為生志彌堅；跡逆求道順，文殊故欣然；連橫悲失策，蕭蕭易水寒。

吾民與吾土，久已委狼虎；枉信蘭可恃，歲月空延佇；辱本句踐教，奮無楚三戶。奢言仁與義，神州滿狐鼠。我常為此悲，今更愧同侶。

翹首望北陲，罡風吹大旗；為語同命者，李翁事可師；吾亦有狂想，心神共騁馳，恨無夷門客，恨無朱亥椎，欲刦晉鄙軍，為解邗鄲圍。[53]

無論是前面的悲白髮或是後面的歌李承晚，都能從一主題，或連續性或分別性地創作多首詩篇來，其文思泉湧，乃由此見之。

二　次韻疊詩——見其才氣之高

所謂的次韻疊詩，乃指作者依前人之韻，依次作詩，這是古代文

52 同前註，頁46-47。

53 同前註，頁52。

人雅士在作詩時所附加之雅趣，因單純作詩，雖有其個人意志之展現，但詩友間，似乎少了些互動，因此才有此類遊戲，增添樂趣。且有時亦可由此一較高下，畢竟，寫詩雖說是以文會友，但其本身原就有詩友之間互別苗頭的企圖了。

另外，在某個程度上，也有一種「意」的表達，正似仇小屏在《篇章意象論——以古典詩詞為考察範圍》書中說道：「文學作品中出現舊象舊意時，由於讀者都對此有著先備的認識，其所聯繫起來的，是許許多多的文化積澱，所以就可以用最少的字數，喚起最多的情思，因此意味深永，美感綿密。」[54]是極易讓讀者有所共鳴、有所會心一笑的。

南宮搏這類詩作不少，如〈西泠有懷舊遊〉與〈疊前韻懷舊〉、〈名姝〉二首（記金陵舊事次君左佳釀原韻）、〈辛卯冬至前二日宴於公教俱樂部即席贈同座諸公〉與〈水心、君左、太希、惠康、青雨諸氏賜和再疊前韻為答〉、〈酬君左〉二首（壬辰元宵，君左丈招飲於新築。數椽臨水，山鳥泉聲，自有至趣。雖云簡陋，猶勝蝸廬。主人有詩紀事，謹步原韻為答）……等等，此處亦略舉數例佐證之，如：

〈次君左三絕句〉

鎮日關門怯晚**寒**，偶然臨水到池**灣**，南朝無限傷心事，多少樓臺冷珮**珊**。

歸夢千山曉霧**濃**，遣愁無計對長**空**，江南若有春消息，共醉樓臺萬丈**虹**。

愁聞大陸故人**來**，喬木蒼苔事可**哀**，身歷虫沙千百刦，太平春色為誰**開**？

---

54 仇小屏：《篇章意象論——以古典詩詞為考察範圍》（臺北市：萬卷樓圖書公司，2006年），頁248。

〈端午於香港仔再次君左韻〉

魂招端午海雲**寒**，萬槳爭搖碧水**灣**，置酒樓船浮百感，不堪人事日闌**珊**。

嘗得雄黃酒味**濃**，海天浩蕩鳥橫**空**，夷歌處處詩心冷，畫舸朱旗盡彩**虹**。

無復湘靈踏月**來**，美人芳草總堪**哀**，一從屈子沈江後，冷落荒村杜若**開**。

〈三疊前韻即席答林靄民先生〉

詩心五月仍淒**寒**，身似舟行九折**灣**，賦賣長門難舞筆，相如才調漸闌**珊**。

多謝先生旨酒**濃**，因緣兩載未全**空**，如今人事滄桑變，釜底餘薪儻化**虹**。

猶憶間關海角**來**，念家山破有沈**哀**，當時欲斂春秋筆，為待彤雲八面**開**。

〈端午日四疊君左韻〉

如磐雨氣午猶**寒**，千載餘情落淺**灣**，露冷九嶷珠有淚，美人香草兩闌**珊**。

牢落於今祇酒**濃**，本來天問總成**空**，三湘暮雨郊原晦，碧血千年一斷**虹**。

潮飛八月老臣**來**，酒冷端陽興百**哀**，楚國吳宮俱已矣，炎荒靜海野船**開**。[55]

此外，南宮搏亦有「大膽」向古人學習的詩篇，如其〈感舊〉八

---

55 南宮搏：《觀燈海樓詩草》，頁29-31。

首之小序所言：「讀東坡集，見有題虔州八境圖八絕句[56]，緬懷舊遊，感念不已。爰步原韻遣懷，並寄雪松，孟迪，太希諸氏。」詩作如下：

清夢年年繞玉**樓**，他鄉倦旅盡離**憂**，
遺民半已垂垂老，海角還欣見故**侯**。
洛陽青蓋幾時**還**？秋雨吳宮繞郭**寒**；
一自蘇卿來海上，貂裘酒冷憶長**安**。
江邊白骨已成**堆**，陌上榴花十度**開**，
猛憶鬱孤臺上立，千帆如錦雨中**來**。
太平山下萬燈**開**，躑躅天涯酒半**醒**，
回首前塵渾似夢，夕陽孤樹伴螺**亭**。
狂歌曼舞小乘**禪**，虎嘯溪前意惘**然**，
悟徹黃庭丹篆句，曼從人海學焦**先**。
飄蕭海外望寰**中**，南國山川烟雨**濛**，
銀漢紅牆杳不見，要憑歧路辨西**東**。
南荒末刦嘆三**臺**，繞閣妖霓掃不**開**，
玉樹歌殘無限恨，金川池館半蒿**萊**。
承明人物久參**差**，草竊英雄那得**知**，

56　東坡之〈虔州八境圖〉八絕句為其一：「坐看奔湍遶石**樓**，使君高會百無**憂**。三犀竊鄙秦太守，八詠聊同沈隱**侯**」。其二：「濤頭寂寞打城**還**，章貢臺前暮靄**寒**。倦客登臨無限思，孤雲落日是長**安**。」其三：「白鵲樓前翠做**堆**，縈雲嶺路若為**開**。故人應在千山外，不寄梅花遠信**來**。」其四：「朱樓深處日微明，皀蓋歸時酒半**醒**。薄暮漁樵人去盡，碧溪青嶂遶螺**亭**。」其五：「使君那暇日參**禪**，一望叢林一悵**然**。成佛莫教靈運後，著鞭從使祖生**先**。」其六：「卻從塵外望塵**中**，無限樓臺烟雨**濛**。山水照人迷向背，只尋孤塔認西**東**。」其七：「雲烟縹緲鬱孤**臺**，積翠浮空雨半**開**。想見之罘觀海市，絳宮明滅是蓬**萊**。」其八：「回峰亂嶂鬱參**差**，雲外高人世得**知**。誰向空中弄明月，山中木客解吟**詩**。」（東坡詩集，卷十六）

一舉敢從天下死，李侯何止解吟詩！[57]

諸如此類在詩餘中亦有，如前面已提之〈滿江紅〉即是應和岳飛之作。而兩首〈沁園春〉（一首「病中感時並寄君左先生」，一首「疊前韻答君左」），亦有其可觀之處，乃錄之於下：

一水盈盈，亂世桃源，異國旌**旗**，念南陲沃野，紅河落日，千軍解甲，萬馬悲**嘶**。寶劍窮途，明珠有淚，回首從前意亦**癡**。中原事，總周衰秦暴，有待來**茲**。　停驂，莫問何**之**，把虎嘯龍吟付酒**巵**，算綠林豪傑，天涯孤客，庭芳寂寂，野草離**離**，王粲樓頭，淮陰胯下，終古英雄在路**歧**，無窮恨，付長天飛鳥，海底蛟**螭**。（一九五五）

蒼海茫茫，一葉驚秋，風捲軍**旗**。望奔濤無極，大墳連野，飛鴻杳逝，瘦馬長**嘶**。變矣滄桑，猶傷人事，躑躅天涯意若**癡**。君平卜，話紀窮甲午，運轉今**茲**。　真耶？事豈能**之**？痛疑影弓蛇在酒**巵**；縱霸王項籍，英雄孫策，同心異德，難就支**離**。屈子放原，梁鴻竄海，痛哭書生老路**歧**。吳心碎，知風雲何日？際會龍**螭**。[58]

寫來頗有哀悽之色，但韻字相疊之妙，在兩首裏均令人感覺渾然天成，毫無勉強，雖後一首步前一首之韻，如講到國難，其云：「縱霸王項籍，英雄孫策，同心異德，難就支離。屈子放原，梁鴻竄海，痛哭書生老路歧」，卻毫不遜色於前一首之「算綠林豪傑，天涯孤客，庭芳寂寂，野草離離，王粲樓頭，淮陰胯下，終古英雄在路歧」，因

57 南宮搏：《觀燈海樓詩草》，頁22-23。
58 同前註，頁73-74。

此筆者云其才氣之高。

三　情眞意切——明其本性之純

南宮搏深知「情采」之中，以情為先，以采為後；以情為主，以采為輔，是而其詩詞創作，首先要求是否能發乎本性之真，再進而找尋最適當之字眼以置入其中，達到情采兼備、內外兼修的境界。而其率真本性，可由本書之序裡談及為何此書作者署名為「南宮搏」看出，其云：「是集所收詩，大多曾刊於報刊，上編刊出時用『洗木』、『木齋』、『雪庵』、『齊簡』、『史劍』等筆名，下編則以用『史劍』之名為多，兼亦有用『南宮搏』及『馬彬』之名，此次編集，則用南宮搏之名面世也。緣以近年余以此名作小說，書肆以為用之或可略增銷數，詩集本難售出，姓名身外之物，任之可也。但以發表時署名各異，乃稍加說明。」[59]講白一點，就是為了多賣點書、多賺點錢才用南宮搏這名字的，這樣的南宮搏豈不率真！

又其序裡再舉一例說明寫詩本「真」之寫作態度，乃云：「余之詩甚蕪亂，時或有不妥，但求傳意境，抒感想，不欲以字面之工否而更易；如余憶贛州詩有『猛憶鬱孤臺上立，千帆如錦雨中來。』句，友人多有擬易『立』為『望』者，吾意為『立』而見，為偶遇，『望』則為有心；當時，余為偶遇而非有心也，終不肯易——舉此，略示余之寫作態度。」[60]友人之勸其易「立」為「望」，乃為其詩之工整，因「望」後見千帆如錦而來，情境上亦屬連貫；而「立」則無「看」之意，工整上略遜一籌。但南宮搏堅不更易，主因以為其「立」

59　南宮搏：《觀燈海樓詩草．序》。

60　同前註。

於該地，而後「偶遇」千帆，乃無心卻得見之；若改為「望」字，則為訪覓，與原意落差甚大，這就是南宮搏他寫詩求其本真的態度。

這裡舉其〈聞貞淮噩耗口號〉八首為例，看他情真意切之詩篇寫作：

一紙書來報噩音，撫頭長夜只愁吟；
連床憶聽西湖雨，往事而今不可尋。
家書祇許道寒溫，埋骨何方竟未聞；
海內已無方寸地，人間那處可招魂？
身死雖能了百憂，夫妻貧賤事難休；
孤兒寡婦如何了？知汝黃泉有亂愁。
吾父曾誇快婿才，官場百事總堪哀；
長安一局齊輸了，玉石城門盡劫灰。
夜臺消息久沈沈，月黑嚴城露滿林；
故國頻聞新鬼哭，雲天望斷祇傷心。
人間哀絕光榮母，嬌女從軍不敢悲；
仇自戴天人自恨，還拋涕淚育諸兒。
魂魄何時入夢來，兩年生死久疑猜；
今宵為汝長開眼，驚望遙天聽鬱雷。
不堪舊夢又重溫，遊子天涯有淚痕；
無限流離辛苦事，自君死後向誰言。[61]

貞淮為其妹婿，兩人相知甚深，故寫來字字血淚，句句辛酸，讓讀者觀之而與之同悲。第一首突接噩耗，只能抱頭愁思，這次真「天人永隔」了？真再沒機會晤面了？想起當年西湖邊，二人同榻聽雨，從今以後是永不可能再有這番情景了。第二首寫妹婿屍骨竟未得聞葬於何

61 同前註，頁56-57。

地？而我又能至何處招來你的魂魄，與我同歸故鄉，落葉歸根呢？第三首寫你的人雖已死了，但原本你的家境就不甚好，如今即使你到了黃泉，想必心中仍有萬般顧慮於你在世的妻兒吧！他們往後該怎麼度日呢？第四首講當初父親招你為婿時，還欣喜無比，自以為得了個乘龍快婿，誰知世事多變、命運乖厄，你竟已逢劫難。第五首寫像這樣的情形究竟何時方休啊！新鬼之悲傷淒切，實是令人聞之而傷心不忍啊！第六首述雖是有不共戴天之仇，但子女尚小，只能忍氣吞聲，先撫育他們長大再說。第七首論何時你才會到我夢中啊！兩年了，以為你生死未卜，或有一生之機會，沒想到，接到的竟是噩耗，那天邊不斷響著雷聲，今夜恐怕難以入眠了！最後一首寫從今以後沒有你了，我的無限流離傷心事，又該向誰訴說呢？八首讀來，其所流露之純真本性乃不言可喻。

綜上可以看出，南宮搏之詩，無論是體製多樣、深刻內涵，或顯其才華的藝術特色，都有其可觀之處。但筆者在此也再次強調，南宮搏身為一個詩人，其實他直到一九八三年過世前，也都或多或少有詩篇的創作，但斷簡殘篇，蒐羅匪易，又他並無將之再出詩集，以致其詩作數量是無法統計的。而此章僅就《觀燈海樓詩草》一書探討，或許在全面性上有其不足之處，但這乃莫可奈何，幸好，由此亦可稍見其詩篇創作之深厚功力，其它就留待有興趣者再去蒐羅欣賞了，筆者以此做個引薦人可矣！

第六章
批判與分析
——論其春秋筆法之歷史與人物評判

南宮搏身為一歷史學家，對當代是有其使命意義的，因此除寫作歷史小說對古代人物品評之外，他也寫了許多對當世的評判，如最著名者乃《郭沫若批判》；另外還有如《轉型期的知識份子》、《毛共政權分裂內幕》，及對生活多年，與他息息相關的香港變化而集結成的《香港的最後一程》等，這些有的先投稿於報章雜誌，有的則是南宮搏專書寫來批判的，可說極具南宮搏個人鮮明色彩，頗值一觀，自然亦可對之評論。香港嶺南學院翻譯系教授黃國彬曾在〈文學批評中的兩個恆量〉中提到：「出色的文學批評，至少有兩個重要的恆量：獨到的見解和出色的文采」[1]，而南宮搏的評論是否具備這兩個特質？或許我們也可藉此品評一番。以下乃分別論述之。

第一節　對《郭沫若批判》之批判

南宮搏為了批判郭沫若，可說精心苦研其家世背景、求學經過、

---

[1] 本文收錄在香港市政局所編著之《香港文學節研討會講稿匯編》（1997年1月）中，其言所謂：「獨到」一詞，不僅可以形容新體系、新理論；也可以概括批評家就某一文類、某一作家、某一時代、某一作品、某一問題或某一現象所提出的酌見真知；而「文采」是由多種因素組成，其中包括清通多姿的文字，以至作者引人追讀的各種本領，頁221-227。

與友相處、政治追求及婚姻生活等等，用「上窮碧落下黃泉」去形容，絲毫一點也不為過。而令人驚訝的是，在共計二四九頁、約十五萬字的批判中，百分之九十以上，均對其嚴厲批判並大加撻伐；稱譽部分，僅寥寥數處，這是個相當奇特的現象；而譏諷郭沫若所以乏善可陳之因，全是郭本身之偏差性格所引起，此偏差性格，一言以蔽之，即郭沫若乃一「機會主義」之投機份子也。書中屢屢提及於此，如：

> 郭沫若是在「五、四」運動狂濤奔騰之後始崛起中國文壇的。「五四」以前的中國，許多變革都未曾影響及他，這是郭沫若與他同時代的人，出身上顯著不同之處。「五、四」運動有兩種發展，一是對傳統的破壞，一是對未來的建設；郭沫若的思想，承受了對「傳統的破壞」這一面。因此，當中共的叛逆獲得成功，而他亦繼魯迅為中共文化的領導人時，「破壞」的傳統不適用。「建設」又不曾在他心中生根。再者，郭沫若承受破壞的思想，亦屬乘時之舉，用新名詞來說，**機會主義**是也。[2]

這是在「序」中，直接對郭沫若的一生予以毫無可取之評價。其它尚有如：

> 郭沫若沒有政治信念，亦不瞭解近代史的變革路線，他睜開眼來看到的世局，是「五、四」破壞成功的一面，及建設前途的黯淡面；破壞的理論是比較容易懂的，建設的理論，則必須有根基始能領略。郭沫若沒有根基，他在思想上是**機會主義**者，唯一的慾望是希圖獲得個人的成功。（頁12）

---

2 南宮搏：《郭沫若批判》（香港：亞洲出版社，1954年），頁2。另按：此書南宮搏以筆名「史劍」署名作者，但為求全書一致，此處作者亦以「南宮搏」為本書作者。

> 從他和安娜夫人同居之日算起，他們夫婦間足足過了二十年漫長的歲月，其間，郭沫若由一個醫科學生而變為詩人、作家、革命家、政治家，歷史學者和考古家，思想與生活，在表面上看，變遷是大的，但細究起來，郭沫若的**機會主義本質**，二十年如一日，非僅不變，而且深入了。一切的主義，他都接受和運用，但是在**機會主義**的原則之下，他與共產主義，國家主義，三民主義都發生過關係，但也都未有深摯的信仰建立。（頁134）

> 他的成為詩人作家，初期是由才子觀念出發的，但當他一舉而功成之時，才子氣就逐漸減少，流氓的氣質就慢慢抬頭，終於才子加流氓的**機會主義**者。而郭沫若在五四以後的中國文壇能夠獲得成功，主要的也倚靠他的才子加流氓的氣質。（頁183）

凡此之例極多，書中亦隨處可摘，故此書名為「批判」，乃果真批之甚深且毫不留情。此處茲從對郭之人品及著作兩方面陳述南宮搏之嚴厲批判。

一　對其人品批判

批判郭沫若，如前所述，南宮搏是毫不留情的，但他如何批判？批判的是否正確？是否真如南宮搏所自云：「我寫作本書的態度是嚴肅的，我自信沒有厚誣郭沫若」[3]呢？他在〈郭沫若的思想與生活〉一章中，按時間分了「少年時代」、「生理缺陷的影響」、「留日初期」、「從醫生到詩人」、「創造社時代」、「北伐」、「海外十年」、

---

[3] 同前註，頁249。

「八年抗戰」、「從勝利到解放」及「結論」共十節，嚴厲批判郭沫若，但大致而言，我們可從以下五個角度剖析之：

（一）家世背景

在這部分，南宮搏引用郭沫若在其自傳裡所述（本書所引郭沫若話語，南宮搏皆自郭之自傳中摘錄，為求真實，明南宮搏非捏造，以下出處皆註出《沫若自傳》一書）：

> 我們的祖父行二，他是在外邊講江湖，和他的兄弟，我們的四叔祖，兩人執掌沙灣的碼頭，聽說他在世的當時，銅雅府三河都是很有名的。他的綽號叫「金臉大王」，因為他左邊的太陽穴上有一個三角形的金色的痣印。這樣講江湖的人當然是不顧家，他不能不輸財仗義，所以在他的一代，家業也就很凋零了。他的兒女也很不少，是四男三女，這也是很費盤纏的一樁累贅。[4]

因此，南宮搏據此而評論道：「從這一段記載中，我們可以知道郭沫若的祖先的發跡，是從闖江湖開始，漸漸地成為土霸。在四川，凡是掌管碼頭者，一定是黑社會的人物，郭沫若的祖父既有『金臉大王』的綽號，自是江湖好漢無疑。祖先出的身，是書香或是江湖，對子孫原無榮辱可言，但是，祖先的生活路線，對於他的子孫是有其影響作用，郭沫若之成為機會主義者，沿襲他曾祖和祖父作風的成份極大。他在自傳中雖然認為家庭發展史並不光榮，但對於祖先們的路徑，卻不加批判地接受了。他敬仰祖父和父親，為的是這兩條好漢使他成為地主，在郭沫若父親的一代，沙灣郭家似乎已成為地方上主要的霸主

4 郭沫若：《沫若自傳》（北京市：求真出版社，2010年），卷上，頁10。

了。郭的童年，是以地方霸主的少爺身份出現的，因之，他幼小的心靈中，對地域觀念（與土著的鬥爭）極敏銳之能事；此外，他對於繼承父親稱雄江湖是有著相當的憧憬。郭沫若童年的伴侶，多數是豪霸的子弟，以及沙灣的匪徒，這當然因於家庭環境，並不能說郭沫若一生下來就是反叛者。」[5]但實際上南宮搏以為這樣的家庭背景，確實是對郭沫若有極深刻影響的。又如一段南宮搏所舉，亦是郭沫若在自傳中所云：

> 我們父親年青時候是採辦過雲土來做生意的，他自己不曾去過雲南，但他是時常派遣人去的。
>
> 聽說有一次我們家裡採辦雲土的人辦了十幾担從雲南運回，在離家三十里路遠的千佛崖地方便遭搶劫。挑腳逃散了，只剩採辦的人回來。我們父親以為我們家裡遭劫這要算是第一次了。
>
> 但是，奇怪！事出後的第二天清早，我們家裡打開大門的時候，被搶劫去了的雲土原封原樣的陳列在門次的櫃枱上。
>
> 搶去了的東西又送回來，還附上了一張字條：
>
> 「得罪了。動手時疑是外來的客商，入手後查出一封信才知道此物的主人。謹將原物歸原主，驚擾了，恕罪！」
>
> 就這樣無姓無名，不知是甚麼人寫的，也不知道是從甚麼地方寄來。[6]

原被搶走的東西竟又「自動」回到手上，可見這些「江湖人士」對郭家的敬重。這便是郭沫若的家世背景，也因此南宮搏說他自家族影響中，養成一種「土霸」性格。

5　南宮搏：《郭沫若批判》，頁17-18。

6　郭沫若：《沫若自傳》，卷上，頁7。

（二）求學經歷

在求學經歷中，南宮搏可說徹底研究了郭沫若的相關資料，尤其對其「自傳」部分，研究更為詳盡，因此把他讀書的荒唐事全都引述出來，並細細批判，其中某些部分由於是郭沫若的自述，因此彷若也就毫無可疑之處，以下乃略舉數例敘之。

原本的郭沫若是要應考科舉的，但由於清朝在一九〇三年廢除科考，因此郭沫若乃由私塾改為接受學校之教育，而後又在一九〇五年，進入嘉定府的高等小學就讀。

但郭沫若除讀書外，更引人注意的是，他不諱言地談到男同學對他的好感，甚至想強吻他，如：

> 他儘勸我喝酒，我喝吐了。我決意要回學校去，他勸我休息一下再走，引我到一間房間裡面，大約就是他的寢室。他勸我在床上休息，我便和衣睡下去了。他把房門閂了，走到床邊來，出乎意外地把我抱住，要和我親吻。我用力給他一拳，把他打倒在床下……[7]

這雖然是他人強迫他，但這樣的生活，卻彷彿始終出現在他的生活周遭，又如：

> 那時候的那些同學們，不知怎的，大概都是一種變態性慾者，面貌稍微端麗的人，他們都要以一種奇異的眼光看你，他們都好像把你當成了女性的一樣……
>
> 還有一種更下流而且在我們當時的同學中非常普遍的怪現象，便是「偷營」的事。這是在夜半深更乘著別人睡熟了要想去褻

[7] 同前註，頁53。

> 瀆他人的一種勾當。這在當時的小學中稍有面首的差不多人人自危。[8]

也不知是否在這種生活環境下受的影響還是什麼緣故？而後他進入中學就讀時，郭沫若坦承了他的同性之愛，且在自傳中寫得十分露骨，其寫道：

> 在那會員裡面有一位姓汪的少年，他的面貌很端麗，是「轉轉會內之花」；一班的人都是如蠅逐膻的向他獻媚，向他誘惑。
> 他特別和我要起好來。我們差不多每天每天都不能不見面了。
> ……
> 我在這兒才感著真正的初戀了，但是對於男性的初戀。
> 「他避人也是因為怕人說閒話的原故。他專一和我要好，他以前的朋友便對於他嘖有煩言。有一天晚上他和我在月兒塘的草地上走著……
> 他對我說：「我和你好，他們在說我的閒話，但是我是不怕的。我們一個是心甘，一個是情願。」
> 模糊地睡熟了。有人吻著我，把甜蜜的涼汁渡入我的口中。我睜開眼睛一看就是汪君。我真喜出望外了。……
> 說著他又笑融融咬了一口來渡在我的口裡。
> ——「啊，我真愛你呀！」我緊緊地把他抱住。
> 他那晚上就和我睡了一夜，第二天清早還是他給了棧房錢我才出來了的。[9]

是而在那個對同性之戀尚不民主的時代裡，南宮搏對他在中小學的這

8　同前註，頁40。

9　同前註，頁58-60。

種行為及思想，下了「有變態性慾的人，思想上大致都有嚴重的缺點，或陷於陰險乖戾，或者多疑善變，或者沈默自慚，或者狂誕放縱。郭沫若的趨向，四者都有，似乎以多疑善變的成分來得大」[10]這樣的評語來。

而後他因反對一位教師以及因學生和當地駐軍打架，被嘉定中學斥退而來到成都，這時的中國（1909）已是革命之聲四起的中國，但郭沫若看著這些，卻絲毫沒有任何激昂的熱情加入反清的行列，卻反而因離家遙遠，顯得消極甚至頹廢，南宮搏乃批評之：

> 在分設中學的一段歲月，最初是一個小邑裏的孩子來接受都會知識，弄熟了都會中的生活方式之後，郭沫若又像嘉定中學時期那樣，復活了放浪的學生生活。不過，成都並非嘉定，他的家族及把兄弟們的勢力，是無法及於省會人文薈萃之地的，因之，郭的放浪有些接近自暴自棄。他酗酒，他感傷，處處顯得很消極——和他的年齡絕對不適合的一種頹唐。要解釋這種轉變的原因：其實是很簡單的，他是土霸的少爺，一向受到旁人的敬畏。如今，這一份威風因人地不同而失去了；其次，他身體已有了缺陷，這使他由自卑而至於自棄；再次，時代的劇變，使得他有無可把握之悲。他在本質上是一個保守者，但是，和他同時代的青年人已有著急進的思想甚至行動，他跟不上，也不敢走這一條路，而且，保守又有無可再守的感覺，就這樣，青年郭沫若便如孤鬼遊魂，除了飲酒之外，別無出路可走了。[11]

---

10 南宮搏：《郭沫若批判》，頁25。

11 同前註，頁33-34。

南宮搏會這樣說，也是有其道理的，因為正如郭沫若的自述：「說到我自己呢，我是經過了重重失望的人，我差不多是什麼希望也沒有了。我有一個唯一的希望便是離開四川。然而連零用錢都不能不仰給於父兄的人，你怎麼離開呢？在這時是我最危險的時候。我拚命的喝大麯酒、打麻將牌，連夜連晚地沈醉，連夜連晚地窮賭。那時的學校是不住堂的，上課也很自由。我有一次連打過三天三夜的麻將牌，打到後來幾乎連坐都坐不穩了。不打牌不吃酒的時候便是看京戲（革命的結果把京戲輸入了四川），學做成都的所謂『鞸神』（不良少年），總是要坐在戲場中的第一排，對於自己所捧的旦角怪聲叫好……那種自暴自棄的肉麻生活，我在成都足足過了一年半的光景。大哥也很不滿意我……」[12]，最後郭沫若結束了這樣的生活後，竟意外的考取了天津的軍醫學校，也因此他收拾了行囊，往天津出發。

其實他去到天津學醫，本身是件巧合，因為天津軍醫學校正好到各省招生，而讀軍醫又是免費，再加上郭沫若的成都生活該有所止，因此家人給了他一大筆錢後，他就先來到北京，預備找他在北京當官的大哥。

但適巧北京的袁世凱政府和革命黨人關係瀕臨破裂，因此呈現一片混亂景象，是而郭沫若大哥便要他先到日本去，再設法考取官費的留學生，郭沫若也就由此踏上了他的日本留學之路。

初到日本時，郭沫若是勤勉向學的，民國三年（1914）秋，他進了日本第一高等學校的預科，一年後，分發到岡山的六高去受正式的高等學校教育。但在民國四年時，由於日本向袁世凱政府提出二十一條不合理要求，引起中國留學生的集體不滿和返國潮，郭也就隨著回到了上海，但不知何因？他待了三天之後，又悄悄回到日本繼續他的

12　郭沫若：《沫若自傳》，卷上，頁165。

學業。

隨後於民國七年（1918）秋，他進了九州帝國大學的醫科，但或許正如他在為泰東版的「王陽明全集」作序時所說：

> 在一高豫科一年畢業之後，我竟得了劇度的神經衰落症，心悸亢進，緩步徐行時，胸部也振盪作痛，幾乎不能容忍，睡眠不安，一夜只能睡三四小時，睡中猶始終為惡夢所苦。記憶力幾乎全盤消失了，讀書讀到第二頁已忘卻了前頁，甚至讀到第二行已忘卻了前行。頭腦昏眩得不堪，熾灼得如像火爐一樣。我因此悲觀到盡頭，屢屢有想自殺的時候，臨到這樣，對於精神修養的必要的呼聲，纔從我靈魂深處呼喊了出來。民國四年九月中旬我在東京買了一部王文成全集來誦讀。不久纔萌起了靜坐的念頭；又在坊間買了一本岡田式靜坐法來開始靜坐。我每天清早起來靜坐三十分，每晚臨睡時也靜坐三十分，每日必讀王文成全集十頁。[13]

由這樣的閱讀，郭沫若開啟了文學嫩芽，開始投入文學的閱讀、考證與創作，但也放棄了他的醫學之路，是而南宮搏對他的批語是：「於是，一個並不想作醫生的醫科學生，開始走上作家的路，然而，郭沫若也不是為著要達成一種志願而從事創作，他祇試試機會。」[14]以上大概便是他的求學過程。

---

13 南宮搏：《郭沫若批判》，頁53。

14 同前註，頁56。

(三)與友相處

魯迅曾稱郭沫若為「才子佳人加流氓」[15]，也譏諷他是「隱士」、「帶著一副創造臉」[16]這大概一語道破郭的原本性格。而在南宮搏筆下，郭沫若的與友相處一直是以利益為前提，絕少真心交往，尤其如果別人批評了他的文章，那更是被他視為交友上的「黑名單」，因此許多的文人朋友都在與他交往不久後，對他評價不高。

郭沫若曾在嘉定中學就讀期間生過一場大病，使他耳朵受損，並且得了一種脊椎加里（Wirbelcaries），使他的脊椎無法過度勞動，因此原本活躍的郭沫若，從此後，變得較為緘默，又由於聽不清他人說話，對人也萌生疑心，常懷疑他人說他的壞話，因此便造成他人對之誤解，如郭的留日好友高夢旦就曾說郭是個「陰險的青年」[17]；又如和胡適的關係，在胡適的日記一九二三年十月十三日中曾寫道：

---

15 魯迅：《二心集．上海文藝之一瞥》（8月20日在社會科學會講），收錄於《魯迅全集》（臺北市：谷風出版社，1989年），第四卷，頁289-305。此說法魯迅的原文是這樣說的：「……這後來，就有新才子派的創造社的出現。創造社是尊貴天才的，為藝術而藝術的，尊重自我，崇創作，惡翻譯，尤其憎惡重譯的，與同時上海的文學研究會相對立……創造社，既然是天才的藝術，那麼看那為人生的藝術的文學研究會自然就是多管閒事，不免有些『俗』氣，而且還以為無能，所以倘被發見一處誤解，有時竟至於特做一篇長長的專論……創造社這一戰，從表面看來，是勝利的。許多作品，既和當時的自命才子們的心情相合，加以出版者的幫助，勢力雄厚起來了。勢力一雄厚，就看見大商店如商務印書館，也有創造社員的譯著的出版，——這是說，郭沫若和張資平兩位先生的稿件。這以來，據我所記得，是創造社也不再審查商務印書館出版物的誤譯之處，來做專論了。這些地方，我想，是也有些才子+流氓式的。」

16 郭沫若在1941年8月10日〈告鞭屍者〉中寫他和魯迅的對罵：「魯迅譏誚過我為『隱士』，『帶著一副創造臉』。我呢也譏誚過他那『朦朧的醉眼是玲瓏的腹眼』。」出自《郭沫若全集．羽書集》（北京市：人民文學出版社，1992年）第18卷，頁370。

17 南宮搏：《郭沫若批判》，頁30。

> 沫若邀吃晚飯，有田漢、成仿吾、何公敢、志摩、樓□□（石庵），共七人。沫若勸酒甚殷勤，我因為他們和我和解之後這是第一次杯酒相見，故勉強破戒，渴（喝）酒不少，幾乎醉了。是夜沫若、志摩、田漢都醉了，我說起我從前要評《女神》，曾取《女神》讀了五日，沫若大喜，竟抱住我，和我接吻。[18]

談到興奮處，郭沫若還吻了胡適呢！可見兩人關係極為密切。但另一方面，郭由於嫉妒，對於胡適卻又採取兩面手法，而妒忌他什麼呢？南宮搏寫道：

> 胡適之和創造社開了一次筆戰之後，到上海時曾數訪郭沫若，一時交遊甚密，但是郭沫若妒忌胡適的地位，又憎恨胡適能在商務印書館拿到大薪水，而自己則又無緣入商務，因之對胡恨入骨髓。[19]

若郭如此，這就完全是一種小心眼的態度了！又如郁達夫和郭沫若的關係，兩人原都在「創造社」，只是郁在真正接手時，郭則接受泰東書局的旅費，去了日本，而一份在郭手上始終無法出刊的「創造季刊」，卻在郁一接手後，立刻預告出刊，因此南宮搏猜測兩人的不合（或說郭對郁的不滿吧）是由此開始的，其寫道：

> 因郭在上海數月，始終不能定出一個出版日期，而他一走，郁達夫立刻由計畫變為行動，此點是使他氣短的，其次，在郭的心目中，郁是由他向泰東推薦的人物，如何可以擅作主張，刊

---

[18] 胡適著、曹伯言整理：《胡適日記全集》（臺北市：聯經出版事業公司，2004年），第四冊，頁121。

[19] 南宮搏：《郭沫若批判》，頁30。

> 登預告？郭郁的友誼一度中斷，追溯原因，此一預告的關係可能很大的。[20]

因郭沫若在那時候始終搖擺在鑽營進入中國出版業最大的商務印書館或甘心屈就於泰東書局，因此心思是紊亂的，而「創造季刊」這個計畫也就始終是個「計畫」而已。但其實郭除了決斷力不足外，其創作，即使連郁達夫也曾如此批評道：「他常常力不從心，心想如長江大河，結果成了迴溪弱水。」[21]但對郭沫若如此批判者，其實並不只郁達夫，似乎田漢也對郭沫若的才華深感失望，而且這內容還是出自郭沫若的自傳當中，其寫道：

> 壽昌（田漢字）來訪的結果是產生了一部三葉集，所蒐集的是白華、壽昌和我的通信。壽昌對我有很大的失望。他回東京時，路過京都，和鄭伯奇見面，伯奇問他見了我的感想如何。他說了一句「聞名深望見面，見面不如不見。」這是後來伯奇對我說的，但我相信絕對不是假話。因為壽昌對我也露過這樣的口氣。[22]

或許我們可說他們乃文人相輕，這也不無可能！但郭沫若與友相處的情形，亦可由此略窺一二。

再談張資平，他和郭沫若關係極深，也是首先由他和郭沫若提議辦一本雜誌，隨後再拉郁達夫及成仿吾進來，這四人也就是後來創造社的四巨頭。

但郭是瞧不起張資平的，這在他的「創造十年」中提及過，原因

---

[20] 同前註，頁78。

[21] 同前註，頁217。

[22] 郭沫若：《沫若自傳》，卷上，頁226。

卻是郭諷刺張讀《留東外史》這種「趣味低劣」的書[23]。簡言之，在和朋友交往這部分，由於本身的身體缺陷，進而造成他的心理缺陷，隨之的，則是對朋友的無法信任與作品鄙視，整個過程，南宮搏是如此批判的。

（四）婚姻情況

郭沫若一生共有三次的婚姻狀況，除第三任外，前兩任都有不同的遺憾之處。

第一任是他在二十歲（1912）時所結，但結果是讓郭沫若失望的，他稱第一任太太為「猩猩女士」，在洞房花燭夜時就後悔不已，因此他也寫了一篇「黑貓」的文章，說明他對這樁婚姻的不滿、對媒妁之言的憎恨，題名「黑貓」，緣由即是「隔著口袋買貓兒，交訂要白的，拿回家去才是黑的。」[24]這是讓郭沫若極懊悔的，是而在文章中，他寫著這樣的話：

> 在我年假回家之後，蘇溪的張家便有信來，希望在一兩月內便行婚禮。這次我在家中，父母是徵求了我的同意的。我的一生如果有應該要懺悔的事，這要算是最重大的一件。我始終詛咒我這項機會主義的誤人。我反正是訂了婚的，我自己不曾掛過獨身主義的招牌，早遲免不了的一關便是結婚。她不是人品很好，又在讀書嗎？她處的是鄉僻地方，就說讀書當然也只是一些舊學。但只要她真正聰明，舊學也有些根底，新的東西是很容易學習的。我可以向父母要求，把她帶到成都去讀書，我也可以把我所知道的教她，雖然說不上是有愛情的結合，我們的

23 同前註，頁212。

24 同前註，頁157。

> 愛情不是可以慢慢發生的嗎？——是的，這點便是我的機會主義。[25]

這段婚姻是郭沫若稱其一生中最大的遺憾，也是最要懺悔之事，也因此他只在家中住了五天，便離開往成都去，然後自暴自棄的過著他的中學生活。之後又彷如要逃脫這位「猩猩女士」的魔掌一般，又糊里糊塗的考上天津的軍醫學校，接著就打包行李前往北京，這些時，他是從未攏及這位夫人的，後來也絕少與之會面。

而第二任夫人則是他在日本求學時所認識的安娜女士。這位女士和郭沫若的生活是刻苦的（因郭只是個領取官費的窮留學生，而官費郭自己生活足矣，但要養家活口，卻是極為艱辛的），甚至在民國七年，留日學生群體反對「中日軍事協約」，因此發動罷課，並要求凡娶日本妻子者，都應離婚以明志。但郭沫若此時已和這位安娜女士有了一個五個月大的兒子，所以他沒有離婚，也沒有隨眾回國，為此，郭還被冠上「漢奸」的帽子，這是我們要稱許郭不願背棄的地方，但由此也可知安娜女士的處境，其實是非常辛苦的。

直到「七七事變」的發生，郭終於不能不拋下妻子和五個孩子回國了，這段內心煎熬的過程，他記在了〈由日本回來了〉這篇文章中，寫道：

> 今天是禮拜，最後出走的期日到了。自華北事變發生以來，苦慮了十幾天，最後出走的時間終竟到了。
>
> 昨夜睡甚不安，今晨四時半起床，將寢衣換上了一件和服，踱進了自己的書齋。為妻及四兒一女寫好留白，決心趁他們尚在熟睡中離去。

---

[25] 同前註，頁154。

> 昨晚由我的暗示，安娜及大的兩個兒子，雖然知道我已有走意，但並不知道我今天便要走。我怕通知了他們，使風聲伸張了出去，同時也不忍心看見他們知道了後的悲哀。我是把心腸硬下了。
>
> 留白寫好了，連最小的六歲的鴻兒，我都用「片假名」（日本的楷書字母）替他寫了一張紙，我希望他無病息災地成長起去。
>
> 留白寫好了，我又踱進寢室，見安娜已醒，開了電燈在枕上看書，自然是因為我的起床把她驚動了的。兒女們縱橫地睡著，均甚安熟。
>
> 自己禁不住淌下了眼淚。
>
> 揭開蚊帳，在安娜額上親了一吻，作為訣別之禮。她自然不曾知道我的用意，眼，沒有離開書卷。
>
> 吻後躡木屐下庭園……
>
> ……
>
> 走上了大道，一步一回首地，望著妻兒們所睡的家。
>
> 燈光仍從開著的雨戶露出，安娜定然是仍舊在看書。眼淚總是忍耐不住地湧。
>
> 走到看不見家的最後的一步了。[26]

如南宮搏所說：「這一頁日記，可以說是郭沫若海外十年至情流露的文字，而且，從這段記載中，我們可以看出郭沫若的日本太太，是一個崇高偉大的女人，她於民國五年和郭沫若結識而同居，和郭沫若足足二十年的患難歲月，生了四男一女，而並未得到正式的夫人名

[26] 同前註，頁615-616。

義（因為郭沫若並未與在四川的太太離婚。）」[27]，這樣一位女性，是值得我們敬仰的，但郭卻在之後的八年抗戰中，結識了他的第三位夫人立羣，也生了五個兒女，而拋棄了獨自在日本含辛茹苦養育小孩的安娜女士，無怪乎南宮搏又毫不留情的批評他：「在他的生命中，經過了三次婚姻生活，有十個兒女，但是，五個兒女在日本，得不到父親的庇護。一個人的父性的泯滅，在我是很覺得可悲的。」[28]但同樣一件事，在革命家也是學者張秀哲的眼中，張是這樣解讀的：「郭沫若先生是國內一位最特色的革命詩人，同時也是一位實踐的革命政治家，我們在廣州及日本的千葉縣也曾談過幾次。他為了革命工作，歷來對其個人的家庭生活常是不予過問，非常簡單，當他隨從國軍出發北伐的時候，他對家裡夫人子女的米糧也沒有為他們充份的準備而託他的友人代為設法，到了革命軍克服武漢的時代，他雖身居權要但對金錢物質纖毫不染，身無一物甘願孤身亡命日本十數年，到底是做個窮困的文人，抗戰的時代後來又在日本拋棄妻子祕密脫出日本又再跑到重慶去參加抗戰，實在可令人十分敬仰的。」[29]因此，若我們「持平」一點的看待，在邢小群的《郭沫若的三十個剪影》中一書，轉述了這樣的話：「郭沫若『別婦拋雛』不到一年，就與于立羣結婚，受到外界的批評。他的家庭責任感的確有問題。但是也有別的因素。他與田漢交談，認為婚姻是墳墓，他感到了生活的滯累。從他獨身生活的處境看，他無法過沒有家庭的生活，而家庭生活的艱辛又常給他和安娜帶來矛盾。日本女子在家主內的傳統，使她們把錢看得很緊，摳得很細，好處是日子仔細，但令中國男人頭疼，沒有經濟上的自由。安

---

27 南宮搏：《郭沫若批判》，頁133。

28 同前註，頁156。

29 張秀哲：《「勿忘臺灣」落花夢》（新北市：衛城出版社，2013年），頁72-73。又：此書最早由臺北的東方出版社於1947年8月出版。

娜把郭的稿費也攢得很緊，並且始終不同意郭棄醫從文。這些都難免引起矛盾。安娜的兒子認為，他們母親脾氣很暴躁，而父親在母親發脾氣時，總是一聲不吭。這可能也是郭沫若『拋婦別雛』的另一原因。」[30]冰凍三尺，非一日之寒，是不是全郭沫若的錯，立場不同，對事物的看法也不一樣，況且「清官難斷家務事」，這裡或者如「作家身影」製作人蔡登山在〈多情無情心自明——風流才子郭沫若的情愛糾葛〉之最後結論這麼說：「郭沫若自認才子風流，在他的生命中有道不盡的愛戀糾葛、說不清的恩怨情天、訴不完的悲歡離合！張瓊華為他獨守空閨，安娜為他含辛育子，于立忱為他命喪黃泉，『情到多時轉為薄』，是多情是無情，恐怕只有他心中自分明了！」[31]應也留有一些各抒己見的空間才是。

（五）政治追求

立場搖擺，機會主義遂行者，大概就是南宮搏對郭沫若在政治上的評價。這樣的說法，延續了一貫在《郭沫若批判》中對郭的評判。

南宮搏以郭沫若最顯明的搖擺就是在國共兩黨之間的選擇。在和國民黨親近時，由於郭沫若在上海租界中，參加群眾集會、發表演講，並寫了些熱情奔放的詩文，因此在陳誠的敦請下，郭沫若見了蔣介石。這一段過程事實上郭也寫在一篇名為〈在轟炸中來去〉的文中，茲摘錄如下：

> 我也感覺到蔣的精神似乎比以前更好，眼睛分外有神，臉色異常紅潤而煥發著光彩，這神彩就是在北伐當時都是沒有見過

30 邢小群：《郭沫若的三十個剪影》（臺北市：秀威資訊科技公司，2011年），頁16-17。
31 蔡登山：〈多情無情心自明——風流才子郭沫若的情愛糾葛〉，《國文天地》第13卷第9期（1998年2月），頁97。

> 的……
>
> 「目擊而道存」，儲蓄在腦子裏所想說的話頓時感覺著絲毫也沒有說的必要了。因為我感覺著蔣的眼神表示了抗戰的決心。只要有這一決心就好，就能保證抗戰的持久性……
>
> ……
>
> 蔣又說，希望我留在南京，希望我多多做些文章，要給我一個相當的職務。
>
> 我自己也感覺著，我的工作是以做文章為最適宜的。我因為耳朵聾，沒有可能參加任何的機構。別人的議論我既不能聽取，自己的意見也就無從交流。我把這個情形直率地說出了，我說，文章我一定做，但名義我不敢接受。
>
> 蔣說，一切會議你都不必出席，你只消一面做文章，一面研究你的學問好了。[32]

雖是說沒接受任何職務，但兩人的友好關係是可見得了！而這篇文章，卻讓南宮搏瞧不起郭的為人，他說：「……他用盡了一切崇敬的字眼，來描繪抗戰的領袖，他自認渺小無比，因為他在偉大人物的面前——一個史無前例的偉大人物的面前。他寫在握手時自己感到震顫，他寫在蔣委員長的目光中，感到無比的振奮。對於偉大人物的崇敬，是應從思想一致出發，但是，郭沫若所云，祇是阿諛而已。」[33]這是郭對國民黨當時的態度。

而當他投向共產黨時，在其〈請看今日之蔣介石〉開篇即說：「蔣介石已經不是我們國民革命軍的總司令，蔣介石是流氓地痞、土豪劣紳、貪官污吏、賣國軍閥、所有一切反動派——反革命勢力的中

32　郭沫若：《沫若自傳》，卷下，頁651-652。

33　南宮搏：《郭沫若批判》，頁137-138。

心力量了。」[34]接著用一萬多字的篇幅「淋漓盡致」地罵蔣介石，雖說對一個人的觀察會因時空背景或認識深淺有所變動，但這前後或許反差也太大了，讓南宮搏難以接受。

南宮搏又以為他的嘴臉是極盡諂媚巴結之能事，他舉例郭沫若代表中國人民獻給蘇聯科學院慶祝大會的祝詞全文是這樣說的：

> 全人類都在景仰著蘇聯的偉大的成就，在不足三十年的期間建立了一個光輝燦爛的社會主義的共和國。
> 全世界都在慶祝著蘇聯的偉大勝利，在不足四週年的愛國戰爭中把最兇頑的法西斯野獸希特勒的第三帝國消滅了。
> 這空前的戰況和勝利決不是偶然的。今天我們迎接著蘇聯科學院第二二〇週年紀念，恰巧提出了一個極深長的啟示。
> 在這兒，科學是純粹為人民服務的，科學和人民結合了。這邊增加了科學的力量，也增加了人民的力量。這便是蘇聯建國成功和抗戰勝利的一個主要因素。
> 蘇聯科學院在彼得大帝的雄圖之下成立，在人民領袖列寧斯大林的領導之下得到了輝煌的發展。促使這科學與人民的結合，我是衷心慶祝而景仰的。我願意把我們的聲音傳達出來。
> 我們敬祝蘇聯科學院的偉大的成就，莫斯科學院領導著世界文化為人民服務的道路上發展，使人類理智獲得永遠的勝利。
> 蘇聯科學院萬歲！
> 蘇聯科學院的領導們萬歲！
> 偉大的人民領袖，科學的開拓者和保護者，斯大林元帥萬歲！
> 一九四五年六月二十七日晨於列寧格勒
> 郭沫若敬祝

34 郭沫若：《沫若自傳》，卷下，頁459。

蘇聯科學院惠存[35]

這篇祝詞在南宮搏的批判中只值兩個字——「奴性」。為了得到蘇聯的讚賞，為了自己的前途，忘了祖國，忘了蘇聯和偽滿州國仍有正式聯繫。且不僅止於此，郭沫若還寫了一本《蘇聯遊記》，內容也是極盡歌頌之詞語，如：

……蘇聯的孩子們非常天真，他們對於外來的人並不感覺生疏，不用說更沒有絲毫侮蔑的情態，他們真好像生在樂園裡的天使一樣。我愛他們。像這樣在自由的天地中所陶養出來的第二代，應該可以說是真正的人類的開始吧！[36]

南宮搏說，所以中國的孩子不是人類的開始？所以中國的孩子天生是奴隸？無怪乎此書可被翻成俄文，傳播於蘇聯國內。祝禱之詞或許還有拍馬屁的空間，一本遊記也需如此嗎？南宮搏非常不以為然。又如其中的一首詩如此寫著：

黨代表的集體農場，
真是個人間的天堂，
親愛的人們，
一個個和天神一樣。
世界上再沒有
這樣好的地方！
葡萄美酒，當作茶湯。
擊掌高歌，震破土牆。

35 南宮搏：《郭沫若批判》，頁152-153。
36 同前註，頁153-154。

親愛的人們，

你們是幸福無量！

我慶祝你們的健康。

烏拉[37]，蘇維埃人民！

烏拉，斯大林！[38]

文學上我們雖然認同「誇飾」的修辭法，但在郭接二連三諸如此類的頌詞後，卻也不免令人略皺眉頭，質疑他為何以近乎諂媚的文辭，如此歌頌蘇維埃政府？難道真如南宮搏之云其「奴才嘴臉」、之云其「他是一個機會主義者，他祇期待在夾縫中找利益，他祇顧到自己個人而不曾顧到任何一個集團的利益，國家利益自然更談不上」[39]這樣的無恥之徒嗎？這是值得我們細思的。

二　對其作品批判

郭沫若的作品極多，包含詩、散文、戲劇及歷史研究等等，但由於作品內容及郭的身份地位和人格特質，因此評價也就褒貶不一。褒的部分如大陸作家巴山在〈郭沫若外傳（三）〉中就說：「在文藝方面，他既是詩人、又是作家、又是書法家、戲劇作家、考古學家等等，說明了他的成就卓著。一九三八年一月到達重慶起至一九四六年離開重慶的八年間，他寫了大量的詩、文，寫了著名的《棠棣之花》、《屈原》、《虎符》、《高漸離》、《南冠草》、《孔雀膽》等六部歷史劇……這些別開生面的創見，以散文詩一樣的語言，寫了出來，

37 「烏拉」為俄語之萬歲的意思。

38 南宮搏：《郭沫若批判》，頁154-155。

39 同前註，頁156。

凝煉精粹，十分感人。……一九四三至一九四五年郭沫若還撰寫了著名的《青銅時代》和《十批判》。同時還寫了大量的詩文以及雜文和散文，其中有考證精詳、寄情訪古的如《釣魚城訪古》、《題畫記》等；有的悼念故舊、撫今追昔，如《悼江村》、《追懷博多》等；有的諷刺現實、借物為喻，如《驢豬鹿馬》、《羊》；有的逸興遄飛、『卒章顯志』如《緣》、《無題》等。真是多姿多彩、盡態極妍，寫出了作者的真實情感，洋溢著蔥蘢的詩意。……」[40]備加讚譽。但貶抑的呢？如陶怡在〈罪惡的產兒——郭沫若〉開篇即寫道：「郭沫若今年已經八十二歲。他目前常以偽全國人代常委會副委員長及偽科學院院長身分，出現北平。不錯，郭沫若是活著；可是『他已經死了』！早在一九四九年中國大陸淪陷的前夕，他已經成了一具行屍走肉，被中國廣大的知識份子所唾棄了！」[41]這很清楚是兩種陣營的人對郭的批評，而這樣公允嗎？南宮搏又是如何批評他的作品的呢？這是這一小節裏我們所要討論的。

（一）對其詩的批判

雖然南宮搏也對郭沫若舊體詩有所批判，但僅佔其批判詩部分的十分之一而已，約每個時期錄其一、兩首而簡略批判之，如郭因日本提出二十一條條約時，忿然回國所紀之詩乃：

> 哀的美頓書已西，衝冠有怒與天齊。
> 問誰牧馬侵長塞，我欲屠蛟上大堤。
> 此日九天成醉夢，當頭一棒破痴迷。

40　巴山：〈郭沫若外傳（三）〉，《中外雜誌》第51卷5期（1962年5月），頁122。

41　陶怡：〈罪惡的產兒——郭沫若〉，《藝文誌》第29期（1973年5月），頁53。

男兒投筆尋常事，歸作沙場一片泥。[42]

南宮搏只評：「自係不成熟的作品，但是，少年寫意，得此亦差強人意了。」其實認真來說，筆者以為以南宮搏對郭沫若的「成見」，能說出他此詩在寫意之處已「差強人意」這樣的話來，已屬難能可貴。而他又提到，郭沫若曾寫了一首〈次魯迅元韻〉：「又當投筆請纓時，別婦拋雛斷藕絲。去國十年餘淚血，登舟三宿見旌旗。欣時殘骨埋諸夏，哭吐精誠寫此詩。四萬萬人齊蹈厲，同心同德一戎衣。」[43]對此詩，南宮搏的評語是「此詩較魯迅原作是差得很遠的，但在郭沫若的作品中，卻是上乘的了，大約寫這首詩時，他的情感比較純淨」[44]，雖仍不輕易承認此詩為佳作，但說其寫作此詩時的情感比較純淨，其實即承認此詩乃呈現一種慷慨之心充塞於詩作之中的內涵與價值。大抵南宮搏之評郭沫若舊體詩約是如此。

新詩才是南宮搏批判的重點。郭沫若首先寫的，也引起文壇重視的，正是他的新詩，且由於他的新詩受西方影響，其熱情奔放之處，獨樹一幟，難得的是，如南宮搏也稱讚「他寫詩的勇氣是值得佩服的，中國新詩中第一個插入外國文學的是他，而使新詩綜合西洋散文與中國舊體詩的也是他。」[45]又說：「郭沫若的新詩，在中國新詩壇，特別是民國十六年以前，當然是名列前茅的一人。」[46]其中眾所稱頌且被認為是郭之代表作的《鳳凰涅槃》，就讓南宮搏認為是一首成功的新詩，不僅取材新鮮，在主題的表現上也算正確：

---

[42] 郭沫若：《沫若自傳》，卷上，頁459。

[43] 南宮搏：《郭沫若批判》，頁209。

[44] 同前註。

[45] 同前註，頁195。

[46] 同前註。

> 五、四以後，大家把這一新文化啟蒙運動看作人的覺醒，以歐洲的文藝復興（Renaissance）來比擬。鳳凰接受火的洗禮而再生，對當時的中國，是一種極好的比喻。而且，在意識上也是健康的；其次，這首長詩，在技術上也相當圓熟，層次分明而前後意氣能夠一貫。這些是成功的地方。[47]

而余光中也曾在〈從古典詩到現代詩〉一文裡，坦言自己最早接觸到的新詩是郭沫若的〈鳳凰〉及臧克家的〈烙印〉，並說這兩本詩集雖稱不上是傑作，但對於年輕的他也起了一些的影響[48]。而余光中也有一詩名〈鳳凰〉，雖和郭詩全不相同，但對余光中素材的啟發應是有的，可見此詩卻有其可稱頌之處，以下乃錄其序曲印證之：

> 《鳳凰涅槃・序曲》
> 除夕將近的空中，
> 飛來飛去的一對鳳凰，
> 唱著哀哀的歌聲飛去，
> 銜著支支的香木飛來，
> 飛來在丹穴山上。
> 山左有枯槁了的梧桐，
> 山右有消歇了的醴泉，
> 山前有浩茫茫的大海，
> 山後有陰莽莽的平原，
> 山上是寒風凜冽的冰天。

47　同前註，頁198。

48　此語原文為「我最早接觸到的新詩，是『鳳凰』和『烙印』。事實上，這兩本詩集都不能算傑作，可是對於年輕的我，頗發生一點影響。」收錄於余光中：《掌上雨》（臺北市：大林書店，1970年），頁179。

天色黄昏了，
香木集高了，
鳳已飛倦了，
凰已飛倦了，
他們的死期將近了。

鳳啄香木，
一星星的火點迸發。
凰扇火星，
一縷縷的香煙上騰。

鳳又啄，
凰又扇，
山上的香煙瀰散，山上的火光瀰散。
夜色已深了，
香木已燃了，
鳳已啄倦了，
凰已扇倦了，
他們的死期已近了！

啊啊！
哀哀的鳳凰！
鳳起舞，低昂！
凰唱歌，悲壯！

鳳又舞，

凰又唱，

一群的凡鳥，

白天飛來觀葬。[49]

文辭中充滿哀傷、悲鳴之語，但同時也期待那浴火重生的新中國重新站起，光耀世界。因此田漢讚嘆他說：「與其說你有詩才，不如說你有詩魂，因為你的詩首首都是你的血、你的淚、你的自傳、你的懺悔啊。」[50]但南宮摶或許是因郭之人品而連帶著對其作品亦有所不滿，如光這「序曲」的部分，他就說到：「至於這首詩的缺點，在於用詞有不少地方是勉強的，譬如上引的『序曲』中『山上的香煙瀰散』，『散』字之上加一個『瀰』字，是不通的；再如『鳳起舞，低昂！』『低昂』一詞用以形容聲音較自然，形容舞姿，便很勉強了！次如用『消歇』來形容『醴泉』的乾涸，也不妥當，凡此，皆可以看出郭沫若對中國文學的修養較差，是在寫作時臨時湊集詞句，而未有積累的根基。這也可以看出他的寫作態度並不怎樣嚴肅的；再者，『鳳凰涅槃』在不少地方為了格律和韻腳，有時失之贅，有時稍覺牽強。」因此最後南宮摶下了「這雖是一首好詩，但未到不朽的地步」[51]這樣的評語來。

但南宮摶終還是稱讚了他的〈爐中煤〉為上乘之作，其詩如下：

呀，我年輕的女郎！

我的辜負你的殷勤，

你也不要辜負了我的思量。

---

49 南宮摶：《郭沫若批判》，頁195-198。

50 轉引邢小群：《郭沫若的三十個剪影》，頁25。

51 南宮摶：《郭沫若批判》，頁198。

我為我心愛的人兒，
燃到了這般模樣！

啊，我年輕的女郎！
你該知道了我的前身，
你該不嫌我黑奴鹵莽，
要我這黑奴的胸巾，
纔有火一樣的心腸。
啊，我年輕的女郎！
我想我的前身
原本是有用的棟樑，
我活埋在地底多年，到今朝纔得重見天光。

啊，我年輕的女郎！
我自從重見天光，
我常常思念我的故鄉，
我為我心愛的人兒，
燃到了這般模樣！[52]

一首雖簡易卻激情的新詩，讓人在細細咀嚼之後，越發覺其箇中韻味；再搭配其子題，乃名為「眷念祖國的情緒」，更是讓人充分感受到這「棟樑之材」原本該效命國家，但前次錯失機緣，無以報用，此次雖埋變為煤，仍期待不惜燃燒自己以救國。此詩亦讓一向挑剔郭沫若作品的南宮搏心服，稱其「圓渾含蓄又流露至情」，亦可稱為郭之代表作。

[52] 同前註，頁199-201。

此後，郭的詩絕少讓南宮搏讚許的，除延續〈爐中煤〉的〈述舊〉一首外，其它多是批判，如〈詩歌國防〉、〈戰聲〉、〈罪惡的金字塔〉、〈紅場觀體育節〉等，均讓南宮搏批評的一無是處，因此南宮搏在郭沫若「詩」的成就部分，說了這樣的話：「詩人的創作生命，在郭沫若是很短促的，當他初起之時，在中國的新詩壇確也露出一些光芒，可惜這光芒的時間太短，詩人郭沫若不甘心以詩人終身，於是，他也不能成功一個真正的詩人。」[53]但郭詩真不好嗎？在一九二三年，許乃昌於〈中國新文學運動的過去現在和未來〉[54]一文中，介紹一九二二年中國新文學，列舉同年出版之重要詩集時，即列上了郭沫若之詩集《女神》；而張我軍更評價郭之詩乃：「他的詩纔是現代的詩、和世界各國的詩合致。」[55]諸如此類的評價亦不少，郭沫若在新詩的成就真不能成為真正成功的詩人？是立場之故？還是作品優劣的問題？或許可再思索之。

（二）對其散文的批判

在南宮搏的批判散文中，是連小說、遊記、自傳等均含括其間的，原因是郭沫若曾對自己的作品作了一本選集，而其中第二輯中有「詩選」、「散文選」及「劇選」等三種，但郭自身卻將小說、遊記及自傳放入在「散文選」中，因此南宮搏在此也就一併討論之。

南宮搏大約只稱讚了郭沫若的《沫若自傳》（含第一輯「少年時代」與第二輯「革命春秋」兩本）及《海濤》（亦屬自傳）等三書，

53　同前註，頁208。

54　許乃昌：〈中國新文學運動的過去現在和未來〉，《臺灣民報》第4號，1923年7月15日，頁3-4。

55　張我軍：〈詩體的解放（續）〉，《臺灣民報》第3卷第9號，1925年3月21日，頁12。

因其價值乃可見郭之為人與當時之時代背景；另外《羽書集》、《抱箭集》、《蒲劍集》、《今昔集》（此二書後來合為《今昔蒲劍》）、《沸羹集》及《天地玄黃》第六集，這些書中所含內容相當廣泛，有宣言論文、日記隨感及遊記（不含《蘇聯遊記》）等，也可略加欣賞，尤其歷史部分，是較完整而具價值的。

至於他的小說，在南宮搏這位小說大家眼中，似乎是不足一觀的，如他評：《牧羊哀話》是一篇憑幻覺的直感寫成，談不上內容和技巧；《月蝕》、《芭蕉花》、《三詩人已死》，雖描寫較為實際，但缺少小說應有的高潮和氣氛；《賣書》應是隨筆而非小說；《曼陀羅華》屬自敘式的散文，亦非小說；《紅瓜》既像日記，又發議論，實對小說格調破壞無遺。而郭沫若自己感到最滿意的歷史小說《楚霸王自殺》與《司馬遷發憤》，也同樣被南宮搏評的一無是處，因為南宮搏認為，郭對楚霸王與司馬遷兩人的個性沒有把握到，而兩人的遭際，他只直抄史書，卻並未將其歷史事跡小說化，這些都是南宮搏以為郭沫若小說的不足為觀之處。

南宮搏說：「看郭沫若的散文，有一個比擬：那是一條崩決了的河流，漫無目的地流向田野，有時粗豪奔放，有時則被地形侷限成一條泥溝。決突出來的洪水，自己無法控制，故爾不能保持一定的格式」[56]，這便是他對郭沫若散文作品的整體評價。但同樣的，王詩琅說他在十五、六歲時便閱讀了一九三〇年代的中國文學，其中包括郭沫若的詩或小說[57]。賴明弘則在〈郭沫若先生的信〉中提到他看到了郭沫若在《改造》所發表的隨筆，立刻寫到出版社欲詢問郭之地址，想

---

56 南宮搏：《郭沫若批判》，頁217。

57 張炎憲、翁佳音編：《陋室清士——王詩琅選集》（臺北市：弘文館出版社，1986年），頁217。

奉信趨教[58]。和南宮搏兩極的看法，也是不少的。

（三）對其戲劇的批判

批判戲劇則是一件極難之事，因為戲劇所講究的條件甚多，尤其在演出之際，舉凡舞臺、燈光、服裝……均是，因此若單純只憑劇本文字，是有其侷限性的，是故南宮搏只評他看過的三部戲《棠棣之花》、《屈原》及《虎符》[59]，不過幸好郭沫若所做戲劇都是史劇，因此應不致有太大偏差才是，在此限於篇幅，僅以《棠棣之花》及《屈原》為例探述之。

《棠棣之花》是部郭沫若自認也是一般公認為郭之代表作作品，寫作時間跨度二十二年，其反應之熱烈，就連周恩來也先後看了七次[60]，且每每修改，精益求精，這點南宮搏是表示讚許的。但南宮搏卻明白指出此劇在主題和全劇處理的寫作技巧上有著極明顯的失誤。

在主題上，南宮搏以為此劇歪取了歷史事實而造成兩大缺失：一是《史記．刺客列傳》中，聶政是為報嚴仲子的知遇之恩，而為之效死，而嚴仲子是和韓相俠爭權失敗，因此為報私仇而任聶政為行刺之事。但郭沫若卻將嚴仲子寫成是位憂國憂民的賢士，把聶政寫成了為人民除害的英雄。二是史書中寫到，由於聶政與其姐聶嫈感情極深，因此聶政怕連累姊姊，故自毀容貌，使人不能辨識。但在事發之後，聶嫈仍不顧一切，前往認屍，最後撫屍慟哭，悲傷而死，這段是最令人動容之處的，但郭沫若卻對聶嫈的認屍賦予政治意識，如其中一段由聶嫈所唱：「不願久偷生，但願轟烈死。願將一己命，救彼蒼生

58　賴明弘：〈郭沫若先生的信〉，《臺灣文藝》第2卷第2號（1935年2月），頁98。

59　同此時期1941-1943還有《高漸離》（《筑》）、《孔雀膽》及《南冠草》，另外在1959至1960年郭沫若又寫有《蔡文姬》和《武則天》兩部史劇。

60　此語出自邢小群：《郭沫若的三十個剪影》，頁73。

起。蒼生久塗炭，十室無一完，既遭屠戮苦，又有饑饉患。」這是完全不符合史實的。而南宮搏以為戲劇可否改編？自然可以；但若改編，則不適宜再稱「史劇」，否則即有誤導觀眾之嫌。

在全劇處理的寫作技巧上，亦有許多問題，如《棠棣之花》的主題曲寫道：

> 中華需要英雄，
> 中華需要英雄，
> 去破滅那奴隸的枷鎖，
> 把主人翁們喚起，
> 快快團結一致，高舉起解放的大旗。
> 去吧，兄弟呀！
> 去呀，兄弟呀！
> 我望你鮮紅的血液，
> 迸發成自由之花，
> 開遍中華，
> 開遍中華，
> 兄弟呀，去吧！[61]

這就顯得相當突兀了，歌詞和聶政、聶嫈有何相關？且另外在歌曲中還有「人們反勇於私鬥，而怯於公仇」之語，但史實裡嚴仲子他就是貴族私鬥啊！因此南宮搏才會批判此劇若非史劇，或可稱頌，但既標明史劇，那此曲便將全劇氣氛破壞殆盡了。

又如第五幕的〈十字街頭〉聶嫈認屍故事。這本是悲劇的收場，但郭沫若卻使聶嫈和春姑（一個酒家女兒，為郭所增添人物）大談政

61 南宮搏：《郭沫若批判》，頁220。

治理論，以一篇演講激起士兵的革命和群眾之覺醒，這又是既荒謬且背離史實的。

凡若此者，南宮搏舉例甚多，筆者於此不再贅述，而這便是南宮搏對《棠棣之花》的評價。

再如《屈原》一劇，此劇上映時，在重慶首次公演十七天，場場客滿，賣出近三十萬人次的票[62]，反應是相當激烈的。但南宮搏同樣批判他在劇旨上雖名為史劇，卻又不符史實，如屈原之所以被鄭袖和上官大夫靳尚陷害的原因是，靳尚想要屈原「割讓」一篇文章給他，屈原一開始不答應，後來又答應了，但靳尚又因那篇文章已被宋玉看過而不要，於是進宮聯合鄭袖，誣陷了屈原。

而在全劇處理上，南宮搏每一幕各舉了郭沫若最嚴重的疏失所在，如在第一幕，一開始朗頌了不算短但觀眾卻又聽不懂的〈橘頌〉，然後便是屈原和宋玉的一大段議論，接著又是屈原和靳尚的一大段論辯，基本上可說是全部冷場的，而這一點郭沫若本人也是認同的[63]；第二幕裡，屈原滿臉忠氣，義正辭嚴的罵皇帝，這又是極不符合情理之作法；第三幕，郭沫若把原是屈原作品的〈招魂〉轉為宋玉的作品，而為瘋了的屈原招魂，這顯然是背離史實的；第四幕，則將鄭袖寫得太不堪，讓她在大庭廣眾之下裝瘋來逗弄屈原，況且旁邊還有楚王和張儀，雖是為求演出效果，但以楚王寵幸的鄭袖而言，這是絕無可能發生的；第五幕中，屈原憤怒而狂然的獨白，雖然文辭優美，但卻和前四章並不相稱，而顯得格格不入了。因此種種錯誤，

62　此資料轉引自邢小群：《郭沫若的三十個剪影》。

63　郭沫若聞知其《屈原》劇即將在桂林演出，乃寫信給田漢，囑咐內容如下：「《屈原》在此間演出時對於原劇本曾略有增減……第一幕臺詞太長，是一悶頭棒，請盡量減短。第五幕鄭詹尹與屈原對話處，在舞臺上亦嫌冗贅，亦請斟量刪削。」此語出自《田漢全集》第二十卷（石家莊市：花山文藝出版社，2000年，頁125。）

南宮搏批判《屈原》一劇比《棠棣之花》錯得更多也更大，乃不足觀也。

事實上，一般的評價是，郭沫若於此劇中化身為屈原，而屈原對世局的不滿，正是對當時國民黨的強烈批判，因此兩種「立場」的人，對此劇自然會有兩種不同的看法。但戲劇這樣做好嗎？顧仲彝對郭沫若的歷史劇這樣評論：「編劇最忌有明顯的道德或政治目標，而尤其是歷史劇。……藝術而為社會政治工具，則已不是藝術。郭沫若的三齣歷史劇全是為所謂革命思想和反抗思想而作的」[64]，而向培良的〈所謂歷史劇〉也如此批判郭沫若：「他不是一個劇作家，他不能瞭解戲劇的獨立和尊嚴，所以他所寫的，或者是詩似的東西，或者是宣傳的小冊子：前者如《湘累》和《棠棣之花》，後者如他的歷史劇。……郭沫若的劇作，我以為並不是對戲劇的藝術有特殊的情緒，只是因為劇中人物可以張開嘴大聲說話罷。所以，一切劇中人的嘴，都被他佔據了，用以說他個人的話，宣傳他個人的主張去了。而這種態度是如此明顯，如此偏頗，所以我們絕不能在他的劇本裏看見他所創造的人物，有生命的，有個性的，只看見一些機械的偶像，被作者指揮著走作者所要走的路；一些機械的嘴，代替作者說他要說的話。」[65]又如王淳美在〈郭沫若「屈原」史劇研究〉中亦直言：「從郭沫若一系列史劇觀之，為了當時中共政黨某些時態需要，郭可假借歷史劇之名，不惜顛倒是非，作反歷史的描寫，使歷史人物蒙上渾沌不清的陰影；甚至任意為歷史人物翻案，譁眾取寵，以遂其政治目的。」[66]可見對郭沫若的戲劇是有許多人存在著相反之看法的。

---

64 引自顧仲彝：《郭沫若資料研究》（北京市：中國社會出版社，1986年），頁262。

65 同前註，頁271。

66 王淳美：〈郭沫若「屈原」史劇研究〉，《雲漢學刊》第6期（1999年6月），頁273。

歷史劇的「定義」，國內外許多人都提出許多不同的看法，但筆者以為余秋雨的看法或許可較全面而客觀的提供我們思考，其云：「註明歷史事件的大綱節目一般不能虛構；歷史上實際存在的重要人物的基本面貌一般不能虛構；歷史的順序不能顛倒；劇中的做人做事，要符合充分的歷史可能性；真人做事，其事除了要符合歷史可能性外，還應符合『真人』的性格發展邏輯；假人真事，必須要讓這個『假人』性格與事件具有內在的統一性；真人真事的部分，不要對其中有歷史價值關節任意更動。」[67]等七點，但由上的標準來看，郭沫若在史劇的價值上已純然是為共產黨存在的意義和價值服務了。

對於郭沫若的戲劇，南宮摶總結了以下這段話作為他的看法：「郭沫若的劇本，自稱是史劇，但那祇是一個史劇的形式，用歷史人物與衣冠，而自己創作了故事，這是寫作態度不夠忠實與謹嚴。而且，這也關連到一個作家的人格與志節，意態游離者，在從事任何一種工作之時，都不能認真和實在地去做的。郭沫若不是一個研究戲劇的人，他的從事戲劇創作，是因為小說的路走不通，才改趨戲劇的。實際上，他在戲劇方面，也是此路不通啊！」[68]總之，郭的戲劇創作部分，在南宮摶眼中，似乎也是白忙一場。

（四）對其歷史研究的批判

在歷史研究這個部分，南宮摶是恭敬地說他願意師事郭沫若的，這大概也是南宮摶對郭的所有創作中最服膺的一部分了。如他認為郭之《青銅時代》一書裡的〈駁「說儒」〉和〈墨子的思想〉是毫無可反駁之處的；而〈公孫尼子與其音樂理論〉又糾正了許多錢穆在〈先

67　余秋雨：〈歷史劇簡論〉，《文藝研究》（1980年6月）。

68　南宮摶：《郭沫若批判》，頁227。

秦諸子繫年〉中所犯的錯誤；〈述吳起〉，考據的工夫少，但收集的工夫極大，歷代關於吳起的文章，應該以此篇為集大成之作，且甚至南宮搏盛讚說此文在郭沫若的所有作品中，「或可不朽」；〈老聃、關尹、環淵〉裡，郭解決了老子之成書年代及關尹善其實就是關尹，亦即環淵、老子的傳人，現今的老子《道德經》，是他所編撰而成，可成定論。凡此等等，南宮搏誇讚此書乃「有光芒萬丈的文章……一般地說起來，在古代考據方面，這是一本有價值的作品。」[69]並說假設郭沫若可在此方面多下功夫的話，那麼前途絕對無可限量。

另外在《十批評書》裡，南宮搏也說道：「這本書是郭沫若極為自負的，雖談不到『內聖外王』之道，但他認為『藏之名山，垂之後世』乃必無疑問，郭沫若的自信，在一般問題上是空泛的，但對於『十批評書』，我覺得他自信或能會不落空的」[70]，這當然是南宮搏對這本書的高度肯定。

但此書既名之為《郭沫若批判》，因此南宮搏是無論如何都要「批判」郭沫若的，因此他仍是尋了幾個郭在歷史研究上的缺失處而加以批判之。

如他質疑郭在《今昔蒲劍》裏以為不僅殷代有大規模的奴隸存在，甚至連西周都有奴隸制度這個想法是不正確的，郭沫若所持證據，南宮搏乃將之臚列如下：

> ……「民」「臣」兩字的古文都是像形眼睛的，臣字是豎目形，民字是橫目形而帶刺，都像蒙古人內角下垂的眼。我的解釋，臣民兩字，即是訓服者與頑抗者的分別……為什麼要加刺呢？此係把眼睛弄割的表示，是降服奴隸的一種刑法。這在文

69 同前註，頁241。

70 同前註。

> 獻上雖然沒有記載，但刺瞎眼睛以虐待是很可能的一種行為，況古時有刺面的刑法。刺瞎一隻眼睛，同時又可表示其為奴隸。（《今昔蒲劍》一七六頁論古代社會）
>
> 臣向來是奴隸的稱謂……（奴隸制時代一〇頁）
>
> 周有臣三千，是說周家這個奴隸主僅有三千名的奴隸而已。（同上一三頁）
> 以前頂大的官，是謂宰相，宰字從宀從辛，說文上說是「罪人在屋下執事者」，也就是家內奴隸的意思。大凡奴隸字面，多從辛。如「妾」有半個辛，「僕」亦有辛，「童」頭上有辛……（《今昔蒲劍》一七六頁論古代社會）
>
> 「奴婢隸僕童妾，固然是奴隸，而臣民氓宰也同樣是奴隸……（《今昔蒲劍集》三六四頁讀「實庵字說」）[71]

但南宮搏對此又立即引了甲骨文專家胡厚宣在《五十年甲骨文發現的總結》一書之考證寫道：

> 引用甲骨文，根據甲骨文，必先對它在充分的了解和研究，否則也會犯了錯誤。
> 譬如有人說商朝是奴隸社會，常歡喜引甲骨文的奴，僖，臣，妾，婐，姘，好，（女豊）等字來證明。說臣、僖是男奴，妾、婐、姘、好、（女豊）是女奴。奴是奴隸的共稱。但「奴」字實應釋嘉，意思是吉祥。「臣」是官名，地位很高。「妾」的意思是配偶。「婐」「姘」「好」「（女豊）」都是人名，乃武丁的后妃。都不能作為殷代為奴隸社會的證據。（引

---

71 同前註，頁230-231。

言第六頁）[72]

舉證翔實，乃反駁郭沫若之說。此外，郭沫若也把戰國時那些名公子門下的食客看成奴隸，因此南宮搏又批判說，食客來來去去，又怎能是奴隸？郭沫若也指出秦代依然有大量的奴隸，如呂不韋有家僮萬人，嫪毐有數千人，張良也有三百人等等，但南宮搏言：「事實上家僮云云，祇能算是家內奴隸，而且有許多家僮，並非是賣身給主人的，僱傭關係的存在是很早之事。中國的習慣，女佣人到現在還是叫男主人作老爺的。張良的奴隸，不見得全部是他買下來，即使全部是買來的，也祇是家內奴隸而已。而且，在先秦之時，『奴隸主』是不能任意殺死奴僕，要殺一名奴僕，必縛之送官，由官府依法究治……在現代中國，人口買賣雖然為法律所禁止，實際上還是存在的，但如稱現代中國為奴隸制時代，郭沫若能同意嗎？」[73]這是南宮搏對郭沫若殷周與秦初「奴隸制」說法的反駁。

其它有關歷史文化的批判上，雖然南宮搏偶爾亦有意見不同之處，但由於郭之說法亦能在其論述體系中自圓其說，因此南宮搏也無甚批評之（事實上，以筆者觀之，應是郭沫若考證確實，因此南宮搏乃無從挑剔之），而僅能略帶挖苦卻又不得不承認說：「以郭沫若的全部著作而論，有價值而有歷史性的，祇有他歷史研究這一部分，但這一部分並非完整的。郭沫若的作品，有一個毛病，那是粗糙，不夠深入，他的歷史研究作品，亦犯了這個毛病。」[74]但這無疑是絕對地肯定郭沫若此方面之研究。因此如遠在臺灣的吳新榮也在一九三八年三月二十四日的日記裡寫下：「今天開始認真地讀《支那古代社會史

---

72 同前註，頁231-232。

73 同前註，頁233-234。

74 同前註，頁246。

論》，由神秘解放出來的我，只能驚訝於作者郭沫若的偉大。」[75]這樣無限景仰的話來。

三　對此書的可商榷之處

邢小群在《郭沫若的三十個剪影》封面所說：「在二十世紀的中國，郭沫若是一個產生了巨大影響的人物，他是詩人、劇作家、散文家、歷史學家、考古學家、古文字學家、書法家、革命家、政治家、國務活動家，像他這樣多才多藝的文化人難得一見。然而在他的身後，對他的評價卻引起了巨大爭議。引起爭議的原因，主要是在人格方面。」[76]對郭沫若縱使極度推崇，但卻也質疑其人格的問題。而在此書中，南宮搏是狠狠地「批判」了郭沫若一番，自其生長背景、人格特色、政治傾向與作品內容等等，無一不是在做最嚴格的檢視、分析之後，才下的結論。但我們要問的是，這樣的批判是否完全公允？是否有摻雜了其它不同的因素於其中？又是否此書便能成為評判郭沫若這個人的「確論」？都很值得我們省思討論的。

（一）郭沫若的坦率真誠與才華洋溢

南宮搏即使批評如此之深，但不可諱言的，郭沫若的坦率真誠與洋溢的才華，許多也是值得我們重視及敬佩的。何以說他坦率真誠？姑且不論其它，光就其在自傳中敢於寫出自己年輕荒誕的一面，這就需極大之勇氣了！尤其面對自我的同性傾向，他坦承而露骨地寫出中學時和一位姓汪的會友交好之過程，從相擁、接吻到共度良宵，這在

75　吳新榮作、張良澤總編撰：《吳新榮日記全集2（1938）》（臺南市：國立臺灣文學館，2007年），頁221。

76　邢小群：《郭沫若的三十個剪影》。

當時那個保守封閉的年代裏，真是打算「語不驚人死不休」了！因為這樣的事，即使在號稱思想開放的今天，仍不免被某些人投以異樣眼光，而郭卻敢在當時這樣寫（南宮搏給他的評語即是「有變態性慾的人」），這不是坦率真誠是什麼？

又何以說他才華洋溢呢？即使南宮搏批駁他的各項作品，但我們試想，一位創作者在年輕的時候便組成一個「創造社」，乃欲極力從事文藝創作；隨後又無論在詩、散文、戲劇中，都能有相當程度且引人注目的作品出現，更重要的，甚至是在需要進行嚴密考證、抽絲剝繭的歷史研究裡（且涉及範圍之廣，包含儒、墨、法等家之思想辯證，還有易學、音樂、兵事及最受後人注目與認同之金文、甲骨文等），得到連南宮搏都願意以之為師的認同，這不是才華洋溢，又有幾人稱的上呢？

（二）南宮搏的立場不同致成見太深

如黃惠禎在〈郭沫若文學在臺灣：其接受過程的歷史考察〉裏這一段所說：

> 一九四九年十二月，《新希望》週刊，以「鐵幕報導」為題，刊出〈「北投」文人剪影〉。在「聾子郭沫若」這一小節中，作者先回憶在重慶的演講會上初見郭沫若的印象，接著譏諷郭沫若養了嘍囉們，仍舊未能登上文壇盟主的寶座；從《女神》起家之後「不知長進」，經過二三十年，寫的詩還是那個調調兒；寫了些劇本，總沒有看過一個完美的，恐怕是「江郎才

> 盡」了。[77]從文字的敘述語氣來看……可推出作者來自與郭沫若敵對的國民黨陣營，顯示國共內戰砲火猛烈之際，政治派系之爭以蔓延成為文學界的黨同伐異。[78]

同上面的敘述，南宮摶由於理念，也由於家庭關係，是一個堅定反共的國民黨支持者，這在前面的作者介紹已有詳述，因此身為共產黨重要人士——國務院副總理及中國科學院院長的郭沫若，自然是南宮摶反對的目標。而這裡筆者特別要強調的是，若我們持平看待事實，在那混亂的年代裏，要理清誰是誰非，似乎是有難度，也是難有定論的，每個人都只是為自己所認同之使命向前邁進，正如同三國，肯定是曹魏為賊而蜀、吳為王道嗎？這絕非正確！因此南宮摶對郭之個人及作品的評價，有些也就有商榷之空間。

筆者並不否定南宮摶先生以其專業角度提出對郭沫若作品的質疑，但很清楚的，由於政治立場的不同，讓南宮摶的批判，許多是帶有「立場」上之偏見的。簡單舉幾個例子說明，如前面所提郭沫若所撰《蘇聯遊記》中的詩有「葡萄美酒，當作茶湯。擊掌高歌，震破土牆」[79]，我們都明白，這是郭沫若為歌頌蘇聯的一種誇飾手法，但南宮摶卻極不滿地批評道：「葡萄酒當茶當湯，這也太令人驚訝，至於掌聲會震破土牆，斯亦奇矣哉！造句設辭固奇，然而住著天神的蘇聯建築又何其蹩腳！連聲音都會震破它！」[80]對此，筆者不得不說，批評郭沫若的卑躬屈膝可以，但就文學表現手法而言，這樣的評論是可以省略的。

77　何家：〈「北投」文人剪影〉，《新希望》週刊41期（1949年12月3日），頁7。

78　黃惠禎：〈郭沫若文學在臺灣：其接受過程的歷史考察〉，《臺灣文學研究學報》第16期（2013年4月），頁237-238。

79　南宮摶：《郭沫若批判》，頁154。

80　同前註，頁155。

又如南宮搏對郭沫若的《十批評書》中，既推崇「顏氏之儒」，但對荀子的敬仰，也在〈荀子的批判〉中展露無遺，因此南宮搏說：「顏回和荀卿道不同，但是，郭沫若兩者都致其敬慕，此即郭氏雙重性格之表現。」[81]但我們是否真容不下兩種思想學說於信仰之中嗎？韓愈是儒之大家，但他也多方和佛教人士往來啊！王維、蘇東坡等不都如此？且以今日而言，我們深信理性科學講究證據的辯證思維，但遇困難瓶頸或人生阻礙時，我們何嘗不是向著自身內心信仰如耶穌、佛祖、阿拉等，祈求渡過難關！是故，每一種學說都有其良善之處，若真能兼容並蓄，取長效尤之，則並非壞事啊！應不致如此便有「雙重性格」這種反面評價的。

再如南宮搏批評道：「《十批評書》最後一篇：〈呂不韋與秦王政的批判〉，是頗為重要的著作。他盡掃世俗對呂不韋的謬說，而予這位大政治家以準確的評價，同時，他強調指出秦始皇之專橫殘暴，是由於生理缺陷的影響。他以醫學上的理論來解釋，一個生理上有缺陷的人，其精神必是變態的；而這，也正說明了郭沫若自己的變態心理。」[82]先是讚揚郭沫若的研究，但隨後卻立即指出郭沫若正是一個變態心理者（此處應指其同志傾向），這無疑應也算是情緒性之文辭。

但讚美者如臺灣詩人楊雲萍於〈近事雜記〉裏提及自己對郭沫若各類文章的看法，其云：「偶閱郭沫若先生的『歸去來』（北新書局刊）。嘗以為郭氏的詩比他的小說好，他的自傳性的文章，比他的詩好，他的學術論著，比他的自傳性的文章更好。……」[83]而同意這樣看法的人筆者在上文也已舉例不少，此處則不再贅言。

總之，在此書南宮搏的許多批判，在學術理論及文學欣賞角度

81 同前註，頁244。

82 同前註，頁246。

83 楊雲萍：〈近事雜記（七）〉，《臺灣文化》第22卷第6期（1947年9月），頁10。

下，是可以被接受且認同的；但無疑地，由於立場的不同，使南宮搏某些地方有其情緒性的批判出現，這也是我們在閱讀此書時，需小心斟酌之處。正如廖卓成在〈沫若自傳析論〉一文中所說：「史劍（南宮搏）此書初版於一九五四年的香港，雖然處處針對郭沫若抨擊，難掩敵意，但亦頗有鞭辟入裡之處，不盡是意氣偏見之辭。」[84]筆者是同意此看法的。

第二節　談《香港的最後一程》之感嘆

顧名思義，此書談的是香港在經歷不平等條約的割讓（租界）給英國，而在所謂的「九七大限」即將回歸中國時，那段人心惶惶、莫知所措的不安定時期，作者依其所觀察，記錄下點點滴滴、方方面面他所看到的香港。但在討論本書內容之前，由於作者署名為「漢元」，而「漢元」是否就是南宮搏，這是我們首先要說明之處。

「漢元」確實就是南宮搏，因為光在這本書中，就有多處提及馬彬和南宮搏之名，如〈九龍、界限街之南〉中寫到：

> 一九四九和五〇年，南飛的文化界名人……南宮搏夫婦住金巴利道的墨爾本公寓……。[85]

〈九月以來……〉一篇中則述及：

> 一九八〇年，政治現實在醞釀而未顯著，但政人和文人，已在討論前景問題，政治作者馬彬先生在那時寫過一篇題為：「香

---

[84] 廖卓成：〈沫若自傳析論〉，《臺北師院學報》第9期（1996年6月），頁208。

[85] 南宮搏：《香港的最後一程》，頁32。

> 港，十年之後的七年怎麼過？」[86]

〈魚龍光怪百千吞〉裡寫道：

> 熊（式輝）主持的「海角鐘聲」……外人中有一位熊的老友曾任江西省參議會議長的王有蘭先生，他付不出二十元的聚餐費，由作家南宮搏先生代出……
> ……這個小集團出過兩本書，第一冊由陳其采作序，第二冊由鄭天健作序，第一冊序講結社經過並作品，第二冊序全講全盛季，作品亦多，第三冊由南宮搏作序，講結束，容後期作品。但沒有印成書。因為人散了，主持其事的南宮搏不肯花印刷費。[87]

像這般小事，若非南宮搏本人，怎會記得如此清楚而且還說南宮搏不肯花印刷費呢？又如〈漩渦中的文人〉：

> 易君左的文章中記他在香港開始寫作活動的經過是：有一天，他與剛開始寫作歷史的南宮搏先生相遇，一起吃晚飯，談榮康商店行將關門的事，南宮搏也曾吃過花生米，表示應向左舜生慰問，便偕易君左同歸……[88]

連吃過花生米這都知道，且還偕之同歸，作者是誰，這應夠顯明了吧！

諸如此類提及馬彬或南宮搏名字的，在書中實不下十次，在此就不一一贅述，但無疑的，能記及如此瑣碎之事，且在多篇、多處都這

---

[86] 同前註，頁52。

[87] 同前註，頁197。

[88] 同前註，頁206。

樣詳細記載，除南宮搏本人，他人難能如此。

另外，書中也多次在文字的描寫上，甚至是整段的文字，均和南宮搏其它著作一樣，如〈隨處是神〉的開篇寫道：

> 法國著名的小說家安得烈．紀德，在他所著的「地糧」一書的第一卷寫出：
> 我們都相信應該發見神，但在不曾發見神之前，我們竟不知道。
> ……
> 終於，人就說隨處是神，一種不能尋覓的東西，人就隨著機遇跪下地去。[89]

而在南宮搏的短篇小說集《女神》一書中，其開篇也如此寫道：

> ——我們都相信應該發見神，但如今在沒有發見神之前，我們竟不知道向何處呈獻我們的祈禱。終於人就說隨處是神，一種不能尋覓的東西，人就隨著機遇跪下地去。[90]

幾乎一模一樣，也都同樣用於開篇，可見作者為同一人。而〈織女機杼度虛月〉一文一開始提到美國首都華盛頓時，寫著：

> 美國的首都華盛頓，是當代重要國家最年輕的都城——二百年前，那地方祇是幾個印地安人的村落。喬治．華盛頓從自己的家，維雄山莊出發，騎馬北行，到波多馬克河邊，望著河北岸的平疇與山崗，他想：這是建造美國新都城的好地方。後來，便把這地方建設起來，用了華盛頓的姓氏命名，作為美國新的

---

[89] 同前註，頁240。

[90] 南宮搏：《女神．序》（香港：虹霓出版社，1955年1月）。

都城。[91]

這段文字和南宮搏所著美國歷史小說《新路》又是幾乎相同的[92]，若說非同一人所著，那南宮搏肯定要告之抄襲了。

又〈候鳥南飛〉一篇，開端引了一闕詞：

> 絕海悵南飛，往事悽迷；紅亭翠館認依稀，煙柳陳隋皆不見，江雨霏霏。
>
> 芳草對斜暉，百姓門扉，炎方猶見覓簾帷，來去天涯都是客，一路依依。
>
> ——浪陶沙·燕子（觀燈海樓詩草）[93]

而《觀燈海樓詩草》正是南宮搏的著作，這闕詞當然也就是南宮搏的作品。

若引用某人作品於己之文章中，一、兩處也就罷了，但如本書，不僅多次提及馬彬、南宮搏之名，且引用文字又幾乎完全雷同，這都說明「漢元」其實就是南宮搏了。

那麼南宮搏何以使用如此多之別名呢？其實這是作者的習慣，甚至有時只是為了助人「賣畫」，南宮搏也用了不同筆名，如〈漩渦中的名人〉篇中寫道：

> 易君左賣畫，大約是南來約四、五年前的事，並不是表示多才多藝，而是為「稻粱謀」……他寫散文，可刊出的地方較少，稿費收入，不能維持稍為寬舒的生活，轉而作畫，利用本身名氣，又降低畫價，使開雜貨店的小商人也能買，再有各報的大

---

91 南宮搏：《香港的最後一程》，頁78。

92 和南宮搏《新路》一書頁318-320之描述極為相似。

93 南宮搏：《香港的最後一程》，頁129。

> 力宣傳，那時，他的朋友南宮搏分用各種筆名，為易畫作了十幾篇評介，稱易作為中國人的傳統，亦會是文人畫的最後大家，有幾篇還列舉多名歷史名人相比較，努力抬高易畫，又使之大眾化。[94]

所以多種筆名，並不足奇，而本書作者「漢元」即是南宮搏，也就再無庸置疑。

在釐清作者問題後，對南宮搏此書首先要談的是政治部分，因為「最後一程」提的便是香港「回歸」此一政治因素，然後再由此衍生出經濟、文化、社會等其它方面問題。

中國自清朝中葉之後，西方各國屢屢進犯，欲分食中國這塊大餅，而無知又無能的滿清政府，自然無力抵禦歐洲列強的船堅砲利，因此從林則徐火燒鴉片煙後，就完全任由西方各國宰制，而香港便是如此在一八四二年南京條約下，先割讓了香港本島給英國；其次又在一八六〇年的北京條約中，再割讓了界線街以南的九龍半島及海港內的小島昂船洲；最後在一八九八年北京條約的「拓展香港界址專條」中，英國向中國租界自界線街以北至深圳河的新界地區，連同二百三十五個大小島嶼，為期九十九年，這就是香港九七大限的大致前提，也是這本書的歷史背景。

而民國之後，中國歷經磨難，從軍閥、北伐、對日抗戰到國共內戰等，香港雖在英國保護下，但政治上，仍因地緣和血緣的關係，受到中國極大影響，如南宮搏自身即是在一九四九年共產黨獲得勝利時，先搭輪船到廣州，隨後再乘飛機到香港九龍[95]，從此便成了期待返家卻返不得的「候鳥」，最後便在香港定居了下來。

94　同前註，頁210。

95　同前註，頁134。

另外，一九六二年由於中國糧食不足，大批難民湧向了香港，短短四個月左右，估計非法進入香港的，便有三萬多人，而藏匿者更不知其數[96]，且繼續不斷地湧入之中，這造成了香港極大的壓力，因為狹小的香港是無法短暫時間容納這麼多人的，而真正造成這股難民潮的原因，南宮搏說：「我們不明白中共當時製造一次難民潮的真正目的，時事分析家和歷史學家都說，中共由於內部困難而製造事件。」[97]這又是一為達到政治目的而造成之事件，長期以來香港便是處於只要中國稍有風吹草動，那麼便隨之震盪的處境。

以下茲大略由經濟、文化、社會及其它等四大項，舉例說明香港的種種面向，藉以瞭解從一個歷史小說家及文化出版者的角度而言，他對當代香港的觀察為何？因為，這也是歷史的一種樣貌。

一　經濟

香港在一八九八年之後，由於是英國的殖民地，因此某個角度下，它雖因地緣關係承受了中國方面或政治、或戰爭等因素的壓力，但因有英國這個強大經濟國的支撐，所以屢屢能化險為夷。南宮搏這本書中，提到了許多這方面的實例，供我們瞭解這部分香港的當時情況，以下茲舉其談銀行及紡織業為例說明之。

香港銀行的蓬勃發展，南宮搏是如此說的：

> ……香港有一百二十五家銀行，他們有分支行一千三百多家，香港人說香港的銀行多過米店。[98]

---

[96] 同前註，頁268。

[97] 同前註，頁271。

[98] 同前註，頁102

而這些銀行分別由誰投資設立？南宮搏接著說：

> 這些銀行分別為英資、華資、外資，以及左派銀行。
>
> 這是口頭上的分別法，華資是指本地資金的，左派銀行是中共的，有十三家總行，共約五十家分行。中共的銀行，不被香港人列為華資，此為特出的社會現象，如果要解釋，「左派銀行」不是中國人的而是一個政府的，以私有制為劃分，左派便不是華資。不過，在香港的銀行法，無論什麼資，凡在香港登記的，都是屬於香港底銀行，受香港法律管理。在文字中，「左派銀行」這名稱不能用，但為了使人明白，會用「中資」，「中」可以說中國，也可以說中共，以別於華資，華資是華人私有財產的資金——在此說明，留供將來作詞典的參考。[99]

從這一小段文字中，我們可以看到主要兩個香港狀態，第一，香港金融呈現一種開放政策，保持絕對的彈性而不閉鎖，這使香港的地理位置更顯突出，也更能吸引他人的前往，提前為成為亞洲金融中心做準備。第二，中國雖是華人，但卻不被列為「華資」，這可明白，當時隸屬英國的香港政府，是不欲中共和香港混為一談的，因為中國當時政策和政局並不利於經濟金融的穩定，因此做出區隔，而這是有利香港免受中共牽連的。

而英資方面，則有如匯豐銀行、渣打銀行、怡和集團所屬金融機構……等等，美資有如美國銀行（美國商業銀行）。放任的自由競爭，使香港生氣勃勃，充滿商機，也可抵禦中共的經濟侵擾，避免頓時之間造成香港的經濟危機，如一段南宮搏描述中國如何想以金融控

---

[99] 同前註。

制香港的狀態時，寫道：

> ……中共的財團不放出現鈔，他們每天收入現鈔最多，不放出，香港便嚴重地缺乏現鈔供應，那時，有些華資銀行擠兌而倒閉，有若干華資銀行併合於外資銀行，香港政府堅持著，最後，用行政命令限制每一個存戶每天祇能取一百現金，同時，由倫敦空運一英鎊面額來香港，宣布可通用英鎊，又命令每家銀行每天要向匯豐銀行結算，這樣，中共才計無可施而停止了金融搗亂。[100]

由於英國殖民，所以香港有極大的後盾免於中共騷擾，因為自由的放任政策，許多華資因此併合於外資銀行，而可有他國強大之保護力，南宮搏談銀行經濟，雖簡要卻給人清晰的那一時代金融處理手法。

再如紡織業，南宮搏清楚說到，香港的紡織業興起，源於上海紡織業老闆因戰亂的逃往香港（而上海原本就是中國的紡織業中心，江蘇的無錫人在太湖邊設了許多紡織廠），且由於韓戰，紡織業有了市場，連帶著，一些日常用品及搪瓷工業也都興盛了起來，勞工也就有了工作機會，那時紡織工廠多在：

> 香港的九龍青山道尾段，有了許多紡織廠，那地方在界線街以北不遠，漸漸再向北伸展，到了真正的郊區，又漸漸在鄉下開闢了工業區，紡織廠組成的城。
>
> 紡織廠買入大面積的土地，每一方呎數分，一角至幾角，到了七十年代後期，紡織業衰微時，土地售出價是數千元一方呎。[101]

---

[100] 同前註，頁367。

[101] 同前註，頁82-83。

這裡順帶提到了從五〇年代到七〇年代整個地價的飆漲情形。而後韓戰結束後，臺灣、南韓、新加坡，相繼也投入了紡織的製造，成為世界上的紡織四大，且南宮搏引用了香港政府的公報，在一九八一年時，「紡織製衣這一行業佔香港工業製成品的百分之四十二。僱用工人佔全港工人的百分之四十。出口總值三百三十五億九千萬港元（今天，六點六二港元合一美元）」[102]南宮搏刻寫了這一時期最重要的香港發展之一——紡織。

其實在經濟上，南宮搏仍寫了許多相關的經濟事實，如：

> 電子業為香港製造業的第二位，一九八一年底有電子廠一千一百五十家，僱用工人八萬九千四百八十五人。出口總值九十一億七千四百萬港元。
> 塑膠業僱用工人八萬九千一百四十七人，有廠五千零五十五家（許多小廠），出口總值六十七億餘港元，塑膠玩具出口香港佔世界首位。（香港塑膠原料有一部分自臺灣入口。）
> 鐘錶廠有一八一三家，工人四萬九千，出口值七十九億港元，有些瑞士錶、日本錶，在香港裝配和製外殼。香港生產的鐘錶，佔全世界總產量百分之三十。[103]

凡此等等，筆者於此僅略舉數例說明南宮搏此書對香港的觀察，這些不僅在當代清楚給了香港人政府產業的發展方向，如今當然也都成了史料。

---

102 同前註，頁86。

103 同前註。

二　社會

香港因為政治因素，在社會上雖顯多元豐富卻也複雜不已，這方面南宮搏觀察的更多，剖析又更透澈，此處茲以其談香港人口之組成及娼妓現象，觀看南宮搏之分析。

人口，在此書中說，一九八一年時的戶口統計，香港約有五百二十萬七千人，但黑市居民（大約指偷渡入境的中國人）又估計至少有十至二十萬人，此外尚有或者來「統治」的，或者來「賺錢」的，又或者來「托庇」的，南宮搏去詳查了資料，寫了如下的數據：

> 英聯邦國家六萬六千六百人。其中，英國人包括軍人，二萬二千三百；印度人一萬四千二百；馬來西亞人八千九百；澳洲人七千八百；新加坡人四千四百（以華裔為主，馬印裔新加坡人甚少），加拿大人四千二百……其餘，菲律賓人一萬五千一百（一九八一年底，現在的總數必在二萬五千以上），美國人一萬一千五百，巴基斯坦人七千五百，日本人六千八百，葡萄牙人七千，德國人二千一百，法國人一千四百，荷蘭人一千一百，泰國人八千六百，印尼人三千五百，韓國人一千九百……尚有一萬四千名越南、柬埔寨、寮國人，在戰亂中逃來而被收容（不包括近五年出生的兒童）。越南難民一萬六千二百零七人（兩年間新生兒童未計入，這一部人住在香港，因為是難民而不計。
>
> 尼泊爾人、緬甸人、中東諸國、北歐諸國、南美諸國，可能人數少，又可能不是長期居留而不列入統計。流動人口，包括蘇聯船隻在香港修理時的俄國船員，他們的船一修數月，船員也

> 會一住數月，這些人也未算在內。……還有，是遊客，據政府統計，近兩年每年來香港的旅客俱約二百五十萬人。[104]

由這般資料，我們可以看出香港：一、能容納各色人種，呈現社會多元化之現狀，也間接開拓住民之國際視野。二、成為世界貨物轉運之巨大吞吐口，而由此香港可吸收極多之稅金，成為一個富裕之島。三、在吸收更多稅金後，又加強本身之建設，致使遊客大增，相對經濟營收也更為可觀。因此連菲傭當時就有兩萬人[105]，假日時，香港中區海傍的愛丁堡廣場，幾乎擠滿了菲律賓女人，他們只是來此求得溫飽，但我們卻可從此社會現象，知道其經濟有多繁榮了。

而娼妓，南宮搏則引領我們觀看另一角落的香港。

南宮搏在〈春園述悵〉一篇中，直接了當的說：「香港和九龍，各有一個罪惡中心，灣仔是主，在九龍的，名油麻地。」[106]而此處為何是罪惡中心？因為如灣仔來說，它正是「最低級的娼妓集中地」[107]，而主要光顧者即是英軍和美軍，書中寫道：

> 在這以前（韓戰），自灣仔的水兵碼頭登岸的主要是英國兵，灣仔區原來已有近百家酒吧，接待英軍和韓戰前偶來度假的美軍，英國兵窮，早期的灣仔酒吧並不興旺，韓戰美軍一來，灣仔酒吧大興，而且改變了原來的色情面目，中國人漸漸少到那邊的色情場所了。

---

[104] 同前註，頁66-68。

[105] 香港當時對菲律賓女傭講求人道待遇，工資不得低於一千三百五十港元，但菲律賓政府卻命令在香港的女傭把工資的一半錢匯回國去。否則便吊銷護照，不得返國。因此南宮搏感嘆的說：「人間世有這樣的政府，但並非共產黨執政，卻比保加利亞共黨政府更兇。」

[106] 南宮搏：《香港的最後一程》，頁166。

[107] 同前註，頁167。

> 有一個頗長的時間，從韓戰到越戰，灣仔的夜，成為飲醉酒的美國兵天下，不過，在韓戰結束時，九龍的尖沙咀已發展為水兵渡假區，有許多酒吧，分了灣仔的特色，但是，最集中的仍是灣仔區。[108]

既是地理要處，人口自然複雜，尤其戰事發生時，軍人一多，自然免不了這些燈紅酒綠，只是從這邊亦可看出，美軍的經濟是遠勝於英軍的。另外，這些娼妓是如何被看待的呢？如書中說：

> 酒吧的女子有許多吸毒的，而接待外國水兵的女人，最為香港小市民群賤視，殖民地香港的市井公共觀念，為娼已非，為娼而接洋人，賤甚了。[109]

娼妓的存在，自古以來便是一種普遍的現象，但歷史上的娼妓之所雖被認為是罪惡之處，但對娼妓，人們還是存在著憐憫之心的。但灣仔的娼妓吸毒，更且，為了賺錢，她們接待多金的美國兵，這在一般香港居民眼裡，已是毫無廉恥可言，因此直覺且不隱諱的以「賤甚」來看待她們。

香港的社會現象，如前所言，是複雜的，因為它牽扯了政治、軍事與經濟等諸多因素，南宮搏提及的社會現象自然不只上述兩種而已，只是，從這兩種看來，已可見微知著，知悉香港的並不單純了。

三　教育文化

教育及文化事業是一個地區（或國家）進步的根基，一個沒有教

---

[108] 同前註，頁167-168。

[109] 同前註，頁169。

育與文化的地區，人民只能從事最低廉的勞力工作，因為他無法汲取足夠的知識養分以建立本身及國家未來發展的思維邏輯能力，因之，只要是有遠見的國家領導人，勢必都以發展教育、鼓勵文化事業為國家政府施行之重要方針。

香港在政治上因禍得福的有了英國庇護之後，在社會多元、文化及經濟不斷發展下，他們同樣重視這個區塊，以辦報和學校教育為例，南宮搏寫下了一九八二年時如下的統計數字：

> （香港有）七十二家報紙[110]，四百十三種期刊，約一千二百所小學，五十四萬多小學生；中文中學七十八所，學生四萬三千多人（不斷地在減少中），英文中學三百二十六所，學生三十八萬五千餘人，工業中學有二十三所，學生約二萬一千人。尚有師資學校、成人教育學校、大專院校、香港大學、中文大學、理工學院以及不被承認為合法有可以存在的若干間大專院校。[111]

彈丸之地的香港，光是閱報上，就有如此驚人的比例，並由此增加對社會脈動、政府走向及國際變遷等知識，這樣的能量蓄積，潛移默化地奠定了香港人求新求變、走在世界前端的優異條件。而由小學到大學充分廣設又能保持彼此競爭、厚植實力的教育體系，是深深紮根了政府的生存命脈，這是香港政府的遠見，也是香港能有今日地位的原因。

以錢穆先生辦私校新亞書院為例，資助人是一位建築商王岳峯，他並非富有，但有著一種幻想式的理想，因此籌了十多萬港幣，先租

---

[110] 香港每一千人有三百份報紙，而世界的平均數為一千比一〇二。

[111] 南宮搏：《香港的最後一程》，頁119。

了九龍桂林街頂上的幾間房屋做為開始，之後每個月王岳峯又出二萬元做為新亞書院的經常費，但如南宮搏說的：

> 新亞書院的創辦標誌著難民生活的新時代——那是完全沒有賺錢可能的事業，然而，那又說明：難民們把教育帶入了香港。往長遠看，這是改變殖民地教育的一個開端。[112]

因為從此後，由大陸逃往香港的難民們得到香港工商界人士襄助，辦起了小學、中學、大專院校、出版公司、報紙等等，這都是後來香港之所以生命力旺盛的緣故。

四　其它

在這本書中，另外也有作者對其它事物的觀察或批判，頗值一觀，以下就以他品評其它文人作品，及記某些「候鳥」事蹟舉例說明。

南宮搏曾對五四時代的一些作家做如下的評論：

> 五四時代作家散文，魯迅、周作人，有不同風格的組織謹嚴；胡適之明暢，但組織鬆，朱自清淳甚，但不能廓大，郁達夫活潑飄忽，（稍後，如俞平伯等人則雕琢氣重，欠缺自然氣度，俞晚年所作，去絕雕琢氣了。）其它的人，右派如羅家倫，左的如茅盾、郭沫若、田漢，（郁達夫也可包入）散文皆枝葉扶疏，不甚講究修辭與組織，亦不謹守主題，易君左的散文便是這一派風格，無法作有風格，不與諸人同，大約各就所喜吧！如郭沫若，在「十批判書」等著作中，文字組織謹嚴（或因略

[112] 同前註，頁145。

> 容文言），一般散文，就汗漫甚，新月派的徐志摩、梁實秋、聞一多、陳夢家，行文較有系統，但文章一長，如講究辭藻的聞一多、陳夢家，也就出現了易君左、田漢等人的通相，自成一家的何其芳，也衹能在短文中表現出特色。[113]

這番文論，頗有曹丕評七子之氣勢，也都能一語中的，分析出各家文字之優劣，這是史家之筆，亦是歷史學者之本色。而這種「直評」態度，連對自己朋友也不例外，如他對徐訏（剛到香港時，還借住在南宮搏家）的批評：

> 徐訏是一位有才華的小說家，他的中文根基不夠結實，因此，在大學中教中國文學，便有困難，林語堂先生是栽培及自始至終讚美徐訏的前輩人物，他說：「寫小說要緊的是在於故事的編組，人物個性的臨劃，不需高深的文字造詣。」這是為徐訏辯。可能，中國有名的作家中，徐訏是中文根基最差的一人，林語堂最初也是，但林苦學中文，基礎打好，再自明清小品中找到出路，為自己的散文文體創一家言，徐訏沒有，但徐訏所作小說的故事瑰麗，文字淺易，又為他最大的特點。[114]

明言徐訏的中文根基不夠，這是他最大的缺點，因此即使故事瑰麗新奇有餘，但用字遣詞不足，難能更上層樓，因此無法自成一家之言，真正成為大作家。而如何改進呢？惟有學習如林語堂般，潛心從頭開始，打好中文根基，才能在文學路上走出一條穩健而明朗的路。

而「候鳥」事蹟，在本書的許多篇幅均曾提及，〈魚龍光怪百千吞〉一篇中即提及如翁文灝（在金圓卷時代出任中華民國行政首

---

113 同前註，頁212-213。

114 同前註，頁223。

長）、劉震寰（曾隨孫中山革命，任桂林總司令）、任援道（汪精衛政權時海軍部長兼江蘇省主席）、鮑觀澄（曾任哈爾濱市長、偽滿州國駐日大使）、孔令侃（孔祥熙之子）、熊式輝（曾任上海警備總司令，後任江西省主席、東北行轅主任）……等，均對其「流落」香港，成為候鳥，有一番簡述，也算是一種歷史拾遺吧！此處則以孫科（孫中山之子）之妾藍妮女士為例，說明南宮搏對她的觀察。

藍妮是孫科之「平妻」[115]，且為社會及戶內所承認。抗日戰爭時，在上海是著名的社交名媛，但也曾因囤積顏料犯法，而孫科公開稱「敝眷藍妮」，為其說項，因而眾人乃笑稱藍妮為「敝眷」。勝利後由上海輾轉到了香港開金號，從事黃金買賣，但經商失敗，為償債，乃妥協於孫太太，離開孫科，別自生活。

多年後，二人一次於紐約「南園餐廳」偶遇，本欲再續前緣，但上車前，卻被民國初年便著名的鄭毓秀女士擋住，破鏡終不能重圓。

之後，藍妮別嫁了一位美國駕駛員，而孫科、藍妮的姻緣也在兩人所生之女婚宴上，由孫科發柬主婚之後，正式劃下句點。

這是一件「候鳥」事蹟，而那個時代、那些人物若非透過如南宮搏這樣的文字敘述，他們就被湮沒了，歷史上也就沒有這些人的身影，乍看之下，似乎無妨，但人類文明的軌跡上，本身不就是希望豐盛而趨於完整的嗎？

南宮搏這本書的集結成冊，筆者以為，對香港那時的人民現狀和心態有極大的反應，而我們該如何看待此書呢？或許我們可以一種拍攝紀錄片的導演一般看待之，即他並非要給人一個客觀的現實，相反地，僅是給一個主觀的南宮搏看法，以提供日後在英國、中共、臺灣、美國等個別史實、各自表述記載下的另一個觀點，因為歷史本來

---

115 廣東習慣稱平妻，而廣東人依「大清律例」有二、三妻妾，則屬平常事。

就是各階層人對當代出現的實況，進行自身感受的一種解讀，而日後研究者透過官方及非官方等不同文獻資料，再重新架構，綜合得到一種接近「客觀」事實之呈現。個人以為，當如是觀之即可。

第三節　論《轉型期的知識份子》之思行

知識份子在亂世時時常亦被稱作「百無一用」，因禮義蕩存、世道炎涼之際，知識份子手無縛雞之力，不能從事勞動之事，就連自己餬口都有困難，更遑論照應家人。但相對的，由於知識份子讀書識字、通情達理，又能藉古鑑今、思慮縝密，因此視野上較為宏觀，處事亦有其一定之邏輯條理，是而其地位乃始終為人所尊敬。

清初西風東漸之際，中國長期習慣於夜郎自大，而對列強向中國之鯨吞蠶食，先是不以為意，最終則導致無能為力，正如南宮搏書中所言：「滿清皇朝是中國歷史上最頑固的，他們習慣於毫無理由的自大，當英國機器工業飛速發展之際，中國的滿清皇朝仍然視之為落後民族而以天朝自居，對外來文化關起大門。甚至連通商亦不屑，被稱為有清一代英主的乾隆，在一七九三年給英皇喬治三世的上諭中即有云：『天朝物產豐富、無所不有，原不藉外夷貨物以通有無。』」[116]這種無知的狂妄最後終於嚐到了惡果，尤其在中日甲午戰後，中國的不堪一擊被列強輕易識破，是而也就進入南宮搏在此書所謂的中國轉型期。

《轉型期的知識份子》所寫即自甲午戰後到一九四九國共內戰結束，不同身份地位之知識份子對中國困境的因應之道，以下筆者即依戊戌變法、辛亥革命、五四運動、北伐期間及對日抗戰等五個階段分

---

[116] 南宮搏：《轉型期的知識份子・序》（無標出版社及出版年月），頁2。

別探述南宮搏對各時期知識份子之看法與評價。

一　戊戌變法

戊戌為西元一八九八年，而戊戌變法正因中日戰後，清帝光緒乃至無知之慈禧不得不正視他國因船堅砲利而行之變法，在此時期，南宮搏對知識份子的界定較為廣泛，無論為官或在野，只要其具知識水準，對當時政治產生一定程度之影響力，皆可列之，因此又可分為下列數派：

（一）守舊無知派

守舊無知，這裡指的知識份子自然是官僚的那一派，其中以翁同龢為首，但在談翁之前，必須先談一談戊戌前的李鴻章，因為他的無知與自私，才會迫使中國甲午戰敗，以致加速一連串的變革出現。[117]

在人格上面，南宮搏對李鴻章做了如下的批判：「李鴻章在初期並不是太后黨，他曾經主張過『嗣皇（光緒）親政，太后退休。』但由於他為清議所不容。而翁同龢則為擁清帝的清議派首領。李翁二人不洽，李遂改投太后黨，成為太后的心腹。並阿附奕訢（恭親王），先意承旨；特撥海軍經費以供太后私好。於是，中國的海軍軍力遂被削弱。同時，李鴻章又視北洋海軍為其私人武力，政爭的本錢。故除了海軍專欵移西太后之外，一面又向朝廷誇張他的海軍實力，其目的

117 在中日甲午戰前，其實已多有變法維新之說，如林則徐門人馮桂芬於〈校邠廬抗戰〉一文中主張「以中國之倫常名教為本，輔以諸國富強之術」；香港循環日報主編王韜，著書提倡採日本維新之法變革中國政治；鄭應觀著《盛世危言》；何啟寫《中國亟宜改革政法論》，又和胡禮垣合著《新政真銓》……等。。

只在使政敵有所憚懼而已。」[118]換言之，不過就是一投機而見風轉舵的牆頭草罷了！而用人上，南宮搏又以海軍為例批評道：

> 關於海軍問題，帝黨是希圖尋隙奪取對北洋海軍控制權的，李鴻章老奸巨猾，自然知道帝黨之謀；他的應付的策略是：遇有出戰命令，則虛應事故，遇有人事調動的旨意，則堅韌地抗拒。是以丁汝昌雖為陸軍將領，以得李鴻章之信任故，仍得留任而操大權。李鴻章是慣於欺上的，他向朝廷譽丁汝昌：「目前海軍將材，尚無出其右者。」[119]

但事實為如何呢？南宮搏引《東方兵事紀略》一書說道：「海軍之建也，琅威理——英人，北洋海軍總教習也——督操綦嚴，軍官多閩人，頗惡之。右翼總兵劉步蟾以計逐琅威理。提督丁汝昌本陸將，且淮人。孤寄群閩人之上，遂為閩黨所制，威令不行，琅威理去，操練盡弛。自左右翼總兵以下，爭挈眷陸居，軍士去船以嬉。每北洋冰凍，海軍歲例巡南洋，率淫賭於香港上海……」[120]丁汝昌為淮人不懂水軍，實無法統御以閩人為主的海軍，也無怪乎最後軍紀蕩然無存，但因其為李鴻章心腹，李鴻章便執意用之，這便是李鴻章自私的用人之道。凡此，難怪中國與日本海軍一遭遇，只能是以慘敗收場，而中國也就因此更激起變法之說。

而翁同龢呢？即使他能提攜後進如康有為，但本質上仍屬矇昧無知的。因為翁同龢為光緒帝之老師，其一心思想也不過想把慈禧太后的權力歸還於光緒而已，識見上仍為淺陋，南宮搏評之曰：「翁同龢非僅不是一個革命者，而且也不是一個改良者，他對非固有者一概不

---

118 南宮搏：《轉型期的知識份子》，頁2。。

119 同前註。

120 同前註，頁3。

能接受，即使表面接受，內心實極不安；如翁同龢於新年中接見了一次外國使節，歸後寫日記，耿耿於和洋人交往為奇恥，甚至認為有過這樣一次交往之後，愧對天地祖宗云云。這樣一種人物，如何能接受新思潮。但是，中國的知識份子類似翁同龢的，數量頗多。現在的我們看來，覺得很可笑，但在晚清，這樣的士人是社會所公認為君子的。」[121]不能見賢思齊，連和外國使節見面也深深覺得可恥，這種乃不知有漢，遑論魏晉的見解，不是井底之蛙，又該是什麼？

基本上，這一派知識份子，其「知識」僅限於能讀古書而位居高位的官僚而已，對於中國的欲走向變法圖強，或者可言不僅沒有助力，反而是成為變法之阻力的。

（二）康梁變法派

維新變法事實上是由康有為所正式提出，而梁啟超隨附之[122]，但正如由君主到民主之過渡期必然現象一般，雖說他們的主張在維新運動中是穩健而有其新意，如南宮搏簡述其變法乃：「康有為的改良主張精髓是『隨時改革』四個字，他把改良運動計畫的里程是『據亂世』、『生平世』、『太平世』三個階段。而梁啟超的治天下之道則是『以群為體，以變為用』，所謂『體』是保國保種，所謂『用』則是聯合黃種（他在這裡巧妙地避免了滿漢的民族問題；用黃種這一稱呼自我地來平滿漢之界。）君民同治，反對獨裁，並以孔子之教為國教。至於變的方法是廢科舉，開學堂，改官制，地方自治等。」[123]於

121 同前註，頁12。

122 事實上早在一八八八年，康有為即已上書請求變法，並在書中痛斥李鴻章，而康有為在受辱的馬關條約簽訂後，號召全省計一千三百餘人齊上萬言書，即所謂「公車上書」，乃揭開了「戊戌政變」之序幕。

123 南宮搏：《轉型期的知識份子》，頁13。

今看起來似覺稀鬆平常，但試想，他們長期生活在帝制框架下，本身亦因之參與科舉考試而欲以謀求功名仕途，因此不言其它，光是敢講「君民共治」、「廢科舉」、「地方自治」……等，在當時亦足謂「驚世駭俗」之說，因此康梁對民主的推動，是有其一定之貢獻。

但認真說來，他們因於本位主義，主張民權，是因為滿清著實積弱不振，並且提「君民共治」，其實另一層意義就是帝制之不可廢；更延伸一點看，康梁只不過是想把漢人地位盡量提升到接近滿人，而爭取滿漢平等、共治罷了！而這種做法，南宮搏以為不過是因為「害怕革命，冀圖用改良的湯藥來救延帝制的生命和扼殺民主革命」[124]。

南宮搏更大膽地以「醜惡」面，分析康有為的真正盤算，乃：

> ……康有為之所以堅持「今上不能忘記」，是完全出於個人打算的。他與光緒帝的關係，以及他在戊戌政變中的地位，如果「今上」不廢而出現一個立憲政府，他自然是首領，倘若革命——剷除滿清政府——他在革命陣營中無資歷可言，其地位自然會在孫中山之下……革命黨人雖然勢力日大，但在士大夫階級中，還是看不起革命者的。孫中山這一群人在康有為心目中所佔的地位不會很高。如果康有為不是在流亡失所的情況下，他會不願和革命者作對等的談判。[125]

這樣的推斷，在以當時的環境背景看來，似乎是沒有誣陷的成份在。而康梁這一派知識份子的做法正似將一間腐爛的房子塗上一層油漆罷了，因為他們對未來的不可確定，又怎麼敢同真正革命一般地拆毀房子而加以重建呢？

---

[124] 同前註，頁13。

[125] 同前註，頁24-25。

（三）譚嗣同派

這是這時期最激烈但也是最光輝的代表，譚嗣同雖和康有為同一集團，但他的主張及做法，遠遠是康梁所不及的。

如前所述，康有為倡「君民同治」，而譚嗣同則完全主張民主，如其《仁學》中論政體時，說：「生民之初，本無所謂君臣，則皆民也。民不能相治，亦不暇治，於是共舉一民為君。夫曰共舉之，則必可共廢之。君也者，為民辦事者也；賦稅之取於民，所以為辦民事之資也。」[126]這是極先進之看法，比之康梁，顯然更具識見。

另外，康梁主張「滿漢不分，君民同治」，但譚嗣同的民族意識則更為強烈，如在馬關條約割讓臺灣後，譚嗣同乃憤然曰：「滿漢之見，至今未化，故視為儻來之物，圖自全而已，他非所恤。豈二百五十年之竭力供上，遂無一點好處乎！宜乎臺灣人民，聞見棄之訊，腐心切齒，以為恩斷義絕。」[127]這明白是認定清朝以臺灣人並非中國族人，所以輕易將之割讓與日本，而譚嗣同此語，豈不明白與滿清對立？而他之激進並非單由其言論來看，更重要的是他敢於拋頭顱、灑熱血，以性命相搏的革命情懷，這才是真正為後人所崇仰之處。

在梁啟超的〈譚氏傳〉中，談到了譚嗣同的欲捨一己之身，喚醒中國自強之魂的記載：

> ……八月初六，變發，時余方訪君寓對坐榻上有所擘劃，而抄捕南海館之報忽至，旋聞垂簾之諭；君從容語余曰：「昔欲救皇上既無可救，今欲救先生亦無可救；吾已無事可辦唯待死期耳。雖然，天下事知其不可為而為之，足下試入日本使館謁伊

---

126 同前註，頁14。

127 同前註。

> 藤氏，請致電上海領事而救先生也。」於是夕宿於日本使館，君竟日不出門以待捕者，捕者既不至，則於其明日入日本使館與余相見，勸東遊，且攜所著書及詩文辭稿本數冊家書一篋託焉。曰：「不有行者，無以托將來；不有死者，無以酬聖王……」初七八九三日，君復與俠士謀救皇上，事卒不成。初十日遂被逮。被逮之前一日，日本志士數輩勸君東遊，君不聽，再四強之，君曰：「各國立法，無不從流血而成；今中國未聞有因變法而流血者，此國之所以不昌也。有之，請自嗣同始！」卒不去，故及於難。[128]

這般視死如歸的壯闊勇氣，古今又有幾人？而其臨刑前之遺言，更是震古鑠今，其云：

> 有心殺賊，無力回天；
> 死得其所，快哉快哉！

這「引刀成一快」的豪氣，並非莽夫行徑，如前所言，乃是一種以個人之死，喚群眾之魂、喚中國之魂的聖賢行為，自此之後，南宮搏云：「知識份子接受了死的啟示而展開深廣的鬥爭」[129]，後續便直接影響了湖南維新派的發動革命。

（四）容閎派

容閎（1828.11.17-1912.4.21）生於廣東省香山線，為清朝赴美留學的代表人物，他先於澳門入學（1835）[130]，後於一九五〇年入學於美

---

[128] 同前註，頁23。

[129] 同前註。

[130] 為英國傳教士古特拉富之夫人（Mrs. Gutzloff）所創辦之私塾，起初專收女生，復

國耶魯大學，甚為用功，尤其英文之論說極優，曾在大二時，連兩學期獲獎，故曾自云：「自經兩次獲獎，校中師生，異常器重，即校外人士亦以青眼相向。」[131]而此事亦在〈胡適留學日記〉的卷四中提到一位和容閎同學，後來為康乃爾大學校長（1868-1885）的懷特博士（Andrew Dickson White）曾經說：「……六十餘年前，博士初入耶魯，與容純甫同學，容異服異俗，頗受人笑。其年容兩得班中英文第一獎品，其後無敢揶揄之者矣。」[132]可見其學習成果之佳。

容閎娶有美國妻子克拉克，並且亦入了美國籍，但他卻始終想把西方文明引入中國，使中國富強，可惜無論太平天國洪仁玕，還是曾國藩、李鴻章都未能特別重用之。甲午戰後，結識康有為，容閎才積極投入維新事業，一度其住所還成為維新黨的大本營，但由於容閎既無顯赫官職，又較為缺乏對中國政治直接干預的樂趣，因此他的貢獻與著重的焦點多在教導旗下青年人學習西學，並協助中國學生留學美國，如他曾在一八七二年二月十七日寫了一封長達六頁的信，給他耶魯的老師波特教授（Noah Poter，後為耶魯大學校長1871-1886年），中間乃說道：

> 中國政府決定派遣幼童赴美接受完整教育，以備將來在中國政府各部門服務……中國政府希望他們將來從事軍事、海軍、醫學、法律和土木工程，他們充分具備化學、物理、地質、天文等科學知識……他們不准入美國籍，或留美不歸，也不得中途退出，另謀他業。他們是官費生，正如同美國西點軍校和海軍

設附塾，兼收男生。

131 容閎：《西學東漸記》（臺北市：廣文書局，1981年），頁24-25。

132 胡適：〈一六　赴白博士夫婦家宴〉，《胡適留學日記》（長沙市：岳麓書社，2000年），卷四，頁132。

官校的學生一樣，對國家都有應盡的義務。[133]

也因此南宮搏說：「容閎對中國人接受西洋學術方面，貢獻甚大，但在行動方面，他並無特出可記的地方。」[134]換言之，容閎這一派人所產生的影響是間接的，但卻較為長遠的，畢竟栽下樹苗，要其茁壯，是要時間積累的。

（五）游離派

在這部分，南宮搏又將之細分為三類，即官僚集團中的投機份子、不願亡國卻又懦弱的士人，及苦悶思變以抒憤懣者，以下乃分別述之。

1　官僚集團中的投機份子

這其中之代表人物如張之洞、李盛鐸、張蔭桓及孫家鼐等，以張之洞為例，南宮搏說道：「他本是一個頑固的保守份子，但當變法之議高唱入雲之時，他暗予助力，目的是腳踏兩條船。倘若新政成功，他是首先贊助者，可以一舉手之勞而取過新政的領導權；一旦情勢不佳，他就抽身回來，仍做他的封疆大吏。此即官僚『玩政治』的手段。」[135]又如李盛鐸，南宮搏云：「為保國會發起人之一，後見太后黨勢大，不易動搖，便連奏三本，攻擊保國會，現出一副忠貞於舊黨的面目。」[136]都是標準牆頭草，政治的投機份子，而這樣的人是沒有自己的革命信念或愛國情操，新政的實質內容，他們並不知悉，而舊黨

---

133 轉引鄭雪玉：〈中美文化交流的先驅——容閎與晚清留美幼童（1872-1881）〉，《博雅教育學報》第6期，頁57。

134 南宮搏：《轉型期的知識份子》，頁15。

135 同前註。

136 同前註。

得勢可回頭擁抱時，又忙不迭地投回舊黨，這種游離的官宦「知識份子」，對新政實毫無助益的。

2　不願亡國卻又懦弱的士人

這類代表人物以嚴復、麥復華[137]為主。嚴復是眾所周知的大學者，其曾留學英國，進海軍大學，回國擔任天津水師學堂總教習達二十年之久，曾創「國聞報」，又翻譯赫胥黎的《天演論》、亞當斯密的《原富》，尤其《天演論》一書，不僅對當時的維新運動有重大影響，對後世的思想，也產生不少觀念的改變。然而他對新政的推動，卻是懦弱不前的，如南宮搏說道：

> 嚴復雖寄情新政，然出發點祇因國弱，隨時有覆亡之虞，所以欲變法圖強。然而，他又害怕改變傳統；所以，他的主張矛盾而無所依據。他連「民權」的要求都不敢提——因為中國自古無「民權」。於是，他上皇帝書，主張「結百姓之心」，他的君主立憲理論更加特別——祇要皇帝巡行四方，讓百姓拜識聖顏，便會人人愛戴皇帝了。[138]

這是極駝鳥之心態，但在那個背景環境下的許多知識青年，由於從小耳濡目染的思想教育，讓他們深信帝制不能更動，所以只能期待人們愛皇帝之心堅定，進而團結一致，戮力救滿清政府於危亡之際，殊不知滿清病入膏肓，氣數已盡，不革命，中國這偌大土地將會被列強瓜分殆盡。

---

137 和梁啟超同門，為康有為之學生。

138 南宮搏：《轉型期的知識份子》，頁16。

3　苦悶思變以抒憤懣者

全中國的知識份子幾乎都是苦悶的群眾，但這邊指的是無所適從而遇到似乎是「可行」的想法便隨意附之者，如嚴復就曾在〈論中國分黨〉一文中說道：

> ……其一以談新政為一極時世之粧，隨聲附和，不出於心；其一見西人之船堅砲利，不若從而效之；其一則極守舊之人，及見西法，不欲有一事為彼所不知不能，乃毛舉糠粃，附會經訓，天下之人，翕然宗之。維新之種將為之絕……[139]

此乃指維新集團中人之複雜、信念之分歧，而以如此紛亂的黨員心緒，對抗滿清尚堪稱堅固的舊黨組織，雖有勇氣，但卻無異以卵擊石。

綜觀上述，這時期之知識份子，顢頇或投機之官僚，其利益所趨當然是為了鞏固自己實力為主，此不僅無益中國進步，相對只有使中國更加衰敗而已。而維新變法的各知識份子，或許組成份子太過複雜，亦各持己見，尤其在實施新政，對許多原抱舊有觀念的知識份子而言，更是叫他們先否定自己先前所學，這種做法實令人遲疑與害怕，畢竟變法的未來會是如何，無人知悉，推翻滿清後的國家藍圖也不過是紙上談兵罷了，因此會有挫敗，是不令人懷疑的；但在昏黑的茫茫大海中，幸而有如譚嗣同的一線曙光，由這曙光開始，中國慢慢即將要迎向光明了。

---

[139] 同前註，頁17。

二　辛亥革命

在辛亥時期的知識份子，呈現了一種迥然不同於之前的氣魄，這氣魄便是敢於捨身取義、敢於在追求理想信念不顧一己生死的氣魄，由於這樣的氛圍，便能造就革命的成功。而這時期主要知識份子可談的第一當屬孫中山，第二則是留日學生的歸國。

（一）孫中山

原是中產農民的兒子，但在一個經商哥哥的栽培下，從十三歲於檀香山就讀，而後回香港皇家學校、廣州博濟醫院、香港西醫書院等，接受了西方教育的洗滌，加上他個人特質，就註定他該有不平凡的人生。

原是上書李鴻章，希冀從事不流血革命，但在被拒絕又經歷甲午戰後，孫中山在一八九四年十一月正式成立以「驅逐韃虜，恢復中華，創立合眾政府」為誓詞的興中會，十年後又進入同盟會時期，一般史書於此已記述詳盡，南宮搏亦不多談，他特別注意的是，孫中山和三合會的關聯性。

孫中山之所以能赤手空拳起義成功和三合會有極大關係，因孫中山本人就是「洪門」之一員。固然幫會是迷信且落後，正如南宮搏所摘錄的幾條三合會誓詞如下：

> 第一誓：自入洪門之後，爾父母即是我父母，爾兄弟姐妹即是我兄弟姐妹。爾妻即是我嫂，爾子侄即是我子侄。如有不遵此例，不念此情，即為背誓，五雷誅滅。
>
> 第十八誓：倘若被官兵捉獲，此乃天降橫禍，不得供出洪門兄

> 弟；亦不得記念舊仇，亂供兄弟，不念洪門結義之情者，五雷誅滅。
>
> 第二十一誓：各省兄弟以及外洋兄弟，文書以及物件，有官府追拏。即時通知他逃者為上。如有詐作不知者，死在萬刀之下。[140]

這樣「義合團」式的幫會組織和孫中山所持理想，當然相距甚遠，但其實他們亦有一個共通點，即三合會的最大目的正是「反阴復汩」（即「反清復明」），而孫中山所做的本來就是「革命」、推翻滿清的事，因此他能輕易地透過幫會，獲得廣大群眾的支持。另外，南宮搏指出，也因孫中山的加入，「逐漸地改變了三合會『上繡五龍扶真主』的信誓」[141]，這樣的記載在所謂「正規」的史書中是不會提及的，但南宮搏此書卻提點了我們此事之源由與重要性。

（二）留日學生

清末國內廢科舉、設學校等措施的施行，讓一般人民視野增廣、眼界大開，而赴日學生的增多，更是將西方文明深植於其思想中，迫使他們積極改變中國現狀，最終展現出來的，便是反清革命的種種愛國行動。

此中代表人物是章炳麟（字太炎），首先在光緒二十八年（1902）於日本發起「中夏亡國二百四十二年紀念會」，此會雖因清公使蔡鈞的阻撓而沒有順利舉辦，但他們隨即以此為根基，籌辦了「青年會」，隨後因受其感召，又有「拒俄義勇隊」、「軍國民教育會」等的成立，留學生激昂的革命之勢，已然風起雲湧。

---

[140] 同前註，頁55。

[141] 同前註，頁55。

之後章太炎回國和蔡炎培（字孓民）組織「中國教育會」，由蔡炎培擔任會長，吸收上海南洋公會和南京陸師學堂的一部分學生，成立國內第一個知識青年所創立革命的「愛國學社」，並由此一開頭，和「北洋學社」、「南洋學社」、「湖北武備學堂」等互通聲息。隨後便是眾所皆知，革命學堂遍地開花，如上海蔡元培的「光復會」，湖南黃興的「華興會」，湖北的「日知會」等等，熱血且知識新穎的他們，不僅對滿清政府強力抨擊，也對所謂的改良派開火，形勢至此，欲求中國之富強，推翻滿清已是此刻知識份子的唯一途徑。

（三）同盟會

這是結合孫中山的「興中會」與前面所提如「華興會」、「光復會」的結盟團體，由十七省中國留日學生代表參加，並共推孫中山為首任總理。此會採章太炎之議，確立「中華民國」的名稱，由於是知識份子所倡導與組成，影響力乃迅速擴充，在短短一年內，會員由三百多人增至一萬多人，並確立以「驅逐韃虜，恢復中華，創立民國，平均地權」為政治綱領，並開始進行一連串眾所周知，為爭中華民國之建立的革命行動，南宮搏在書中乃列舉數例如下：

> ……如徐錫麟，便以刺客的身份出現。他是光復會的一員，浙江紹興人，曾留日，他認為革命非流血不能成功。他說：「法國革命八十年始成，其間不知流過多少熱血。我國在初創的革命階段，亦當不惜流血。」……果然，他在安徽刺殺巡撫恩銘，奪軍械局舉事，兵敗被捕，從容而死。
>
> 又如秋瑾女士（浙江紹興人），逃離夫家，赴日留學，歸國後在上海創辦「中國女報」，與徐錫麟密約起義，事敗被捕處

> 死。
>
> 又如蘇曼殊，在日本時圖刺殺康有為，以絕危害革命的立憲論，為陳少白所阻。
>
> 又如汪精衛，行刺攝政王，被捕下獄。作詩：「慷慨歌燕市，從容作楚囚，引刀成一快，不負少年頭。」[142]

這些都是此時引領風騷的知識份子，雖皆事敗，但革命的熊熊火焰已然點起，接著將遍地烽火似地燃燒出革命之巨焰了。

而在本章結束之際，南宮搏有一段評論「辛亥」與「戊戌」地位的「太史公曰」，頗為精當，在此筆者亦不憚其煩地將其錄之於下：

> 孫中山雖然在同盟會時代揭櫫了「三民主義」，但當革命行動展開之後，革命的教育卻全無下文，「辛亥」之後，中國的教育是從「戊戌」一脈相傳的，維新時期首重教育，「辛亥」時期，祇重軍事（內鬨）。「辛亥」的光芒之所以祇有一瞬，「辛亥」時期的青年，後來有不少敬事「戊戌」人物，沒有革命教育是一個重要的關鍵。「辛亥」在後來終不及「戊戌」也在此。
>
> 雖然，「辛亥」革命有其脆弱和不健全性，但在理論上，辛亥是局部地把「戊戌」和「義合團」兩大運動綜合了起來。同時也真正喚醒了中國人民，領導民族與民主革命的偉大革命家孫文，其所佔的時代雖然短促，但在中國歷史上卻有永久不朽的光輝。他的名字與推翻兩千年帝皇專制是分不開的。[143]

---

[142] 同前註，頁61。

[143] 同前註，頁82。

三　五四運動

五四運動主要是對北洋政府與日本簽訂「二十一條」及山東權利歸於日本的屈辱條約，在一次大戰後，於「巴黎和會」中棄置中國要求的「七個希望」等所引起，而這一運動幾乎純然是由知識份子所發起進而逼迫政府接受的，此事也樹立後來大學生在政治社會發聲力量的地位。那麼這一時期的知識份子何以能如此？其力量強大的背景又是為何？本小節乃對此探述之。

（一）知識普遍提升

清末民初原本中國的經濟是衰落的，但由於民國三年（1914）發生了第一次世界大戰，歐洲無暇於發展經濟，中國原紡織廠於民國以前才兩家，但到民國七年，已有八十六家，經濟的發達，南宮搏甚至舉例以一枚銅元做交易單位的茴香小販，竟然也可戴起金戒指了[144]。因此，在經濟無虞匱乏的時候，人們就學的機會自然也就增高。

因此，南宮搏寫道：

> 在這種景氣的情形之下，貧民的子弟就學的機會增多了……其時，貧民子弟的就學，幾乎十九是進私塾。據「浙江教育」載：第一次世界大戰發生之後，三年之中，嘉興、吳興兩縣城內，新設訓蒙的私塾，數以百計。其記吳興：
> 「幾每街均有一塾……因其利用，負販子弟率皆就學……」[145]

是而識字率乃普遍提升；並在一次大戰後，讓中國人明白何謂「國

---

[144] 同前註，頁84。

[145] 同前註，頁85。

際貿易」，兩相加乘的情況下，知識份子越來越多，也越來越具國際觀，自然也就不再是人云亦云、蒙昧無知的文盲，而是有獨立判斷思考能力的知識份子了。

(二)「新青年」雜誌的創刊

五四運動的基礎除人民的普遍知識水準提升外，最重要的則是推動改革思潮的「新青年」雜誌創立。而此時之知識份子主分溫和派的陳獨秀、胡適，及猛烈派的錢玄同和周作人。

1　溫和派

在「新青年」的創刊號（1915年9月15日）上，陳獨秀發表了〈敬告青年〉和〈法蘭西人與近代文明〉文章，以法國的「人權宣言」為基，來鼓吹民主，反抗君權，其內容如南宮搏寫道：「他們從根本上否定中國的傳統，這和戊戌以後的『進步』思想起了嚴重的衝突，『戊戌』與『辛亥』的革命者理論，在『新青年』時代，便被視為落伍了！『戊戌』和『辛亥』在思想上祇是局部的轉變，以中國固有穿上近代西洋思潮的外衣。而『新青年』時代的要求，是脫胎換骨，全盤歐化！中國的固有，祇佔著這個新身體極微小的一部分。這是中國思想界有史以來第一次大變，也是中國知識份子群守舊派與革新派第一次真正和徹底的分裂！」[146]可見陳獨秀的主張比起之前是分外積極的。隨後民國五年二月十五日，易白沙又發表了〈孔子評譯〉[147]一文，反對儒家對中國思想長久的壟斷，當然也反對中國固有的理法和

---

146 同前註，頁88。

147 易白沙云漢代漢武帝採用儒生董仲舒所提之「諸不在六藝之科孔子之術者，皆絕其道，勿使並進」，遂造成「罷黜百家，獨尊儒術，利用孔子為傀儡，壟斷天下之思想，使失其自由」，如此學術專制的封閉思想。

倫理。

但最具影響，並自此改變中國寫作觀念的，則是民國六年（一月一日）胡適的「文學改良芻議」，其主張白話寫作，提出眾所周知之八項改良要則：

一、須言之有物。

二、不摹仿古人。

三、需講求文法。

四、不作無病呻吟。

五、務去濫調套語。

六、不用典。

七、不講對仗。

八、不避俗字俗語。

之後，陳獨秀隨即附和地也提倡寫作三大主義：

曰：推倒雕琢的，阿諛的貴族文學；建設平易的，抒情的國民文學。

曰：推倒陳腐的，鋪張的古典文學；建設新鮮的，真誠的寫實文學。

曰：推倒迂晦的，艱澀的山林文學；建設明瞭的，通俗的社會文學。

自此風起雲湧，改變了中國數千年的寫作表述筆法，但他們還僅是「溫和」的提出其主張，真正激烈的，則要屬錢玄同和魯迅。

2　猛烈派

對於舊傳統、舊文化、舊思想，魯迅和錢玄同採用的是批判式的攻擊，但兩人的攻擊方式又有著些許的不同，南宮搏對兩人之分析乃：「錢玄同熱情奔放，魯迅則冷靜地撕裂舊社會制度的外表，把百孔千瘡指點給人著，他把『國粹』比作精神上的極毒，指出科學為醫療的唯一特效藥。」[148]錢玄同的熱情奔放其實更像是一種狂妄的咆哮，因為他甚至主張為避免過於保守、阻滯人類文明的進步，人一超過四十歲就應槍斃，而他在〈中國今後之文字問題〉文中說道：

> 二千年來所謂學問，所謂道德，所謂政治，無非推衍孔二先生一家之學說。所謂《四庫全書》者，除晚周幾部非儒家的子書外，其餘則十分之八都是教忠教孝之書：「經」不待論；謂「史」者，不是大民賊的家譜，就是小民賊殺人放火的帳簿……[149]

有稜有角、激烈猛然的口吻，可以看出錢玄同是如何想用特效藥讓他認為中國這個全身充滿疾病的人快速的痊癒起來[150]。

（三）五四運動示威抗議

從人民的生活水準逐漸提高、就學機會增加後，再加上新青年雜誌的出版，以北京為首的知識份子，其識見已非井蛙，是而在第一次

---

[148] 南宮搏：《轉型期的知識份子》，頁91。

[149] 錢玄同：《錢玄同文集》（北京市：中國人民大學出版社，1999年），第一卷，頁163。

[150] 但如同陳漱渝在《錢玄同文集》序中也半帶揶揄的說道：「基於人過中年性多固執，他主張『人到四十就該死，不死也該槍斃』，而自己卻『作法不自斃，悠然過四十』。」或許此一時也，而彼一時也吧！錄自《錢玄同文集》，第一卷，頁16。

世界大戰後，中國雖為戰勝國，卻無法取消之前列強在中國強佔的種種特權，亦無法取消日本奪佔德國在山東的各種侵華權利，於是北京各大學學生在民國八年五月四日終於按捺不住，五千多名知識份子在天安門集合，向日本大使館抗議，但因被軍警所阻，乃轉而向簽訂二十一條的曹汝霖家示威。

憤怒的學生火燒曹家，但大批學生隨後也被拘捕監禁，隔天北京各學校罷課抗議此拘捕行動，接著組織講演隊，廣發傳單，抗議北洋政府逮捕學生，康有為、孫中山等人也都電請釋放學生，五月七日，政府終於釋放被捕學生；之後學生要求政府不得在巴黎和約中有關山東問題部分簽字，並且不僅大學罷課抗議，連中學也加入了罷課的行列；六月一日到三日，政府再度逮捕學生，被捕數量多達3千多人，但此舉卻引發全國學生的不滿，結果中國各地學生串連響應示威罷課，接連著連上海的機器、印刷、火車、電車工人，滬寧、京漢、京奉等鐵路的工人，如烽火燎原般地，也都加入罷工行列，北洋政府見事態嚴重，在六月七日釋放學生，也於六月二十八日拒絕在巴黎和約上簽字。

五四運動具劃時代的意義，由中國知識份子自發性地領導抗議，而演變成全國支持響應，如南宮搏所說，這一意義的重大在於：它標誌著一個新時代的開始！也揭開了中國人民普遍地干政的一頁！[151]

四　北伐時期

民國十年後，可說是五四運動的退潮期，在政治上，雖知識份子仍是參與，但更顯明的，他們不似之前的熱衷，而把專注力移轉至文

---

151 南宮搏：《轉型期的知識份子》，頁99。

學性社團的建立，這中間和國共合作也有相當大的關係。

民國十二年，國共合流，對這一現象，知識份子半帶著喜悅，但也半帶著恐懼。喜悅的是，雙方的合作似乎代表著向和平這一目標跨上一大步，也有以為勢必能有大破而後大立的情況發生；恐懼的則是，「共產」這一名稱，對許多受過英美西方教育的知識份子而言，這種衝擊私有財產的做法，在西方國家實施時就有其困難且造成國家混亂，在中國是否也代表那樣的磨難將重現在這塊土地上。這些是北伐時期前後的政治社會背景，對知識份子的影響自然很深。

（一）北伐前，文學社團之百花齊放

這邊專指以上海為中心的文學社團發展，如南宮搏所說：「由於北洋政府根本無視於文化，而上海又有租界的掩護，上海才成了文化中心。戰國時代百家雜陳的局面，約略見於當時的中國，各種理論同時出現。西洋學說，於此時介紹到中國來為最多，『無政府主義』也於此時出現，共產主義自然成了最熱門的東西，社會主義的經濟理論，文學理論，先後輸入中國；以上海為中心的知識青年，讀書的興趣被啟發了！學術界空前地呈現輝煌，這自然與言論自由有關係。」[152]也因此，出現了許多政治性的文學社團，如曾琦、王光祈、李大釗、左舜生等人所創的「少年中國學會」，張東蓀等人的「共學社」，陳啟修所主持的「中華學藝社」……等等，尤其影響最大的，則屬「文學研究會」和「創造社」兩個社團。

「文學研究會」的主要發起人為周作人、朱希祖、耿濟之、鄭振鐸、瞿世英、王統照、沈雁兵、蔣百里、葉紹鈞、郭紹虞、孫伏園、許地山等十二人，而其宣言乃：「將文藝當作高興時的遊戲，或失意

---

152 同前註，頁112。

時的消遣的時候，現在已經過去了！我們相信文學也是一種工作，而且又是於人很切要的一種工作，治文學的人，也當以這事為他一生的事業。」[153]可見服務人類，寫實地創作文學，在這動盪混亂的政治時局裡，是「文學研究會」的迫切需求。

「創造社」的成員主要有郭沫若、郁達夫、成仿吾、張資平等人，他們完全和共產主義思想結合，激進地以「極左」的面孔出現，對階級予以強烈的破壞及攻擊，在一時之間，也擁有不少的支持者。

其它還有由魯迅、周作人、錢玄同、劉半農、俞平伯、顧頡剛……等人所成立的「語絲」；陳西瑩主持的「現代評論」等等，引進了不少西方理論，當然他們也帶著自由主義色彩的發表了許多文章。就文學而言，這樣的榮景顯現的是進步，而這樣的情況對比北伐後的國共兩黨而言，又將有什麼巨大的影響呢？

（二）北伐後，國共不同的文化策略

在北伐前，文化的發展是百花齊放的，但在北伐結束後，國民黨由於想一黨專政，而忽略了孫中山原來建立中華民國的精神，以「民權」而言，五院的設立中，如「立法院」原先該是由人民行使投票權選出為人民喉舌的立法委員，但國民黨卻以「派任」的方式，扼殺了此項珍貴之天賦人權。

繼而開始進行箝制人民的思想行為，如胡適在「新月雜誌」中刊登了一篇〈知難，行亦不易〉的文章，這明顯和孫中山的「知難行易」相抬槓，這樣的行為，原先在孫中山時代想必是「樂見」的，因為他原本就贊成自由言論；但此時的國民黨卻不容許有人「詆毀」或「挑戰」孫中山了，因此對胡適提出警告，甚至揚言將危及其人身安

153 同前註，頁114。

全。是故「國家事管他娘」的說法出現了，知識份子在國民黨這邊的意志消沈了。

南宮搏的分析：「學術思想的不能自由發展，等於把對共產黨的思想戰爭放棄，沒有思想戰爭，是不可能從根本上擊敗共產黨的。」[154]這是國民黨的失敗，也造成後來難以彌補的全盤皆輸。

共產黨則完全不同，以上海為中心，北伐前百花齊放，共產只是其中的一枝花，但在國民黨的打壓知識文化後，共產黨反而採取「選擇性吸納」的方式，組成了它的文化網路，以「創造社」和「太陽社」為中心，加上魯迅的「語絲」、葉正的「朝華社」、胡也頻及丁玲的「紅黑雜誌」、李偉森的「上海報」……等等，掌握了國民黨所忽視的文化力量，最後甚至在民國十九年進行文化的統一[155]，而其中縱使有與其觀念立場截然相反的如以梁實秋、徐志摩、胡適為主標榜「思想言論必須合乎健康和尊嚴的原則」之「新月社」，但國民黨卻也不喜他們，不僅未納入，如前所說，還試圖進行打壓，因此南宮搏說：

> 在這種情形下，自由主義者知識份子的消沈是可以想見的；隱士思想，便於那一時期孕育出來。在政治既找不到出路，祇有在現實社會退後，而獨善其身了。周作人與林語堂，便可作為代表。

---

154 同前註，頁131。

155 南宮搏述「中國自由大同盟」在上海成立。簽署發起的有魯迅、田漢、郁達夫、鄭伯奇等52人。接著，「中國左翼作家聯盟」正式成立。（1930年3月2日）聯盟的成員有魯迅、茅盾、郁達夫、田漢、沈瑞光、馮雲峰等五十餘人。在左聯的機構之下，設立了「馬克思主義文藝理論研究會」、「國際文化研究會」、「文藝大眾化研究會」等。他們出版的期刊有「世界文化」、「萌芽」、「拓荒者」、「現代小說」、「大眾文藝」、「北斗」、「文學日報」、「文藝新聞」、「新文藝講座」等等。一時書市上幾成左派的天下。

> ……不滿於共產黨的人多數也不滿於國民黨的一黨專政，他們散漫，消極，這是後來林語堂出版的「論語」和「人間世」擁有大量讀者的主要原因。「狂者進取，狷者有所不為」，那一時期的狂者，可能是較多地走向了共產主義的陣營，至於狷者，退出現實而追求有所不為的隱士生活了。這一現象，無疑地，國民黨是要負完全的責任的。[156]

總之，百花齊放的時代，此刻已不復見，但見共產之花正逐步開遍中國，也預示著，國民黨沒有知識文化的奧援，最終將付出極大代價。

五　抗戰時期

對日抗戰是中國恥辱的一頁，卻也是光輝的一頁。恥辱的原因是，讓日本對我們予取予求如此多年後，方敢與之一戰；但光輝的是，終究抗戰勝利，一雪前此之辱。

日本覬覦中國，由來已久，南宮搏以為尤其在綜合以下四個因素後，日本終於決定出手：一、世界景氣低迷，日本亦不例外，在撫平國內怨氣的考量下，乃圖謀對外發動戰爭，一方面凝聚國內民心，一方面掠奪中國物資；二、蔣介石實力穩固，極有可能統一中國，而蔣又主張取消不平等條約，若再不侵略，則日後將更難消滅以蔣為指導者之中國；三、侵略由中國東北開始，而東北在張作霖死後，張學良地位其實尚未穩固；四、民二十年夏，長江氾濫成災，五千萬人流離失所，國民政府在內政上面臨嚴峻考驗。

因此假借日本軍官為中國屯軍所殺及自行炸毀南滿鐵路、柳條溝橋樑卻栽贓中國為起火點，進行一連串軍事佔領，而國民政府的只想

---

[156] 南宮搏：《轉型期的知識份子》，頁133。

仰賴國際公理裁判而進行不抵抗的消極行為，使中國遭受了重大損失，如南宮搏確實考證了一些數據後所說：

> 東北這大片土地和資源，足可建一現代國家而有餘，而且東北國土淪亡之後，對於全中國人民的經濟生活，發生了極嚴重的影響，單就國際貿易來說，民國二十年中國輸出貨物十四億元，二十二年，輸出總數僅為六億一千二百萬。這由於東北農產品被日本奪去。中國農產品輸出，原以豆為大宗，如民國二十年，中國大豆輸出，凡六千六百八十萬石。東三省所佔為六千四百九十萬石，約當全國大豆輸出的百分之九十七，價值在三億元之上。東北淪陷之後，單是大豆一項，使國家損失了三億元外匯。其它礦產、木材、皮毛、藥材等經濟利益，可以想見。[157]

因此國內對日作戰聲浪乃此起彼落。

但國共兩黨對此一事件的看法和做法是完全相反的，國民黨蔣介石深知共產黨特性，因此即使在日本侵略中國，我們喪失東北兩百萬平方公里的土地後，蔣仍堅持先行剿共，再對抗日本，正所謂「攘外必先安內」；而共產黨此刻羽翼未豐，在被蔣重重逼迫下，順應當時中國對日作戰的民心，積極喊出「中國人不打中國人」，顯然的，共產黨的口號是得到中國大多數人支持的，尤其知識份子，因此當蔣仍一意孤行進行剿共行為時，全國大規模罷課、罷工、請願、抗議之事，乃層出不窮，如上海的文藝界人士，曾聯合發表一篇〈團結禦侮與言論自由宣言〉，其中說到：「我們是文學者，因此亦主張全國文學同人應不分新舊派別，為抗日救國而聯合。文學是生活的反應，而

---

[157] 同前註，頁141。

生活是複雜多方面的，各階層的，其在作家個人或集團，平時對文學之見解、趣味與作風，新派和舊派不同。左派與右派亦各異，然而無論抗日之動機，或有不同，抗日之立場，亦許各異，然而同為抗日則一，同為抗日的力量則一……我們不必強求抗日立場之劃一，但主張抗日的力量即刻統一起來。」[158]最終逼使國民黨暫時放棄剿共，先行對日作戰。

而此時期之知識份子及文學風格，亦因時代背景而有其特殊樣貌，以下乃分述之：

（一）民族文學之風起雲湧

在國家危覆之際，救亡圖存自然是全國人民的共同目標，因此在這抗戰時候，代表沈哀的〈松花江上〉[159]及代表激越的〈義勇軍進行曲〉[160]便傳唱於中國各地。此外，「中國民族文藝運動會」更是主張「文藝的最高意義就是民族主義」，而共產黨並於此時掌握態勢主軸，將文化推行及發展視為軍事的急先鋒，進一步發展出「國防文學」和「抗日民族統一陣線」，這一點絕對是比國民黨更為敏銳且正確，當然也讓許多知識份子在當時是較願意傾向共產黨的，後來便組

---

158 同前註，頁149。

159 此曲作者為張寒暉，歌詞內容為「我的家在東北松花江上，那裡有森林煤礦，還有那滿山遍野的大豆高粱。我的家在東北松花江上，那裡有我的同胞，還有那衰老的爹娘。「九一八」，「九一八」，從那個悲慘的時候，「九一八」，「九一八」，從那個悲慘的時候，脫離了我的家鄉，拋棄那無盡的寶藏，流浪！流浪！整日價在關內，流浪！哪年，哪月，才能夠回到我那可愛的故鄉？哪年，哪月，才能夠收回我那無盡的寶藏。爹娘啊，爹娘啊，什麼時候才能歡聚在一堂？」

160〈義勇軍進行曲〉，原作者田漢，歌詞內容為：「起來！不願做奴隸的人們！把我們的血肉，築成我們新的長城！中華民族到了最危險的時候，每個人被迫着發出最後的吼聲。起來！起來！起來！我們萬眾一心，冒着敵人的炮火，前進！冒着敵人的炮火，前進！前進！前進！進！」為現今中華人民共和國國歌。

織成為「左翼作家聯盟」。

但其實知識界有左傾的「左聯」，當然也會有自由主義作家，這種不同意見的走向，正是知識份子的特性。而以胡秋原為首的自由主義者，即直接向左聯提出挑戰，其云：「文化與藝術之發展，全靠各種意識互相競爭，才有萬華繚亂之趣；中國與歐洲文化，發達於自由表現的先秦與希臘文化，而僵化於中心意識形成之時，用一種中心意識獨裁文壇，結果只有奴才奉命執筆而已。」[161]這語氣之尖銳，猶如一把利刃，刺向左聯而去，但可惜的是，這類自由主義作家在抗日的時空背景下並不討喜，遠不如民族文學之鼓動人心，加上又不為國民黨僵化之侏儒文化所接受，最終只能是式微不振了。

（二）小品文類的異軍突起

小品文風格談的是「閒適」，固然也有對國家發展的議論，但仍以輕鬆筆調敘之，是而在此緊張時刻，其能盛行，確實是出人意料的。其實真正原因說穿了，乃如南宮搏所述：「小品文受到廣泛的歡迎，也並不在閒適，而是它那種自由的風格，剝去了莊嚴的外表，隨便談談天下大小事，有溫和親切的感覺。『北伐』以來，人們對於國民黨的『官』氣，共產黨的『匪』氣，相當地厭惡，『官』與『匪』，面目幾乎是一樣專橫可怕的，處在兩者之間的知識份子，投向小品文，可以說是求解脫的一種行為。」[162]因此在林語堂的《論語》和《人間世》出版後，周作人、郁達夫、俞平伯、郭沫若……等人，皆是此二刊之基本作者，這是激烈時代下，一部分作家抒解壓力之必然結果。

---

[161] 南宮搏：《轉型期的知識份子》，頁147。

[162] 同前註，頁147-148。

然無疑的，此類文體因提倡自由、閒適，在現實國仇家恨不容逃避的時代背景下，必然遭受所謂「積極入世」的作家們所攻擊，如「左聯」對之批判即是。因此，小品文隨即如曇花一現般地又被逐出主流地位了。

（三）知識普及之大起大落

在國共合作，決心一致抗日後，雖然日本以極殘酷的屠殺手段，企圖瓦解中國的自信心（如南京大屠殺），但中國此時卻反而展現出更堅強的韌性，以拖長戰線和時間準備著與之進行長期抗戰，也因此，文化、知識得以從沿海都市，進入內陸山村之中。

對此，南宮搏曾查證資料後，說道：

> 流亡的知識份子，不論其以前的職業如何，以及其到了內地的職業如何，但是，他們的生活融化在抗戰軍事和文化之中。他們，多數以自己微薄的收入湊合起來辦出版——目的祇是作抗戰教育與宣傳。據統計，在抗戰初期，除掉了報紙之外，經過登記的期刊有三千多種，但未經登記而由幾個私人湊合起來的期刊，數目會遠遠地超過已登記的，筆者曾作為一個小統計：以江西的贛南和東南兩個行政區（以贛州、寧都為中心），以政府及軍事和黨部有關的出版物（雜誌）共三十七種，平均每一縣在兩種以上。由知識青年自行籌資出版的期刊，都是用油印的，就我所獲知的有一百四十種以上，舉一個例子來說：寧都縣的鄉村師範就有兩個由學生出版的期刊，都是用油印的，

> 學生自己寫和印，發行的數量每種皆一百份以上，出了數期之後，再醵資做鉛印，並向外發售，銷行的數量雖不多，這些印刷品大多是綜合性的，但偏重於文學。[163]

原先並非文化發達的江西贛南和東南，在此刻竟也有如此「蓬勃」發展的文化水平，其它地區可想而知，亦必受此波之知識洗禮。

不僅如此，抗戰知識的傳播方式，還有以繪製壁報、歌曲傳唱、戲劇演出等方式進行著，因此抗戰初期，每個人也都會唱「大刀向鬼子們的頭上砍去！」[164]或「起來，不願作奴隸的人們」、「把我們的血肉，築成我們新的長城！」[165]等歌曲，南宮搏也舉了一個他親身經歷的事件，來說當時抗戰宣揚的如火如荼，其云：「筆者曾經到過江西廣昌的一個小村，那是在群山之中，祇有二三十戶，我們到時，居民以驚異眼光看我們。他們之中，僅有幾個男子進過城，他們幾乎是和桃花源人一樣，『不知有漢，無論魏晉』，他們告訴我們的是：現在是蔣介石和共產黨打天下。當共產黨在江西的時代，這個小村並未被發現。他們之所以曉得蔣介石打天下，還是由大村鎮中聽得來的。後來，我們在回程中再經過這個小村時，那兒的青年們已經跟著做宣傳工作的學生學會了幾支抗戰歌曲。聽說，像這樣的桃花源，在抗戰中被發現的當以千計。這反映了昔日中國的政治，也證明了抗戰的洪流無所不達。」[166]這些都是抗戰初期，知識份子為了救國而自身奮起後

---

163 同前註，頁160。

164〈大刀進行曲〉，原作者麥新（原名孫培元），歌詞內容為：「大刀向鬼子們的頭上砍去！全國武裝的弟兄們！抗戰的一天來到了，抗戰的一天來到了！前面有東北的義勇軍，後面有全國的老百姓，咱們中國軍隊勇敢前進，看準那敵人！把他消滅，把他消滅！大刀向鬼子們的頭上砍去，衝啊！衝啊！衝啊！衝啊！殺！」。

165 即前述之〈義勇軍進行曲〉。

166 南宮搏：《轉型期的知識份子》，頁162。

的國家當時現況，概括言之，積極且熱血。

但戰爭歷經一段時日後，人民的疲態在拖長戰線中逐漸顯露出來，而且一些罔顧國家生存，囤積物資以獲取暴利的投機份子，讓許多人民憤慨叫出「前方馬瘦，後方豬肥」，這時連知識份子也呈現出衰落不振的面貌來，期刊出版銳減，更遑論新書上市，報紙也只有商辦的能夠生存，至於其它都是靠政府補助方能存在，「人窮志短」，是這時候知識份子的現實寫照，因為連三餐都無法溫飽了，其它說的再多也是無用。這時候的社會現象是這樣的：

> 官場中出現了廣泛的貪污和舞弊的現象……上下交征利的局面出現了！而且很公開，幾乎是全體以為這樣地取利方法是並不可恥的，當飢寒常在身前之時，廉恥的觀念是喪失了！而且，政府的若干措施，也跡近於鼓動人們舞弊的。舉例來說：會計制度容許假圖章和假帳單，每一個機關的會計員抽屜內都有許多商店的圖章，以備隨時運用於造報銷……為著追求一點微小的利得，知識份子的自尊心也逐漸消失了！一種新的自卑感在相持階段孕育出來。過去，中國知識份子的自卑是國家底，此時，自卑感是出於個人的！「萬般皆上品，唯有讀書低」的慘叫，也出現於那個時期；「百無一用是書生」，也於當時獲得了證實。[167]

絕大多數人性是向命運低頭的，知識份子也不例外，這似乎是自古到今、自東方到西方皆然的道理。抗戰過程中，人們由昂然激情的愛國情操，終至成為鑽營獲利的為己之私，我們雖不樂見，但卻真真實實地存在那段歷史裡。

---

[167] 同前註，頁170。

在《轉型期的知識份子》的最後一章，雖南宮搏名之為「中國的淪落」，主因是國共內戰，並提到他預言國民政府難以討伐共產黨，且寫有詩為證：

廢興而萬變，龍戰八年中，白骨盈城野，羸馬矢孤忠。
忽然見太平，群望永熄烽。四海雖云一，九州未大同。
幽薊多俠客，淮泗有豪雄。要津志苟得，遂不事春農。
民疲詎可策，士怯戒臨衝，守國唯仁謹，奈何貪戰功？[168]

但他對中國仍有信心，因為知識份子的韌性是無比堅強的：「在坎坷潦倒之中，流亡知識份子終於是堅定和不動搖的，雖然荊棘滿途，卻能在荊棘中強頑地生存著」[169]，而民主自由的思想已然生根，往後也只會是在萌芽後，不斷地茁壯、開花的。

第四節　餘論

最後談談《毛共政權分裂內幕》一書，此書作者署名「齊簡」，這當然也是南宮搏之別名無疑，因為在其《觀燈海樓詩草》的序裡，南宮搏明白寫道：「是集所收詩，大多曾刊於報刊，上編刊出時用「洗木」、「木齋」、「雪庵」、「齊簡」、「史劍」等筆名，下編則以用「史劍」之名為最多，間亦有用「南宮搏」及「馬彬」之名……」[170]，因此可確知此書作者為南宮搏。

本書收錄乃自一九六六到一九六九年間，作者投稿於報社發表的文章，共計四十三篇（含附錄等），內容主要有關共產黨在中國大陸

---

[168] 同前註，頁181。

[169] 同前註，頁187。

[170] 南宮搏：《觀燈海樓詩草．自序》（香港：良友出版社，1955年）。

的派系鬥爭及分合狀況，南宮搏自有其個人見解。

但筆者在此並不打算評論或分析此書，主要原因有三：

一　由於南宮搏家中遭遇，因此其極為痛惡共產黨

在〈故國秋思——看中國大陸新潮流之四〉這篇文章中，南宮搏提到了他姊姊一家的故事，其中寫到：

> 我姊夫有三兄弟，姊夫最幼。他的長兄在中國共產黨建立江西蘇維埃時，以國民黨、地主的罪名而被捕，釘死於其家門前的一株樹上，切開肚皮，挖出心臟。姊夫的二兄則參加共產黨，江西共黨事敗，被捕，又被復仇者釘在其長兄死去的那株樹上，剖腹出腸臟而死。我姊夫走滬，讀書於上海，後為國民黨員，抗戰時曾服官，後在本鄉自辦中學。共產黨來時，被捕，我的姊姊帶了五個孩子逃走，回娘家。一九五〇年，姊夫被殺。我的大外甥（十五歲）回鄉圖理葬事，發覺全家已空，其祖母痛三子之死於非命，雙目哭盲。行乞街頭，我的大外甥隨祖母行乞半年，祖母死，再歸就母……不久，「反右派」了，我的姊姊被「反」掉，罰在街頭牆上寫標語，姊自梯上墜下，傷腦，其後就有些精神反常。[171]

即使國共兩黨都曾迫害了南宮搏的姊姊及其家人，但其實以共產黨迫害層面居多，更且其姊姊之精神異常乃共產黨所致，因此南宮搏終究「痛恨」著共產黨，也成為堅定的反共主義支持者。而在所投之稿中，對共產黨稱之為「共匪」，其要角則叫毛匪澤東、林匪彪……等

---

[171] 南宮搏：《毛共政權分裂內幕》（臺北市：中國時報，1959年），頁106-107。

等，其政府為「偽政府」，其「十一」為「偽慶」，字裡行間，充斥著對毛澤東及共產黨的深惡痛絕，在其鮮明立場下，此書無庸置疑乃已然失之於偏頗。

二　居於香港，非能於中國大陸獲第一手資料

由於南宮搏居於香港，因此對於當時大陸現狀改變，他並不能直接參與其中，是故其資訊來源只能透過幾種管道，如有由大陸逃往香港者之口述：

在〈神州草木血賤膏塗〉一文裡寫道：

> ……記者本身，直接獲自戚友的消息，分作兩個地區，一是廣東底，一是上海底。這些消息，我不是以新聞記者身份去採訪，而是戚友間因喪，因難，奔走相告底。」[172]

在〈備戰中的中共匪軍述略〉裡寫道：

> 記者在過去半年間曾著意於蒐集資料和訪問若干自大陸出來的人，在此作一個綜合性的概述報導。[173]

在〈中共草草結束文化革命〉中說到：

> ……然而，於本月上中旬自泉州、漳州到達香港的人說，閩南處於無政府狀態中，城內，幫會式的打鬥每日都發生，無人處理亦無人過問。[174]

---

[172] 南宮搏：《毛共政權分裂內幕》，頁120-121。

[173] 同前註，頁229。

[174] 同前註，頁284-285。

而在〈新年中聽來的大陸故事〉裡則說到：

> 以上是新年中聽來的，綜合寫出，我不曾參加自己的意見，同時，這些報導，我偏重於採取中共的中上級官員底，他們的看法有他們的立場，他們的私談，也會有本能的顧忌。因此凡所云云，未必全真，祇是另一個角度的反映而已。[175]

這些都是南宮搏訪查從大陸逃往香港的「逃難者」所搜得之資料。

亦有從大陸或他國之報紙所獲得之消息，如在〈毛劉權力沈浮索隱〉一文中就寫道：

> 其中，關於毛澤東失勢失位部分如下：（文字根據日本記者抄自紅衛兵的油印報，中譯日，日又譯中，其間當有出入，但大致不會錯）……」[176]

又如在〈看毛林在上海南京內訌〉文裡寫著：

> 一月五日，上海文匯報刊出十一個組織公開信，號召「粉碎資產階級反動路線新反撲，文中，著重地提出：
> 「……他們又拋出了另一花抬，以極『左』的面目，以漂亮的革命詞句，煽動大批被他們蒙蔽的工人赤衛隊員藉口北上『告狀』為名，破壞生產，破壞交通運輸，以達到他們的破壞無產階級文化大革命，破壞無產階級專政的目的。最近，更有一小撮反動的傢伙在陰謀策劃停水，停電，停交通……」[177]

而在〈未完成的友誼之夢〉一文的最後，南宮搏清楚提出他的一部分

---

175 同前註，頁205-206。

176 同前註，頁143。

177 同前註，頁153。

關於蘇俄和中共緊張關係的資料來源，乃源於日本記者平野廣，其寫道：

> 關於蘇俄和中共邊境情形，日本每日新聞駐蘇特派員平野廣（HIROSHI HIRANO），在一九六七年三月份，曾有詳細的報導自莫斯科發出，他是被蘇俄邀請參觀邊界的記者之一。[178]

以上這些也都是南宮搏的資料來源。此外，還有耳語和傳說的管道，如〈看中共「九大」的形勢〉文中說道：「來自香港的耳語式消息，謂中共偽政權在『九大』之後的形式有二……」[179]，或〈從「暢觀樓俱樂部」到「社會主義聯盟」〉文中開頭即說：「最近，海外有一項傳說：在蘇俄的國境之內，有一個中共匪黨反毛派的新機構設立，名稱為『中國社會主義聯盟』，成員除了陳紹禹（王明）、張聞天之外，據說，在新疆活動失敗的習仲勳也已到了蘇聯加盟，此外，自然還有不少人。消息來源，無法求證。傳述者謂：那是不久以前兩艘同時抵達香港的蘇聯郵船上人所透露的。同時，傳述『內幕』者又謂：這個羽翼於蘇俄之下的新機構，可能代替共匪參加本年夏季在莫斯科舉行的世界共黨會議。」[180]凡此等，固然可以肯定南宮搏對資料蒐集之用心，但由於都是得自於第二手、第三手，甚至只是「道聽途說」的「內幕」消息，是故，真實性都是有待商榷的。

---

178 同前註，頁346。

179 同前註，頁305。

180 同前註，頁320。

三　本人於此段中共歷史才識不足，無法做出正確之學術判斷

筆者在此必須誠實承認，由於個人所學之不足，且並非在當地成長而清楚理解其社會背景，因此對於此書，筆者目前是無法加以評論和分析的，僅能留待日後學有略進，並且能蒐集到較為完整或翔實之歷史資料時，再來審視此書了。

以上三點，是個人目前無法對《毛共政權分裂內幕》一書探討的原因，而這部分若勉強進行評論分析，不僅無益，甚至誤導後續其它相關之研究，因此，乃略之。

第七章
結論

在綜合上述各章之分析後，本章結論主要討論三個部分：第一，南宮搏著作等身，而本書對作者各作品之討論並非全部，其原因究竟為何？第二，就上述論文研究後，其各類作品之優劣情形為何，在此亦提出筆者個人的看法。第三，對於南宮搏，我們該給予什麼樣的歷史定位，方能不負其筆耕一生之辛勞。以下乃逐一述之。

第一節　部分作品未列入本書討論之因

在上述各章的討論後，南宮搏仍有相當多著作筆者並未進行探討，主要原因有下：

一　僅供趣味閱讀而出版

南宮搏有一些作品雖是出版，但純粹只為提供一般大眾閱讀或欣賞，甚至是有目的地為了中小學生而出版，這部分作品，有其意義，但研究價值卻不高，如畫冊部分有《水滸傳畫冊》（共四冊）、《楊門女將畫冊》（由南宮搏和高陽校訂）、《民間故事畫傳》、《歷代名人軼事》、《中國歷代名人軼事》（共兩冊）、《中國歷代名女人》及《中國的風雲人物趣事》等。但正如其在《歷代名人軼事》一書的〈自序〉裏所言：「歷代名人軼事是中國歷史人物生活言行的一鱗片爪，有見之史傳碑記，亦有見於筆記傳奇；吾國史官之書，大抵只記興廢大端，即使是一流名人，其私生活亦有見諸史乘；而同時代人之筆記，往往存之。雖所記時有出入，但誌其容貌風範，頗多生氣。所以，我採取筆記和傳奇的材料較多。其間有不盡不實者，視其趣味性及可能性而抉擇；與真實的距離雖仍不免，但不至厚誣古人及造作故實以圖一時之快意！這是就取材一方面而言。其次，我希望歷代名人軼事，是大眾的歷史輔助讀物，故行力求淺明。」[1]這些作品的出版主因大致類此，取材上有見於史傳碑記，也有筆記傳奇，但以筆記傳奇部分居多，其用意僅在引薦一般讀者去接觸歷史，故筆者於此乃捨棄之。

二　該書已亡佚，無法尋獲

雖然筆者為研究之用，已盡可能搜找南宮搏之所有著作，甚至還到香港中央圖書館及各大學圖書館去，但仍有一些未能尋獲，如《私奔》、《虞美人》、《春秋淫后》等，雖知其刊登於「星島晚報」，且甚至連載時間都有，但由於其微卷資料在筆者二〇一〇年八月於香港的中央圖書館調閱時，已然亡佚，經向館員查詢，亦得到該微卷已亡失之答案，故只能就此作罷，這也是筆者未能對其全面研究探討的原因之一。

三　個人才識不足，無法對其研究

這部分如本書第五章本應探討卻未討論之《毛共政權分裂內幕》一書，其涉及當代歷史及身份立場問題，而本人限於才識不足，實無

1　南宮搏：《歷代名人軼事》（出版項不詳），頁3-4。

法清楚明白當時所發生之真正樣貌，略過不寫，雖稍嫌遺憾，但勉強寫之，其實更可能犯下資料援引或與現實悖離之實際錯誤，因此秉持「知之為知之，不知為不知」的道理，在本書探討過程中暫時略過，而留待他日學有略進時，再對之研究探析。

第二節　評論南宮搏著作之優劣

南宮搏著作極多，要逐一評之，實有為難之處，此處主要針對上述各章做一總結，以對上文有所呼應，並提出個人看法。

在第二章裡統計其生平共撰有八十八部歷史小說，其數量驚人，而世也多因此而知其名。但筆者不得不說，此中當然並非全是精品，只是由於南宮搏窮一生之力閱讀、考證、評論及撰寫歷史極深，自然其中可稱道者亦不少，如麥田出版社在二〇〇二至二〇〇四年左右出版一系列南宮搏作品，會選擇出版，無疑是該書有其價值或可看性，因此以下筆者乃大致依書中主角年代列出筆者在閱讀研究後，以為堪稱佳作，供有興趣欣賞南宮搏小說者參考之，作品分別是：《后羿與嫦娥》、《西施》、《韓信》、《大漢春秋》、《玄武門》、《武則天》、《漢宮韻事》、《漢光武》、《洛神》、《蔡文姬》、《樂昌公主，》、《紅拂傳奇》、《楊貴妃》、《月嬋娟》、《洛陽女兒》、《紫鳳樓》、《朱門》、《魚玄機》、《東海明珠》、《紅樓冷雨》、《劉無雙》、《李青眉》、《十年一覺揚州夢》、《花蕊夫人》、《李後主》、《魯智深》、《潘金蓮》、《秦淮碧》、《李香君》、《太平天國》等共計三十部，其餘可視讀者興趣再選擇閱讀之。但其中也有因個人見解不同，而有不同評價者，如本書緒論所說，袁良俊的《香港小說史》盛讚《押不盧花》是篇不可多得的佳作，但筆者以為其水準或許尚未可比擬此三十部！

第三章裡，筆者單論《新路》一書，此書創作時，作者親赴美國兩次，並在第二次時做了將近三個月的考察，隨後花一年的時間完成這部以一個混雜白人、黑人和印地安人血統為主角的眼光去看美國之開國歷程，於取材、見解和風格上，均有南宮搏獨特的看法，頗值一覽。

第四章中討論了南宮搏的十多部以現代題材為背景的寫實小說，其中戰爭是主軸，因此官場現形記乃不斷於各書中上演，並進而談到當時之社會現象和愛情觀，其中以《江南的憂鬱》、《憤怒的江》、《紳士淑女》及《蜃樓》四部堪稱南宮搏此類作品之佳構，閱畢而掩卷沈思，必能有所領悟才是。

第五章為探討南宮搏的詩詞創作，本章以南宮搏《觀燈海樓詩草》為討論對象，看他偶亦如吳歌西曲的浪漫多情，也偶亦似詩史杜甫之斑斑血淚，有時天外飛來一筆卻得巧妙之功，有時則字字精雕細琢而得用字之準，共計二百三十九首的詩及十六首的詞，每首皆有可觀之處。但筆者在該章亦云，此並非南宮搏詩作之全部，其它南宮搏散見於各處之詩詞作品，亦都極佳，如其〈桂黔吟〉第四首寫道：「大疫潛行黔桂路，炎天數日忽披猖，疫來如風命如草，風吹草偃身便亡。側身到處嘔吐聲，腹痛腸絞呼爹娘。存者不知何時死，死者遺骸棄路旁。異域殊方四海內，魂兮何日歸故鄉。」[2]悲戚之情，溢於言表。又第十二首云：「陰路紛傳七二旁，屈曲迂盤不盡山；前瞻峻坂迴鳥道，右臨峭壁左深淵。聞道七日覆三車，淵中衰草血斑斑，覆車之畔千車過，嵯峨怪石襯嵐烟。下車徒步攀極峯，大坪芳草在峰巔。瞰視丘巒俱眼下，遙望前路意茫然。」[3]這是在《塵沙萬里行》的多首

2　南宮搏：《塵沙萬里行》（香港：人人書局，1964年），頁214。

3　上註，頁216。

詩篇中所節選出來的[4]，也都能側人肺腑。在其詩詞這部分，筆者以為是盡數可細細品評的。

第六章則看南宮搏的三部嘔心瀝血、批判之作，乃《郭沫若批判》、《轉型期的知識份子》及《香港的最後一程》，各有特色，一對個人之批判，一對近代歷史及人物之批判，一對香港當時現況之批判，筆者以為均是佳作，而其中批判或有一語中的，也或有南宮搏個人立場之「主觀成見」，總之是身為歷史學家及新聞記者雙重身份下的獨特產物，對於理解南宮搏，絕不可略之；而對於當代歷史，也可當成稗官野史之趣閱讀之。

第三節　南宮搏之歷史地位

平心而論，南宮搏會從事寫作，除他本來在大陸就從事新聞方面的工作外（如在桂林、重慶《掃蕩報》從事編輯方面的工作），到了香港，正如劉以鬯在〈五十年代的香港小說〉文中所說：「那時期，從內地來到香港的知識份子，因人地兩疏，謀生不易，只好煮字療飢。小說家路易士曾坦白承認：我彷彿沒有想過要寫小說，更沒有想過要以此為生，不料飢來驅我，終於陸陸續續寫了幾十萬字……我每一次在夜的街上遇見十五六歲的『神女』，必定會興起由衷的同情，我和她們，原是一樣的可憐蟲！……我們一樣是為了麵包。事實上，像路易士那樣『為了麵包』而寫小說的，很多。」[5]南宮搏就是這樣啊，但由於其原先所具備豐富的文學根柢，生活的困境反而逼迫他奮

4　在《塵沙萬里行》中光〈桂黔吟〉就有14首之多，其它尚有〈四十自敘〉八首，在重慶遊南溫泉寫〈冬至日短句〉四首……等等。

5　此篇收錄在香港市政局公共圖書館所編：《香港文學節研討會講稿匯編》（1997年），頁178。

力寫作、「鬻文」為生，結果不僅輝煌了歷史小說這個領域，也輝煌了自身對文學創作的熱愛，終究在文學史上佔有其一席之地。

南宮搏歷史小說的定位在經由胡適、日本白樺派、《香港小說史》作家袁良俊、龔鵬程、羅宗濤……等人的評價後，已然確立其「現代中國歷史小說的第一人，且與高陽作品，並視為可傳世之佳構」這樣的地位；而他的《新路》又為第一部華人撰寫美國開國史的小說，引領當時華人開拓其對美國史的眼光；另外，他的寫實現代小說與對當代的評論集部分，皆有其兼具歷史學家與新聞記者雙重身份的獨特視野與論述；最後在詩詞表現上，香港文史研究會會長方寬烈云其：「詩格高雅，清麗可誦」，筆者以為應再加上「據史寫實，斑斑血淚」，才可以概括南宮搏詩之價值。綜觀南宮搏一生著作，文學史上又怎可對之輕描淡寫、泛泛帶過呢！

附錄一　南宮搏著作（一）

梁山泊漫談

——「魯智深」前記

一

中國有幾種舊小說，如「三國演義」、「水滸」、「西遊記」、「封神榜」，看過的人一定最多。上舉四書，如今依然流行，大約「封神榜」的流行較少，「三國演義」的流行或者仍居第一位。

上述四種書，我最初讀它，大約是小學四五年級時，當時是一般地喜歡，不曾去分別上下，人在十歲前後時，對言情小說總不會愛好，我還記得我第一次看「紅樓夢」，到第四回「薄命女偏逢薄命郎，葫蘆僧亂判葫蘆案」就無法再看下去，再翻到「賈寶玉初試雲雨情」，根本不懂得，只好掩卷，那是由於「紅樓夢」的文字比較上述四種較深，故事性又不適合於孩子。

不過，在看不懂「紅樓夢」時，我已經能背得出梁山泊一百零八名好漢的諢號和姓名——其中讀白字想來至少有一打。但終於是背得出了，即是在稍後時熱心地背頌「花謝花飛飛滿天」的林黛玉「葬花詞」時，水滸一百零八將的姓名依然不曾忘記。

「水滸」所著意刻劃、描寫的人物，宋江而外，是武松、魯智深、林冲、李逵，其餘著筆雖然不多，但寫得很令人入神的有阮小二等三兄弟，還有浪裏白條張順和那個開酒店，用蒙汗藥，叫著「倒也，倒也」的朱貴，以及小偷兒時遷，神行太保戴宗。

我自始就不歡喜宋江這個領袖人物，回想從前，最喜歡的梁山好漢，該是武松、魯智深、林沖、李逵，李逵動不動就胡亂殺人，粗得太暴，但看到他罵宋江時，又為之大樂。神行太保戴宗腿上縛了「甲馬」（一種神符之類）會行走如飛，也令人神往，喜歡時遷，大約由人底欲望中的貪得性，亦即賊性。至於喜愛武松、魯智深因以他們的豪邁，喜歡林沖在於故事性以及快意恩仇。

這是童年和少年時代的感情，好像應該說一聲「前塵如夢」了，然而，回想前塵，當年的喜愛，至今依稀。但是，到看梁山好漢們的故事多了，如宣和遺事與元明雜劇等等，喜愛的方向便有了若干改變，譬如武松，童年時代對他殺嫂的一幕欣賞，雖然還不及對打虎，但總是叫好的，後來就不以為然，中國的古人塑造英雄，多有以殺女人為豪，這算得什麼豪呢？

許多年前，我創作「潘金蓮」一書，自我塑造了武松和潘金蓮這兩個人物，希望改變中國不正確的傳統觀念—那是由士大夫制訂而輸送給平民的一項觀念，而士大夫們自己又並不自我遵循的社會道德律。

其後，不知由於什麼因緣，我對梁山好漢，特別喜歡「花和尚」魯智深了——魯智深成了我所特別欣賞的中國小說人物的典型。

二

「水滸」是很著意寫魯智深的，除了不相干的第一回（楔子）之外，魯智深在第三回就出場，「水滸」全書，在魯智深一出場，便生氣勃勃了。

在「水滸」中，魯智深原名魯達，出身是經略府的「提轄」，依宋朝的武職官，提轄正式名稱為鈐轄。主管一州的軍務的武官稱「都鈐轄」，「鈐轄」當是在其下的軍官，職位不高，「水滸」中籠統地提及魯達為「經略府」的「提轄」，大致是低級軍官而未領兵或管訓練等事的，據宋史職官志，武官職中用鈐轄之名者很多，淳熙十六年還有一道詔命：「諸路訓練鈐轄並須年六十以下，曾經從軍有才武人充」。

小說中對人的官職處理，往往會誇大或隨便加一個名稱，這是不必深究的事。而魯智深的出身則是一名小軍官，在渭州的經略府中服務，單身，租一間房住，寓中連一個服侍他的勤務兵都沒有。（由此而觀，大約稱他提轄，還是誇張了的。）

小軍官魯達的早年，一定不會有好的家庭環境，少時，當會是不務正業或近時所謂不良少年一流，「水滸」中所記的梁山泊好漢，大多來自市井，沒有受教育的居多，無家室的亦居多。而這些「好漢」又大多是犯了法，不得已落草為寇的，所以，中國有一句極普遍的口頭語，形容無可奈何做事為「迫上梁山」，好漢們本來不欲做強盜的，而終於做了強盜，其間大抵有著辛酸或不平的事，可以說受壓迫，也可以說因於本身在市井或江湖多管閒事，闖了禍。

魯智深因同情一名歌女被惡霸欺凌，代抱不平而打架，失手打死了這名惡霸，成了罪犯，亡命江湖，為了逃罪，先做和尚，後來又因同情林沖，相助，再闖下人命大禍，乃落草為寇——他的犯罪，法雖無可恕，情實有可原，至於他的粗暴行徑，又時時能惹人好感。

「水滸」中介紹魯智深的上司對他的評語：有好武藝，但性格粗魯。這是最早出事時的評語，其後寫魯智深為人，粗獷中不失細膩，魯莽中時見精密，不過，細膩與精密，又祇是偶發性，本質仍是莽豪，但他的莽與豪，都具有濃厚的人情味。

「水滸」塑造的人物性格，粗獷類諸人中，以魯智深最為率直可愛。

魯智深身上刺花，自應是少年所為，花和尚的諢號，因此而得。當時，身體上刺花似很普遍，大抵是市井中人的一種風習，「水滸」書中謂魯達最初是不識字的，後來的記敘，又像受過低級教育。

一般流行的七十回本水滸，以盧俊義作一個夢作為結束，那是金聖嘆的修刪本，和原來的一百二十回本不同，金聖嘆把後面的那些刪除了，以小說而言，刪得很好。「水滸」一書在梁山好漢受招安之後，就無甚可觀了，且亦寫得紛亂，不過，最後征方臘一段情節，實在是不宜刪，因為這一役既是北宋末年最大的內戰，又交代了梁山泊若干主要人物的下場，其中最特出的是魯智深的結局。

魯智深在「水滸」一書，由他上場而掀起高潮，而他的結局，等於全書的尾聲，一百二十回本水滸，記擒方臘的人是魯智深。

方臘的起兵叛亂，是北宋末年最大的一宗內戰事件，方臘在睦州（今浙江淳安）起兵，一舉風從，號召到的兵眾接近百萬。曾佔領六州五十二縣，自稱聖公，並立年號（只有皇帝才用年號的），當時，對宋皇朝的統治權構成了嚴重的威脅。歷史書上記北宋末葉兩宗大的內亂，一是宋江，一是方臘，但宋江的聲勢不如方臘甚遠，再者，宋江的目的，似乎是作強盜擴充勢力等待招安，並無自立為王稱帝的野心。兩位大寇聲勢相差雖遠，但在民間，即使在「水滸」成書之前，大眾還是誇張宋江一夥 ，對之有英雄崇拜，方臘當時的號召力及聲勢雖皆強大，但民間對之則泛泛，既不崇拜，亦無同情，而且還誇張宋江一夥而貶低方臘。

一百二十回本水滸既記魯智深生擒方臘。

元明雜劇則記武松獨臂擒方臘。

這是特出梁山好漢，除了抑方臘而外，對北宋官將，也有著貶斥的存心在，甚至有嘲弄意味——至於官文書，記載生擒方臘事，亂到極點。

由於「水滸」記魯智深生擒方臘，又由於這是水滸全書特別是魯智深其人的最高潮，我在此先來敘敘官方文書及私家記載及小說生擒方臘的記事。

這與我的小說有關連，雖然不大，但是，事件的本身卻都是很有趣，而且和梁山好漢的關係極大。

三

北宋末年，陸州民方臘利用朝廷「花石綱」擾民而起事，時為宋徽宗宣和二年十月丙子（初九）（公元一一二〇），在短期內攻佔了六州五十二縣，聲勢極大，但失敗也極快，宣和三年二月，官軍收復杭州，三月，方臘再大舉攻杭州，為童貫大軍擊退，四月，方臘軍大潰，方臘被俘，不足七個月。按：方臘起兵在宣和二年十月初九，十一月初一自稱「聖公」，建年號為「永樂」，方臘被俘，在宣和三年四月庚寅日（廿四日。）

史書上記宋江投降事，宋史卷二十二徽宗紀有下面一段：「（宣和三年二月）甲戌，降招詔撫方臘……癸巳，赦天下。是月，方臘陷處州。淮南盜宋江等犯淮陽軍，遣將討捕，又犯京東，江北，入楚，海州界，命知州張叔夜招降之……」

「續資治通鑑」卷九十三，也載宋江等人投降於宣和三年二月。

「東都事略」卷十一，記四月平方臘，五月丙申，宋江就擒。（這是很特出的記載）

「十朝綱要」卷十八，分別記宣和元年十二月，詔招撫山東盜宋江，又宣和三年二月，宋江投降。

如以上幾種官文書（除東都事略）為根據，宋江於三年二月始於海州降。四月廿四日，方臘被生擒而完全失敗，計算時間，宋江一夥人是趕不上征方臘之役的。數百年來，這事成為史學爭論的重心。

但是，史書又明記宋江一夥隨童貫征方臘。上面所引，或是官文書習慣性的綜集底報導及記事法，這種方法較為省力，以宋江歸入官軍編制之日起計。官員們，從古到今，做一日和尚撞一日鐘的估數總是較多，不過，宋江參加攻方臘之役，在時間上實在很緊迫，也自有不能相信的地方。

記宋江參加攻方臘的官方文書，擇要錄下：

宋史卷三百五十一，侯蒙傳：『……宋江寇京東，蒙上書言：「江以三十六人橫行齊魏，官軍數萬，無敢抗者，其才必過人。今青谿盜起，不若赦江使討方臘以自贖……」……命知東平府，未赴而卒。』

這一則官方記載，憑常識判斷，可靠性很高，即方臘起兵之後，宋江一夥尚橫行齊魏間——至於稱三十六人，當是舉其首領人物，否者豈有用數萬官兵對付三十六人之理？其時，侯蒙已以資政殿學士退休，以「提舉崇福宮」拿一份俸祿。（東都事略記侯蒙上書，皇帝嘉許，再予任用，大致同宋史本傳。）

「續宋編年資通鑑」卷十八：「宣和二年十二月，盜宋江犯淮陽及京西，河北，至是入海州界，知州張叔夜設方略討捕招降之。」（「九朝編年綱目備要」卷二十九，亦記宋江等於宣和二年十二月降。）

上引宋江於宣和二年十二月降的記載，自來史家多疑其有誤。但參照官書別的記載，祇有相信二年十二月降才能配合。下面說它的理由。

據宋史徽宗紀及續資治通鑑宋記九十三，童貫於宣和二年十二月丁亥（廿一日）奉詔命為江淮荊浙宣撫使，討方臘。宋帝以東南事全權交付童貫。而且對童貫說：「如有急，即以御筆行之。」那是說童貫可以自行用皇帝名義行事，童貫於宣和三年正月係江南，看到江南百姓為花石綱等宮廷援辦所擾，甚困苦，童貫即命他的幕僚童耘作一道罪己詔（自然用皇帝名義出之），並以皇帝罷蘇杭造作局及御前綱運並木石采邑等，並斥貪贓枉職者——吳民大場之云（按：方臘被段後，皇帝又恢復了那些擾民的徵采）。

「長編紀事本末」繫童貫為宣撫使討方臘於宣和三年正月癸卯（初七），兩個日期不同，想來是童貫於十二月廿一日奉命，調集軍隊，出師則在正月初七。童貫自行頒發罪己詔，未見繫日期，但紀事則在正月己未（廿三日）之後，即以正月二十三日言，他初七出師，二十三日應到江南且能有初步的情勢了解了。

據上所引，宋江一夥如十二月降，應該來得及參加童貫軍。

「三朝北盟會編」卷五十二：「宣和二年，方臘反睦州……以（童）貫為江浙宣撫使，領劉延慶、劉光世、辛興宗、宋江等軍二十餘萬往討之。」

「續資治通鑑長篇紀事本末」卷一百四十一：「宣和三年四月戊子（二十二日）……劉鎮將中軍，楊可世將後軍，王渙統領馬公直並裨將趙明、趙許、宋江，既次洞後……是日平旦入洞後，且戰且進……庚寅（廿四日），王稟、辛興宗、楊惟忠、生擒方臘……」

「十朝綱要」卷十八：「六月，辛丑，辛興宗、宋江破賊於上苑洞。」（按：時間有誤。）

「三朝北盟會編」卷二百一十二，引林泉野記：「宣和三年……（劉）光世遣諜察知其要險，與楊可世遣宋江並進，擒其偽將相，送闕下。」

上引四則，都說明了宋江參加方臘之戰，但宋史徽宗記，童貫傳，宋會要（兵第十）續資治通鑑宋記（九十三）及青谿寇軌諸書，敘征方臘事皆不曾提及宋江，從前的史家為此而存疑，但是，我們應明白，征方臘時，宋江祗是裨將，「續資治通鑑長編記事本末」（上已引）說得很明白：王渙統領馬公直並裨將趙明、趙許、宋江。」王渙是一路軍的主將，馬公直是直接作戰的將軍，宋江等人是一支兵的統軍者。在征方臘時，兵多，將亦多，童貫本部有二十餘萬眾，主要將領當有數十人，正史不及裨將，毫不足異。

這方面，我可以引另一人為證：民國二十八年在陝西出土的一塊：「宋故武功大夫河東第二將折公墓志銘」碑，上面記著：「……方臘之叛，用第四將從軍，諸人藉才，互以推公，公遂兼率三將兵，奮然先登，士皆用命，臘賊就擒，遷武節大夫，班師過國門，奉御筆捕草寇宋江，不逾日，繼獲，遷武功大夫……」「折公」者，折可存也，他領四將之兵從征方臘，上引各史傳，皆不見其名。折可存的官位高於宋江，尚且如此。

四

這一節提另一個問題，為從前人所不曾接觸著的。那是由折可存墓志所引起。

折可存的墓誌銘中居然有在征方臘之後再捕宋江一事，極不可思議。宋江在參加征方臘一役之後，就此不再見有記載，祗有小說中說是皇帝以毒酒將之毒殺。史書記載，方臘事平之後，宣和四年，童貫率師北上抗遼，宋江那一支兵，已交由楊志（青面獸）統率，宋江消失了，數百年來，除了小說講到宋江被毒殺之外，祗有折可存的墓誌銘提到「奉御筆捕草寇宋江」，凡人做墓志，通常會誇大死人的事功，但是，像「奉御筆捕草寇宋江」，「不逾月，繼獲」這樣的記載，應該不假，何以別的書都失記？宋江的名氣如此大，不應有這樣的漏失。

上文曾引「東都事略」卷十一，記擒方臘為四月庚寅，接著是「五月丙申，宋江就擒」丙申日之上有五月，當是四月小，丙申為五月初一。

「東都事略」這一條，自來不為人所重，因其前文祗記淮南盜宋江犯淮陽軍，又犯京東、河北等，不提宋投降，（宋江投降各官書俱有記載的）忽然出現「宋江就擒」，與公私記載皆不合，但是，如和折可存的墓志參看，把時間和故事移動一下，那就會有很可怕的結論了，宋江於四月二十二日黎明起即在後洞（幫源洞後洞，方臘主力所在）血戰，四月廿四日方臘被俘，五日之後，宋江即被擒，距方臘之被擒，前後七日。這兩個故事合起來看，該是官軍的一項陰謀，即「狡兔死，走狗烹」。方臘已除，宋江本為劇盜，借機會將之剷除，折可存所奉御筆，當然可能出於童貫的幕僚之手，連罪己詔也可由童貫代頒，捕殺宋江的御筆可代，應屬等閒之事。折可存墓志「班師過國門」等語，當是後人傳述而時間有顛倒，此亦為墓志中所常見。

如果是，楊志當參加這一宗陰謀，仍得代領其軍，且晉為較高級將領。而小說中寫梁山好漢在征方臘後大多意興闌珊，魯智深和武松都在杭州出家，其餘有一部分人再回梁山泊做強盜，宣和六年，蔡居厚在鄆州受梁山泊賊五百人降，然後盡殺之。亦當是宋江舊部重回梁山泊者，還有「續水滸」等書記阮小二等人隱居，也不是無因了。

——這一節，我提出一個以前無人提出的問題，就教於高明。

此外，如果宋江下場真的如此，擒方臘的大功，祗怕是宋江部下的魯智深所建立的了。按：擒殺方臘賞格：「白身補橫行防禦使，銀、絹各一萬匹、兩，錢一萬貫，金五百兩。」（見「續通鑑長編記事本末」卷一百四十一。）防禦使是高級將領，童貫等人或者不願給予宋江統一州之兵，便謀殺了他，因此，何人生擒方臘便紊亂了。

五

「水滸」一百二十回本說魯智深生擒方臘，元明雜劇作武松獨臂擒方臘。（再在此提一次）

官書記載：宋史徽宗記：「忠州防禦使辛興宗擒方臘。」

宋史：韓世忠傳則說生擒方臘者，實為韓世宗。

「續資治通鑑」宋紀九十四：「……方臘焚官舍府庫民居，宵遁還青谿幫源洞，貫等合兵擊之，臘眾尚二十萬，與官軍力戰而敗……王淵裨將韓世忠……擒臘以出……忠州防禦使辛興宗領兵截洞口，掠為已功。諸將並取妻妓子，及偽相方肥等五十二人，於洞穴中殺賊七萬餘人……」

又：長編紀事本末，三朝北盟會編，十朝綱要，生擒方臘皆不及韓世忠，但都有宋江之名在內。我想，韓世忠生擒方臘說，當是宋南渡之後，韓世忠得意時，加添出來的，當時，公認為辛興宗，而韓世忠祇是王淵部下的小校，而王淵又為劉延慶部裨將，宋史王淵傳，亦絕未提及生擒方臘事，再者，劉延慶是大將，官節度使，馬軍副都指揮使，生擒方臘如為韓世忠，功必及於王淵及劉延慶，辛興宗又豈能截奪劉延慶手下？倘若是宋江部下的人所擒，奪之便無妨了。

最近看到一種睦州青谿方氏族譜，中有徐直之所撰：「忠義彥通方公傳」，載於「桂林方氏宗譜」中，（桂林是方氏這一支的族源），方彥通名庚，北宋天聖元年（一〇二三），方家由歙州搬到睦州青谿居住，方臘是方庚家中的傭工，方臘將起事時，方庚向縣令舉告，縣令不理會，也不相信。方臘起兵時，殺了方庚一門四十餘口，方庚逃脫了。後來方庚參加攻剿方臘，「忠義彥通方公傳」中有如下的記載：

「夏四月，賊眾就殲，而未得臘。里人方京，居臘左右，會出洞，公（方庚）以利誘之，使紿臘言『適出洞，見兩日相鬪，天象如此，聖公（即方臘）其復興乎？請公出視之。』臘謂誠然，出水盤以觀日影，公（方庚）遂得生擒臘，獻軍中……」（徐直之的祖母是方庚的第五代孫女）。

照睦州方氏的家譜載，生擒方臘的是方庚，方庚因此而得到「忠義郎」這末一個小官銜，這家譜想來也是誇大的，但方庚為本地人，對幫源洞的地形熟悉，方臘又曾在他家作過傭工，他要收買方臘左右，自然是最方便的，擒方臘有他一份，想來不假。

這一節講擒方臘的人，小說、戲曲、官文書、家譜，還要加上折可存的墓誌銘，一件事，分沾人的如此之多！

我們能相信是誰生擒方臘的？

無由定奪，不如信小說，魯智深吧——武松的可能是不在內的，因為他在杭州湧金門作戰中被斬斷一臂，斷臂未足二月，如何能再事力戰？

六

這一節來談談故事性的。

近代，以新方法作水滸考據的，又始於胡適先生——胡先生在我們的時代是一個不朽的啟發者，白話文運動始於他，考據紅樓夢、水滸之薈成風氣，又是他，研究水經注，興起的亦是他，以新方法寫中國哲學史，又是他！不管他做的功夫如何，胡先生總是一個先驅者，帶路人。

胡適先生的水滸考據，以成書為分析，所言平平，水滸成書是逐漸改進的。但水滸故事在民間傳播應在南宋初期即已有了。

我們現在看到的梁山好漢故事較完整的是「大宋宣和遺事」，胡適先生等人皆認為是元朝初中季人所著，近人余嘉錫於民國二十八年著文於「輔仁學報」認為「宣和遺事」部分為南宋理宗淳祐朝所寫。余氏引「呂省元宣和講篇」為例，「省元」是宋代進士第一名稱謂，明朝的學者胡應麟誤以為元朝行中書省之省。

「宣和遺事」一書，當是逐步修編增補而成，有的在南宋中末季就有了，有的是元初，現行本「宣和遺事」則必是元代中葉編集，因為「宣和遺事」已插入偽造的宋江題壁詩，而在三十六人外，加上七十二地煞，這是南宋及元初所無的。元曲中梁山故事，漸漸地加出七十二地煞，時間當在元代中季。

早朝，在南宋亡國之前，宋江一夥是以三十六人為主的，宋末元初人龔聖與作「宋江三十六人畫贊」，據周密「癸辛雜識」續集所引龔作三十六人贊序云：「宋江事見於街談巷語……余年少時壯其人，欲存之畫贊，以未見信書載事實，不敢輕為。及異時見東都事略中載侯蒙傳有書一篇……余然後知江輩有聞於時者，於是即三十六人，人為一贊……」

龔聖與少時，當為南宋，當時宋江三十六人故事已或為街談巷議，其流行可知。

一個故事或為街談巷語式的大眾通曉，必然要經歷一段相當長的時間——因為梁山好漢是集體故事，不是某一突變社會新聞中的一人或二人，因奇行特事而轟動。

南宋時代「說書」極為流行，著名的詩人陸遊，聽說書人胡亂編說蔡邕的故事，曾發出「身後是非誰管得」的感慨。同時，三國時代故事，南宋說書人也極喜取用，聽眾同情劉備而憎惡曹操——後來的三國演義即連貫說書人的腳本串合作成。

不僅民間如此，皇家也如此。

南宋第一位皇帝高宗趙構很喜歡聽人講故事，偏安初定，（紹興六年）他就在宮中聽人講故事了。「建炎以來繫年要錄」卷一〇六有一條：「睿思殿祗侯李絪者，能謳詞，善小說，主養飛禽。」這是講故事和唱歌給皇帝聽的一人。「三朝北盟會編」卷一四九，記一名內侍，名綱，善講故事，他為皇帝講邵青受招安故事（邵青受招安事在紹興元年十二月），單德宗（邵青部下一名統制）之名因內侍綱說及而為皇帝所知，嘉其忠義。

邵青故事被講述時，當事人都生存，而邵青雖為強寇，聲勢不如宋江輩甚遠，邵青的故事既有人講，梁山好漢的故事，自亦必有人講。

即在北宋時代，汴京（開封）講故事（即說書）就已盛行，當時的「說話家」分四家，即：「小說、談經、講史、商謎」，其中以「小說」為四家之首，內容包括「煙粉、靈怪、傳奇、公案、朴刀、桿棒、發跡變態。」和講故事，同時，又有「影戲」流行，當時不是今日的電影，當時的「影戲」流行，當然不是今日的電影，當時的「影戲」是以木偶剪紙人物用燈光照影，再加旁白而成，可以作為講故事的演進看。

汴京時代除了講故事外，一般生活娛樂是唱歌詞及賭博，如現今孩子們玩的「大富翁」等，當時就有了。明朝成化年間（一四六五～一四八七）的陸容，在「菽園雜記」中講一種紙牌，上面各畫人物及以錢數說這個人的大小，如撲克牌（Poker）中以AKQJ分大小然，明朝這種人物紙牌，畫的便是梁山好漢，據陸容所記梁山人物牌上的「錢數」（即大小）如下：

萬萬圓呼保義宋江（按：皇牌），千萬貫行者武松，百萬貫阮小五，九十萬貫活閻羅阮小七，八十萬貫混江龍李進，八十萬貫病尉遲孫立，六十萬貫鐵鞭呼延綽，五十萬貫花和尚魯智深，四十萬貫賽關索王雄，三十萬貫青面獸楊志，二十萬貫一丈青張横……」其下為九萬貫插翅虎雷橫。及索超、秦明、李海（水滸作李俊，諢號同為混江龍，但上面已有李海，此處當是「九紋龍史進」之誤，值六萬貫）李逵、柴進、關勝、花榮、燕青。陸容所舉祇二十人，我不通舊時的紙牌，想來不止二十張這樣少；陸容祇舉大要，如張橫為二十萬貫，雷橫祇九萬貫，中間應有人脫漏。雷橫以下各降一萬貫，至燕青的一萬貫為止。（賽關索水滸中稱楊雄，早期書中多有稱王雄者）。

這種紙牌人物的排列名次，和「宣和遺事」、「龔聖與贊」，「水滸」，「誠齋樂府」，「七修類稾」等皆不同，但所有人名雖有不同字號，又皆在三十六人中，不提七十二地煞，可知紙牌的來歷很早，再從名次之排列不同，又可知必根據另一種故事書。這種紙牌，對考據水滸版本有助。據說，本世紀初，梁山人物紙牌依然存在，且有人玩，可能現在還能找得到。我猜測這種紙牌所據當是南宋早期的臨安（杭州）說書人的本子。或南宋即已有此紙牌。

水滸故事在南宋早期應該已流行的，當時，山東已淪於異族統治，南人對那邊的情況自欠了解，但梁山濼（泊）之名時時被提及。

再舉一例：

元代人陳泰「所安遺集」補遺，江南曲序：

「余童卯時，聞長老言宋江事，未究其詳。至治辛亥（按：元英宗至治三年，公元一三二三）秋九月十六日，過梁山泊舟，遙見一峰，堞嵲雄跨，問之篙師曰：此安山也。昔宋江聚事處……絕湖為池，闊九十里，皆蕖荷菱芡，相傳以為宋妻所植，宋之為人，勇悍任俠，其黨如宋者三十六人。至今山下有分贓臺，置石座三十六所，俗所謂「來時三十六，歸時十八雙」……始余過此，荷花彌望，今無復存者，……作江南曲以敘遊歷，且以慰宋妻植荷之意云。」

陳泰生卒無可確考，他於延祐二年成進士，延祐三年（公元一三一六），宋皇朝宗室，大名人趙孟頫為翰林學士承旨。假定陳泰在至治三年時為四十三四歲，「童卯時」當是十歲以前，自至治三年退數三十五年計，姑列為公元一二八八年，時為元世祖忽必烈至元二十五年，南宋的最後滅亡在公元一二七九年，宋祥興二年，元至元十六年。陳泰幼年所聞梁山故事，去宋亡未久。如將陳泰的年紀推高幾歲，則他當生於宋末，幼年聽「長老言宋江事」當然是南宋流傳的故事，陳為湖南茶陵人，幼年所聞，自必在故鄉。

陳泰所聞的梁山人物故事，和宋史及宣和遺事等相合，即三十六人，宋江本人則在三十六人之外（早期故事皆列宋江在三十六人之外），又陳泰提到宋江的夫人種植荷花，梁山泊在北宋初中季即出產蓮子，荷花當早已有之，加入宋江夫人植荷，可見當時、當地人有此一傳說，而宣和遺事及水滸都沒有提到宋江有妻，這為一項發現。

梁山泊即古時鉅野澤之一部分，湖甚大，據宋史楊戩傳：「梁山濼，故鉅野澤，綿亙數百里，濟、鄆料州賴其蒲魚之利。」當時的梁山泊，匯汶水與濟水入泊，北宋時又引黃河水入泊，因此，梁山泊成了一個大湖泊，但在元朝開了會通河，明朝永樂時築戴村壩，梁山泊才漸漸乾涸，明朝初期，泊猶存八十里，其後水涸而成陸地，清乾隆一統志尚記梁山濼之水及有：「故政和中，劇賊宋江結砦於此」，清嘉慶重修一統志，把上引一句刪掉了，因當時人見梁山之下根本無水之故？或者不信宋江等人曾據梁山泊？

綜合上述，宋江等人的故事，在南宋時應已流行，早期記載是三十六人（宋江在外），故事則真假參半——那是南宋講故事的一般習慣，主要人物和主線會是真的，其餘可以創造。宋江一夥人據梁山泊為時頗久，不像方臘忽然興起，一般都認為「政和」中葉，宋江等人即已入據，自開始至投降，可能有七八年時間。

宋江一夥是逐漸擴充的，利用水道縱橫之便，剽掠各地。據「宣和遺事」說，宋江在政和年間到東嶽燒香，得一夢，見寨上會合得三十六數。此其一，其次，宋江在九天玄女廟得到一本天書，天書寫了三十六人的名字，末尾一行：「天書付天罡院三十六員猛將，使呼保義宋江為帥。……」那時，晁蓋已死，三十六人尚少三人，那尚未上梁山的三人為花和尚魯智深，一丈青李橫，鐵鞭呼延綽，其後，這三人也上山，補足了三十六將之數，宋江是帥，所以名字不在三十六人之內。

宋江手下的三十六人是將，兵卒當然不少，能使數萬官兵無敢抗，想來應有五六千人或者更多。

宋江參加征方臘之役，綜合各種故事看，第一仗當是對抗方臘再攻杭州之役（王稟克復杭州之役，宋江一夥會趕不及參加），其後追擊，宋江一軍人的死傷極重，一百二十回本水滸中記三十六天罡中人，在征平方臘後，死去的共二十人，還有退出的，回朝祗有十二人。

從若干史書所記來看，宋江一軍的人數可能會在四千左右，或稍多。仗打完，剩下的大致有一半，但仍應有相當實力，因楊志代領宋江所部，次年隨童貫北征，為「選鋒軍」統制，自成一個單位，倘若人數太少，便無此可能，再者，官府也不可能把別部官兵交投降的強盜帶的；此外，宋江部下，尚有未參加攻方臘的兵將，而從征軍人還有逃散的人眾。因此，估計出兵四千征方臘，不會過高。

小說包括宣和遺事謂宋江於平方臘後得節度使的官職，那祗是小說，絕無可能，北宋宣和末年，節度使共六十人，宋史職官志注曰：「親王皇子二十六人，宗室十一人，前執政二人，大將四人，外戚十人，宦者恩澤計七人。」宋江的資格決不夠，且相差甚遠。「宣和遺事」又謂三十六將降後皆獲武功大夫職銜，亦完全無可能，武功大夫為武職五十二階中列二十六階，不是容易得到的。

按：宋江的諢號為呼保義，當為早期在市井中所得，「保義」即武官第四十九階之「保義郎」，由此可見宋江出身於低階層，一般市井好漢或縣衙門中的胥吏，以能得「保義郎」為榮。「呼」保義的呼字，表明他並非保義郎，祇是口頭「呼」一聲而已。宋時社會中有此習俗。

七

這一節略談梁山人物後來之可查考的：

著名的詩人王漁洋（名士禎，清初人）在所著「居易錄」卷二十四中自稱看到張叔夜招安梁山濼榜文，有：

「有赤身為國不避兇鋒孥獲宋江者，賞錢萬萬貫，雙執花紅，拿獲李進義者，賞錢百萬貫，雙花紅，孥獲關勝、呼延綽、柴進、武松、張清等者，賞錢十萬貫，花紅，孥獲董平、李進者，賞錢五萬貫，有差。」

這是靠不住的，王漁洋這人名氣很大，識見卻甚陋，上引「招安榜文」用詞已錯，招安是使之投降，而此榜則為懸賞緝捕，宋朝官府很喜歡出賞格，但賞格的錢高到萬萬貫，超過當時政府一年的歲入，天下那會有這等事？紙牌上寫萬萬貫，指的是極數，等於皮牌，這是遊戲。王漁洋大約看到紙牌上有萬萬貫宋江，才偽作榜文，瞎三話四一點。這位清初第一流著名文人，又官拜刑部尚書，死後諡文簡的王漁洋，我一向輕視他的，看到這榜文，輕視再進一步。至於我所以引此，為的是他列了九個人的名字。

梁山好漢三十六人中，到底有多少人姓名可據考，即所謂真人真事者，從來無著落。

自南宋以來，杭州一帶民間傳說，以武松、魯智深、張順三人為最著，武松有墓，魯智深坐化於六和塔寺中，張順有廟，這都是靠不住的，但民間傳之數百年，姑且存此三人，即是有此三人，遺跡不必真。

其餘，除宋江而外，可確考者，為青面獸楊志，據「三朝北盟會編」及「宋會要」，童貫於宣和四年六月出師伐遼，所用將領，大多為征方臘時之舊，其中稱「趙明、楊志將選鋒軍」，征方臘時，趙明和宋江同隸王渙部，而「三朝北盟會編」又稱：「招安巨寇楊志為選鋒，首不戰，由間道逕歸……，官軍潰敗。」這是很明白指出楊志即「青面獸」其人了，這一役，宋軍右軍主將种師中率部援太原，因楊志不戰而退，陷种師中全軍大敗於榆次，師中亦陣亡。楊志不戰退，後於盂縣遇金兵，戰敗。榆次之戰很慘烈，後來議罪，中軍統制官王從道處斬，种師中部下統制官以下並降五級，楊志被殺或降五級，史書未記，但說榆次一役之敗，因為楊志，而楊志自稱則因兵無糧餉供應而退。

這是梁山泊好漢中後來最明確可考之一人。

其次，據余嘉錫查考（見輔仁學報），尚有：

（一）混江龍李俊（一作李海）。

（二）九紋龍史進，史進後來又反，宋史高宗記：「建炎元年秋七月，關中賊史斌（即史進）犯興州，僭稱帝號。」「建炎以來繫年要錄」稱史斌為宋江之黨，又稱叛將。當即為九紋龍其人，「水滸」第二回中，史進最早出場，又為華陰人，他是和魯智深最早相見開創水滸故事的好漢。史進在陝西鬧得很大，後為吳玠擊潰而死。

（三）浪裏白條張順，余嘉錫以為韓世忠於紹興四年五月奏請「以中衛大夫，和州防禦使、淮東宣撫使前軍統領張順，充淮東兵馬都監。」即浪裏白條張順，我認為完全不可能。（中衛大夫為武職官第九階）我寧信張順死於征方臘之役，在杭州為之建廟的。

（四）大刀關勝，從劉豫守濟南，後來劉豫殺關勝而降金，史稱濟南守將關勝善用大刀，應即為梁山的關勝。

（五）黑旋風李逵，建炎元年在密州佐杜彥襲殺知州，後又殺杜彥，自為知州，朝廷祗得承認，建炎三年閏八月，李逵以密州降金。

（六）一直撞（雙槍將）董平，建炎三年，董平率眾寇德安府——董平後來又做強盜了。

（七）賽關索楊雄，在河北作戰抗金。（據余嘉錫，不可靠）

（八）病尉遲孫立，紹興元年隨邵青招安，其先，在長江為寇，有船三千（據宋會要，想是誇大了的），招安後，孫立的下落不明。另據筆記謂孫立任壽州兵馬鈐轄。

（九）沒羽箭張青，後在王淵軍中為小校。

（十）浪力燕青，後來又為盜，曾率眾犯應山。

（十一）鐵鞭呼延綽（灼），可能在韓世忠軍中服官。

（十二）鉛火兒張横，靖康以後（北宋亡後）於太行山率義兵抗金。

以上據余錫考出的十一人（應十二人才對），有些是不可靠的，此外，「宣和遺事」用以補替晁蓋的「一丈青李横」，紹興初知鄧州，繼為襄陽鎮撫使，大約同名而已。再者，水滸中一丈青扈三娘為七十二地煞中之一，且是女人。

大致上，梁山好漢後來有正式下文的極少，連他們的頭領宋江，亦無交代，其餘的人可想而知。因此，民間傳說，反而比正史所載為可信，因為梁山三十六人，大多數為市井好漢，極少數為叛變的軍官，他們的地位又都不高，史傳記的是以大人物為主。由於他們是市井的，民間傳說會多保存些真面貌。

八

作為「魯智深」前記的「梁山泊漫談」，寫得很長，搜集資料當亦不少。有些是以前的人所不曾提到過的，最重要的是折可存擒殺宋江，雖祇單證，但不能就此忽略。

寫「魯智深」，看了不少書，為求了解當時的社會情況也。這些書大多是前兩年寫「南渡以後的李清照」一書時所聚，近來又找了若干新的，那是與方臘部分有關的。

「前記」所述，大致上可得一個概念——環繞著魯智深，是怎樣的社會與一些什麼人物。

「前記」到此結束，應該再照應到一下魯智深這主角，近時，頗興「語錄」，在此，且先錄下「水滸」中的魯智深語錄三句：「直娘賊！」

「口中淡出鳥來！」

「你這個鳥大漢！」

（附註：「直娘賊」不知出典，亦不明白真正的意義；「口中淡出鳥來」的鳥字，或是指小便；「鳥大漢」的鳥，當是指男性生殖器——不知是否有當，請專家指點。）

三句語錄大約可作粗口的代表。但戲曲中寫魯智深又有甚為雅而含有禪機——即所謂哲學底。「紅樓夢」中的賈寶玉聽了魯智深醉打山門中一支曲而幾乎為之發癡。俗而再雅一下，把賈寶玉要發「雅癡」的那一支北曲「寄生草」錄下：

> 漫搵英雄淚，相離處士家，謝慈悲，剃度在蓮臺下。沒緣法，轉眼分離乍。赤條條，來去無牽掛，那裏討煙簑雨笠捲單行，一任俺芒鞋破鉢隨緣化。

一九七五年七月七日寫成於香港

附錄二　南宮搏著作（二）

一　楊貴妃，中國歷史上最特出的女人

中國歷史，就從文獻最少的夏代起計，每一個朝代，大抵都有些突出的女人，「特出」，指其本身的姿色美麗以及和政治的關連；任何一個朝代的美麗女人，倘若沒有強烈的政治陪襯，便不會享大名，流傳後世。

舉例來說，最古老的夏代，末代帝王桀的妻子妹喜；其次，商殷的紂王妻子妲己；周的幽王之妻褒姒；被為亡國的美女，是禍水！雖然褒姒並未使周亡，但丈夫被殺，王都東遷，人們也就含糊地將列入亡國禍水類中。

這是中國史上可考的最早的三個朝代，便已如此了，往後去，文明進化，政治權力興替間，總會有一些美麗的女人出現，組織和構成所謂的「歷史悲劇」，於是乎，有所謂「女禍」，有所謂「紅顏薄命」等等說法。

那些歷史上著名的美人，大致是少有「福壽全歸」的。長春不老的夏姬下落不明，西施是否被淹死不知道，後人珍惜一名美人，把她送給范蠡作結，聊以自慰而已；其餘如楚霸王的虞美人，漢高祖的戚夫人，死得都很慘。王昭君雖然嫁得很好，丈夫死了，丈夫的兒子再娶她（不是她的兒子），一樣有崇高的地位，但在漢民族的心理上，這樣的遠托異國，又總是可悲的。再往下數，歷史美女幾乎脫不了悲終。而從青春華茂到悲辛收場，有史以來，集其大成而又奇詭多變，故事流傳最廣最久的，要算唐朝玄宗皇帝的貴妃楊玉環。

我處理中國歷史，以夏禹為有史之起點，以前自然有，但祇是一些傳說；完全不能稱為史，此後，我的大劃分代為；秦始皇帝統一中

國；南北朝的大混亂；唐玄宗天寶之亂；蒙古人統治中國；孫文創中華民國。

這個大劃分，以唐玄宗天寶之亂為中國命運的轉捩點。自天寶之亂以後，中國就長期向衰了，這是從文治教化整體的輝煌而言，一時的武功或疆土擴大，是不足道的。

天寶之亂，主要人物，主要人物或代表人物，自應是當時的皇帝李隆基，但史家和文學家們，把天寶之亂的重點落在馬嵬坡事件上，於是，楊貴妃便成為中國歷史轉捩點的代表人物。

這其實是很荒唐的，但把一個並非政治性的女人來承擔有史以來最大的政治包袱，又是中國趣味——中國哲學的奧妙所在。

把這個大包袱讓楊貴妃揹上，在當時就已如此了，在此，可以引廿八字為證；唐僖宗朝宰相鄭畋有詩如下：

> 肅宗迴馬楊妃死，雲雨雖亡日月新；終是聖明天子事，景陽宮井又何人。

這一首詩後面十四字去掉也不妨，前面十四個字，寫盡了大唐皇朝由危亡到復興的關鍵所在：「楊妃死」，危亡的厄運解除，「肅宗迴馬」，即太子李亨離開父皇而領一軍奔靈武自立為帝，展開反攻，收復失土，中興唐皇朝。亦即「雲雨雖亡日月新」七個字所表現的，「雲雨雖亡」是楊貴妃底，「日月新」則是唐肅宗底，那意是：楊貴妃雖然遭難但唐皇朝終於復興。

這一首詩包含的意義很廣，對楊貴妃之遭難，寄予同情——一死而中興國家，死亦得所。

——中國的舊詩，作得好的，常能用極少的字包括敘事和評論在內；但毛病在於這需要熟知史事的人能了解，即以上舉鄭畋這首詩，後來被人改（或抄誤）成「玄宗迴馬楊妃死，雲雨雖忘日月新」本意全失，且成俗唱了。

我引此，用以證唐朝人把本朝的興亡之際的大包袱推到楊貴妃身上。而這一段歷史，又是中國史的轉型期，是以越到後來，楊貴妃所揹的包袱也越大了！從夏禹開始到現在，四千零數十年間，沒有一個女人身負的包袱有如此之重大的！

平時，我們泛泛而道楊貴妃，一個美人，自霓裳羽衣舞至婉轉蛾眉馬前死，繁茂悲辛的故事，乃至情天長恨，屬於兒女情底，但是，擴大了來看這一個故事，所包含的實在很多。

以上是楊貴妃故事政治、歷史的方面。

而在文學上，楊貴妃其人更張廣大，自公元七五六年楊貴妃死（官定的死期）到如今，楊貴妃其人其事，成了中國文學創作最大最廣的共題。

唐朝，是中國史上文化，政治，經濟最發達的一朝，也是特出的有言論自由的朝代。唐朝人雖然有不少文字上和語言上的忌諱，但忌諱的範圍以私人之間為主，一般底，可以放言無忌。批評皇帝，拿皇帝的故事作詩做文，甚至講得很不堪，亦不會遭禍。在楊貴妃生前，文人對她品評有之，對楊氏家族譏嘲也有之，到她在馬嵬驛遭難後，她的故事迅速地發展成為文學創作上的主題，並且隨著時間而更加深廣，漸漸，唐朝的文人把歌詠楊貴妃故事當作一種「考試」式的共題。白居易的「長恨歌」自然考得了古往今來的第一名。但在「長恨歌」出現之後，文人依然熱心自這一個「共題」而孜孜不倦於「考試」，藉此來練習和表達自己的史才，詩筆，議論，想像……

唐代著名的詩人李商隱，對詠楊貴妃故事是極為熱中者之一，李商隱所作不及長恨歌，李又好在字面上作評斷，而且多局限於兒女情，不過，從李商隱的作品中，卻讓我們得知了：唐人對皇家的言論自由到了可驚的寬容程度；舉例：

華清恩幸古無倫，猶恐蛾眉不勝人，未免被他褒女笑，只教天子暫蒙塵。

這首詩是諷刺的，但力求在「考試」中作驚人語，結果卻不倫不類了，褒姒「使」她的王死，楊貴妃沒有「使」她的皇死，這成了什麼話？但由此可見言論自由的放任程度；另外，李商隱最出色的一首詠楊貴妃的詩：「海外徒聞更九州，他生未卜此生休……」這兩句雖沿襲長恨歌「忽聞海上有仙山」的提示，但翻了新意，作為楊貴妃在海外得知玄宗皇帝被廢被囚。這對楊貴妃逃亡到日本傳說，有進一步的傳播作用。同詩最後兩句：「如何四紀為天子，不及盧家有莫愁」，再加「君王若道能傾國，玉輦何由過馬嵬」，那是直接批評皇帝無力護全一名女子以及「有情」的虛假，亦屬言論自由的頂端了！更有一首「驪山有感」詠楊妃云：

驪岫飛泉泛暖香，九龍呵護玉蓮房，平明每幸長生殿，不從金輿惟壽王。

這首詩一些也不見好，但卻赤裸裸地寫出了玄宗皇帝奪取兒媳為妻的事實，再道出壽王以後處境的尷尬。詩雖然不見佳，但總是有新意在。

上面，我零亂地取了一些詩句，為了引發楊貴妃故事的若干特出點。

唐朝人就此完全不避諱的，楊貴妃先為李隆基的兒子、封壽王李瑁之妻，後來父皇取兒媳為妻。

這是楊貴妃故事的第一階段，當中國的社會道德律更變之後，有許多「衛道」之士，拚命要否定這一故事，有的人以事實俱在，無可否定，求告和恫嚇兼施，命人們不可提及此事，甚至搬出孔夫子，

「春秋為尊者諱」，唐玄宗是尊者，千萬不可說他這一宗亂倫的醜事啊！到了清朝，中國自南宋以來積纍起來的社會道德律，幾乎比泰山高，比長城固，如朱彝尊其人，想盡辦法來遮掩楊貴妃先事子，再事父的故事，他「考證」楊貴妃雖為壽王妃，但卻是處女入宮，所以，唐玄宗雖然醜聞，並不太嚴重。

這是可憐亦復無知的新道德保衛者的自我欺騙。唐朝人自己不以為這是違反道德律的；官文書記載，至今仍存後人為了後起的對婦女的道德律而大叫，其陋可知，從而也可見中國文化的向衰，為此，在講故事之前，特別將它提出來：

關於楊貴妃的婚姻，現存「唐大詔令集」（按即皇帝命令，俗呼為聖旨的東西）卷四十，「諸王冊妃」類，及「王妃入道」類，有兩封詔令，直接提到，一封詔令，間接相關，摘要如下：

> 冊壽王楊妃：
> 維開元二十三年，歲次乙亥，十二月壬子朔，二十四日乙亥。皇帝若曰（中略）……爾河南府士曹參軍楊玄璬長女，公輔之門，清白流慶……今遣使戶部尚書同中書門下李林甫、副使黃門侍郎陳希烈、持節冊爾為壽王妃……

「同中書門下」，即是宰相。冊楊玉環為壽王妃，有年月日可考查。冊妃，等於現在的訂婚。「冊」後，尚有不少繁文褥節（見開元禮），大約需要半年或一年才能結婚。估計：楊玉環嫁到壽王李瑁那兒，應在開元二十四夏秋，再推遲些，或開元二十五年初春，最要遲，便少有可能了。（按：舊、新兩唐書的楊貴妃傳，對楊玉環出身，似有故意的錯亂或隱蔽，舊唐書連楊貴妃的父名都弄錯，且完全不提先嫁壽王事，新唐書主修者不敢太抹煞事實，加入先為壽王妃語，但對楊玉環的父叔，卻蒙混過去，因為新唐書取舊書資料，二傳皆亂採傳說，荒唐不經，不必深信。）

壽王的親母武惠妃，為皇帝所極寵，她的女兒咸宜公主嫁楊洄，據史書載：楊洄與岳母武惠妃同謀，陷害三位皇子（太子李瑛、鄂王李瑤、光王李琚），李隆基於開元二十五年四月，將這三個兒子廢為庶人，隨後又賜死於城東驛。武惠妃這樣做，據說是為她親生的兒子李瑁奪取太子地位，這是可信的。然而，武惠妃本人，卻在同年十二月死了，死時才四十歲。史書說，武專妃是被三位皇子的鬼祟而死的。

至於楊玉環入宮，中間有一個轉折，並不是在名義上直接由壽王妃變為貴妃的，「唐大詔令集」卷四十有一道度壽王妃為女道士敕」，中曰：

> ……壽王瑁妃楊氏，……屬太后忌辰，永懷追福，以茲求度，雅志難違……宜度為女道士。

此敕文不曾留下年月，但仍可以考據的：第一、度楊玉環為女道士，必然是皇帝先和她姦好之後的事，據「新唐書」本紀第五、玄宗紀，開元二十八年條下云：

> 十月甲子幸溫泉宮。以壽王妃楊氏為道士，號太真。

度壽王妃為女道士敕，雖缺了年月，但參照本紀，我們可以定出：皇帝和兒媳楊氏姦好，當在開元二十八年十月（或稍早，但以十月赴溫泉宮時帶到驪山以供淫樂的可能最大）。如此，則度為女道士的正確時間就容易考出了，李隆基的親母竇氏（太后）死忌在正月初二。敕文中「屬太后忌辰」當是開元二十九年的正月初二。（公元七四一）

楊玉環作壽王的妻子，應當三年多或四年多，結婚至四年，豈有再是處女之可能？何況，唐朝人又並不重視處女膜的。

楊玉環入宮為女道士（在內宮的太真觀，不是長安市的太真觀），過了四年多，才被冊立為貴妃。

父、子之間，共妻奪妻，以「女道士」作為過渡，說起來，也可以算避了一下，父親娶的是女道士，並非兒媳。兒子則在這四五年間沒有正式妻子了。天寶四年（公元七四五）七月二十六日壬辰，皇帝再為兒子壽王冊韋氏為妃，冊韋氏為壽王妃詔，亦存，同見「唐大詔令隻」卷四十。皇帝為兒子再冊妃後，八月六日壬寅，即冊楊太真為貴妃。兩冊時間頭尾在內共十一日。雙重喜事來得也真快。楊貴妃入宮問題，自南宋末年起，就成了中國歷史、文學、乃至社會上的大問題，衛道之士，竭盡心智要縫補一個古人的處女膜。以現代觀念看，這是很無聊之事，但在過去六百年間，此事關乎社會風教，大得很。

南宋以後，中國女人裹小腳，等於半廢了二分之一的人口，而更重要的是：中國的知識份子也自行在思想上裹小腳，使中國長期不能進步，這是因！而此因又可以說出在楊貴妃的身上。

除了政治包袱之外，楊貴妃又揹上了一個社會道德的包袱。

在此，先交代了屬於正派的有關楊貴妃的大事，這屬於嚴肅和沈重的一面。下面，我再作一篇引言，講講馬嵬坡事變的來龍去脈。讀者們將來看故事，可以有一個概念。同時，也輕鬆一些，把楊貴妃可能沒有死而逃到海外一說，考一考，事屬渺茫無稽，但很有趣，至少比使楊貴妃揹著上面所說的包袱為幽雅和風趣一些。

二　馬嵬坡事變和楊貴妃生死之謎

中國文學史上傑出底、傳播最廣和久遠不衰的敘事長詩：長恨歌，作者白居易以楊貴妃的故事串連成此巨製，他寫楊貴妃在馬嵬坡事變時：

> 六軍不發無奈何，宛轉蛾眉馬前死。

這是文學作品上記楊貴妃的死，是記實。祇小有考證上的錯誤：楊貴妃死於馬嵬驛時間為：天寶十五載（即至德元載公元七五六）六月丁酉（十五日），其時，天子祇四軍，據舊唐書玄宗皇帝記：

> 六月壬寅（二十日）次散關，分部下為六軍。

「六軍」是在楊貴妃死後五日才建制的，馬嵬坡兵變，祇可稱「四軍不發」。不過，文學作品上這樣的小誤，實無損記實，因為有不少專家編著的史書，如司馬光的資治通鑑等，也一樣繫錯了時間。甚至，連舊唐書本身，也前後錯記，六軍建制，玄宗紀繫時和肅宗紀繫時亦各記一日。

我先引白居易的「長恨歌」，那是為了簡單明白，只用十四個字註出了楊貴妃之死 。

舊唐書本紀第九，記馬嵬兵變：「……丙辰（按：辰應為申子之誤）次馬嵬驛。諸衛頓軍不進，龍武大將軍陳玄禮奏曰：『逆胡指闕，以誅國忠為名，然中外群情不無嫌怨，今國步艱阻，乘輿震蕩，陛下宜徇群情為社稷大計，國忠之徒，可置之于法。會吐蕃使二十一人遮國忠告訴於驛門，眾呼白：『楊國忠連蕃人謀逆』兵士圍驛四合，乃誅楊國忠，眾方退。一族兵猶未解；上令高力士詰之，迴奏曰：『諸將既誅國忠，以貴妃在宮，人情恐懼。』上即命力士賜貴妃自盡……」

新唐書本紀第五，記馬嵬兵變云：

> ……丙申，行在望賢宮，丁酉次馬嵬；左龍武大將軍陳玄禮殺

> 楊國忠及御史大夫魏方進、太常卿楊暄；賜貴妃楊氏死……

（按：楊暄為楊國忠之子；二書所記載，以新唐書確。）

又：舊唐書五十一、列傳卷第一：后妃上；「玄宗楊貴妃」云：

> ……從幸至馬嵬，禁軍大將陳玄禮密啟太子，誅國忠父子；既而四軍不散，玄宗遣力士宣問，對曰：「賊本尚在。」蓋指貴妃也。力士復奏，帝不獲已，與妃詔遂，縊死於佛室，時年三十八。瘞西道側……

新唐書楊貴妃傳所載略同，文字稍有出入，有如下數語：「帝不得已，與妃訣，引而去，縊路祠下。」

司馬光：資治通鑑引實錄記馬嵬事變較詳，錄如下：

> ……陳玄禮以禍由楊國忠，欲誅之。因東宮宦者李輔國（此時名李靜忠以告太子），太子未決。令吐蕃使者二十餘人遮國忠馬，訴以無食，國忠未及對，軍士呼曰：「國忠與胡虜謀反。」或射之中鞍，國忠走至西門內，（博按：馬嵬驛之西門。）軍士追殺之，屠割支體。以槍揭其首於驛外門。並殺其子戶部侍郎暄。及韓國、秦國夫人……軍士圍驛，上聞喧嘩，問外何事？左右以國忠反對。上杖屨出驛門，慰勞軍士，令收隊。軍士不應。上使高力士問之，玄禮對曰：「國忠謀反，貴妃不宜供奉，願陛下割愛恩正法。」上曰：「朕當自處之。」入門倚仗傾首而立。久之，京兆司錄韋諤前言曰：「今眾怒難犯，安危在晷刻，願陛下速決。」因叩頭流血。上曰：「貴妃常居深宮，安知國忠謀反？」高力士曰：「貴妃誠無罪，然將士已殺國忠，而貴妃在陛下左右，豈敢自安，願陛下審思之，將士安，則陛下安矣。」上乃命力士引貴妃於佛堂縊殺之，與屍寘

> 驛庭，召玄禮等入視之。玄禮等乃免冑釋甲，頓首請罪。上慰勞之……（博按：泰國夫人已早死，資治通鑑誤。）

根據以上的記載，楊貴妃被縊殺於馬嵬驛的佛堂（依唐實錄），應該無疑的了，楊貴妃死於馬嵬，葬於馬嵬，在官文書中，應已確定無疑。同時，我們只從上舉簡單的官式記錄，即可明白：馬嵬兵變，實在是李亨（唐肅宗）所發動的。唐代皇位的繼承權，自來就不穩定，李亨雖為太子，但能繼承與否，不到最後，實無由知。因此，李亨集團久乘亂發動兵變，其真正目的，並不是殺楊貴妃，乃在於楊國忠，因為楊國忠是一個有權力的宰相，而且也是有能力的宰相，如果不能去國忠，即無法弒帝或迫李隆基（唐玄宗）遜位。是以馬嵬兵變發生，楊氏兄妹俱死，李亨在後隊得訊，即不再隨駕赴蜀，而自帥所部趨渭濱，走奉天而赴朔方，至平涼，再轉靈武，使自為皇帝。

資治通鑑卷二一八，唐紀三十四，據唐實錄述馬嵬事件之後，李隆基等待太子不來，有如下一段記載：

> ……上總轡待太子，久不至，使人偵之，還白狀。上曰：「天也！」，乃分後軍二千人及飛龍廄馬從太子，且諭將士曰：「太子仁孝，可奉宗廟，汝曹善佐之。」又諭太子曰：「汝勉之，勿以吾為念。西北諸胡，吾撫之素厚，汝必得其用。」……又使送東宮內人於太子。

這是經過修飾了的篡位之情況，但是，我們依然可以從這裏看得出李隆基無可奈何的心情。

由於目的祗在除去楊國忠，國忠死後，新的事太多，迫楊貴妃死，旨在損李隆基的尊嚴。因此，驗屍云云，陳玄禮決不會認真。再者，陳玄禮為了將來自存，以一個軍人，叛迫皇帝之後，如再認真驗看貴妃遺體，褻瀆之罪大矣。這方面，史書所載，亦已很明白：四軍將士聞楊貴妃死訊，即歡呼，陳玄禮免甲胄而拜，那是說明了他們並未去驗看楊貴妃的遺體。於是乎，楊貴妃生死之謎，就由此而起——其後，又有一連串故事發生。

李隆基自蜀中返長安，為太上皇，權力已失，他欲改葬楊貴妃而不能公開進行，乃使內侍秘密進行，舊唐書楊妃傳云：

> ……上皇密令中使改葬於他所，初瘞時，以紫褥裹之，肌膚已壞，而香囊仍在，內官以獻，上皇視之悽惋，乃令圖其形於別殿，朝夕視之……

新唐書楊貴妃傳略同，但無「以紫縟裹之，肌膚已壞」之句，只言「啟 ，故香囊猶在。」

以上兩種唐書，皆根據唐實錄，文句太簡略了，且不提改葬事，但強調香囊仍在，這記載便引人玄想，其一：由文句引致之錯覺，原葬處掘開來，祗剩香囊；其二：李隆基返長安之後，本身處境極劣，改葬楊貴妃為秘密進行，不見屍體，自將引出大事來，甚至會影響到李隆基的生命，於是乃為之諱。至「屍體已壞」說，乃是飾詞吧？

因為，楊貴妃不曾死的傳說，在當時即已有了。白居易的長恨歌和陳鴻的長恨歌傳，當是據傳說將楊貴妃故事神化，不會是完全受漢武帝李夫人故事所影響，李夫人故事被白居易作「長恨歌」時引用衍化，自有其可能，但必然先有傳說而才會聯想及之。再者，「長恨歌」中記臨邛道士入海上仙山訪楊貴妃，是基於：一、「天旋地轉迴龍馭，到此躊躇不能去，馬嵬坡下泥土中，不見玉顏空處死」；這裡應已點出了楊貴妃葬處無屍體在；倘若未有民間傳說，白氏應不會如此寫；二、「上窮碧落下黃泉，兩處茫茫皆不見」；碧落是天堂，黃泉即地府，人死，不入天堂，即歸地府，臨邛道士既能通鬼神，則

「兩處茫茫皆不見」，又進一步說出了楊貴妃的未死；三、「忽聞海上有仙山」以下云云，在白居易時代，中、日交往已久，且極為頻繁，「海上仙山」，無疑是指日本，實是人境，並非仙山；白居易這樣地寫法，是文學底而非歷史底，在文學作品上，倘若指明人境，那就索然無味了。然而，白氏「長恨歌」用「海上仙山」，在當時的知識份子中，當能明其所指。再者，陳鴻所作「長恨歌傳」，對「長恨歌」中的傳說「仙話」，作了很有力的結語：「世所不聞者，余非開元遺民，不得知。世所知者，有玄宗本紀在，今但傳長恨歌云爾。」

在此，陳鴻把歷史及民間傳聞分劃了開來。可是，民間傳說，有時卻比較歷史更吸引人和令人願意相信。

於是楊貴妃不死於馬嵬之說，便流傳開來。不但在中國如此，在日本國，楊貴妃逃出中國，卒於日本之說亦甚盛。而且，在近年間，楊貴妃故事又泛起來。

先說日本的近事：一九六三年，一位日本少女出現於電視，自稱為中國楊貴妃的後裔。而且還展視古代文件作佐證，此一事件曾引起小小的轟動，竹內好主編的日文雜誌：「中國」，並詳記其事。我在那時也曾為此而赴日搜找一些材料。

在日本，有關楊貴妃死於日本的材料，的確有一些，偽真自然無法鑒定（說老實話，偽的多）。但存在久遠則是事實。其所謂遺跡而使人感到興趣的是：楊貴妃在日本有兩個墳墓，一在荻町的長壽寺內；又一在久津。兩墓皆為石塔，但形狀不同，我沒有親至墓地察看，所見到的只是楊貴妃二墓的照片。

此外，又有楊貴妃的像（不知是玉或銅），亦傳有二，一在山口的荻町長壽寺，據說是楊貴妃死後，日本人所琢；一在京都，為唐使送往，而兩像至今尚存。我到京都幾處，俱未曾見到「真跡」。人們指一尊佛像謂為即楊貴妃像，其地似在三十三間堂附近，我不能相信它是真的，或為導遊者任意指點而敷衍。

雖然如此，楊貴妃二墓及二像，又都有典籍記載。我看到過好幾種有關楊貴妃的文字記載，是古之好事者虛構，或者是傳奇小說類，亦無由辨別，也不欲認真去辨別。各種文件記載不同，一說楊貴妃東渡，侍女從口，大多死去，楊本人抵日後不久亦死；另一說，楊貴妃受到日本禮遇，還有一些繁茂的故事留下。亦有說楊貴妃到了日本之後，仍有信息托遣唐使帶入中原予李隆基……。

凡此，如認真去作史料看，那應是無稽的，但是，作為傳奇故事看，卻有其意趣。

再者，由於上述種種，我們應該從「故事」的角度去推測：楊貴妃是否不死於馬嵬坡？是否能東渡日本？

從史書的縫隙中找線索，這兩者都有可能─故事性的可能，不是歷史的考據。

首先，楊貴妃不死於馬嵬的可能性很大。

綜合舊、新兩唐書及實錄與通鑑等記載，馬嵬之變的經過如下：

第一階段：唐天寶十五載六月辛卯（初九），安祿山部眾攻陷潼關。

──按：天寶十五載七月，李亨奪權，即位於靈武。改元至德，因此，天寶十五載又稱至德元載。

潼關失守，河東、華陰、馮翊、上洛等城防禦使、兵吏皆逃散，是夜，長安城既因「平安火」不至而知事態嚴重──「平安火」是唐代一種通訊方法，每三十里設戍所，每日暮，放煙一炬，報告平安，下戍所見前戍舉煙，便隨之而舉，如此，在很短促的時間內，訊息即可傳數百里。

六月初十日，皇帝知大事不妙，上朝之前，密召宰相楊國忠議事，決定出奔。繼而上朝，百官惶惶，對時事皆無所指陳，在緊張中的朝會，毫無結果而散。

此日，宮中已秘密從事出奔的準備。

六月十一日，宮中在準備出奔中觀望，而朝中則已大亂，楊貴妃的姊妹韓國夫人、虢國夫人入宮，與皇帝相見，商量出奔巴蜀之事。由於楊國忠遙領劍南節度使，因而楊國忠力主赴蜀。是日下午，市中已亂，有人逃難。

次日（六月十二），皇帝上朝，而百官赴朝堂者，人數祇及平時百分之二十以下，朝會幾無法進行，李隆基見大勢不妙，不敢在朝堂宣佈出奔之事，反而揚言御親征，自然，官員對此是不會相信的，因為哥舒翰的大軍二十萬人已崩潰，長安及近郊已無可戰之兵，皇帝不可能親征也。

其次，皇帝發表了人事命令，以京兆尹（註：以現在官名，即長安市長）魏方進為御史大夫兼置頓使；京兆少尹崔光遠昇為京兆尹。充西京留守將軍邊令誠，掌管闈管鑰，並令劍南節度大使穎王李 赴鎮，令本道預備接待皇帝西奔。

──在此，尚有一項不同的記載，舊、新唐書及實錄等皆言奔蜀出於楊國忠之謀。但「幸蜀記」文則稱：楊國忠力主堅守都城勿逃，宰臣韋見素主逃亡，與之力爭。並且爭執甚烈，韋見素還說出楊國忠通敵，所以不願皇帝走避云云。最後，皇帝接納韋見素的意見而奔蜀。（註：楊國忠通敵之說，絕對無稽，因安祿山起兵，以誅楊國忠為號召，楊國忠絕無通敵可能。〈幸蜀記〉此說，應不可靠。）

十二日傍晚前，皇帝自南內（興慶宮）移居北內──唐皇宮以太極宮（最舊）稱西內，大明宮稱東內（為主要宮城，大典，大朝皆在大明宮宮城），北內，在地方上應是玄武門西內苑禁區；不過，唐玄宗在位的中後一段時期，以興慶宮為起居，大明宮在興慶宮之北，因此，移居北內，也可能是入居大明居，因為興慶宮獨立孤處在市區中間，安全防衛不及其它宮城，所以移居，是為了安全。

移居後，皇帝命龍武大將軍陳玄禮調雙禁軍，厚賜錢帛，並選了九百匹馬。

——這些事，都是在宮城內秘密進行的。

六月十三日（乙未）黎明前：大唐天子與在宮城之內的皇子皇孫、部分嬪妃以及楊貴妃與其姊妹、親近宦官、宮人；以及楊國忠、韋見素、魏方進、陳玄禮等，悄悄出延秋門而逃。

按：長安城九門，東三門曰：通化、春明、延興；南三門曰：啟夏、明德、安化；西三門曰：開遠、金光、延平、延平。其北為皇城，越皇城而北向為宮城。皇城東南西共七門，北面通宮城三門，宮城北通西苑、禁苑，為定武門、重玄門，定武門即前時之玄武門。延秋門之名不見於呂大防長安城圖，永樂大典及程大昌唐宮城圖亦闕其名，僅李好文「唐三苑圖」誌之，延秋門實在是唐宮城之外，並在西內苑之外，為西北宮外禁區的外苑城門。其地為漢時古宮城所在，亦即漢未央宮之西城，此西邊牆城，自北而南，有三門：曰：雍門、直城門、延秋門。

皇帝一行人黎明時延秋門禁區逃出，則前夕之移居北內，當是住玄武門禁軍中，非如前人所謂住大明宮也。

我特別要指明逃走的地方，是為著這次逃亡是極秘密的，也不道德的，皇帝逃跑，連住在宮城以外的皇族諸王及皇族百官，皆不通知。

皇帝在黎明時逃走了，皇城中人當時亦未知，是日，官員們依然入朝，等到宮城開啟，內宮宮人逃奔而出，始知皇帝已棄城而逃，於是，城中大亂，諸皇族中人及百官士民四出逃竄；流氓宵小，出動偷竊搶劫。長安城於一日之間，陷於空前大亂中。而此時，安祿山部，尚在潼關，距長安有數百里之遙也。

至於逃亡的皇帝一群，派內侍監宦官王洛卿先行至咸陽望賢宮準備午飯。結果，王洛卿與咸陽縣令都私自逃走了，皇帝出奔，走了四十里至咸陽望賢宮，已日中，大家都沒有飯吃。楊國忠去買了一些胡麻製的蒸餅供皇帝充饑，未曾逃走的民眾，以粗飯、麥豆獻給這一行逃難者，皇子皇孫皆以手掬之而吃——逃亡才走了四十里，狼狽相立刻顯露了，此去多艱，可以由此而想見。

——這頓午飯，先是狼狽，後來，還是由隨行的御膳造了飯菜，供應逃亡者群。

下午，未時集中，再出發西奔，夜將半，一行人才到金城。（註：金城距長安八十五里，屬京兆府，本名始平縣，唐中宗景龍二年（公元七〇八），因金城公主下嫁吐蕃，唐皇室人員送行至此而別，唐帝乃易始平為金城縣。）

金城縣令已經逃走，縣中百姓也大多亡匿，兵士們就破空了的民居住食，皇家諸人，胡亂宿於驛中，內侍監袁思藝，看情形不妙了，帶了幾名親信先逃了。

這情形，比在咸陽時更加狼狽。

當夜（或次日清晨）監軍潼關的王思禮，自間道逃抵金城，報告守潼關大將哥舒翰被俘事。

六月十四日（丙申）大唐皇帝的逃亡者群抵達興平縣境的馬嵬驛。

兵變和政變，就在馬嵬驛發生。

在此，先說明一下馬嵬的地形；驛柵城在馬嵬坡西，其東則有佛堂，可能附於驛亭，皇帝則止歇於驛亭。楊國忠一行，可能在後，與一批逃出的外交人員和朝官在一起，那時，因食物缺乏，吐蕃的外交人員二十餘人，找到楊國忠等，要求食物。陳玄禮屬下的四軍，此時當已與在後路的太子李亨有所勾結，於是，藉此機會製造兵變，他們說：楊國忠和吐蕃外交人員在一起是謀反，立刻發動，楊國忠當亦有家甲，急奔赴驛柵城，至西門，被叛兵追上殺害，其長子戶部侍楊暄、韓國夫人，亦被殺——

他們二人的死址，當在馬嵬驛亭以東。國忠死處則在驛亭及佛堂之西。以上三處的距離，無法準確考據，大約，驛柵城和佛堂驛亭之間的距離，應在一至二里之間。

楊國忠被殺時，皇帝但知外面喧鬧而不明發生何事，應可想及距離不會很近。

於是，才有上面寫過的賜楊貴妃死之事發生。

楊妃死後，四軍暫安，皇帝大約立刻離開了驛亭而西行向柵城。

那時，在後隊的太子李亨——尚未入馬嵬境內。馬嵬事變之後，皇帝等待太子久不至，使人問訊，得知了太子有異志，不肯隨行入蜀了。結果，皇帝分後軍二千人及飛龍廄馬予太子（實際，這些軍馬，早已在太子控制中了）。但此一結果並不是立刻決定的，其間，有會商，太子李亨派兒子廣平王李俶為今表，而皇帝，則派皇子李瑁（壽王，楊貴妃的前夫）及高力士為代表，與太子談判。高力士與李瑁，便往返於馬嵬柵城與後軍之間。

那是在一天中發生的事故，而且，時間應祗在下午。這可從路程算出：

興平縣屬京兆府，據元和郡縣志：「興平縣東至府九十里。」又載：「馬嵬故城在縣西北二十三里。」據此，馬嵬距長安一百一十三里。距金城為二十八里。唐皇帝一行夜半始至金城，第一日行八十五里，大家困憊不堪，第二日的啟程時間，當不可能太早。故大隊抵馬嵬，當在午刻，蓋準備在馬嵬城午飯者，兵變發生的另一促成，當與午飯無著落有關，各有關史料皆言將士既疲且餓。而最值得注意者，當是吐蕃使者群以無食而找楊國忠。則馬嵬之變的時間，可以斷定發生於六月十四日午時，再深入一些，時間應在午正以後，至午正或更晚些而午餐尚無著落，外交人員才會找宰相訴說。

從楊國忠逃而被追殺，進而戮毀肢體，懸首驛門，其子楊暄及韓國夫人即令同時被殺，但御史大夫魏方進則於楊國忠被殺後出而呵責兵士時被殺；之後，又有韋見素出，被叛兵打傷頭部。

在以上的事件之後，才輪到皇帝聞訊，以及由高力士問明情由，陳玄禮要求並殺楊貴妃，李隆基不應，往復幾次，不得已而下令賜死。如此，楊貴妃死後四軍罷亂，計時當近未末矣。

之後，皇帝待太子不至及不得已而任命太子，由太子別行，壽王李瑁與高力士往返，當在申時。

楊貴妃被縊死，執行者是內侍，在逃亡中，大約不可能找到縊殺人的專家，而縊死一個人，通常並不是一縊即死的。內侍們對楊貴妃或手下稍留，或有意、或意外，皆可能縊至氣厥而未斃命。四軍以皇命賜死，再或見縊，又或得知執行者報，以楊貴妃死而解圍罷亂，皇帝不忍看是餘事，現實的情勢則迫他非離貴妃死處不可，如此，皇帝與從府及軍士走後，貴妃復甦，就祗有隨侍奉命料理殯葬的內侍、宮女群知了。

楊貴妃待人仁厚，宮中侍從，對她有深厚的感情，遇到這樣的事，設法救援，應是情理之常。再者，往返途中的壽王李瑁，為至愛楊玉環的，他妻子被父皇所奪，遇此，豈有不稍加援手之理？高力士與貴妃的關係，自更不必說。因此，楊貴妃倘若未死，代為掩飾及協助她另路脫身的人是有的，而且是極可靠的。

這是楊貴妃可能不而逃向別處的一些情理上的推測。

其次，是楊貴妃赴日本的問題了。

當時，在長安有不少外國使臣，日本國遣唐使唐玄宗朝為最盛，人數多，除外交官外，學生、僧侶、商人更眾（見日本人：本宮泰彥著：中日交通史）。李隆基逃亡出都之後，那些外國使臣也隨之西奔，走在前面的，如吐蕃使。日本遣唐使等，當亦在西奔之路，但可能和李隆基不同路，又或在後面得知前途兵變而取間道行。這有佐證可資參考。

從長安逃出來時，皇帝一行怕道路阻塞，先秘密走，但皇帝逃走延秋門後，在外面的皇族及百官立刻曉得了，其中，有若干特權人物，應該早就有知，或早已準備，因此，在當天黎明之後，大約較皇帝出奔遲半個至一二時辰間，其餘的顯達，也次第逃亡了。

西奔的大路是在渭水之北，自宮城北禁苑西門出，通過渭水上的便橋至咸陽，沿大路向興平、武功、扶風而進。至興平馬嵬驛時兵變，道路自然受阻，在後面的人，不少另行覓路奔亡，其中一支人再渡渭水，沿渭水南岸小路而進，如楊國忠妻子裴柔和她的兒子一（或二）及虢國夫人與子裴徽，皆走別道，逃至陳倉始被殺害。

據當時的各種史料綜合報道馬嵬事變時，除循渭北路走的人之外，其渡渭而南行者，可以分為：渡水至終南，再分路，向西行赴盩厔，向郿、斜谷關——這是繼續西行的。次為至終南後，入秦嶺山區，轉向南行折東而出武關。那是赴湖北的路。

楊貴妃走那一條路呢？可能渡渭，至盩厔，再折南入山——她先到盩厔，預備入蜀，大約發現入蜀危險（李隆基已喪失權力，因而無目的地折向南行。）走湖北，也是可能的。她在道路中當然會得到一些消息，她可能選擇的亡匿之地應為兩湖與江淮地區。

自同方向而南行東行的逃難者群，在路上相遇的可能不會太少——楊國忠的妻及子與虢國夫人母子，在陳倉被殺，官史對楊國忠的本系子孫的記載，在理論上都有交待，但是，在實際上卻太欠詳細了。

楊國忠有四個兒子，依長幼為：楊暄，楊昢、楊曉、楊晞。官文書記錄，楊暄與父同死於馬嵬；楊昢陷賊被殺，楊曉逃至漢中被殺，楊晞隨母死難於陳倉。

其中，楊暄、楊晞二人之死，殆無疑問，楊昢婚皇室，妻為萬春公主，位鴻臚卿（等於外交部長），陷賊而死之說，頗難成立，楊氏一系對皇室西奔的消息，得知自然最早，且其餘三子及多數外國使臣均為首及次批逃出者，何以楊昢會不及逃出而為安祿山所俘？此可疑之一。其次：謂楊曉為漢中王李瑀榜殺。考李隆基於馬嵬事變後，奔亡至散關，改組隨行的軍隊，分四軍為六軍（註：人數極有限，據「鄴侯家專」云：「玄宗幸蜀，六軍扈從者千人而已」。此千人之數，當為被太子奪兵之後所餘人數），其作用大抵為擴充扈從隊伍，納入諸王家甲等，以抑陳玄禮龍武軍之勢，六軍分由壽王李瑁等統率。分六軍事在六月二十日，地為散關。同時，再命穎王李 先行入蜀部署。

李隆基於六月廿四（丙午）由散關抵達河池（註：河池郡在散關西南，即今陝西鳳縣，此邑在唐代數易名，或河池，或鳳州，為自散關入蜀孔道之一。由道路里程計算，李隆基在散關應休息了三天，蓋自散關河至池，一日可達。）

在河池，蜀郡長史崔圓奉表來迎，李隆基即任命崔圓為中書侍郎同平章事（宰相），由於崔圓之來，報告蜀中豐饒及甲兵全盛（可能崔圓也帶了一隊兵來迎駕的），如此，情勢轉佳，李隆基乃任命侄子隴西公李瑀（讓皇李憲〔成器〕之子，汝陽王李璡之弟。文人，品學兼優）爵漢中王，梁州都督，山南西道采訪防禦使。

李瑀赴任，自河池至漢中（即今陝西南鄭），其間冊命受爵等，雖在非常時期，估計亦要兩天吧？赴任途中，計情應先到褒城（屬漢中治，漢中隸於梁州，唐時，梁州曾一度易名褒州，州治在褒城，施又以漢中為首邑）視察一日，再到漢中，則其到達時，當在六月底或七月初。楊曉如由褒斜路奔往漢中，應早七八日或竟早十日到，漢中為重鎮，要非亡命者可避匿之所，除非有特別的背景，楊曉似不會愚蠢到留在漢中不走而待李瑀來打殺的；何況，李瑀進爵得官，為李隆基所授予，李隆基自散關入蜀，一路任命，都是為重建本身權力謀，李瑀希承叔父皇帝之旨，亦當不致任意處死楊曉。

因此，楊咄、楊曉二人之死，應該存疑。

又：楊咄之妻萬春公主，後來再婚，嫁楊錡（楊咄從叔），大曆年間始卒。而楊錡前妻則為玄宗太華公主，天寶年間死。萬春公主傳中未提及楊咄之下落。

又次：楊國忠四子，最幼者楊晞，據宰相世系表，官太子中允。據舊新唐書百官志：「太子中允二人，正五品下……」在唐代，京官能至正五品下，是要經過相當年月的。楊國忠雖當權，但依法不可能超擢自己的兒子，何況，太子中允是掌實務的中上級官員，要做駁正啟奏、總司經典等職，沒有相當才學，是不能做的，從出仕至官太子中允，應磨歷十年左右，楊家雖特出，六七年時間總要的。無論如何，楊晞死時，年紀總有三十。據此，楊氏四子，均已婚，且都可能有子女，然而史書俱不載國忠的直系孫輩男女。

楊氏為舉世著名大族，天寶一代，寵顯之盛，無以復加，楊國忠的從弟弟，事變後皆獲保全，其後且仍能通婚皇室。由此推論，楊國忠的孫輩男女，逃脫馬嵬之難的應不在少。

如果楊國忠的兒子或孫兒女有人逃出，以楊氏之權勢，在混亂中，找庇獲者要非大難，應知楊國忠雖為史家列入姦邪大惡，但其人有才，能任事，門下士幾遍天下，史書不免於受成王敗寇觀念支配，和當時實情，必多出入。因此，楊國忠後裔逃出者之一二支或一二人，在道路上與楊貴妃相合，再由某種機緣而合於日本遣唐使。因而東渡，在情理上，也不相悖。再者，楊國忠為相日，其子楊出為鴻臚寺卿（外交部長），對諸蕃外於及日本遣唐使等待遇殊優，日本使者在長安者，與楊氏亦必有相當情誼，危難之間救助浮海，要為人情之常。

綜合上述，楊氏在日本留有一支，或亦有此可能。但是，至今在日自稱楊貴妃後裔之人，應為楊國忠的後裔。

——本文原收錄於《楊貴妃》一書中

主要參考文獻

一　南宮搏著作

（一）歷史小說

（按作品筆畫排序）

南宮搏　《十年一覺揚州夢》　臺北市　麥田出版公司　2002年7月
南宮搏　《王昭君》　香港　亞洲出版社　1956年6月
南宮搏　《大漢春秋》　臺北市　麥田出版公司　2003年10月
南宮搏　《太平天國》　臺北市　麥田出版公司　2002年1月
南宮搏　《水東流》　臺北縣　大方書局公司　1962年5月
南宮搏　《孔雀東南飛（附古戀歌選）》　臺南市　慈暉出版社　1976年月不詳
南宮搏　《月嬋娟》　臺北市　時報文化出版企業公司　1985年1月
南宮搏　《玄武門》　臺北市　堯舜出版社　1980年12月
南宮搏　《玉堂春韻事》　出版社及年月不詳
南宮搏　《江山美人》（魂牽夢縈）　臺北縣　大方書局公司　1961年1月
南宮搏　《江東二喬》　臺北市　順風出版社　出版年月不詳
南宮搏　《朱門》　臺北市　時報文化出版企業公司　1988年1月
南宮搏　《西施》　臺北市　時報文化出版企業公司　1988年4月
南宮搏　《后羿與嫦娥》　臺北市　時報文化出版企業公司　1986年9月
南宮搏　《呂純陽》　臺北市　堯舜出版社　1981年7月

南宮搏 《李青眉》 臺北市 堯舜出版社 1981年3月
南宮搏 《李後主》 臺北市 徵信新聞報 1967年3月
南宮搏 《李香君》 香港 樂天出版社 出版年月不詳
南宮搏 《李清照的後半生》 臺北市 臺灣商務印書館 1996年5月
南宮搏 《押不盧花》 香港 香港亞洲出版社 1957年3月
南宮搏 《武則天》 臺北市 麥田出版公司 2002年6月
南宮搏 《東海明珠》 臺北市 立志出版社 出版年月不詳
南宮搏 《花蕊夫人》 臺北市 遠東圖書公司 1980年5月
南宮搏 《妲己》 臺北市 南天書業出版社 1958年5月
南宮搏 《風波亭》 香港 友聯出版社 1954年9月
南宮搏 《紅娘子》 臺北市 華聯出版社 1963年7月
南宮搏 《紅拂傳奇》 臺北市 麥田出版公司 2004年3月
南宮搏 《紅樓冷雨》 臺北市 堯舜出版社 1980年12月
南宮搏 《洛神》 臺北縣 大方書局公司 1960年12月
南宮搏 《春風誤》 臺北市 博愛出版社 出版年月不詳
南宮搏 《洛陽兒女》 臺北市 堯舜出版社 1981年7月
南宮搏 《神童夏完淳》 開南出版社 1958年3月
南宮搏 《桃花扇》 香港 大公書局 出版年月不詳
南宮搏 《秦淮碧》 臺北市 堯舜出版社 1982年10月
南宮搏 《梁山伯與祝英台》 臺北市 臺灣新生報社 1964年1月
南宮搏 《魚玄機》 臺北市 堯舜出版社 1981年3月
南宮搏 《紫鳳樓》 臺北市 徵信新聞報 1966年3月
南宮搏 《貂蟬》 新加坡 創墾出版社 1952年8月
南宮搏 《董小宛》 香港 亞東圖書公司 1954年4月
南宮搏 《媽祖》 臺北市 臺灣新生報社 1963年8月
南宮搏 《圓圓曲》 香港 春草出版社 1952年12月

南宮搏　《漢光武》　臺北市　麥田出版公司　2002年2月
南宮搏　《漢宮韻事》　臺北市　徵信新聞報　1964年1月
南宮搏　《楊貴妃》　臺北市　麥田出版公司　2002年4月
南宮搏　《蔡文姬》　臺北市　堯舜出版社　1981年3月
南宮搏　《樂昌公主》　臺北市　大華晚報社　1962年8月
南宮搏　《潘金蓮》　臺北市　麥田出版公司　2003年1月
南宮搏　《虢國夫人》　臺北市　立志出版社　1964年10月
南宮搏　《魯智深》　臺北市　堯舜出版社　1982年10月
南宮搏　《劉無雙》　臺北市　大華晚報社公司　1963年
南宮搏　《韓信》　臺北市　麥田出版公司　2002年7月

（二）寫實小說

（按作品筆畫排序）

南宮搏　《女人》　臺南市　文化出版社　出版年月不詳
南宮搏　《女神》　香港　虹霓出版社　1955年1月
南宮搏　《毛教授的一家人》　香港　亞洲出版社　1959年7月
南宮搏　《江南的憂鬱》　武漢市　長江出版社　1964年5月
南宮搏　《花信風》　臺北市　堯舜出版社　1980年12月
南宮搏　《紅牆》　上海市　大家出版社　1949年1月
南宮搏　《這一家》　臺北市　立志出版社　1963年11月
南宮搏　《紳士淑女》　臺北市　立志出版社　1965年9月
南宮搏　《罪惡園》　出版社及年月不詳
南宮搏　《唇樓》　臺北市　立志出版社　1965年5月
南宮搏　《蔦蘿》　出版社及年月不詳
南宮搏　《憤怒的江》　香港　虹霓出版社　1955年3月

（三）報紙連載

（扣除出版成書者，按報刊發表時間排序）

南宮搏 《紅露花房》 臺北市 《中國時報》 1968.12.18～1968.04.01 共105集 10版

南宮搏 《私奔》 香港 《星島晚報》 1952.1.2～1952.1.6

南宮搏 《虞美人》 香港 《星島晚報》 1952.1.7～1952.1.16

南宮搏 《易水歌》 香港 《星島晚報》 1952.1.17～1952.2.5

南宮搏 《宋王台》 香港 《星島晚報》 1952.2.29～1952.3.11

南宮搏 《鄭成功》 香港 《香港時報》 1953.3.1～1953.6.27

南宮搏 《絕代佳人》 香港 《星島晚報》 1953.5.31～1953.6.15

南宮搏 《諸葛亮》 香港 《星島晚報》 1953.6.17～1954.3.12

南宮搏 《孽緣》 香港 《新生晚報》 1953.9.22～1953.11.21

南宮搏 《懷夢草》 香港 《新生晚報》 1954.3.29～1954.7.20

南宮搏 《水滸縱橫談》 香港 《香港時報》 1954.5.12～1954.7.21

南宮搏 《星海》 香港 《新生晚報》 1954.7.25～1954.9.30

南宮搏 《甲午談往》 香港 《香港時報》 1954.8.1～1954.9.29

南宮搏 《民間故事新編》 香港 《香港時報》 1954.9.30～1954.10.31

南宮搏 《南海明珠》 香港 《新生晚報》 1954.12.1～1955.2.27

南宮搏 《章臺柳》 香港 《星島晚報》 1955.1.4～1955.5.21

南宮搏 《春秋淫后》 香港 《新生晚報》 1955.3.17～1955.8.7

南宮搏 《魔術師的手杖》 香港 《新生晚報》 1955.11.1～1956.1.23

南宮搏 《綠珠》 香港 《星島晚報》 1957.5.26～1957.9.25

南宮搏 《胭脂井》 香港 《星島晚報》 1957.9.26～1958.8.6

南宮搏 《魏武帝》 香港 《星島晚報》 1958.8.8～1959.9.18

南宮搏 《乾隆廿七年的除夕》 香港 《新生晚報》 1959.12.10～1960.2.6
南宮搏 《何月兒傳奇》 香港 《星島晚報》 1960.10.31～1962.2.11
南宮搏 《上官婉兒》 香港 《星島晚報》 1961.2.17～1961.7.24
南宮搏 《黃仲則》 香港 《星島晚報》 1962.2.23～1962.5.5
南宮搏 《文天祥》 香港 《星島晚報》 1962.5.6～1962.11.16
南宮搏 《清涼山》 香港 《新生晚報》 1962.5.28～1962.12.10
南宮搏 《漢武帝》 香港 《星島晚報》 1962.11.17～1963.7.25
南宮搏 《沈珠記》 香港 《新生晚報》 1962.12.11～1963.7.21
南宮搏 《李亞仙》 香港 《新生晚報》 1963.7.25～1964.1.11
南宮搏 《長春花》 香港 《星島晚報》 1963.7.26～1964.4.14
南宮搏 《甘露事變》 香港 《新生晚報》 1964.1.19～1964.4.28
南宮搏 《流離行》 香港 《星島晚報》 1964.4.15～1964.10.2
南宮搏 《偏安叢談》 香港 《新生晚報》 1964.5.18～1964.6.4
南宮搏 《漢宮怨》 香港 《新生晚報》 1964.6.5～1965.3.11
南宮搏 《侯門》 香港 《星島晚報》 1964.10.3～1965.5.9
南宮搏 《陳隋煙雨》 香港 《新生晚報》 1965.3.12～1965.11.18
南宮搏 《柳永》 香港 《星島晚報》 1965.5.10～1965.8.31
南宮搏 《錦瑟無端五十弦》 香港 《星島晚報》 1966.9.3～1967.2.27
南宮搏 《亂離緣》 香港 《星島晚報》 1967.2.28～1967.10.28
南宮搏 《麗人行》 香港 《星島晚報》 1967.10.29～1968.4.11
南宮搏 《碧海》 香港 《星島晚報》 1968.10.18～1969.4.2
南宮搏 《紅露花房》 臺北市 《中國時報》 1968.12.18～1969.4.1
南宮搏 《鳴珂曲》 香港 《星島晚報》 1969.4.3～1969.9.1
南宮搏 《林花謝了春紅》 香港 《星島晚報》 1969.9.2～1970.2.21

南宮搏 《少年行》 香港 《星島晚報》 1970.2.22～1970.9.11
南宮搏 《龍種》 香港 《星島晚報》 1970.9.12～1971.3.11
南宮搏 《殘紅》 香港 《星島晚報》 1971.10.4～1972.3.22
南宮搏 《傾城一笑》 香港 《星島晚報》 1972.3.23～1972.12.2
南宮搏 《阿房宮》 香港 《星島晚報》 1974.8.13～1975.3.28
南宮搏 《包拯故事》 香港 《星島晚報》 1975.3.29～1976.6.5
南宮搏 〈洛神修訂版前記〉 臺北市 《中國時報》 1975年5月28日第12版
南宮搏 《江山豔》 香港 《星島晚報》 1976.6.6～1977.8.16
南宮搏 《元微之》 香港 《星島晚報》 1977.8.17～1978.8.29
南宮搏 《三代風華》 香港 《星島晚報》 1978.8.30～1979.12.8
南宮搏 《燕雲故事》 香港 《星島晚報》 1979.12.9～1980.8.28
南宮搏 《代和代》 香港 《星島晚報》 1980.8.29～1982.10.4
南宮搏 《楊月光》 香港 《星島晚報》 1982.10.5～1983.10.11

（四）報紙評論及介說

南宮搏 〈李青眉前記〉 臺北市 《徵信新聞報》 1965.4.13
南宮搏 〈秦淮碧前記〉 臺北市 《徵信新聞報》 1965.11.22
南宮搏 〈洛陽女兒小識〉 臺北市 《徵信新聞報》 1965.6.9
南宮搏 〈關於魚玄機的介說〉 臺北市 《徵信新聞報》 1968.7.16
南宮搏 〈有關胡適先生微言〉 臺北市 《徵信新聞報》 1967.12.15
南宮搏 〈杜牧風流事 附唐代揚州長安妓院風光〉《中國文選》 11期 1968.3
南宮搏 〈國境線上——東北〉 臺北市 《中國時報》 1969.3.5
南宮搏 〈國境線上——西北〉 臺北市 《中國時報》 1969.3.10
南宮搏 〈燕子樓人事考述〉《東方雜誌》 第四卷第一期7月

南宮搏　〈觀水彩畫感念舊地作五絕十章〉（1970）《大成》　第五期　1974.4.1
南宮搏　〈於「知堂回想錄」而回想〉《中國時報》　5月8日及10日第九版共2篇
南宮搏　〈楊貴妃故事傳述〉《大成》　第二～三期　1974.1～2月
南宮搏　〈鄉貫與協和〉《大成》第四期　1974.3.1
南宮搏　〈讀三句不離本「杭」，為作三絕句，並寄阮毅成先生〉《大成》　第五期　1974.4.1
南宮搏　〈郁達夫的婚姻悲劇〉　臺北市　《古今談》　第117～118期
南宮搏　〈五十二個甲子之前〉《大成》第十七期　1975.4.1
南宮搏　〈洛神修訂本前記〉　臺北市　《中國時報》　1975.5.28
南宮搏　〈梁山泊漫談〉　臺北市　《中國時報》　1975.7.22～25
南宮搏　〈憶事、遣懷、悼易君左〉《湖南文獻季刊》　第四卷第三期　7月

（五）其它

（按作品類型排序）

南宮搏　《三李詞集》　香港　南天出版社　1957年5月
南宮搏　《中國歷史故事畫傳》　臺南市　文國出版社　1994年
南宮搏　《民間故事畫傳》　臺北縣　五洲出版社　1962年3月
高陽．南宮搏校訂　《水滸傳畫冊》　臺北市　堯舜出版社　1982年4月
高陽．南宮搏校訂　《楊門女將畫冊》　臺北市　堯舜出版社　1983年1月
南宮搏　《古典愛情故事》　臺北市　長春樹書坊　1986年11月
南宮搏　《中國的風雲人物趣事》　臺北市　長春樹書坊　1980年9月
南宮搏　《中國歷代名人軼事》　新奇星出版社　1982年9月

南宮搏　《中國歷代名女人》　香港　亞洲出版社　1959年10月
南宮搏　《新路》　臺北市　九歌出版社　1978年7月
南宮搏　《塵沙萬里行》　香港　人人書局　1964年
南宮搏　《觀燈海樓詩草》　無標出版社及年月
南宮搏　《郭沫若批判》　香港　亞洲出版社　1954年5月
南宮搏　《香港的最後一程》　臺北市　時報文化出版公司　1984年3月
南宮搏　《轉型期的知識份子》　無標出版社及出版年月
南宮搏　《毛共政權分裂內幕》　臺北市　《中國時報》　1969年3月31日

二　學位論文

（按作者筆畫排序）

王啟明　《高陽小說中的歡場文化》　宜蘭縣　佛光大學文學系博士論文　2008年
江俊逸　《南宮搏歷史小說研究》　臺北市　中國文化大學中國文學系博士論文　2004年
周家成　《高陽歷史小說紅曹系列研究》　臺北市　臺灣師範大學國文學系碩士論文　2010年
高若蘭　《高陽歷史小說胡雪巖三部曲研究》　臺南市　成功大學中國文學系碩士論文　1997年
陳薏如　《高陽清代歷史小說研究》　臺北市　中國文化大學中國文學系博士論文　1997年
陳臻莉　《高陽歷史小說草莽英雄研究》　臺中市　東海大學中國文學系碩士論文　2012年
曹靜如　《文化遺民的興寄與懷抱——高陽歷史小說研究》　南投縣　暨南國際大學中國語文學系碩士論文　2000年

梁慕靈　《論張愛玲小說和電影劇作中的歷史與記憶》　香港　香港中文大學哲學碩士論文　2007年
楊丕丞　《高陽歷史小說慈禧全傳研究》　臺中市　東海大學中國文學系博士論文　2006年
鄭　穎　《高陽研究》　臺北市　中國文化大學中國文學系博士論文　2003年
蔡于晨　《高陽歷史小說李娃研究》　嘉義縣　南華大學文學系碩士論文　2009年
蔡惠媛　《唐浩明及其歷史小說曾國藩之研究》　桃園縣　銘傳大學應用中文系碩士論文　2010年
謝孟原　《二月河雍正皇帝研究》　高雄市　高雄師範大學國文教學碩士班碩士論文　2012年
鄺可怡　《張大春「新聞小說」、「歷史小說」敘事研究》　香港　香港中文大學 究院中國語言及文學學部哲學碩士論文　1998年

三　參考書籍

王宗法　《臺港文學觀察》　合肥市　安徽教育出版社　1994年11月
王明皓　《一九八五，李鴻章》　臺北市　實學出版社　2002年1月
方寬烈　《香港文壇往事》　香港　香港文學研究社　2010年3月
方寬烈　《香港文壇往事》　香港　香港文學出版社　2010年3月
方寬烈　《香港詩詞紀事分類選集》　香港　天馬圖書公司出版社　1998年12月
邢小群　《郭沫若的三十個剪影》　臺北市　秀威資訊科技公司出版　2011年6月
香港大學中文學院「騰飛歲月」編輯委員會　《騰飛歲月——1949年

以來的臺灣文學》 2008年12月
《香港小說流派史》 天津市 天津教育出版社 1991年10月
香港市政局公共圖書館編 《香港文學節研討會講稿匯編》 1997年1月
香港嶺南大學人文學科研究中心・香港文學研究小組 《書寫香港@文學故事》 香港 香港教育圖書公司 2008年出版
胡適著、曹伯言整理 《胡適日記全集》 臺北市 聯經出版公司 2004年5月
姜甯氏著、章宗元譯 《美國獨立史》 譯書彙編出版社 2009年
袁良俊 《香港小說史》 深圳市 海天出版社 1999年3月
郭沫若 《沫若自傳》 北京市 求真出版社 2010年1月
郭沫若 《郭沫若全集・羽書集》 北京市 人民文學出版社 1992年1月 第18卷
張秀哲 《「勿忘臺灣」落花夢》 新北市 衛城出版社 2013年2月
陳潔儀 《香港小說與個人記憶》 香港 天地圖書公司 2010年11月
黃繼持等編 《香港小說選》 香港 香港中文大學出版社 1997年7月
劉以鬯 《暢談香港文學》 獲益出版事業公司 2002年7月
劉以鬯 《香港短篇小說選》 香港 天地圖書公司 2002年
劉蜀永主編 《簡明香港史》 香港 三聯書店公司 2009年3月

四 期刊論文

王淳美 〈郭沫若「屈原」史劇研究〉《雲漢學刊》第六期 1999年6月
林淑薰 〈真實與藝術之間——試析郭沫若的歷史劇創作〉《中國文化月刊》第222期 1998年9月
楊泰順 〈美國人認同的形成〉《美歐季刊》 第14卷第2期 2000

年夏季號

廖卓成　〈「沫若自傳」析論〉《臺北師院學報》第九期　1996年6月

蔡登山　〈郭沫若親吻胡適的前後——從「舊友」到「論敵」〉《傳記文學》 第89卷第3期　2006年9月

蔡造珉　〈論南宮搏「潘金蓮」一書之情節、人物及語言特色〉《古典與現代：中文學術研討會》 2006年4月15日

蔡造珉　〈談歷史小說家南宮搏「武則天」一書之寫作特色〉《博雅教育學報》創刊號　2007年12月

蔡造珉　〈從南宮搏歷史小說之序看其寫作的幾個態度〉《博雅教育學報》第二期　2008年6月

蔡造珉　〈談南宮搏歷史小說的情愛書寫〉《東亞漢學研究》第二號　2012年4月

蔡造珉　〈南宮搏之「郭沫若批判」〉《博雅教育學報》第九期 2012年6月

蔡造珉　〈戰爭與亂世——談南宮搏貼近現實的現代小說〉《博雅教育學報》第十期　2012年12月

鍾淑貞紀錄　〈歷史與歷史小說座談會〉《明道文藝》第234期 1995年9月

鄭雪玉　〈中美文化交流的先驅——容閎與晚清留美幼童（1872-1881）〉《博雅教育學報》第六期　2010年12月

文學研究叢書 · 現代文學叢刊 0806005

南宮搏著作研究

作　　者　蔡造珉
責任編輯　楊子葳
特約校稿　林秋芬

發 行 人　林慶彰
總 經 理　梁錦興
總 編 輯　張晏瑞
編 輯 所　萬卷樓圖書股份有限公司
排　　版　浩翰電腦排版股份有限公司
印　　刷　百通科技股份有限公司
封面設計　斐類設計工作室

發　　行　萬卷樓圖書股份有限公司
臺北市羅斯福路二段 41 號 6 樓之 3
電話 (02)23216565
傳真 (02)23218698
電郵 SERVICE@WANJUAN.COM.TW
大陸經銷　廈門外圖臺灣書店有限公司
電郵 JKB188@188.COM

ISBN 978-957-739-858-1
2020 年 12 月初版三刷
2014 年 11 月初版二刷
2014 年 1 月初版一刷
定價：新臺幣 500 元

如何購買本書：
1. 劃撥購書，請透過以下郵政劃撥帳號：
帳號：15624015
戶名：萬卷樓圖書股份有限公司
2. 轉帳購書，請透過以下帳戶
合作金庫銀行 古亭分行
戶名：萬卷樓圖書股份有限公司
帳號：0877717092596
3. 網路購書，請透過萬卷樓網站
網址 WWW.WANJUAN.COM.TW
大量購書，請直接聯繫我們，將有專人為您服務。客服：(02)23216565 分機 610
如有缺頁、破損或裝訂錯誤，請寄回更換

國家圖書館出版品預行編目資料
南宮搏著作研究 / 蔡造珉著.
-- 初版. -- 臺北市 : 萬卷樓, 2014.01
面 ;　公分. -- (文學研究叢書.現代文學叢刊)

ISBN 978-957-739-858-1(平裝)
1.南宮搏 2.歷史小說 3.文學評論

857.7　　103002496